COLLECTION FOLIO

Olivier Bleys

Le colonel désaccordé

Gallimard

Cet ouvrage a bénéficié d'une mission Stendhal
du ministère des Affaires étrangères.

Olivier Bleys est âgé de quarante ans. Écrivain prolifique, il a déjà publié quatorze ouvrages traduits dans autant de langues : des romans, notamment *Pastel* qui a reçu le Grand Prix Georges Rinck 2000 et le prix François Mauriac de l'Académie française 2001, *Le fantôme de la tour Eiffel*, récompensé par le prix du Roman historique de Blois en 2002, *Semper Augustus* en 2007 ; un récit de voyage, *Madagascar, premiers pas au pays d'argile* en 1999, et deux biographies, *L'épître à Loti* en 2003 et *Jules Verne* en 2005, parmi beaucoup d'autres.

Ses romans, inscrits dans des époques reculées, traduisent son intérêt pour les passions humaines et les questions de société.

Ce roman est dédié à Chiquinha Gonzaga (1847-1935), pianiste et auteur de chansons brésiliennes. Fille d'un maréchal de camp, elle épousa contre son gré un officier de marine qui lui défendait de pratiquer son art. Elle le quitta pour vivre seule avec sa fille, gagnant son pain en dispensant des leçons de musique.

Gonzaga militait contre l'esclavage et pour la république, à l'époque où le Brésil monarchique comptait plus d'asservis que d'hommes libres. Mais surtout, elle vendait de porte à porte les partitions de ses polkas, valses et autres maxixes *afin d'acheter les lettres d'émancipation des musiciens esclaves qui l'entouraient. C'est grâce à elle que José Flauta, flûtiste noir virtuose, recouvra la liberté.*

Ce roman est offert à celles et à ceux qui ont l'amour de la musique, mais en portent le regret.

Premier cahier

1807

« Il est certain et démontré que, sans le Brésil, le Portugal est une puissance insignifiante et que le Brésil, sans forces militaires, est un trésor très précieux offert à qui voudrait l'occuper. »

Dom Marcos de Noronha e Brito,
dernier vice-roi du Brésil

Lisbonne, le vingt-six novembre

Le messager trouva la grille ouverte et la porte de même, qu'un vent orageux chahutait sur ses gonds. Il n'osa entrer d'abord, mais cogna du poing le bois humide ; puis il appela, s'époumonant contre la pluie qui battait tambour aux volets clos :

« Capitaine Rymar ! »

Comme rien ne répondait, il s'avança de plusieurs pas et heurta l'officier, debout dans l'obscurité du seuil.

« Mon capitaine ? »

Une tasse de porcelaine tinta sur une soucoupe, on gratta une allumette — aussitôt soufflée par la bourrasque. Une autre prit feu à l'abri d'un gant. Ce peu de clarté éveilla les boutons dorés d'un uniforme, la bosse argentée d'une épée. Cependant, le visage restait dans l'ombre.

« C'est moi », fit Rymar.

Le messager s'ébroua, comme tiré d'un songe. Ses talons claquèrent avec un bruit mouillé. Il fouilla son paletot ruisselant dont surgit une lettre avachie par l'humidité.

« Cette pluie qui n'arrête pas... », s'excusa l'homme.

Tant le papier avait bu d'eau, Rymar ne put en décoller les feuilles. L'adresse seule restait lisible : « Capitaine Alfonso Eduardo Rimar, 3e régiment d'artillerie, rua da Esperança nº 12. »

« Une convocation du palais, précisa l'estafette. Le lieutenant général de l'armée...

— Je l'attendais », coupa l'officier en relevant, sourcils froncés, l'orthographe erronée de son nom.

Le feu mourant de l'allumette permit au messager d'entrevoir, dans l'angle du vestibule, des malles déjà sanglées dont luisaient les coins de métal. Sur les épaules de Rymar pesait un manteau de voyage.

« Sais-tu si les Français ont atteint Santarém ?

— Ce matin, le bruit courait qu'ils avaient pris Abrantes.

— Nous avons très peu de temps », conclut stoïquement l'officier qui enfonça le pouce sous sa mâchoire, à l'endroit où vibrait l'artère carotide ; mais son pouls restait lent. « Au fait, ton nom ?

— Duarte.

— Le lieutenant général t'a-t-il remis ce billet

en main propre, Duarte ? s'enquit Rymar en lâchant l'allumette éteinte.

— Non, c'est son secrétaire qui m'envoie.

— Son secrétaire personnel ?

— Un greffier du palais », lâcha le messager.

Le capitaine ajusta l'écharpe de commandement qui ceignait ses reins, geste auquel ses soldats, complices de nombreuses batailles, connaissaient la brusque altération de son humeur.

« Faut-il charger vos malles ?

— J'enverrai mon ordonnance les chercher. Lui m'est resté fidèle. »

Duarte renouvela son salut, la main en visière sur le front. Puis ils traversèrent ensemble le jardin, courbés sous les rafales de vent. Comme son visiteur dirigeait ses pas vers l'écurie, Rymar le retint par l'épaule :

« Je n'ai plus de cheval, la cavalerie l'a réquisitionné. Je monterai en croupe du tien. »

L'homme acquiesça. Ils se mirent en selle et partirent au trot sous la pluie têtue.

Depuis deux mois qu'un ordre le consignait chez lui, loin des montagnes où cantonnait son régiment, Dom Eduardo Alfonso Rymar n'avait, pour ainsi dire, jamais franchi le seuil de sa maison.

Ses compagnons l'enviaient de s'absenter quand l'armée livrait ses plus féroces batailles ; ils s'étonnaient aussi : quelle mouche avait piqué l'état-major pour éloigner cet homme utile, robuste et valeureux, alors qu'on manquait partout de soldats ? Officiellement, Rymar bénéficiait d'un congé au vu de ses brillants états de service. Une médaille lui avait été décernée avec son titre de permission. Mais un autre bruit courait la garnison : cette quarantaine aurait été décidée en haut lieu, peut-être dans l'entourage du prince-régent, pour préparer Rymar à une meilleure affectation.

L'intéressé soupçonnait une conjuration de généraux hostiles, sinon quelque sordide mesure budgétaire : certes, son départ libérait un lit, un cheval et des rations de nourriture, à considérer dans cette armée indigente où les fantassins ne disposaient parfois que d'un fusil pour deux hommes. Il n'en lutta pas moins avec énergie contre sa suspension. Lui qui n'avait jamais joué des relations de sa famille pour hâter son avancement et, revêtu d'un nom glorieux, préférait habituellement le taire, cette fois usa des deux pour défendre ses galons.

« Excellence, peut-on contremander cet ordre idiot ? » lança-t-il à son oncle germain, ministre de la Marine.

Le fonctionnaire eut un discret mouvement de recul, celui du promeneur que menace un frelon.

« Voilà un mot bien fort, Eduardo.

— Qui veut m'écarter ? À quelle fin ?

— Tu n'es pas le seul à jouir d'une permission.

— … en pleine guerre ? »

Le front du ministre se plissa, amenant sa perruque au ras de ses sourcils. Nul doute qu'il eût éconduit cet insolent, sans leur étroite parenté.

« Je n'ai rien décidé, figure-toi. Cela vient… de plus haut. »

Son index pointait le lustre, où s'éleva le regard

du capitaine. Il se reprocha aussitôt cette étourderie.

« Excellence, je n'ai pas livré tant de batailles pour renoncer à celle dont dépend le salut de mon pays ! J'exige d'être envoyé au front !

— D'habitude, on me supplie du contraire ! » observa finement le ministre.

Les démarches de l'officier n'obtinrent aucun résultat. Pas plus le ministre de la Marine que le secrétaire d'État aux Affaires étrangères, également un parent, ne voulurent abroger l'ordre qui assignait Rymar à résidence. Il se sentait jouet d'une force supérieure, otage de la fatalité.

Qu'il en ignorât la cause rendait son exil d'autant plus rude. C'était pour ce soldat loyal, toujours bien noté, un genre d'emprisonnement. Deux mois durant, le capitaine Rymar hanta en vrai fantôme sa maison des rives du Tage. Les volets restaient joints, le poêle froid. La mollesse du lit le rebutait, non moins que la tendresse des fauteuils ou la vaisselle française aux gracieux ornements. Jour et nuit, Rymar parcourait le salon à grandes foulées maussades, comme il arpentait naguère les champs de bataille. S'il devait prendre du repos, il couchait tout habillé sur le sol, un livre en guise d'oreiller. C'était sa seule concession à la fatigue car, pour le reste, Rymar mettait un point d'honneur à suivre la routine militaire — les levers matinaux, les toilettes à l'eau froide, la gymnastique obligatoire.

Une dame du voisinage apportait ses repas, posés sur le rebord de la fenêtre, et veillait à l'entretien régulier de son linge. De rares passants surprirent l'officier dans le petit jardin, tirant des bouffées bleues d'une pipe allemande. Ceux-là témoignèrent que Rymar, chaussé de bottes à l'écuyère, l'uniforme boutonné jusqu'au col, semblait sur le départ. À son nouvel ami, un vieux carabinier qui louait une chambre dans le couvent voisin, l'officier prétendit qu'il attendait « incessamment » une convocation de l'état-major. Les semaines passant, il déplora la lenteur du courrier et l'incurie générale de l'armée. La guerre était cause, sans doute, de ce fâcheux retard.

Or un matin, Filipe, un garçonnet du quartier qu'on chargeait de menues commissions, prévint Rymar qu'un messager à cheval demandait après lui. L'officier tressaillit. Il se hâta de faire ses malles, d'ailleurs peu dérangées par son installation. Un moment plus tard, les deux hommes, partageant une seule jument fourbue, remontaient la rua da Esperança battue par l'averse.

Depuis des semaines, Rymar n'avait pas franchi la grille du jardin. Le premier trait de la pluie, reçu en pleine face, fut une gifle. Il poussa l'exclamation du baigneur brusqué par la vague.

« Tout va bien, mon capitaine ? cria l'estafette en boutonnant le col caoutchouté de son paletot.

— Ah ! Ah ! On ne peut mieux ! »

Cependant, l'air lui manquait. Poitrine gonflée, bouche béante dans les rafales, il cherchait son souffle.

« Tu n'as pas idée combien cette sortie me réjouit ! Enfin, dehors ! »

Il sentait l'eau laver son visage, pendre aux brins de sa moustache, rouler frissonnante sur son menton par les plis du sourire. Une joie s'éveillait en lui. Il huma l'odeur des rues — goudron, rouille, boue remuée — et ôta son bicorne pour s'offrir tête nue à l'ondée bienfaisante.

Grelottant sur sa selle, Duarte étudiait son passager d'un œil méfiant.

« Mon capitaine...

— La pluie m'a toujours porté chance, expliqua l'artilleur. Il pleuvait quand j'ai livré ma première bataille, à dix-huit ans, et nous avons vaincu les Français. C'est aussi sous l'averse que nos boulets ont émietté la forteresse de Collioure !

— Il s'agit bien de la pluie ! Hélas, mon capitaine... Regardez Lisbonne ! »

Sa longue réclusion avait tenu Rymar à l'écart des affaires du pays. Elle faisait de lui presque un étranger dans les rues de la capitale, auxquelles la menace de guerre imprimait un visage nouveau, fiévreux et tourmenté. Chevauchant par les collines, il leur semblait traverser un campement militaire qu'un tambour craintif éveille au danger. L'effroi jetait les habitants hors de chez eux, certains pieds nus et en chemise, qui roulaient des yeux effarés vers le ciel. Les uns tendaient l'oreille au grondement lointain des canons, les autres reniflaient l'air, ses relents de poudre et de crime. Beaucoup se plaignaient des intempéries. Cela semblait, parmi tant de malheurs, un surcroît de misère, l'acharnement du sort.

Rymar promenait sur ce désastre un regard apitoyé. On n'avait pas vu tel chaos depuis le tremblement de terre, un demi-siècle auparavant, quand la population blafarde fuyait les flammes et les épidémies. Comme alors, des soldats par centaines s'égaillaient dans les rues, menant la chasse aux pillards et aux maraudeurs.

« Pauvres gens... », compatit l'officier.

Il secoua la tête pour s'ébrouer et coiffa son bicorne alourdi de pluie. L'encerclement froid du cuir lui donnait le frisson. Il n'en rendit pas moins un avis optimiste :

« Jeune homme, on ne choisit pas le métier des armes sans en avoir un peu le goût ! Quand l'épée rouille, le soldat s'ennuie. La vérité c'est que nous autres, militaires, voulons la guerre. C'est là que nos talents peuvent s'exposer !

— J'appartiens aussi à l'armée, objecta Duarte. Pourtant, mon cœur se serre à chaque assaut.

— En voilà un aveu ! ironisa l'artilleur qui tentait d'allumer sa pipe à l'abri du manteau. Il fut un temps, Duarte, où ces paroles t'auraient valu quelques balles dans la peau. »

Le tabac enfin prit flamme. Rymar tira plusieurs bouffées en couvrant d'une main le fourneau rougeoyant.

« Maintenant, garçon, pique des deux ! Ne faisons pas attendre son Excellence !

— À vos ordres. »

Les trois lieues de Lisbonne à Queluz furent couvertes au petit trot, seule allure permise à un cheval dans la cohue des voitures qui fuyaient la ville. Rymar ne cessa tout du long de fumer, défendant âprement sa provision de Maryland contre les piétons qui mendiaient quelques brins.

« Vous ne priveriez pas un soldat de son seul réconfort ? Avec cette pluie, ma pipe est presque éteinte ! »

Au contraire elle brasillait, chaude et savoureuse. Rymar la mordillait avec entrain, tel un chiot son os tout neuf.

Le palais de Queluz était la proie d'une vive agitation. Dans la cour où stationnaient d'ordinaire les élégantes calèches des diplomates manœuvraient à présent charrettes et tombereaux, creusant leurs sillons sales dans la terre détrempée. Ces engins avaient des bœufs pour attelage et pour cochers, des rouliers ahuris d'avoir franchi les grilles de la maison royale, qui traînaient leurs sabots timides dans le jardin à la française. Un essaim de valets débraillés, tête nue sous l'averse, déplaçaient des fardeaux dont on ne voyait rien, emballés qu'ils étaient dans des draps ou des couvertures, sinon dans les rideaux arrachés aux fenêtres. Leurs contours laissaient toutefois deviner des tableaux, des statues, des meubles, certains d'imposantes dimensions, que les débardeurs jetaient sans ménagement sur les plateaux des charrettes. Il en venait à chaque instant par le double escalier du perron, au milieu d'une cavalcade de soldats et de courtisans sans perruque. Des cloches voisines sonnaient le tocsin. On eût dit qu'un incendie venait de s'allumer quelque part, auquel les domestiques tentaient de soustraire le plus précieux.

Eduardo Rymar descendit de cheval. Il lançait partout des regards douloureux. Sa dernière visite au palais princier lui avait laissé le souvenir d'un parc paisible, de galeries peu fréquentées. Quel événement nouveau causait ce branle-bas ?

Le valet qu'il accrocha par la manche se dégagea prestement. Un second esquiva sa prise. Personne ne lui prêtait attention. Il se retourna pour interroger l'estafette mais son guide avait disparu, appelé sans doute par d'autres commissions.

« Ah, ça ! C'est trop fort ! »

Rymar grimpa vivement l'escalier. Il franchit les portes du palais sans qu'aucune sentinelle visât ses papiers. À l'intérieur, la bousculade devenait frénétique. Des caisses garnies de paille encombraient les couloirs, où les domestiques fourraient pêle-mêle assiettes et vases, pendules et encriers. On voyait courir de salon en salon des messieurs chargés de registres qui faisaient l'inventaire hâtif du mobilier, pointant du crayon ce qui devait partir, ce qu'il fallait laisser. Les soldats étaient les plus nombreux. Rymar reconnut des officiers dc son régiment qui ne rendirent point son salut. Ils échangeaient brièvement des nouvelles :

« Es-tu du voyage ?

— Pardi !

— Quel voyage ? » s'informait Rymar sans avoir de réponse.

Trouver le bureau de Francisco da Cunha de Meneses, lieutenant général de l'armée, l'occupa presque une heure. Déjà déménagée, la pièce n'abritait plus qu'un secrétaire et deux fauteuils à pattes de lion. Un carré plus clair désignait au sol l'emplacement du grand tapis qu'on avait roulé ; d'autres, aux murs, situaient les tableaux décrochés. Accablé de travail, le ministre avait quitté ses souliers et ôté sa perruque, posée sur le bureau parmi la paperasse. C'est en bas et en cheveux qu'il accueillit son visiteur.

« Rymar, bonjour. Vous arrivez tard !

— Je n'ai plus de cheval. »

Un reproche couvait sous ces paroles. Mais à l'aspect du lieutenant, Rymar comprit que l'heure n'était pas aux doléances. Il prit un nouveau maintien, humble et déférent.

« En deux mots, capitaine. Nous levons le camp... Demain, à cette heure, il n'y aura plus âme qui vive au palais. Seuls resteront les miroirs, trop fragiles pour être transportés. Mais la garde a reçu consigne de les briser. Pas question que l'ennemi s'y contemple ! »

Le lieutenant déploya un immense mouchoir et souffla dedans. Il replia ensuite le carré d'étoffe qu'il poussa dans sa manche.

« Êtes-vous prêt à partir, sur l'heure ?

— Je suis à vos ordres, Excellence ! s'exclama Rymar. Mes malles sont bouclées. Il me tarde de suivre mon régiment, où qu'il vous plaise de l'envoyer !

— Fort bien, mais il s'agit de vous seul, capitaine... Le régiment n'est pas mobilisé. »

La surprise figea Rymar en train de s'asseoir. Il resta un moment dans cette posture, les jambes pliées, le bras sur l'accoudoir, puis s'abattit avec un soupir.

« Je ne comprends pas. »

Meneses signa plusieurs courriers que lui présentait son secrétaire avant d'expliquer :

« Mon cher Rymar, peut-être ignorez-vous les derniers développements de la situation militaire ? Ils sont désastreux. Les Français nous harcèlent. Ils seront là dans trois jours, peut-être deux.

— Je connais le bruit de la guerre, Excellence. Je l'ai entendu dans les rues.

— Nous ne pouvons demeurer ici à les attendre. Le prince fera tantôt une proclamation dont je vous donne la primeur : la cour s'exile, elle va quitter Lisbonne.

— Nous capitulons ?

— Oui », lâcha le lieutenant après une courte hésitation.

Une déception si vive brouilla les traits du capitaine que Meneses crut bon d'ajouter, les doigts croisés sur une pile de dépêches :

« Nos soldats ont fait leur possible, mais ce n'est pas assez. Depuis qu'ils ont franchi les Pyrénées, les Français vont à marche forcée et brisent toute résistance. À quoi bon s'opposer ? Napoléon a juré notre perte, nous ne sommes pas de taille à l'affronter. »

Il termina, l'air paternel et presque tendre :

« Et puis, n'avez-vous pas votre content de batailles, après celle qui vous a coûté un pied ? »

Rymar n'aimait pas qu'on rappelât son infirmité. Par coquetterie sans doute, il tendit la jambe gauche sous le bureau. À l'endroit où le cuir de la botte rencontrait le tissu bleu du pantalon, raccourci exprès, un bâillement laissait voir le bois de la prothèse, qu'un harnachement complexe de sangles et de bretelles attachait au moignon.

« Un boulet m'a estropié, admit l'officier. Aussi bien, j'aurais donné ma vie ! Il y a douze ans que j'ai l'honneur d'être au prince. Et j'appartiens à une famille qui depuis trois siècles sert fidèlement la Couronne. Mon père a combattu aux côtés de Joseph Ier, et mon grand-père avec Jean le Magnanime dont il était…

— Vous portez dignement votre nom, abrégea Meneses, lassé de cette récitation. Mais c'est à vos mérites que vous devez vos galons. »

Rymar sentait ses nerfs vibrer comme des cordes à violon. Il prit une longue inspiration et déclara d'une voix prudente :

« Excellence, sauf votre respect, pouvons-nous rendre les armes ? Fuir ainsi devant l'ennemi ! Se replier sans même livrer combat ! »

Meneses jugea la question insolente, et le fit bien sentir. Sa main, qui sortait fine et veineuse d'une robe de brocart, fouetta l'air avec humeur.

« Je mets ces paroles sur le compte de votre jeunesse, Rymar. Pas plus qu'à moi, il ne vous appartient de discuter les décrets du prince João — lesquels, sachez-le bien, sont pris d'accord avec ses conseillers. Un soldat reçoit des ordres et doit s'y conformer ! Sinon, c'est la chambre de sûreté. »

Cette menace proférée les yeux baissés, sur un ton de feinte désinvolture, souffla un air glacial sur le visiteur. Rymar sentit qu'il ne gagnerait rien à chicaner. Souvent, en temps de guerre, des insoumis qui n'encouraient d'ordinaire qu'un blâme léger étaient traduits en cour martiale. L'officier céda peureusement :

« Quels sont les ordres, Excellence ? »

Les lèvres du lieutenant se courbèrent dans un discret sourire. Toutefois, il n'ajouta pas à cet affront le regard hautain dont il coiffait certains soldats de moindre valeur.

« La famille royale embarquera demain pour le Brésil. Elle n'ira pas seule. Des gentilshommes l'accompagneront, avec tous leurs domestiques. Au total, plusieurs centaines des nôtres migreront sous la protection de la flotte anglaise. »

Meneses laissa ce nombre sonore produire son effet. Il reprit ensuite :

« Cela va sans dire, le prince et sa suite bénéficieront d'une escorte. Elle sera formée d'hommes de confiance recrutés dans l'armée. J'ai donné votre nom à Dom João, qui souhaite vous confier une mission toute spéciale…

— Laquelle ?

— Vous l'apprendrez bien assez tôt ! Le temps me manque d'entrer dans les détails. Veillez seulement à vous trouver après-demain, au point du jour, sur le quai de Belém. Une chaloupe vous conduira à bord du brick *Voador.* »

Rymar prit le passeport qu'on lui tendait. La signature volubile de Dom João luisait, encore fraîche, sur le papier vergé. Il salua et dirigea ses pas vers le couloir. Comme il allait sortir, Meneses le rappela d'un claquement de doigts, habitude un peu rustre contractée à l'école militaire.

« Autre chose, capitaine. J'ai souvenir que votre mère jouait d'un instrument ?

— Un instrument ? »

Le lieutenant promena ses doigts maigres sur le bord du bureau, comme déroulant une gamme imaginaire.

« Elle pratique le clavecin, indiqua Rymar. Mais j'avoue n'avoir qu'une faible notion de ses talents, étant moi-même aussi peu musicien que possible…

— Vous ne jouez pas ?

— Non. J'ai quelque idée de la façon dont les claviers sont faits, il y en avait plusieurs à la maison. Rien de mieux.

— Parfait, vous pouvez disposer. »

La consigne du lieutenant était de nature à troubler bien des hommes. Plusieurs, sûrement, s'y seraient dérobés. D'autres auraient mendié du temps pour faire leurs adieux, puisqu'ils ne pouvaient raisonnablement traîner leurs familles dans cette aventure. Mais Eduardo Alfonso Rymar avait choisi une carrière favorable aux célibataires qui le laissait, à trente-deux ans franchis, sans femme ni progéniture. Quant à la défaite portugaise, à l'émotion que cette nouvelle lui avait donnée, il n'en faisait pas grand cas. L'éducation militaire remplissait d'orgueil le soldat victorieux et frappait le vaincu d'une honte mortelle. Ce n'était qu'une légère buée sur sa conscience, laquelle se dissiperait vite sous le soleil ardent du devoir. Il se trouva donc, au sortir du bureau de Meneses, dans des dispositions suffisantes pour accueillir l'offre qu'on lui faisait.

Comme il franchissait les portes du palais, Rymar croisa un domestique chargé de trois fauteuils. Le brave homme en avait juché un sur sa tête, tordue sous le poids.

« À terre, celui-là ! Ordre du prince-régent ! » aboya l'officier pour essayer son autorité.

Le valet obtempéra et déposa son fardeau. Rymar lui fit signe d'aller, puis traîna le fauteuil à l'écart. La pensée lui était venue d'examiner le passeport remis par Meneses, qu'il n'avait pas seulement ouvert. Il s'assit et déploya sur ses genoux la grande feuille vêtue du sceau royal. Avoir sous les yeux les instructions du prince-régent l'emplissait d'un humble contentement. Voilà qui fondait selon lui l'indéniable supériorité de la vie militaire sur la vie civile : du jour de l'enrôlement au jour de la retraite, le soldat bénéficiait d'un utile parrainage. Dans les moments de plus grande confusion, au sein des batailles les plus embrouillées, on n'avait qu'à consulter son chef et l'on savait aussitôt quoi faire, où aller.

Cette fois, la destination qu'on lui fixait était une colonie lointaine, aux marches occidentales de l'Empire portugais : le Brésil. Rallumant sa pipe, l'officier médita longuement ce nom qu'une main patiente avait tracé, en prolongeant chaque lettre d'élégantes fioritures.

Que savait-il du Brésil ? À peu près rien. Ses compatriotes s'en faisaient l'image d'une nature opulente où languissait une humanité de second choix, ignare et débauchée. S'il en provenait de grandes richesses — le sucre, le tabac, le coton, l'indigo, l'or ou le café —, on n'y envoyait rien, en revanche, que de fruste : c'étaient des filles publiques, des prisonniers de droit commun et autres rebuts de la société. Leurs églises, bâties en terre nouvelle, se détournaient fièrement de la mer et d'une patrie honnie. Rymar savait que les religieux tenaient le Brésil pour un infect purgatoire où prospéraient les vices, mieux encore que la canne sucrière. « Le diable chassé d'Europe s'est réfugié en Amérique ! » écrivaient-ils, prenant l'exemple de tribus primitives qui pratiquaient l'inceste et consommaient la chair humaine. De leur bestialité, ils avançaient une preuve suprême : ces créatures ne savaient prononcer ni le « F » ni le « L » ni le « R », par conséquent n'avaient ni Foi, ni Loi, ni Roi. Quant aux soldats, ils reprochaient au pays son climat, cette chaleur énervante qui compliquait l'uniforme — des batailles avaient été perdues à cause d'un tissu trop épais. Il y aurait fort à faire pour garder la frontière d'un territoire si vaste, couvert en partie de jungle impénétrable.

« Intéressant », conclut l'officier en rempochant gaiement sa pipe.

L'idée d'embarquer bientôt pour cette contrée exotique le revigorait. Au Brésil, croyait-il, tout restait à faire : un homme résolu pourrait promptement s'élever, et conquérir une position que les raideurs de la société portugaise mettaient ici hors de sa portée. Il acceptait d'autant mieux ce voyage que la destination était lointaine, et le départ brusqué. Rien ne lui plaisait, au fond, comme ces mouvements forcés, à l'aube blanchissante, quand le feu de la veillée a déchu en braises. Il aimait qu'un tambour impérieux l'arrachât au sommeil et jaillir hors de sa tente, hébété, à demi nu, mais l'arme dégainée et prêt à en découdre. Le bourgeois est routinier ; Rymar, au contraire, n'existait qu'au travers des péripéties. Une journée était quelconque si elle n'apportait quelque exercice, ne renfermait quelque action dangereuse — prise d'un fortin ou duel à l'épée. Le Brésil, à l'évidence, saurait lui en procurer.

Dévalant l'escalier malgré sa jambe raide, Rymar profita du désordre pour s'emparer d'un cheval et s'en fut à bride abattue chez Querubim, son aide de camp, lui-même occupé aux préparatifs du voyage. Il trouva le garçon au milieu de caisses neuves qu'il garnissait en toute hâte de linge et de vêtements. Sa femme et ses trois enfants, le dernier à peine en âge de marcher, lui prêtaient main-forte à la lueur fumeuse d'un gros candélabre.

« Maître, quel malheur ! » s'écria le garçon dès qu'il vit l'officier.

Rymar s'octroya une chaise, la plus cossue du pauvre mobilier, et tâcha d'éveiller sa pipe encore tiède.

« Allons, Querubim, nous avons dressé nos lits sous bien des tentes, dans bien des pays ! Être soldat, c'est battre la poussière !

— Il s'agit d'autre chose, maître ! La cour se vide, Napoléon l'a mise en fuite !

— Dom João ne fuit pas, il s'abrite, tempéra l'artilleur. Garde-toi du langage de nos ennemis. »

Il ajouta après un temps :

« Quand la terre a tremblé, le roi avait pensé déjà s'installer au Brésil. Tu vois qu'il y a une pente de ce continent vers l'autre. Notre destin je crois s'est déplacé outre-mer. »

Les épais sourcils de l'aide de camp, tel un trait broussailleux sur son front, se haussèrent puis retombèrent. Ce n'était pas la moindre exception de cette physionomie que la barre de poils drus qui courait d'une tempe à l'autre, sans la moindre coupure. Son relief dans un visage plutôt lisse, sa noirceur quand les rares cheveux viraient au gris faisaient son étrangeté : elle semblait une pièce rapportée, le postiche maladroit d'un coquet qui veut se rajeunir. Nul doute qu'elle contribuât au renom d'idiotie que Querubim s'attirait parfois, malgré ses amples conceptions sur bien des sujets — en particulier le vin et le travail du bois.

« Maître, est-ce qu'on chevauche des mules au

Brésil ? demanda l'aide de camp en train d'emballer une selle complète dans un carré de drap.

— Je l'ignore mais, à coup sûr, on y boit tout son soûl. »

Du bec de sa pipe, Rymar désignait la vingtaine de flacons bouchés à la cire qui emplissait l'une des caisses.

« C'est pour la traversée ! » bredouilla Querubim, les joues roses sous son hâle naturel.

La nuit et la journée du lendemain ne furent pas de trop pour remplir les formalités qu'exigeait leur départ imminent. Ignorant si son absence se compterait en semaines ou en mois, Rymar rédigea un testament qu'il fit enregistrer chez un notaire. La formulation de l'acte fut d'ailleurs compliquée, par défaut d'héritier naturel à qui léguer ses biens, et aussi pour leur extrême modicité.

« Deux malles, un coffret de rasage, une collection de pipes... Est-ce là tout l'inventaire de vos possessions ? grogna le notaire incrédule.

— Je suis issu d'une famille aisée, s'excusa l'officier. Depuis que mon père n'y pourvoit plus, c'est l'armée qui subvient à mes besoins.

— Enfin, n'avez-vous aucun toit pour vous abriter ? »

Cette question amena le soldat à se raconter plus avant, ce qu'il fit de bonne grâce et presque avec élan, tant son histoire avait rarement d'auditeur :

« Autrefois, Dom Graciano Rymar possédait un manoir, dix chevaux, trois maisons de rapport et assez d'or pour fondre un canon, commença-t-il en réchauffant sa pipe. Hélas ! Deux fléaux s'abattirent sur notre famille : le premier fut le trictrac, passion funeste de mon père où beaucoup de nos biens furent engloutis ; le second fut le tremblement de terre, qui ravagea nos possessions. S'il restait quelque chose, mes cinq frères et sœurs le mangèrent dès avant ma naissance. Ainsi je suis né pauvre, bien qu'héritier d'un nom glorieux.

— Mais ce nom, des hommes considérables l'ont porté ! » releva le notaire dont la curiosité passait maintenant l'intérêt de métier.

Rymar secoua sa jambe qui s'engourdissait :

« J'ai des parents au Conseil, admit le capitaine. Mais ne croyez pas que j'en tire aucun bénéfice ! Dans cette partie, monsieur, chacun joue pour soi ! Voici deux années pleines que je n'ai vu mes frères ni mes sœurs... Le plus proche a épousé la fille d'un hobereau, à trente lieues d'ici, et ne donne plus de nouvelles. Les autres vivent en Espagne ou en France. Mon patrimoine, aujourd'hui, c'est un grade d'artilleur et quelques souvenirs... »

Le notaire afficha brièvement sa compassion, sans aller toutefois jusqu'à réduire ses honoraires dictés eux aussi, expliqua-t-il, « par la nécessité ». L'acte fut timbré et dûment enregistré. Puis Rymar fut reconduit à la porte, où le tabellion prit congé de lui avec diverses marques de sympathie — et des pensées qu'il s'efforça de taire sur la déchéance moderne de l'aristocratie, dont cette pipe malodorante rendait témoignage. L'officier en allé, il fit ouvrir les fenêtres toutes grandes malgré la pluie.

Deux heures avant l'aube du vingt-huit septembre, une chaloupe transporta Rymar et son aide de camp à bord du *Voador*, un brick flambant neuf sorti des chantiers de Vila do Conde. Une térébrante odeur de résine de pin, mêlée d'exhalaisons de chanvre et de goudron chaud, imprégnait le navire. La voilure venait à peine d'être accrochée. Des marins s'affairaient encore sur le hunier d'artimon, dont les coutures trop sèches raidissaient la manœuvre. Mais leur travail était compliqué par les sautes du vent, qui menait sa cavalerie grondeuse d'un bord à l'autre du fleuve, hissait de grosses vagues à l'assaut des quais et des bateaux, tel l'éclaboussement de sabots monstrueux.

« Sale temps ! » jura Querubim dont le bonnet, une deuxième fois, avait voulu quitter la tête.

Les nouveaux venus furent présentés au commandant, Mateus Botifoga, un homme dans le milieu de l'âge dont la barbe naturelle, d'un bronze étincelant, s'ajustait mal à la perruque, fatiguée et pâlie. Rymar nota aussi les boutons manquants sur l'habit, la pointe avachie du tricorne muni d'une jugulaire. Il se dégageait du personnage beaucoup de sympathie, malgré l'égarement de sa mise.

« Votre brick a belle allure, mon commandant, fit Rymar en poussant sa voix contre le vent.

— Enfin une coque portugaise qui n'est pas mangée aux vers ! » approuva Querubim.

Le col ouvert, les paupières baissées sous ses gros sourcils, il humait suavement le parfum du bois frais.

« Mon aide de camp a vu le jour dans une forêt d'eucalyptus près de Leiria, commenta l'artilleur. Une pincée de sciure peut lui tirer des larmes. »

Le regard de Mateus Botifoga passa d'un visage à l'autre avant d'embrasser le fleuve.

« Moi, je suis né à Covilhã, soupira-t-il en s'accoudant à la rambarde. Nous laissons tous une terre aimée ! Quand la reverrons-nous ?

— Il faut garder espoir. Napoléon est à l'apogée de sa gloire, mais le déclin est proche. Il n'est d'étoile si lumineuse qu'à la fin elle ne sombre dans la mer. »

Heurtant sa pipe, une seule fois, contre le garde-corps, Rymar vida le fourneau de son contenu ; un galet de cendres tomba à l'eau, aussitôt englouti par les vagues. Rêveur, le commandant fixait l'endroit où le tabac avait sombré.

« Pour échapper aux Français, nous nous sommes livrés aux Anglais, peut-être plus avides encore. Quelle erreur d'avoir mendié leur protection ! Quand je vois leurs canonnières rôder autour de nos vaisseaux, je songe à des molosses lâchés sur un troupeau... N'est-ce pas assez de fuir, qu'il nous faut fuir entre leurs griffes ? »

La lunette du marin balaya l'horizon hérissé de voiles. À cette distance et sans l'instrument, la flotte royale se dissociait mal de l'escorte anglaise. On notait toutefois l'immobilité des navires portugais, pour beaucoup à l'ancre, quand ceux de l'allié tiraient des bords mouvementés d'une rive à l'autre du Tage.

Rymar avait emprunté la lunette. Il dénombra du côté portugais huit vaisseaux de ligne, trois frégates, trois corvettes et deux bricks — le leur inclus. Une nuée de bateaux marchands, peut-être une vingtaine, emplissait la rade. C'était une flotte imposante, dont le coup d'œil drainait une foule nombreuse sur les quais de Belém. Pourtant, l'idée qu'à l'intérieur de ces coffres de bois puissent s'entasser tant de passagers, au nombre desquels toute la famille royale, plusieurs ministres, des conseillers d'État, des dignitaires de l'Église, des seigneurs de haut lignage comme le duc de Cadaval ou le marquis d'Angeja — cette idée éveillait moins d'admiration que d'inquiétude. Qu'adviendrait-il si l'armada tombait sous le feu de l'ennemi ? Si des boulets bien ajustés envoyaient par le fond le *Príncipe Real* et la *Rainha de Portugal*, avec à bord leurs Altesses royales ? D'ailleurs, cette escadre était-elle bien préparée à affronter l'océan ? Plusieurs navires semblaient chargés à l'excès, dont la ligne descendait par moments sous les vagues. Sur le pont des mêmes régnait une cohue dangereuse de voyageurs et de bagages, sans compter le bétail embarqué comme provision de bouche. En comparaison, le *Voador* paraissait dépeuplé.

« Attendez-vous d'autres passagers ? s'enquit Rymar.

— Non, nous sommes au complet. »

Devant la mine perplexe du soldat, le marin précisa :

« Le brick emporte peu de voyageurs, mais une riche cargaison. Le prince-régent y attache un grand prix. »

Botifoga pesa sur la lunette, toujours à l'œil du capitaine, pour l'aligner sur une corvette anglaise qui coupait leur sillage.

« Le *Malborough*, notre escorte particulière ! » signala le commandant.

Rymar étudia longuement le navire qu'on lui désignait. Il compta douze sabords sur son flanc, ce qui portait à vingt-quatre le nombre total des canons.

« Pardonnez cette question, commandant, mais quelle est la nature de votre cargaison ? Est-ce le trésor de la Couronne que vous transportez ? Certains vaisseaux, paraît-il, débordent de richesses.

— Je l'ai entendu dire aussi, intervint Querubim. Un coffre à double serrure abriterait le chapeau diamanté de saint Georges, pour les processions.

— Votre curiosité est légitime, messieurs. Je vais la satisfaire sur-le-champ. »

Mateus Botifoga précéda ses passagers dans l'étroite écoutille qui donnait accès aux étages inférieurs du navire. De là, ils descendirent encore une échelle vers la cale, que n'éclairait aucune lumière naturelle. Le plafond en était si bas qu'il fallait, pour s'y tenir, soit plier les genoux, soit ôter son chapeau. Querubim choisit d'aller nu-tête parce que son maître l'avait fait ; d'ailleurs son shako, haute coiffure noire grandie d'un plumet blanc, risquait à tout instant d'accrocher une solive.

Rymar décrocha une lanterne dont il promena le faisceau alentour : il reconnut la cambuse, la soute aux biscuits, divers magasins où l'on entreposait vivres et matériel. Toutefois, la plus grande surface accueillait des paquets volumineux, de la taille à peu près d'un métier de tisserand, qu'un filet de cordages arrimait au pont. Autant qu'il en pouvait juger à la lueur du falot, une vingtaine au moins s'y trouvaient. Des couvertures de cuir ou de feutre emballaient chaque colis ; d'autres, roulées en boule, armaient les coins et les parties fragiles.

« Des pièces d'artillerie ? Calibre neuf livres ?

supposa Rymar à qui ces formes massives, certaines s'allongeant en pointe, rappelaient des canons.

— Non pas, capitaine. Voyez vous-même ! »

À l'invitation du marin, Rymar défit un nœud et tira un bout de couverture : un panneau de bois clair apparut, orné d'une scène peinte. L'artiste avait représenté un berger assoupi près d'un ruisseau, son troupeau égaillé à l'entour. Perché dans l'arbre voisin, un faune grimaçant épiait le dormeur. L'éclairage dansant de la lanterne donnait vie aux personnages et mouvement au feuillage verdâtre du saule.

Quand la couverture fut ôtée entièrement, un genre de petite table aux pieds cannelés accrocha la lumière. Son fin plateau s'enrichissait de marqueterie et de dorures. Le motif d'un cœur inversé revenait çà et là. Elle différait aussi d'une table ordinaire par son couvercle à abattant. Dessous dormait un élégant clavier aux touches d'ébène et d'ivoire.

« L'ivoire est chaud au toucher, expliqua le marin. Et il absorbe la suée des doigts. Ainsi, les marches restent sèches.

— Ça ressemble… à un clavecin ? C'est bien ainsi qu'on l'appelle ? hésita Rymar.

— Celui-ci est un clavicorde, corrigea le marin. Dans le clavecin, les cordes sont pincées par des becs de plume. Dans le clavicorde, elles sont frappées par de petites languettes de métal.

— De la belle ouvrage ! » apprécia Querubim dont la main frôlait amoureusement la barre du clavier et sa guirlande de fleurs peinte.

Mateus Botifoga pendit sa propre lanterne à un clou et roula un tonneau vide jusqu'à l'instrument.

Se juchant dessus pour rattraper sa petite taille, il posa les mains sur le clavier et broda quelques arpèges hésitants. Les premières notes tintèrent, branlantes et peu d'aplomb. Était-ce son toucher malhabile ou l'insuffisance du clavicorde ? Il semblait à Rymar que les fils de cuivre vibraient mal et comme à regret, tirés d'un long engourdissement par le heurt du métal. Un son aigrelet montait de la caisse fermée, que le clapotis des vagues suffisait à couvrir. Enfin, les doigts du marin se détachèrent des touches qu'ils laissèrent un peu mouillées. Ce simple exercice l'avait mis en sueur.

« Très joli, mentit le capitaine.

— *La gaillarde douloureuse* de Peter Philips. N'est-ce pas que c'est chantant ? On reproche au clavicorde ses moyens modestes et son manque d'éclat. Bon pour les couvents, disent ses détracteurs... Mais dans le rendu des nuances, il est incomparable. Celui-ci vient de Lisbonne. Il est signé Mathias Bostem.

— Vous semblez connaisseur », remarqua poliment Querubim.

Et cependant, le vieux monsieur dans son habit chiffonné, à cheval sur un tonneau de bière, promenant ses grosses pattes sur la fragile machine à musique, prêtait à rire. Y avait-il rien de moins assorti que ces mains rugueuses et la délicate denture d'ivoire qu'elles martelaient ? Une image s'imposa à l'esprit de Rymar : celle d'un ours sur un établi d'horloger. Non, décidément, la musique ne semblait convenable qu'aux demoiselles, et proportionnés à leurs doigts seuls ces meubles de poupée aux naïfs ornements.

« Pour ma part, confia le soldat, je m'y entends

à pianoter comme à traire les chèvres. Je vous admire d'avoir apprivoisé ces machines ; elles restent pour moi des fauves intimidants, qu'on fait parfois miauler mais rarement chanter ! Et puis, je suis de l'avis de mon père : il disait les claviers bons pour les bourgeois, la harpe seule digne des gentilshommes, ou plutôt de leurs dames. D'ailleurs, chez nous, il n'y avait que ma mère pour y traîner les doigts ! »

La nuance ironique passa inaperçue du commandant, qui frottait un chiffon sur les marches du clavier. Il referma le couvercle avec lenteur et précaution.

« J'ai peu de mérite, capitaine. Le prince m'a chargé maintes fois de convoyer des épinettes ou des pianos-forte jusqu'à Lisbonne. Vous savez qu'il partage avec son père le goût de la musique. Il n'est pas de cour en Europe, peut-être, qui ait été si accueillante aux *hommes du clavier.* Mais avant d'orner les salons des palais d'Ajuda ou de Queluz, ces beaux meubles ont été passagers de mes bateaux, ils ont connu tous les hasards d'un voyage en mer ! C'est une affaire, savez-vous, d'acheminer un grand clavecin, bâti comme un cheval, depuis l'Allemagne ou l'Angleterre. »

Tout en rhabillant le clavicorde, Mateus Botifoga décrivit les soins dont bénéficiaient les instruments de prix pendant leur transport : comment on les enveloppait de cuir à plusieurs épaisseurs ; comment on chaussait leurs pieds de bas tricotés exprès ; comment, en garantie des chocs, on les enfermait dans des coffres à leurs mesures. Mais cette leçon continuait d'assommer Rymar. Puisqu'il ne pouvait marquer crûment son impatience, il feignit de trouver des puces au col de Querubim, qu'il secoua une ou deux fois, l'air dégoûté. Le commandant ne fut pas dupe de ce manège :

« Bon, je vous ennuie ! s'interrompit Mateus Botifoga en décrochant sa lanterne. C'est une matière aride, j'en conviens. Et puis, le jour est mal choisi pour vous entretenir de musique. »

Ces mots recoupaient si bien ses pensées que Rymar s'esclaffa.

« En vérité...

— Rien ne presse. La traversée sera longue, et les occasions nombreuses de renouer cette conversation.

— ... ou d'en commencer d'autres ! biaisa Rymar. La musique, voyez-vous, m'est aussi étrangère que la broderie au point de croix.

— Vous vous moquez, sans doute ? »

La stupeur du soldat fut telle qu'il cessa de respirer. Ses paupières battaient lentement dans un visage de cire.

« Et pourquoi donc ?

— Vous connaissez votre mission, n'est-ce pas ? s'enquit Botifoga, en détachant les mots comme s'il traitait un sourd. Vous savez pourquoi l'on vous envoie au Brésil ? »

La langue du capitaine semblait engourdie. Il déglutit péniblement.

« Pour combattre ! Quoi d'autre ? Je suis soldat !

— Oh... c'est embarrassant ! »

Le commandant souleva son tricorne qui lui donnait chaud. Peut-être s'accusait-il d'avoir trop parlé. Il s'essuya le front et récita d'un trait, comme publiant une calomnie :

« L'état-major vous a confié les instruments

convoyés sur le *Voador*. Une fois au Brésil, vous en assurerez la livraison chez leurs propriétaires. »

Il sembla à Rymar que tout son sang refluait vers le cœur. Sa gorge resserrée ne laissait plus passer qu'un filet d'air.

« Il doit y avoir erreur ! Êtes-vous sûr de ce que vous avancez ?

— C'est écrit là. »

Mateus Botifoga sortit une lettre du repli mouillé de sa manche. Rymar, la main tremblante, en prit rapidement connaissance. La date fixa son attention : vingt-cinq novembre, la veille de son entrevue avec Meneses.

« Par exemple, c'est trop fort ! éclata l'officier rendu à l'évidence. Ils m'ont joué ce vilain tour ! »

Chaque fois qu'il était pris de colère, son moignon l'était de démangeaisons. C'était un prurit insatiable qui s'éveillait le long de la cicatrice, guère au-dessous du genou, puis irradiait dans le membre manquant. Le capitaine frotta convulsivement sa jambe contre le tonneau. Ce bruit — bois contre bois — fit tressaillir le marin.

« Commandant, armez une chaloupe, je retourne à terre ! éclata Rymar. Je dois parler au lieutenant général !

— Il n'est plus temps, voyons…

— Alors, j'irai trouver le prince ! Vite, un canot ! »

Rymar avait laissé sa lanterne brûlante aux mains de Querubim, puis s'était rué vers l'échelle qu'il escaladait déjà, presque à la force des bras, l'épée battant sa jambe morte. Botifoga le rattrapa sans mal et agrippa le pan flottant de son habit.

« Lâchez-moi ! tonna le capitaine.

— Je regrette, monsieur, vous ne pouvez quitter le bord.

— Et qui m'en empêchera ?

— Allons, soyez raisonnable ! »

Lancé dans l'ombre, un talon de botte frôla le menton du marin qui lâcha un juron mais garda sa prise sur les basques du soldat. Ce dernier perdit l'équilibre et fit la culbute. Les deux hommes tombèrent ensemble sur le plancher de la cale, soulevant un nuage de sciure. Querubim se précipita pour relever son maître et brosser l'uniforme où s'accrochaient des salissures. Alors l'officier, charitablement, aida Botifoga toujours agenouillé.

« Avez-vous la tête dure ! » protesta le marin dès qu'il fut sur ses pieds.

Rymar attacha une épaulette défaite dans la chute, à la lueur jumelée des deux lanternes que brandissait son aide de camp. Le haut de son visage s'était détendu, effaçant les rides qu'y creusait la colère, mais un pli batailleur coupait encore le menton, là où jadis était entrée une balle française.

« Figurez-vous qu'après douze ans d'aventures en mer, douze ans de canonnades et d'abordages périlleux, un amiral vous envoie tresser le chanvre à la corderie... Ce que vous sentiriez, je l'éprouve aujourd'hui. »

Cet aveu parut toucher Botifoga. Il ne répondit point, mais aida son passager qui cherchait, dans les recoins ombreux de la cale, la pipe tombée de son gilet. L'un ramassa le fourneau, l'autre le manche. Rymar les emboîta, content que le tuyau n'eût pas subi d'autre dommage.

« Je ne veux vous causer aucun tort, reprit l'artilleur. Mais j'irai trouver le régent si j'en ai l'occasion. Il doit nécessairement m'entendre !

— Je doute que le prince se rétracte. Il semblait sûr de son choix. Plusieurs fois, son Altesse m'a répété que vous étiez l'homme de la situation.

— Vous voulez dire qu'il s'est prononcé personnellement sur mon cas ? » releva le capitaine. Cette rare faveur l'attendrissait.

Botifoga le confirma d'un signe de tête :

« Dom João n'a pu assister au chargement des clavecins ni à leur arrimage, mais il m'a reçu au palais pour s'assurer des conditions du voyage. »

Querubim plaisanta de la légèreté du régent, qui s'occupait de musique dans l'agonie du Portugal. Il n'y gagna qu'un regard courroucé de son maître, et le vague mépris du commandant.

« Quand partons-nous ? s'informa Rymar.

— Au signal du vaisseau amiral. Trois coups de canon et deux traits de sifflet. »

Or le signal espéré se fit attendre. Une tempête sévissait au large, que les marins craignaient d'affronter. Le regard du commandant ne quittait pas l'horizon, muré depuis la veille par l'amoncellement têtu de l'orage. Des nuages épais ondulaient au ras des vagues, sinon dressaient des remparts ténébreux contre le ciel. Impossible, alors, de quitter l'abri du fleuve.

« Nous ne passerons pas ! prophétisait Querubim. Dieu veut notre perte !

— Il y a beau temps que Dieu n'a plus souci du Portugal », médita sombrement Botifoga.

La longue-vue tournait parmi les officiers du *Voador*, qui s'ennuyaient déjà de leurs familles. Certains dont la maison bordait le Tage scrutaient attentivement les balcons, s'écriant chaque fois qu'y paraissait un des leurs. Le tour du capitaine arriva. Pour être plus à l'aise, Rymar confia sa pipe fumante à Querubim, qui la continua en familier.

Le hasard voulut qu'à l'instant où l'œil du soldat s'ajusta au rond de cuivre, un événement nouveau agitait les quais de Belém. Là-bas, sur la rive orientale du fleuve, dans l'enchevêtrement des mâts et des brancards qu'avait laissé le départ des bateaux, s'avançait un imposant carrosse à quatre chevaux. La puissance de l'attelage et de l'escorte indiquait le rang, sans doute éminent, des propriétaires. Rymar nota aussi l'écusson ornant les portes, bien que la distance en brouillât le dessin. Mais ce qui l'intrigua surtout fut la bousculade à l'apparition des voyageurs — un homme ventripotent habillé de noir, un grêle adolescent en tenue militaire.

« Voici le prince Dom João, annonça sobrement l'officier. Un garçon l'accompagne. Peut-être son neveu, Carlos de Bourbon. »

Ces mots firent s'exclamer les autres passagers. L'œil toujours collé à la lunette, Rymar suivit l'embarquement des deux hommes sur un canot peuplé de soldats et de rameurs. La visite du prince semblait inopinée : des planches jetées à même le sol enjambaient précairement les flaques et les trous d'eau ; à bord du canot, le dais trempé de pluie offrait peu d'abri aux fauteuils disparates, l'un rouge et l'autre vert, qu'on venait d'ériger à la poupe. Franchissant la passerelle qui menait au bateau, le régent se tourna vers la foule et agita la main. Ce geste mit un comble à l'émotion populaire. Des cris s'élevèrent, dont l'écho affaibli se propagea jusqu'au *Voador.*

L'officier les entendit aussi. Mais tandis que ses voisins, pris de ferveur, joignaient leurs voix à celles de leurs compatriotes, Rymar, lui, n'éprouvait rien. Les corps qui s'animaient sur la lentille de verre lui rappelaient les silhouettes fugaces d'un théâtre d'ombres. Il n'attachait aucun sens à leurs gesticulations, pas plus qu'il n'accordait de réalité, au fond, à l'invasion française imminente, à cette guerre qui l'avait boudé.

Une nausée le prit, qu'il attribua simplement au tangage du *Voador.* Rymar céda la lunette au commandant et descendit s'étendre dans sa cabine. Il voulait qu'on le laissât dormir, mais chercha le sommeil jusqu'à la brune.

Le soir du deuxième jour, une embellie soudaine et la vaillance de l'amiral Smith ouvrirent une échappée à la flotte. L'un après l'autre, les navires gagnèrent l'embouchure du Tage et se jetèrent, toutes voiles dehors, dans le sillage commun. Il était temps : à peine le dernier mât du dernier bateau soustrait à la vue, l'armée ennemie faisait irruption dans Lisbonne. La légende dit qu'un regard fut échangé du premier cavalier français entré dans le port au dernier marin portugais sorti de la rade. En tout cas, plusieurs boulets furent tirés du château São Jorge qui sombrèrent en pleine eau, hors de portée des fuyards.

La tempête pouvait drosser les navires à la côte et faire le jeu des Français. Elle devint au contraire, sitôt franchi l'obstacle des premières vagues, un puissant ressort. Les vents soufflant du nord étaient constants et vigoureux, de sorte qu'en peu de jours, non seulement le retard fut couvert mais de l'avance gagnée. Par deux fois, le commandant fit prendre des ris sur la voilure, afin de soulager les mâts gémissants. Mateus Botifoga craignait pour son bateau ; toutefois, sa cargaison le souciait plus encore. Dès que la difficile manœuvre lui en laissait le temps, il descendait s'assurer des clavecins et des pianos-forte, à la surveillance desquels trois matelots avaient été commis exprès. Sous leur épais manteau de cuir ou d'étoffe, les fragiles machines à musique rendaient des sons inquiets. De plaintives dissonances se faisaient entendre : c'était chaque fois une nouvelle aiguille plantée dans son cœur.

« S'il casse une seule corde, sûrement le prince me fera pendre ! » répétait-il, lugubre, à son équipage.

Rymar feignait de compatir à la souffrance des instruments, bien qu'il continuât d'éprouver une vive antipathie pour la musique et pour la tâche tranquille qui lui avait échu. Il s'en ouvrait souvent à Querubim, répétant qu'une fois au Brésil, il demanderait audience au prince. Son espoir était d'appartenir à sa garde rapprochée.

« Croyez-vous qu'il vous exaucera ?

— Il le faut, Querubim, sans quoi je m'éteindrai d'ennui ! »

Malgré la confiance qu'il affectait, une ride s'était tracée à mi-hauteur de son front, doublant la ligne des sourcils, qui trahissait ses tourments intérieurs. La seule vue d'un clavier lui causait de l'irritation et ravivait le fourmillement de sa jambe. Il comparait les meubles à musique, sévèrement alignés sous leurs housses de peau brune, aux cercueils rapatriés à la fin d'une bataille. Il disait étouffer dans la puanteur boisée de la cale. Seuls lui convenaient l'air agité du pont et le spectacle intense de l'océan.

Un certain branle-bas dans ses entrailles lui rappelait qu'il avait rarement pris la mer. Il vomissait parfois. Mais ce désagrément était peu de chose, auprès des étonnements nombreux du voyage. À l'approche des côtes américaines, l'eau commença à tiédir, le soleil à brûler ; des oiseaux colorés visitaient les haubans. Querubim s'exclamait comme un enfant :

« Ah, ça ! Mon capitaine ! N'est-ce pas qu'ils semblent tombés d'un arc-en-ciel ? »

Bientôt la terre fut en vue. Le nom de Salvador da Bahia circula parmi les passagers. Il annonçait déjà, sur leurs lèvres amusées, les saveurs du Nouveau Monde. Tous se pressaient à la lisse pour avoir la primeur du spectacle. Ce furent des palmiers, des églises peintes, un groupe d'hommes noirs, que livrait par instants le voile onduleux de la chaleur. On s'écria aussi quand un brigantin chargé de fruits tropicaux, le *Três Corações*, vint à la rencontre des équipages. Rymar mordit un maracujá, qu'il jugea succulent malgré la profusion des graines.

Les bateaux qui marchaient en tête du convoi amenèrent les voiles, pour laisser le temps aux suivants de se regrouper. Il en manquait plusieurs, déroutés vers le sud par le mauvais temps. Toutefois, le *Voador* restait dans le sillage du *Príncipe Real*, le navire du régent. Le jeu des vents et des courants avait même rapproché les deux vaisseaux, maintenant bord à bord. Des saluts s'échangeaient entre les officiers qui arpentaient le pont, entre les gabiers perchés dans la mâture. Les frégates *Urânia* et *Minerva* se rangèrent à leur tour près du vaisseau-amiral, suivies d'autres bâtiments. Alors, alignée comme à la parade, la flotte royale fit son entrée dans la baie de tous les saints.

« Vingt-deux janvier 1808, nota le capitaine en feuilletant le journal de bord. Une date à retenir, mon cher Querubim !

— Qu'allons-nous faire, à présent ?

— Eh bien, on m'a confié l'acheminement des tables à musique..., rappela aigrement l'officier. J'accomplirai ma mission. Le plus tôt sera le mieux. »

Dès l'ancre mouillée, le capitaine insista pour débarquer les instruments avec les premiers voyageurs, cédant même sa place dans la chaloupe au bénéfice d'un clavecin, un Graf de grandes dimensions. Une dizaine de meubles furent donc transportés à terre mais, après trois nuits d'attente dans un entrepôt où flottait l'odeur sucrée du vesou, ils retournèrent à bord. Le bruit courait que Dom João n'appréciait pas Salvador. La réception du gouverneur, Saldanha da Gama, avait été frileuse, et la famille royale se trouvait peu d'affinités avec les trafiquants de sucre ou de tabac qui formaient le gros de la population. Leurs mœurs passaient pour grossières — comme l'illustrait, au théâtre, cette fâcheuse habitude de sucer des friandises ou de boire du café pendant les représentations.

Sur la foi de conseillers qui lui vantaient Rio de Janeiro, sa baie magnifique, son climat enjôleur, le prince voulut s'y rendre. Il fallut donc, en toute hâte, remplir les caisses qu'on venait de vider, déménager les maisons réquisitionnées dans la ville pour y loger la cour. Les navires en partie désarmés rappelèrent leur équipage et mirent cap au sud.

Cette étape manquée ne fit qu'aigrir davantage le capitaine. Les fragiles « tables à musique », comme il s'habituait à les nommer — ce n'étaient guère, somme toute, que des cithares en caisse —, avaient souffert des allées et venues. Certaines tombaient en pièces. Ayant protesté longtemps que ce n'était pas son affaire, puis cherché quelqu'un qui s'en occuperait, Rymar se résigna à effectuer lui-même les réparations. L'allongement du voyage lui en laissait le temps. Et puis, sa connaissance intime des armes à feu pouvait être utile : les clavecins n'étaient jamais qu'un autre genre de machines en bois et en métal.

C'est ainsi qu'une semaine durant, Eduardo Rymar revissa des pieds, recloua des planches, recolla des pièces de bois ou d'écaille détachées pendant le transport. Lui qui n'avait jamais manié de pinceau employa toute une heure à barbouiller la tête mafflue d'un angelot sur la caisse d'une épinette — ornement que le frottement d'une corde avait presque effacé.

« Un mot et je t'éventre ! » lançait-il, furibond, quand l'aide de camp faisait mine d'inspecter son travail.

De fait, Querubim prenait du bon temps. Voir l'officier en telle posture, une blouse de peintre autour des reins, une palette posée sur l'avant-bras, l'égayait follement. Était-ce le même homme, vraiment, qui cousait ses plaies sur les champs de bataille ? Or Rymar n'appréciait guère de divertir son ordonnance. Chaque fois qu'un sourire montait sur le visage de Querubim, ou d'ailleurs de quiconque, une grimace hostile se formait sur le sien. On voyait ses traits se figer, comme pris en glace, et ses lèvres s'étirer méchamment :

« La comédie doit finir. Dès que nous toucherons terre, j'irai voir le prince, je plaiderai ma cause ! »

Cette pensée le hanta tout au long du voyage. Lorsqu'ils atteignirent Rio de Janeiro, et qu'une seconde fois les chaloupes s'animèrent autour du brick à l'ancre, Rymar alla trouver le marquis de Lavradio, son cousin éloigné, pour qu'il lui ménageât une entrevue avec Dom João.

« L'affaire est-elle urgente ? demanda l'aristocrate devant l'air accablé du soldat.

— Il y va de ma vie ! » exagéra Rymar.

Sans doute le marquis en jugea-t-il autrement, puisqu'il déclara sur le ton patelin dont il traitait les émissaires français :

« Je le ferai, comptez sur moi. Mais d'abord, que la cour s'installe ! Elle n'a pas seulement où dormir ! Le palais des vice-rois est un nid à rhumes, dit-on, or c'est le seul dont nous puissions aisément disposer. »

Rymar prit patience. Lavradio l'avait assuré d'une réponse rapide, aussi préféra-t-il garder sa cabine sur le *Voador* plutôt que de chercher un logement à terre. Plusieurs fois, des matelots quittant le bord lui offrirent la course ; il déclina toujours, rappelant la tâche qui lui était confiée et le risque qu'il y aurait à laisser les instruments sans surveillance. Pareillement lorsqu'un camarade, retour d'une visite en ville, lui vantait les merveilles de Rio, le capitaine se dérobait :

« Nous verrons cela plus tard. Je suis aux ordres de Dom João. Son Altesse peut m'appeler à tout instant ! »

Rymar cultivait cet espoir, chaque jour plus entamé. Seul des voyageurs à ne pas débarquer, il trompait le temps, qui s'écoulait ici plus lent et plus épais qu'en mer. La vie militaire, toute d'agitation et d'incertitude, l'avait mal préparé à l'ennui des escales. Il s'occupait en tenant sa correspondance, d'ailleurs fort chiche, et achevait d'explorer la bibliothèque du bord.

Mateus Botifoga, compatissant, lui avait abandonné sa lunette. Ce fut donc à travers l'œilleton du petit instrument, monté sur un pied de bois, qu'Eduardo Rymar reçut ses premières impressions du Brésil. Le *Voador* mouillait à quelques encablures de la côte, près de l'île des Cobras. Visible à l'œil nu, le décor de la ville gagnait dans la longue-vue une proximité saisissante. L'officier admira une procession de Noires à colliers d'or entrer dans une église ; des marchands de fleurs proposer leurs œillets, piqués sur des côtes de bananiers, à des demoiselles en palanquin. Il suivit dans leur indolente flânerie, aux heures tièdes du crépuscule, de jeunes mulâtres aux vestes bigarrées ; certains se déchaussaient pour marcher dans la mer. Il aperçut aussi, en maints endroits, des esclaves promenant sur la tête ce qu'en d'autres pays on chargeait sur des ânes : des tuiles, des paniers de charbon, des couffes d'ananas, des cages à poules et des bidons de lait.

Cela valait bien les festivités qui marquèrent la réception du régent et dont il fut un témoin plutôt distrait, ennemi qu'il était des pompes et des solennités. Une heure durant, le cortège emmené par des prêtres balanceurs d'encensoirs, suivis du prince sous un dais écarlate, remonta la rue saupoudrée de sable jusqu'à l'église du Rosário. L'officier jugea de mauvais goût les tentures de damas déroulées sur les portes comme les roses qu'on effeuillait au passage de la colonne. Il s'interrogea si les grandes pièces de drap suspendues aux balcons étaient vraiment des couvre-lits, et si c'étaient vraiment des mules qu'on attelait à la voiture royale.

D'ailleurs ces tableaux, scrutés un long moment, finirent par lasser l'officier. Rymar sombra alors dans une profonde mélancolie. Il passait ses journées dans la contemplation muette de l'océan, assis à la table pliante qui meublait sa cabine. Vers midi, il montait sur le pont profiter du peu d'air qui flottait sur les eaux et allumer une pipe, qu'il mordait encore éteinte, en aspirant par distraction le jus tiède du tabac.

Ainsi debout, le regard fixe, la taille un peu raide dans son habit foncé, il rappelait la sentinelle du carré des officiers. De fait, la ressemblance abusa un étranger monté à bord, qui s'adressa à lui comme au factionnaire. Rymar en eut un peu d'émotion. La méprise du visiteur l'avait troublé, mais surtout son allure exotique : un chapeau de paille neuve, une chemise à pois rouges dont le col bâillait scandaleusement, une canne comme l'officier n'en imaginait qu'aux saltimbanques ; et avec cela, une façon de parler portugais, en ouvrant chaque voyelle, qui lui parut fort drôle. Sûrement, le hâle de sa peau devait moins au soleil qu'à la naissance et Rymar réfléchit qu'il n'avait, de toute sa vie, côtoyé d'aussi près un indigène du Brésil.

Un moment s'écoula avant que l'officier, dégourdissant sa langue, n'écartât le malentendu :

« Plaise à Dieu que je sois sentinelle…

— Pardon, je me suis mépris !

— Vous m'avez flatté. Il n'est pas de meilleur soldat ! Quel autre est si obéissant ? Quel autre endure stoïquement le gel ou la fournaise, abrité sous sa pauvre guérite ? S'il existe une vertu militaire, voici son modèle !

— C'est bien vrai. Nous avons une sentinelle sur la place du palais et, quoiqu'il gèle rarement sous nos climats, c'est un homme de bien qui mériterait de l'avancement.

— Hélas ! monsieur, je ne suis qu'un simple capitaine d'artillerie… »

« … dans l'armée portugaise », compléta vite Rymar, réfléchissant qu'ici, son affectation n'allait pas de soi.

En revanche, serrer la main qui se tendait — brune sur le dessus, avec l'intérieur rose — passa ses forces. Il prétexta un malaise et trouva refuge dans sa cabine, dont sottement il tira le verrou.

Son discours avait fait grande impression sur l'étranger qui, longtemps après son séjour sur le *Voador*, se vantait d'avoir rencontré un « major portugais ». Rymar, en revanche, ne garda aucun souvenir de cet échange, mais du seul faciès du visiteur, qu'il s'amusa à crayonner de mémoire comme il avait fait du premier dauphin, du premier perroquet aperçus sur la côte brésilienne. Cette distraction l'occupa tout un après-midi. Ensuite, l'officier retomba dans son humeur ordinaire, sombre et taciturne. Querubim aussi se morfondait.

« Maître, quand descendons-nous à terre ? soupirait l'aide de camp.

— Pardi ! Quand j'en recevrai l'ordre ! »

Cette réponse invariable, tel un plat servi à chaque repas, laissait Querubim sur sa faim. Il n'attendait, lui, aucun visa de l'état-major et brûlait d'aller en ville, fût-ce sans autorisation. L'officier le sentit qui, charitablement, donna congé au pauvre garçon. Querubim fut chargé de louer, quelque part à Rio, une maison dont les fenêtres s'ouvraient sur la baie.

« Mais rien ne presse, tempéra aussitôt l'artilleur. Le prince sûrement m'appellera à son service. Alors, j'aurai une chambre au palais ! »

Cependant les jours passaient, sans nouvelles de la cour. Cantonné à Lisbonne, Rymar avait guetté l'ordre de partir ; à présent, il guettait celui d'arriver. Vers la fin du mois de mars 1808, le commandant avisa son dernier passager que le *Voador* allait être désarmé. Ce qui restait de l'équipage et de la cargaison — inclus donc les tables à musique — serait débarqué sans délai.

« Vous me chassez ?

— Il est temps que vous quittiez le bord. »

L'injonction était sèche et Botifoga s'en aperçut. Il ajouta, bon camarade :

« Allons, Eduardo, vous languissez entre ces planches ! N'êtes-vous pas pressé d'aller à terre ? »

Et, pour faire bonne mesure, le marin produisit sous les yeux du soldat une rareté : deux cigares du format d'un gros piment, cuivrés, odorants, magnifiques, dont la pointe s'émiettait en flocons roux. C'étaient les premiers qu'eût jamais admirés Rymar, adepte de la pipe et du tabac chiqué. Ce cadeau flatta le capitaine sans l'apprivoiser. Il l'accepta néanmoins et gratta une allumette espagnole sur le mât. Botifoga attendit qu'assez de fumée flottât dans l'air pour annoncer la nouvelle déplaisante qu'il couvait depuis tantôt. Il s'en acquitta aussi doucement qu'il put, avec des nuances de voix, des prudences de geste dignes d'un diplomate :

« Autre chose... J'ai reçu hier un courrier du palais. Dom João s'ennuie de son clavicorde. Il est d'autres messieurs bien en cour qui se plaignent du silence régnant dans leur salon.

— Tiens ?

— Que ces lamentations ne vous trompent pas : les courtisans regrettent surtout le joli meuble musical qui égayait leur intérieur. Il n'empêche. Si vous tardiez trop à livrer, on vous en tiendrait rigueur.

— Le prince vous a écrit ? À vous, et pas à moi ?

— Je regrette, capitaine », compatit Botifoga.

Ce fut une vive contrariété pour l'artilleur, et une grande humiliation. Il se conforma quand même aux instructions du marin, recruta des hommes, loua des canots et fit transporter à terre, en même temps que son pauvre bagage, les tables à musique toujours emballées. Pas moins de six voyages furent nécessaires aux trois chaloupes pour acheminer la précieuse cargaison jusqu'au quai. Rymar fut passager de la dernière traversée.

« Eh bien, monsieur, je crois que nos routes se séparent. Adieu ! » lança-t-il au marin comme il descendait l'échelle de coupée derrière Querubim.

Botifoga tendit au soldat, déjà assis dans le canot, un coffret d'acajou aux jolies ferrures. Rymar découvrit à l'intérieur, dans une empreinte de velours bleu, si bien astiquée qu'elle semblait neuve, la longue-vue du commandant.

« Quand vous vous ennuierez du Portugal, pointez-la vers l'océan ! »

Le capitaine remercia sans effusion. Alors, les rameurs poussèrent des bras et des jambes pour détacher le canot du *Voador*. En quelques coups d'aviron, la chaloupe creusa l'écart avec le brick qui semblait, par un bizarre effet d'optique, regagner le large. De hautes vagues s'interposèrent entre eux, comme si la mer aidait à leur séparation. On fut bientôt en pleine eau, l'horizon fermé d'un côté par un relief d'écume, de l'autre par un relief de pierre : l'imposante Serra dos Órgãos, ou chaîne des orgues, dont la frise tourmentée rappelait une ruine antique. Il n'y avait plus trace du voilier.

Tout cet air, tout cet azur, les oiseaux tourbillonnant au ras des têtes étourdissaient les deux hommes, reclus depuis des mois dans leur maison flottante. Querubim s'écriait sous les éclaboussures, curieux de cette eau tiède qui moussait comme du savon. Rymar, lui, gardait le silence. Il tenait la boîte de la longue-vue serrée entre ses jambes et couvrait le décor d'un regard éteint, abaissant les paupières chaque fois qu'une gerbe d'eau l'arrosait à son tour.

Plus la côte se rapprochait, plus la brise se chargeait d'effluves, les uns pris à Rio — sueur, crottin, café grillé —, les autres à cette vaste forêt qui enserrait la ville et semblait près de l'engloutir. Une note cependant dominait : celle d'une végétation comblée, étourdie de lumière et de chaleur, qui trouvait sous ce climat le plus tendre berceau.

Une puissante odeur de serre, pleine et rassasiée, leur venait à chaque souffle. C'était un parfum à nul autre semblable — gras, capiteux, complice de la chair comme s'il parlait son langage naturel, en état peut-être d'éveiller les semences et de mûrir les fruits. Querubim l'inspirait les yeux clos, la tête renversée, dans l'illusion voluptueuse qu'il flairait une haleine animale.

« J'aime déjà ce pays, confia l'aide de camp.

— D'ordinaire, les visiteurs se plaisent au Brésil, intervint son voisin, un lieutenant du *Voador.* Connaissez-vous Amerigo Vespucci, l'Italien qui a découvert cette baie ? »

Querubim avoua qu'il n'était pas féru d'histoire, préférant dédier ses loisirs à l'ébénisterie.

« Il a écrit : "s'il y a dans le monde un Paradis terrestre, il doit être près de ces lieux". Et pourtant, la colonie fourmille d'hommes et de femmes qu'on y a traînés de force, et qui rêvent d'en partir… On dit fort justement du Brésil qu'il est l'enfer des Noirs, le purgatoire des Blancs et l'éden des mulâtres.

— Vous semblez bien le connaître ?

— J'y ai vu le jour. Je suis ce que vos compatriotes appellent un *pied de chèvre,* un natif du pays. »

Querubim considéra le lieutenant d'un nouvel œil. C'était un homme d'âge mûr, dont la forte mâchoire ancrait seule le visage replet. Un poil cendreux s'attachait par places à la peau brune, en remontant très haut sur les joues. L'aide de camp nota aussi le frisottement de la chevelure, l'ampleur inhabituelle des lèvres. Comme lisant ses pensées, le marin précisa :

« Ma mère était esclave. J'ai reçu l'enseignement des jésuites à la *fazenda* Santa Cruz, non loin de Rio. Quand les religieux en ont été chassés, un orphelinat portugais m'a recueilli. Le hasard a voulu que cette institution voisinât avec l'école navale. J'ai donc embrassé la carrière maritime. Sans cela, vous me verriez dans l'état de servitude où sont restés mes ancêtres, sur trois générations. »

Le lieutenant s'était raconté avec une grande aisance, sans plus d'émotion qu'un maître de manœuvre décrivant le gréement d'un voilier. Ses aveux n'en troublèrent pas moins l'aide de camp, qui feignit d'éternuer pour trouver contenance. Maintenant qu'il savait le passé du marin, il en décelait des indices dans ses vêtements, dans son allure, dans son accent même, et se repentait de ne pas les avoir mieux étudiés. Il y avait cette peau décidément foncée, ces oreilles menues, ce cou large ; mais surtout, d'une façon qu'il n'aurait pu expliquer, l'uniforme de la marine portugaise semblait inadéquat à cet homme grand et musculeux, taillé évidemment pour des travaux de force. La veste à brandebourgs et le pantalon gansé produisaient sur lui un effet comique, telle la redingote dont l'enfant s'est affublé. C'était risible et tragique à la fois.

« À propos, mon nom est Eusébio Casinda.

— Querubim… Mascarenhas », bredouilla l'ordonnance, dont ce nom africain creusait l'embarras.

La poignée de main fut légère, presque fuyante. Sous prétexte d'échapper au vent, Querubim se réfugia près de son maître, à l'arrière du canot. Eusébio le regarda changer de place sans trahir d'émotion.

Rymar n'avait pris aucune part à la causerie. Il flottait dans ses pensées, méditant tristement sa situation. La négligence du prince à son égard continuait de le tourmenter. C'était comme une lame échappée du manche, qu'il ne pouvait manier sans ouvrir de blessure et faire couler le sang. Ce discret vague à l'âme devint, à l'approche de la terre, un malaise obsédant. De la nuque aux genoux, tout son corps lui semblait engourdi, pataud, comme supportant le poids d'un lourd carcan. En mettant pied à terre, Rymar trébucha sur un rouleau de cordage. Querubim le soutint jusqu'à la rampe ménagée dans le quai de pierre où le soldat s'effondra, le regard vague, la tête dodelinante.

« Tout va bien, monsieur ? » s'inquiéta l'aide de camp.

Eusébio, débarqué avec eux, se pencha à son tour sur l'officier qui se plaignait de maux de ventre.

« Le choléra ? hasarda Querubim.

— Une maladie de nègres. Les Blancs contractent la malaria, qui n'est pas moins vicieuse. Mars est à Rio un mois très insalubre. C'est le seul de l'année qui ne voie pas d'orages : l'air est saturé de miasmes nuisibles à la santé. »

Il corrigea vite, devant l'air effaré du soldat :

« … cependant, je ne sache pas qu'une épidémie frappe présentement la ville ! »

On parla d'appeler un médecin, puis de transporter Rymar à la caserne voisine où il y aurait sans doute un infirmier. Ce fut alors qu'Eusébio vit une marchande de sucreries qui accostait les passants. Il la siffla sans gêne. La vendeuse descendit la rampe d'un pas tranquille, son éventaire de gâteaux calé sur la hanche gauche tandis que balançait, au bout du bras opposé, une *moringa*, une cruche de terre au bec arrondi.

« Qu'il boive, ça lui fera du bien ! conseilla Eusébio.

— L'eau est bonne ? douta l'aide de camp.

— Un aqueduc l'apporte du Corcovado, une montagne au-dessus de Rio. Il n'y en a pas de plus pure dans toute l'Amérique. »

Rebuté par la saleté du cruchon, l'officier refusa d'abord d'ouvrir la bouche. Il détournait la tête, protestant qu'il se sentait mieux. En même temps, sa langue poussait hors de ses lèvres, avide d'humidité.

« Cette chaleur ! » gémissait-il, près de défaillir.

De fait, la chaleur était intenable sur le quai écrasé de soleil, et l'uniforme automnal à doublure de feutre une véritable étuve. Il fallut contraindre Rymar à s'abreuver : Querubim menotta ses poignets pendant qu'Eusébio écartait ses mâchoires sous la coulée d'eau. Ayant vidé de la sorte la moitié de la *moringa*, l'officier parut ragaillardi. Il mordit quelques galettes, de blancs anneaux friables au goût de coco, et recouvra alors tous ses moyens. Le meilleur témoignage en fut qu'il réclama sa pipe allemande. On l'alluma pour lui. Mais, dans cet air brûlant où flottaient d'ardentes nuées d'épices, son tabac lui parut fade. Il accusa la mer d'avoir pourri le bois et abandonna la pipe à un négrillon qui mendiait sur les basses marches de l'escalier. Peu s'en fallut que, dans son délire, il n'offrît aussi la lunette du commandant, devenue encombrante.

« Maître, vous devez prendre du repos.

— Tu veux rire ? s'esclaffa Rymar, soudain debout

et battant la semelle. Et que fais-tu des tables à musique ? Vas-tu les laisser cuire au soleil ? »

Le long de la rampe inclinée joignant le débarcadère à la rue, les matelots avaient déposé sans ordre, ou plutôt dans l'ordre d'arrivée, les instruments toujours vêtus de cuir ou de feutre. Ils les gardaient nonchalamment, celui-ci appuyé à la caisse d'un clavecin comme au comptoir d'une taverne, celui-là somnolant à l'ombre d'un pianoforte couché sur le flanc. Ravies à la protection du bateau, à l'ombre et à la fraîcheur du pont inférieur, les tables à musique semblaient ici très vulnérables. La couverture parfois s'était soulevée, révélant sous l'amassement trompeur de l'étoffe des meubles délicats, de luxueuses boiseries encadrées de laiton. On croyait découvrir, dans leur écrin de paille, des œufs frais pondus. Une peur s'éveillait alors : est-ce que les vernis n'allaient pas s'enflammer dans la touffeur des capotes ? Est-ce qu'un flâneur maladroit, un chien turbulent n'allait pas accrocher la fragile épinette en aile d'oiseau, brisée tout net sur le pavé ? Rymar du moins le pensait, qu'épouvantait l'idée de perdre, par négligence, ces meubles réchappés d'un long voyage.

« Allons, au travail ! » s'anima l'officier en rinçant son visage avec l'eau de la *moringa*.

Il humecta un mouchoir dont il couvrit sa tête avant d'y rasseoir le bicorne. Comme il escaladait la rampe, les marins rectifièrent leur position et les badauds, nombreux sur le parapet, se reculèrent. En peu de mots, mais soutenus de regards impérieux, le capitaine mit tout ce monde en mouvement. Il fallait des chariots pour livrer les instruments : Rymar n'en avait pas mais embaucha des *cangueiros*, des porteurs brésiliens, avec leurs gros bâtons appuyés sur l'épaule, pour faire ce travail sous la conduite de matelots. Il fallait un secrétaire pour tenir le registre d'expédition : Rymar en manquait mais se chargea de recueillir lui-même la signature des maîtres, dans toutes les maisons où on irait.

Eusébio offrit ses services, invoquant son expérience de Rio et sa connaissance des usages locaux.

« Vous n'avez pas d'autre engagement ? se méfia Rymar.

— Le *Voador* est désarmé. Des semaines s'écouleront avant qu'on m'enrôle dans un équipage !

— Si c'est ainsi, guidez-nous vers le palais des vice-rois.

— Ce sera facile, monsieur. Il n'est qu'à quelques pas. »

Sous la conduite d'Eusébio marchant en tête, Rymar et Querubim gravirent la rampe jusqu'au sommet — courte ascension qui les mit en sueur. En haut de la montée, un autre décor se révéla dont les voyageurs, débarqués sur le quai en contrebas, n'avaient pas eu soupçon. La rampe aboutissait au coin d'une place d'assez vastes dimensions, quoique l'affluence des promeneurs et des litières parût beaucoup l'étrécir. Un ensemble de bâtiments l'occupaient, sans toutefois l'enclore. C'étaient, énuméra patiemment Eusébio, le palais des vice-rois à gauche, le couvent des Carmélites au fond, la vieille prison et la maison des Teles à droite, cette dernière percée d'une arche ouvrant sur les ruelles du vieux quartier. Mais le regard, glissant sur les façades trop régulières, préférait s'attarder sur la fontaine pyramidale qui coupait l'axe du carré, du côté de la mer. Cet empilement d'un cube, d'un cône de pierre et d'une urne, à l'allure générale de grosse seringue, semblait fixer le plan un peu lâche des constructions comme une épingle fixe une pièce de drap. Beaucoup de monde entourait l'édifice : des marins à l'escale, des porteurs d'eau, sinon de simples assoiffés tendaient leurs vases ou leurs tonneaux sous le jet abondant ; pas une goutte ainsi ne s'en perdait.

« À Rio, la nature seule est majestueuse, et l'on voit peu de monuments, indiqua le lieutenant. S'il s'y trouve rien de grandiose, c'est sans doute ce palais. »

Querubim pinça sa chemise aux deux extrémités de la poitrine, et la secoua pour faire entrer l'air.

« On dirait la Ribeira, à Lisbonne !

— Très juste, le palais a été dessiné d'après son modèle. »

Rymar s'étonna qu'on entreprît des constructions sous un pareil climat, lequel portait plutôt à la sieste qu'aux travaux de maçonnerie. Il avoua d'ailleurs ne rien entendre à l'architecture, à moins qu'elle ne fût militaire, et s'intéressa brièvement aux ouvrages défensifs de la baie de Guanabara, qu'on apercevait là-bas, derrière la haute futaie des mâts de navires. Au milieu du goulet, d'un quart plus étroit que celui de Brest, un gros rocher obligeait les vaisseaux de passer sous les batteries des forts. Mais son attention, qu'il voulait garder à des sujets sérieux, était distraite par le va-et-vient des esclaves dans son dos.

C'était une multitude affairée de camelots, de porteurs, d'hommes de peine qui allaient et venaient sur la place, la plupart nu-pieds et nu-tête malgré d'insolites prétentions d'élégance, chez les femmes surtout — jupons rayés, fichus à carreaux, bijoux d'argent mariés d'étrange façon. À cette heure, l'esclave au travail rencontrait le maître en promenade, chassé de sa boutique par l'ardeur du midi. Des messieurs en chapeaux s'alignaient sur le parapet, un pied plus haut que les vendeurs qui leur portaient de l'eau ou du maïs rôti. Ce qui frappait d'abord, c'était la grande docilité des marchands (tous noirs ou sang-mêlé) à quoi répondait, au même degré, la rudesse éhontée des maîtres. Sûrement, on traitait mieux les animaux que ces créatures humaines — sifflées, criées, bousculées, injuriées (« race infecte ! ») puis renvoyées, sans qu'échappât le moindre murmure de leurs lèvres tremblantes. Les clients en usaient à leur fantaisie, comme d'une chose conçue pour servir et peu digne d'égards. Tout, du reste, leur était prétexte à remontrances ou à coups. Jugeaient-ils le service trop lent, ou trop souillé le vase à boire, ils aboyaient quelque méchanceté, parfois décochaient un vilain trait de canne au pli sensible du genou.

« Prends ça, vaurien ! » grognaient les bourgeois, malgré l'évidente supériorité de l'esclave bien bâti, aux muscles saillants, sur leurs courtes statures ; puis : « *Vai-te embora !*, va-t'en ! »

Rymar éprouvait bien quelque gêne de ces agissements, inconnus au Portugal. En comparaison, l'état de domestique semblait heureux, et les brimades que souffraient les valets de Lisbonne comptaient presque pour rien. Toutefois, ce n'était pas la pitié mais l'effroi qui dominait les sentiments du capitaine. Un frisson le gagnait devant des nègres si nombreux, si remuants, l'emportant visiblement en nombre et en activité sur leurs maîtres — ces Blancs aux faces replètes, aux habits cossus ne comptaient pas pour un sur trois dans la population. Sur quoi reposait donc l'autorité des seconds ? Sur les fouets enroulés à leurs poings, sur les casernes dispersées dans la ville, sur une brassée de vieux mousquets et des canons hors d'âge ? Rymar étudia la sentinelle qui somnolait près d'eux, sous une pauvre guérite, et sentit grandir sa peur.

« Monsieur, il ne fait pas bon rester au plein soleil... intervint Querubim qui voyait son maître tombé en rêverie. Venez au moins dans l'ombre du palais !

— Nous y entrerons, plutôt. Il est temps de nous faire connaître ! »

Le capitaine et sa suite franchirent un cordon de soldats vers l'officier de garde, installé sous le porche avec son écritoire. C'était un très jeune homme que l'uniforme neuf attendrissait encore. On lui donnait seize ans, au plus, d'après l'arrondi de son visage et le duvet frileux sur son menton. Son épée, mal attachée, lui battait niaisement entre les jambes. Bien sûr, il ne savait rien de clavecins qu'on devait livrer et répondit d'abord, d'une voix à peine muée, qu'il avait mieux à faire.

« Consultez votre livre, sergent ! insista Rymar en lui mettant le cahier sous les yeux. Nous n'avons pas couru tant de lieues pour rester à la porte ! »

Le grade du visiteur intimida l'officier, qui s'exécuta. Il ouvrit son registre, pestant sourdement contre l'encre qui ne séchait pas, et entreprit de le relire entier, son doigt d'écolier suivant chaque ligne, tandis qu'il ânonnait les noms des arrivages :

« Deux tables bouillottes pour le prince Miguel,

un bonheur-du-jour pour la princesse Maria Teresa, trois commodes demi-lunes pour la salle du trône... »

De loin en loin, sa main s'envolait contre les mouches qui buvaient la sueur aux plis de son cou. Alors il perdait le fil du pointage et devait reprendre plus haut. Il y avait aussi son shako, taillé trop large, qui glissait sur son front moite et l'aveuglait. Ça n'en finissait pas.

Rymar de son côté perdait patience. Il avait cru trouver un peu de fraîcheur à l'ombre du porche, mais la chaleur y était pire qu'au soleil. Dans l'air immobile que ne fouettait plus la brise de mer, les bestioles proliféraient, ajoutant le tourment des piqûres à celui de la transpiration. Surtout, l'officier sentait son moignon travailler dans la botte brûlante, et craignait d'y voir germer quelque infection.

Comme le sergent, une troisième fois, ramassait au sol des feuillets tombés du registre, Rymar fit signe à son ordonnance. Querubim glissa un mot à l'oreille d'Eusébio qui le suivit dehors. Les deux hommes reparurent bientôt, précédant les porteurs et les tables à musique. Le groupe marchait d'un pas rapide, en familier des lieux, ce qui d'abord trompa la vigilance des sentinelles. Mais le sergent, levant les yeux de son livre, poussa un cri ; alors les soldats s'animèrent. Des mains agrippèrent les cordes qui liaient les paquets, des crosses défièrent l'avancée têtue des esclaves. Un garde ajusta même son fusil, menaçant de faire feu si les porteurs ne déposaient aussitôt leur fardeau.

Rymar surgit dans la mêlée comme un fou sur l'échiquier. Il avait belle allure avec l'écharpe cramoisie nouée sur ses reins et l'épée à garde d'argent. Sa voix était pleine d'autorité, tout comme l'index qu'il pointa farouchement vers les tables à musique :

« Ces meubles sont la propriété de Dom João ! Touchez-y seulement, vous devrez en répondre ! »

Le ton était ferme, l'argument précis : un doute gagna les sentinelles. Leurs regards convergèrent sur le sergent qui demeurait coi, ne sachant quel maintien prendre. Pour finir, il bredouilla quelques mots où Rymar feignit d'entendre une approbation. Les esclaves épaulèrent leurs bâtons et soulevèrent les tables qui rendirent de petites notes grêles, telle une brume de musique flottant à l'entour des paquets ficelés.

Chaque meuble entra dans le salon ou dans la chambre qui devait l'accueillir. On dénoua les cordes, on roula les couvertures, au besoin l'on emmancha les pieds et l'on accrocha pédales, genouillères et poignées, pièces fragiles déposées pour le voyage. Alors se révéla ce qu'aucun passager du *Voador* n'avait pu voir, quand les tables s'habillaient encore d'un feutre anonyme : une collection variée de clavecins, d'épinettes, de clavicordes et de pianos-forte ; au total, douze instruments dont la facture, d'une rare délicatesse, inspira à Querubim des louanges attendries. Il regretta qu'on eût bridé ces jolis meubles de fils et de poulies, de toute la tringlerie musicale ; s'il n'avait tenu qu'à lui, il aurait tout enlevé, ne laissant que le bois si bellement travaillé.

Aucune machine, heureusement, n'avait souffert du portage. Il ne manquait pas une touche aux claviers ni une roulette aux pieds des tables. Pour un peu, on eût oublié leur long séjour dans la cale humide du *Voador* : certaines, enduites d'un vernis frais, semblaient finies de la veille, et sortir à peine des formes de l'atelier.

Rymar présenta le reçu de livraison au jeune sergent qui signa nerveusement et, tant ses paumes transpiraient, laissa des macules avec ses initiales. Le capitaine au fond l'aimait bien. Pris d'amitié pour ce cadet naïf, il ajusta paternellement son fourreau qui pendait de travers.

« Allons ! Êtes-vous débraillé ! Que vont penser les indigènes ? Ne sommes-nous pas leur modèle de civilisation ? »

C'est ainsi que furent introduits au palais les instruments de la Couronne : tels des canons dans un fort assiégé. Ce succès dessina le premier sourire du capitaine Rymar au Nouveau Monde. Lorsqu'il retrouva la lumière du jour, le pavé inégal lui parut moins honteux, moins inquiétant le grouillis des esclaves alentour. Même, il se fendit d'un compliment à Eusébio, qu'il remercia de ses bons offices, et distribua quelques piécettes aux porteurs en sus des dix *pataques* de leur salaire. Avoir conquis cette place forte, mais écoulé surtout le gros de la cargaison allégeait son humeur. Il voulait enlever les autres du même élan, et exhorta ses hommes pour en finir au plus tôt.

Ce fut le début d'une course folle dans les avenues sableuses et les escaliers pentus de Rio. Rymar ouvrait la marche, conduit par l'étrange intuition du chemin à suivre ; Eusébio lui emboîtait le pas, écartant les promeneurs qui gênaient le convoi ; enfin Querubim, à l'arrière, se chargeait des porteurs et de leurs fardeaux. Ils déployèrent tant d'énergie qu'au coucher du soleil, survenu avec la brusquerie propre à ces climats, presque toutes les tables à musique s'abritaient sous un toit.

Beaucoup de maisons où les livreurs se présentaient venaient d'être louées et n'offraient aux nouveaux habitants, des Portugais, qu'un confort très sommaire. Les caisses et les ballots s'y entassaient jusqu'aux lustres, exhalant l'odeur vineuse des cales de navires. Souvent, on surprenait les voyageurs en plein déballage : les domestiques erraient de pièce en pièce pour ranger un fauteuil ou un vaisselier qui n'allait nulle part. Évidemment, ces bâtisses tropicales n'étaient pas faites pour accueillir le mobilier européen. Des crochets en fer sortaient des murs, utiles pour fixer un hamac mais gênants pour adosser l'armoire ou la bibliothèque. Les escaliers étaient bancals, les combles venteux ; des mètres étaient perdus par le jeu des persiennes. Impossible d'exposer le moindre guéridon au jour des croisées, qui rappelait certains midis la gueule béante d'un four. Enfin, si les cours intérieures promettaient un peu de fraîcheur, elles menaçaient aussi d'éclaboussures lors des pluies de décembre.

Dans ces maisons étrangères, les tables à musique trouvaient difficilement leur place. Le problème qu'elles soulevaient, et que ne posaient pas leurs congénères à dîner ou à jouer, était la nécessité de se faire entendre. Côté jardin, leur chant devait s'imposer au gazouillement des *bem-te-vis*, ces bruyants passereaux à ventre jaune, aussi communs dans les arbres d'ici que les ramiers dans ceux de Lisbonne ; côté rue, il devait combattre une rumeur non moins véhémente, puisqu'on laissait ouvertes les fenêtres — en réalité des châssis de bois peint, sans vitrage, qu'on pliait ou dépliait selon l'heure et la température.

Or, ces claviers avaient été conçus pour l'intimité de salons feutrés et les calmes réunions de la bonne société, amatrice de musique et de poésie. Dans les alcôves tendues de tapisseries régnait un silence élégant, blessé à peine par la sonnerie d'un carillon, le clapotis d'un encrier ou le chuintement d'une bougie finissante. La caisse des tables à musique leur était proportionnée : le virginal gémissait, le clavicorde murmurait, le clavecin chuchotait ; même le piano-forte parlait bas, bien que certains facteurs, pour en épaissir le son, eussent inventé déjà d'en doubler ou d'en tripler les cordes. Ces timides instruments ne manqueraient-ils pas de coffre pour affronter le tapage de Rio ? Car tout ici retentissait : la rue avec les chants des esclaves, les cris des marchands, les cantiques des processions et les roulements d'attelage ; la nature qui d'un seul arbre, peuplé d'une colonie de singes, pouvait assourdir tout un quartier.

Voilà pourquoi Rymar, livrant ses tables à musique, fut parfois mal accueilli. Des maîtres portugais avaient oublié qu'ils possédaient une table à musique et d'ailleurs n'en voulaient plus :

« Et que ferais-je d'un clavecin, dans ce pays de brutes ? protestaient-ils d'une voix apeurée, en poussant l'officier dehors. Non, par exemple, quel embarras !

— Sauf votre respect, monsieur, ce n'est pas mon affaire !

— Donnez-m'en quelque chose ! Vous jouerez à ma place !

— Hélas, monsieur, je suis artilleur de métier. Il y a beau temps que le voisinage des canons m'a ébréché l'oreille !

— Et puis, quelle preuve avez-vous qu'il est à moi ? Je n'ai pas souvenir…

— Votre nom est écrit là, sur ce registre !

— Monsieur, trente caisses m'ont suivi depuis Lisbonne ! Je n'en pourrais moi-même dresser l'inventaire !

— Monsieur, si votre clavecin ne peut plus chanter, faites-en une table à liqueurs ! »

Les propriétaires avaient beau dire, Rymar ne se laissa pas fléchir. Il menaçait les plus rétifs d'abandonner leur table au chiffonnier, ce qui souvent les décidait. Même il eût accepté un duel, car l'adversité décuplait son courage.

L'épreuve n'en était pas moins rude et le soldat, après le combat épique qu'il dut livrer sous les fenêtres du marquis d'Herval — lequel refusa d'abord de l'introduire au motif des « nègres qu'il voyait avec lui » —, sentit ses forces l'abandonner. Il goûta peu l'achèvement de sa mission, survenu trop tard. Quand le dernier instrument s'imposa dans la dernière maison sur leur itinéraire et que le registre, augmenté des initiales du baron de Miriti, fut jugé complet, Rymar connut un abattement pareil à celui qui l'avait terrassé, six heures plus tôt, sur le quai du palais. Il s'adossa au mur d'une maison de billard et suivit, l'œil éteint, un défilé d'écoliers en veston violet qui fredonnaient les tables de Pythagore.

« Ah, Querubim ! J'ai peut-être eu tort de tenter

ce voyage ! Mon intérêt pour le Brésil était de curiosité. Mais à présent, je m'interroge si je n'aurais pas mieux fait de rester à Lisbonne où j'aurais bien trouvé à m'employer, tôt ou tard. Je n'aime pas cette chaleur, je n'aime pas cette cohue...

— Vous êtes fatigué, maître... Attendez quelques heures, et vos idées changeront !

— Puisses-tu dire vrai ! »

Il paya ce qu'il devait aux porteurs, félicita derechef Eusébio et les congédia tous d'un geste de la main. Seul Querubim demeura avec lui. Ce fut à ses côtés, rêveur et silencieux, que l'officier marcha vers la maison louée pour eux par l'aide de camp.

« Vous verrez, capitaine. Elle n'est guère spacieuse mais possède assez de charme. La chambre jouit d'un balcon festonné de fleurs. Dans le jardin, les citronniers embaument, une petite fontaine donne de la fraîcheur. Le coup d'œil sur la mer est ravissant...

— Tout m'est égal, pourvu qu'on n'entende pas de musique ! » ahana l'officier.

Querubim n'avait pas exagéré les attraits de leur nouveau logis. C'était une construction en pierre grise sur les hauteurs d'une colline graniteuse, le *morro* Santo Antônio, non loin de l'église São Francisco da Penitência, et qui bénéficiait comme elle d'enjolivures de marbre portugais. Pourtant, Rymar s'y promenant la jugea basse et mal aérée. Il n'aimait pas le coassement des crapauds dans les fossés alentour et reprocha à l'eau du puits son goût de vase. L'aide de camp avait fait cuire du riz jaune qu'il refusa, préférant mâchouiller un citron du jardin. Mais le fruit aussi lui parut amer, étranger de bien des façons aux variétés méditerranéennes.

« Quel est ce pays, Querubim ? fit-il d'un air lugubre. Je crois que ma chair seule a voyagé, mon âme n'a pas quitté la patrie. »

Puis Rymar s'étendit tout habillé dans sa chambre, où le sommeil le prit aussitôt.

Rio de Janeiro, le six avril

« Maître, réveillez-vous ! »

Querubim secoua franchement l'épaule du capitaine qui gisait nu en travers du matelas, la jambe emmaillotée dans un pan de moustiquaire. Il nota, avec quelque répugnance, le poil qui poussait dru au menton de l'officier et ses bottes jetées sans ordre au pied du lit. Une tasse de café froid s'était vidée sur le plancher, que l'aide de camp ramassa et posa d'aplomb. Il vida aussi le pot rempli d'herbes brûlées pour chasser les punaises.

Depuis onze ans qu'il servait son maître, Querubim n'avait jamais surpris cet homme matinal, levé avant l'aube et s'habillant de nuit, dans une pareille posture. Eduardo Alfonso Rymar bénéficiait dans tout le régiment d'un renom d'élégance, sinon de coquetterie qui lui valait autant d'éloges que de railleries. Il avait reçu un sobriquet : « Rymar le pommadé », tel un roi précieux de la guerre en dentelles. Dans les combats les plus obscènes, parmi les fantassins éclaboussés de sang, son manteau restait pur, ses bottes luisantes, au point qu'il semblait jouir d'une protection surnaturelle. Certains le soupçonnaient de faire sa lessive chaque soir ; d'autres, de louer à grands frais les services d'une lavandière.

Or, cette prestance que la vie militaire n'avait pu entamer, le climat de Rio l'attaquait déjà. Les midis caniculaires décourageaient Rymar de ceindre sa lourde épée et de coiffer son bicorne qui, disait-il, lui « donnait la fièvre ». Il avait perdu tout entrain à cirer ses bottes ou à vernir sa jambe de bois, mais n'acceptait l'aide de personne pour ces soins privés. Aussi se montrait-il chaque jour dans un état de plus grand abandon.

« Capitaine, allons ! » insista Querubim, empoignant fermement son maître.

Enfin Rymar ouvrit les yeux. Il prit conscience de sa position, étendu sans habit sous le regard d'un aide de camp, et en conçut beaucoup de gêne. Naguère, nul ne pouvait le trouver au lit sans craindre la piqûre du poignard enfoui sous les couvertures.

« Où sont nos temps héroïques ? » bredouilla l'officier encore ensommeillé. Puis, le doigt pointé vers la porte : « Attends-moi dehors. »

Il reparut bientôt, vêtu d'un pantalon plissé et d'une chemise ouverte qui laissait voir, adhérant à sa maigre poitrine, des touffes de poils noirs. Il avait si pauvre aspect que Querubim, honteux, baissa les yeux.

« Combien de temps ai-je dormi ? » demanda l'officier en ajustant promptement sa ceinture, deux crans plus serrée qu'à l'ordinaire.

L'aide de camp se pencha au balcon. Le couvent Santo Antônio déployait sa longue façade à une portée de fusil. Dans le campanile voisin, trois cloches accordées égrenaient les heures. Mais c'était l'ombre du beffroi sur l'escalier en contrebas que le soldat avait apprise à lire, telle l'aiguille d'un cadran solaire.

« Il sera tantôt midi. Vous avez dormi treize heures.

— Quel jour sommes-nous ?

— Mardi, capitaine.

— Mardi ! Que ne m'as-tu réveillé plus tôt ! »

Rymar fit un aller-retour dans la pièce voisine, se pourvut d'un rasoir et d'un bol de savon d'aloès. Déjà, son blaireau brassait l'émulsion bleuâtre quand il remarqua, grouillant entre les soies, toute une colonie d'asticots.

« Fichu pays ! » jura l'officier.

Dans un geste de colère, il lança le bol contre le mur. La jatte vola en éclats, projetant partout des giclées de savon. Inquiète, la perruche apprivoisée sautilla sur son perchoir — la propre épée du capitaine, qu'un cordon rouge fixait au mur.

Rymar battit furieusement des mains, sans lâcher son blaireau éclaboussant de crème.

« Lisandra ! Lisandra ! »

Un pas mou se rapprocha. Lisandra était une jeune Mozambicaine dont l'officier avait fait l'emplette au marché aux esclaves, rua do Valongo, après s'être enquis vainement d'une soubrette portugaise. Sur le conseil d'Eusébio, Rymar l'avait choisie laide et cagneuse pour écarter toute tentation. Bien des maîtres, lui expliqua-t-on, cédaient à leurs instincts : il s'ensuivait de grands malheurs, des paternités honteuses que l'on cachait.

« *Qui veut vivre en paix, qu'il ait femme laide et cheval castré !* clamait l'ancien marin. Il n'y a rien de plus vrai ! Regardez nos lavandières de Campo de Santana, qui travaillent torse nu ! Ont-elles des poitrines assez friandes ? Et leurs croupes, donc ! Les négresses l'ont pleine et rebondie, au goût de bien des hommes ! N'approchez d'aucune, surtout ! Vous ne seriez plus votre maître et vous commettriez des sottises... »

Rymar n'osa lui demander s'il devait l'existence à ce genre d'appas, et aux rapprochements consécutifs.

Lisandra gardait le costume africain et la coiffure assortie, formée d'une bandelette de crin à quoi pendaient des tubes de verroterie colorée. Son visage inexpressif portait un tatouage de terre jaune, renouvelé chaque jour, que Rymar nommait plaisamment sa « lettre sociale ».

L'artilleur n'était pas entré facilement dans son rôle de maître, exerçant sur l'esclave les mêmes droits qu'on a sur un meuble ou sur un animal, disposant même de sa vie. Pour commencer, il n'avait pas pris part à la transaction, dont le serviable Eusébio s'était chargé pour lui. Il n'entendait goutte à ces races africaines — les Benguela, les Mina, les Rebolo, les Cassange... — et préféra confier l'achat à un connaisseur. Une heure durant, le mulâtre avait examiné Lisandra sous toutes les coutures, vérifiant la santé de ses gencives et l'hygiène de sa dentition, la faisant courir et sauter pour éprouver sa forme physique, étudiant aussi le repli de ses paupières que la tentation du suicide était censée jaunir. Alors le marchandage put commencer, mettant Eusébio aux prises avec un négrier des plus retors. Un rabais de trois pour cent lui fut quand même accordé pour les scarifications rituelles — deux coupures obliques sur chaque pommette — qui, selon l'acquéreur, « lui gâtaient le visage ». Rymar bénéficia ainsi d'un bon prix.

La première fois que le soldat s'était trouvé en présence de Lisandra — c'était deux jours après la vente —, il n'avait su comment la traiter. Appelait-on une esclave par son prénom ? La saluait-on ? Par courtoisie, il lui avait d'abord cédé son siège et servi le café, puis s'était reproché cette double maladresse qui pouvait nuire à son autorité. Des jours s'écouleraient avant qu'il trouvât l'intonation juste et le geste assorti, avant surtout qu'il pût donner la chicote sans blêmir, car d'abord il avait éprouvé pour cette punition, non moins intime qu'une étreinte amoureuse, une répugnance extrême.

À mesure, toutefois, Rymar s'était habitué. Son aptitude à commander aux soldats, découvrit-il, l'aidait à gouverner son esclave. D'ailleurs, il ne s'agissait pas seulement de s'en faire obéir mais d'apporter à cet être fruste, moitié enfant et moitié sauvage, les lumières de la civilisation. La pauvresse de naguère, vaguant nue aux confins calcinés de la plaine africaine, avait reçu des vêtements, un statut, un début d'instruction. Il dépendait de lui qu'elle s'avançât dans cette voie vertueuse ou qu'elle restât dans l'état médiocre où il l'avait connue. C'est pourquoi, charitablement, Rymar éduquait Lisandra à marcher chaussée et à parler sans accent, la dépouillait de ses breloques les plus voyantes — bijoux de nez et anneaux de cheveux — afin qu'elle prît figure humaine.

Pour le reste, la jeune femme faisait passablement la cuisine, nettoyait la maison et s'assurait que l'uniforme du capitaine fût propre et bien repassé. Car si l'officier se montrait chez lui d'un grand débraillé, il veillait attentivement à sa tenue de visite. Un mannequin d'osier à ses mesures trônait près du lit, seul ornement de la chambre déserte. Dessus s'exposaient le pantalon d'été, la veste réglementaire (bleue à retroussis blanc) et la superbe écharpe de commandement que la servante, sur son ordre exprès, vaporisait chaque jour d'insecticide.

« Lisandra ! Mon uniforme ! » hurla l'officier.

Elle l'apportait, justement. Rymar se laissa habiller comme un enfant, épiant son reflet dans le miroir de campagne que tendait Querubim.

« Qu'en pensez-vous ? demanda l'artilleur. Je rencontre le prince aujourd'hui. »

Querubim vanta l'élégance de son maître, comme cette question l'en priait sourdement. Il n'était pas dupe, toutefois, des vantardises de l'officier, de l'audience privée qu'il voulait obtenir — et continuait d'attendre. La même comédie se répétait chaque jour. Rymar revêtait son costume d'apparat, faisait seller son cheval et fourbir son épée, puis s'absentait longtemps avant de reparaître, l'air fâché, dans une telle tension de nerfs qu'il ne pouvait simplement tenir d'aplomb sa fourchette.

En vérité, l'espoir de rentrer à Lisbonne fixait maintenant toutes ses pensées. Rymar se sentait comme le marin descendu à terre pour une courte escale et qui, sachant son départ imminent, n'a pas souci d'apprendre la langue. Tout l'indifférait du Nouveau Monde : les gens, les coutumes, les paysages. Leur jolie maison des hauteurs de la ville était une chambre d'auberge qu'il quittait le matin, qu'il retrouvait le soir sans lui porter plus d'intérêt. Entre les deux, Rymar usait ses pas dans les couloirs du palais, heurtait cent portes et affrontait dix huissiers pour se faire entendre du prince-régent.

« Son Altesse a promis de me recevoir. Le marquis de Lavradio m'a donné les plus fermes assurances sur ce point.

— Le prince est occupé », l'informait-on sans varier, mais en précisant selon le cas : « Il consulte ses ministres », « il examine les plans du futur théâtre royal », « il est au chevet de la reine », « il s'entretient avec des émissaires étrangers » et telles raisons douteuses — suffisantes toutefois à éloigner Rymar, qui ne jugeait pas convenable d'insister.

Le soldat préférait s'asseoir sur un divan d'antichambre, soutenu dans sa longue attente par l'espoir que Dom João viendrait à passer et qu'il pourrait, en forçant la cohue, appeler l'attention du régent sur son cas. Après quelques jours de ce régime sans l'avoir aperçu, Rymar songea qu'il devait rabattre de ses prétentions : mieux valait interpeller le comte de Linhares, Dom Rodrigo de Sousa Coutinho, qu'une nouvelle rumeur créditait du secrétariat d'État à la Guerre — ou bien, si ce dernier fuyait aussi les sollicitations, s'adresser à son subalterne, Dom…

Le capitaine en était là de ses méditations quand surgit soudain à l'angle du couloir, de surcroît seul et sans escorte, Dom João de Bragance en personne. À la lueur des bougies qui éclairaient seules ce recoin du palais, l'entrée du prince semblait une apparition. Il portait une veste d'apparat aux manches et au col brodés d'or, aux épaulettes torsadées du plus bel éclat. Une écharpe traversait obliquement son poitrail, à laquelle une volumineuse médaille était suspendue par une chaînette d'argent.

Les yeux du prince-régent tombèrent sur l'officier qui sauta sur ses talons et exécuta un prompt garde-à-vous, ne donnant aucun soupçon de son infirmité. La vigueur du geste surprit Dom João.

« Repos, repos..., grommela le prince. Qui êtes-vous ?

— Capitaine Eduardo Alfonso Rymar, troisième régiment d'artillerie ! proclama l'officier.

— Ah oui, le musicien ! »

Rymar douta brièvement que le mot s'appliquât à lui. Il ânonna :

« Eh bien, on m'a confié le transport de...

— Vous n'avez pas trompé notre confiance, Rymar. Recevez mes compliments. »

Le soldat durcit son garde-à-vous, un instant relâché. Il tentait d'assouvir discrètement sa curiosité du visage princier qu'il connaissait par des portraits peu ressemblants. Cette figure n'avait, en vérité, rien de remarquable : des yeux noirs, un nez droit, une bouche lippue formée dans une tête un peu grasse dont des favoris bouclés contenaient le débordement. Le teint était cireux, la peau variolée — ce qui, joint aux traits assez forts, comme grossis sous la loupe, rappelait la face modelée d'une marionnette. Seuls les sourcils, fins et mobiles tels de petits serpents ondoyant au front, méritaient attention. Ils s'animèrent drôlement quand Dom João lui susurra :

« Capitaine, il faut m'aider.

— Que puis-je pour vous servir, Altesse ?

— Vous connaissez le palais, n'est-ce pas ?

— J'y viens chaque jour.

— Bien. Alors, peut-être me guiderez-vous vers l'endroit où je dois aller ? Cette maison est nouvelle pour moi, j'y perds mon chemin. »

Dom João parlait si près que Rymar pouvait sentir l'haleine trouble du prince, aux relents d'ail et de madère. Chaque inspiration, d'une ampleur anormale, faisait cliqueter la chaînette et s'écarter les boutons de l'uniforme. Mais à plus grande distance, la voix n'eût pas porté.

« Quel endroit, Altesse ?

— Leandro de Carvalho fait aujourd'hui mon portrait. C'est un peintre de talent, mais les séances de pose sont interminables. Il est des circonstances, hélas ! où l'animal humain doit payer son tribut à la nature. »

Ces mots allumèrent deux flambeaux sur les joues du capitaine. Il s'en voulut mortellement d'avoir appelé un tel aveu. Sa main se projeta vers son front de si grand élan qu'il manqua s'assommer.

« Allons-y, voulez-vous... », intervint l'héritier du trône pour couper court aux civilités.

Alors, du pas cadencé d'un automate, le capitaine Eduardo Alfonso Rymar conduisit le prince Dom João de Bragance aux latrines.

Guère plus tard, comme son Altesse s'affairait derrière un rideau de velours, récriminant contre la cuisine brésilienne et son usage immodéré du piment, le capitaine fit une timide approche :

« Votre Altesse, le moment est sans doute mal choisi...

— Il l'est », gémit le prince qui traversait une phase douloureuse de l'opération.

Rymar s'excusa de mille façons mais n'en formula pas moins sa requête, raisonnant qu'en telle posture, Dom João n'avait d'autre choix que de l'écouter.

« Votre Altesse m'a jugé digne de garder les clavecins du palais, commença-t-il en agaçant les pompons du rideau. Cependant, je suis soldat. Mon métier, c'est la guerre. Celle qui dévaste présentement le Portugal est une tragédie. Je croirais négliger mon devoir si je n'apportais au pays affligé le secours...

— Le devoir du soldat, c'est d'obéir aux ordres », lâcha le prince, qui ahanait d'effort.

Rymar fut ébranlé. Meneses, le lieutenant général de l'armée, l'avait éconduit avec les mêmes mots, peu avant son départ du Portugal. Les deux hommes s'étaient-ils concertés à son sujet ? Fâcherait-il Dom João, s'il s'obstinait davantage ? Par chance, le travail du régent connut à cet instant un dénouement favorable ; un soupir d'aise franchit le rideau. L'officier joua sa chance :

« Je souhaite rentrer au Portugal pour m'enrôler dans l'armée régulière.

— Comment ? Vous voulez quitter le Brésil ?

— Aussitôt que possible.

— Pourtant, que je sache, personne ne vous a contraint d'y venir ?

— J'ai mal jugé de ce pays. Je n'y vois plus les espérances qui semblaient s'y dessiner, lorsqu'il flottait à l'horizon. Ma place, j'en suis sûr, est à Lisbonne.

— Rymar, c'est hors de question.

— J'acquitterai le prix de mon passage.

— Non, capitaine ! Une terre vierge s'offre à nous, il nous appartient d'en cultiver le fruit. Hier encore, Coutinho lançait l'idée d'inviter des Chinois, un million d'un coup. Et pourquoi non ? Notre établissement au Brésil est durable, nous avons besoin de tous pour le fonder. »

À ce mot, « durable », qui retardait évidemment l'heure du retour, l'officier sentit mollir sa jambe de chair, et vaciller l'autre. Il chercha l'appui du mur pour se garder debout.

« Alors, j'aimerais servir votre Altesse dans sa garde rapprochée.

— L'effectif est complet.

— Sinon, affectez-moi à l'un des nouveaux corps que vous avez créés ! Comment croire que l'Intendance de la Marine ou les Archives militaires ne puissent m'offrir le moindre poste ? Et que dire du Conseil militaire suprême, de la Brigade royale du Brésil, de… »

Le rideau fut tiré, révélant le prince à demi nu. La sueur mouillait son front et s'attachait à ses sourcils en chapelet tremblant. L'image s'imposa à Rymar d'un écran de perles comme les danseuses orientales en tirent devant leurs yeux. Il détourna vivement les siens en remarquant l'état de Dom João.

« Ingrat ! Vous ne mesurez pas votre chance ! À l'heure où nous parlons, nos bateaux font route vers Cayenne, en Guyane, une possession française aux frontières du Brésil. Ils lanceront là-bas un assaut périlleux contre nos ennemis. Croyez-vous qu'aucun de ces soldats ne préférerait garder son cantonnement à Rio ?

— Soit ! glapit Rymar. Envoyez-moi à Cayenne !

— Il suffit ! »

Empoignant le rideau des latrines, Dom João

l'arracha à la tringle. Ce fut pour le soldat comme d'essuyer un camouflet.

« En marche ! tonna le régent. Et plus un mot ! »

Rymar pivota sur les talons lisses de ses bottes cavalières. Sa jambe se tendit avec raideur et retomba tel un piquet, à l'instant où l'autre se soulevait du même élan. Le fourreau noir de l'épée oscillait entre les deux, paraissant battre la mesure. L'officier garda ce pas mécanique, allongé comme à la parade, sur tout le chemin du retour.

Il comptait prendre congé du prince en soldat discipliné, sans plus d'effusion. Mais à l'instant de saluer, quelques mots encore échappèrent de ses lèvres, pareils à l'eau fuyant une gourde bouchée :

« Pourquoi moi, votre Altesse ? Je ne connais pas la musique. »

Un silence accueillit sa question. Rymar s'y engagea prudemment, à phrases courtes d'abord, puis étirées peu à peu. Il épiait les sourcils du régent, qu'il savait rendre son humeur.

« Ma mère a joué naguère devant la cour. Mais ce talent n'est passé chez aucun de ses enfants. Dans mon jeune âge, on m'a instruit de violon. Cependant, je suivais les leçons de si mauvaise grâce que mon professeur, désespérant de rien m'apprendre, a donné son congé. Peu après, j'ai intégré l'École militaire et je n'ai plus touché d'instrument… »

Dom João vit l'emprise d'un vrai chagrin dans la pâleur du capitaine, dans son menton branlant. Il se déganta et couvrit la main de l'officier, crispée sur le pommeau de son arme.

« Ai-je besoin de musiciens pour veiller sur mes clavecins ? Non, puisqu'ils en jouent. Je veux un homme fidèle et dévoué, un soldat prêt à tirer l'épée pour ces meubles à musique comme s'il défendait ma propre personne. On m'a dit que cet homme, c'était vous... »

Rymar était au bord des larmes. Un conflit épuisant se jouait en lui : d'un côté, sa loyauté parfaite envers le prince ; de l'autre, sa nature la plus sincère. Il eût voulu se partager en deux personnes pour suivre ces deux inclinations.

« Savez-vous que Saint Louis, le roi français, détenait jadis un clou de la Vraie Croix ? poursuivit Dom João. Lors d'une cérémonie, le clou fut égaré et Saint Louis déclara qu'il eût plutôt perdu la première ville de son royaume. Eh bien, si un incendie s'allumait dans ce palais et s'il était réduit en cendres, cela me peinerait moins que de renoncer à mes meubles à musique. J'en révère un surtout, de facture italienne. Mon grand-père l'a commandé à l'illustre Cristofori, en payant cinq fois le prix d'un clavecin ordinaire. C'est le seul de son genre qu'ait épargné le séisme de Lisbonne. Vous plairait-il de l'entendre ?

— Sans doute..., consentit faiblement l'officier.

— Fort bien, nous verrons cela. À présent, je vous abandonne. Mon peintre doit s'impatienter. »

Rymar salua Dom João qui s'éloignait. Sitôt le régent disparu à l'angle du couloir, il arracha sa botte et gratta frénétiquement son moignon, enflé et rouge, jusqu'à s'écorcher la peau.

Dès le lendemain de cette entrevue, le capitaine Rymar suspendit ses visites au palais. Il s'attabla au point du jour pour rédiger une lettre dont la formulation, quoique très simple, l'occupa toute une heure. Elle avertissait l'état-major de sa présence sur le sol brésilien et s'enquérait, avec une feinte candeur, de sa prochaine affectation. Querubim fut chargé de porter ce pli au secrétariat d'État à la Guerre, avec consigne d'attendre une réponse, et de l'exiger au besoin. Mais l'aide de camp reparut sans avoir obtenu mieux qu'une note de mission provisoire, établie sur son insistante requête par l'officier secrétaire. Elle donnait le nouveau titre du capitaine — « conservateur de l'*instrumentarium* royal » — et les contours généraux de son mandat — régler, surveiller et entretenir les instruments à clavier détenus par la cour. Sur les tâches pratiques qu'impliquait ce travail, rien n'était dit. Toutefois, l'officier avait laissé entendre qu'il y aurait peu à faire, considérant la protection dont jouissaient les tables à musique et le peu d'usage qu'en avaient peu de gens. Des mois s'écouleraient peut-être avant qu'un instrument requît les soins du conservateur.

« La farce est donc officielle ! » s'indigna Rymar.

Il avait dit cela tout haut, en relisant la lettre de mission, et presque aussitôt sentit tomber son pouls.

« Je me pâme, à présent… », gémit l'officier d'une voix qui déclinait aussi.

S'il garda conscience, ce fut grâce aux citrons cueillis par Querubim. L'aide de camp lui fit manger les fruits entiers, avec la peau, jusqu'à ranimer complètement son maître. Cet instant irréel se fixa dans la mémoire du capitaine avec son décor — la table semée de pépins, le hamac enroulé, le palmier dodelineur de la fenêtre, Lisandra debout balançant l'éventail — et les cris de la perruche effrayée qui semblaient s'enliser dans l'air chaud.

1809

Rio de Janeiro, le vingt septembre

Du bout encré de sa plume, le capitaine Eduardo Rymar traça un cercle autour d'une annonce de la *Gazeta do Rio de Janeiro* :

> *Madame Carlotta D'Aunay nouvellement arrivée de Londres donnera avec Joaquina Maria da Conceição, la « Lapinha », un récital de chant français le samedi 14 octobre au nº 28 de la rue Dom Manuel. Messieurs Lansaldi et Lami interpréteront des chansons populaires…*

Il voulut laisser une note en marge, mais l'encre bavait sur le papier grossier.

« Leurs presses toutes neuves font la fierté des Brésiliens, paraît-il ! maugréa l'officier. Il s'en faut de beaucoup, pourtant, qu'elles égalent les nôtres ! Regardez-moi ce chiffon ! »

Il chercha le buvard d'une main traînante mais ne trouva sous le hamac que des épluchures de mangue jasmin et la fraîcheur d'une assiette émaillée. Sans force pour prendre une feuille dans le tiroir du secrétaire, il se résigna à l'usage malpropre de son mouchoir — le même qui essuyait sur son front, sous sa nuque, dans les plis de son cou la sueur méridienne.

« En voilà, une réclame intéressante ! Écoute ça, Querubim : “Mademoiselle Arthémise, corsetière de Paris, fabrique seins adhésifs en caoutchouc à l'usage des personnes fines et maigres.” Oh ! Oh ! Et celle-ci, donc ! “Dans notre boulangerie, le pain est pétri avec une machine récemment inventée, sans main-d'œuvre nègre infectant la pâte de sa sueur...” Voilà, n'est-ce pas ? qui met en appétit !

— Pouah ! » réagit l'aide de camp dont les paupières baissées et les lèvres pendantes donnaient la trompeuse apparence du sommeil.

« La vérité, Querubim, c'est que le Brésil est une singerie du Portugal, une grimace du vieux royaume ! Une colonie si peu...

— Ce n'est plus ainsi qu'il faut l'appeler. Le régent a promis de l'élever bientôt au statut de royaume. Ce sera le Royaume-Uni du Portugal, du Brésil et des Algarves. »

Rymar se dressa sur le coude pour toiser l'impertinent, et aussi pour tempérer l'air brûlant entre ses omoplates. Mais l'appui flottant de la toile l'empêcha de tenir longtemps sa position. D'ailleurs, à cette heure caniculaire, il n'avait plus la ressource d'une grande colère comme il en piquait parfois à l'aube ou au crépuscule. Le ciel seul fulminait.

« Qu'importe si le Brésil reste ou non une colonie ! Notre prince l'a doté d'un Conseil d'État, d'un Conseil des Finances, d'une Intendance générale de la police, d'une Cour souveraine de Justice et de Grâce, et même d'une banque royale ! Il a créé une imprimerie, une bibliothèque, une académie de dessin, une école de médecine et d'anatomie ! Sais-tu qu'il fait paver les rues de pierres portugaises ?

— Et planter des palmiers dans son jardin botanique ! » compléta Querubim, que cette nouvelle exauçait. Il se plaignait souvent du peu d'ombrage qu'offrait la capitale.

« N'est-ce pas ? s'esclaffa Rymar. Voilà un prince très libéral ! Dom João de Bragance, bienfaiteur du Brésil ! À croire qu'il a vu le jour dans cette patrie de nègres ! »

Jeté comme un crachat, le dernier mot passa les fenêtres, tomba dans le jardin, trouva Lisandra en train d'étendre la lessive dans la fraîcheur des citronniers. Elle ne donna aucun signe qu'elle avait entendu mais relâcha sa besogne un instant, et suspendit de même le chant mélancolique qui flottait sur ses tâches ménagères. Rymar s'en aperçut et, pour ne point laisser la servante sans activité, cria de l'eau.

« Lisandra, j'ai soif ! »

L'officier tolérait de moins en moins qu'elle se reposât, et s'indignait presque de la voir manger ou dormir. Non qu'elle lui coûtât beaucoup — une chambre vétuste, le fond réchauffé des marmites ne faisaient pas une grande dépense —, mais il n'aimait pas affronter son blâme silencieux, le regard maussade qu'elle posait sur lui pendant ses relâches. Alors, il l'accablait de travail et la tenait toujours occupée.

Le temps n'était plus, en tout cas, où Rymar plaignait les esclaves et fustigeait les maîtres. Prenant modèle sur les Brésiliens de la bonne société, inspiré aussi d'Eusébio qui se montrait, avec plus noir que lui, d'une cruauté barbare, le capitaine s'habituait à malmener les domestiques. Il restait hostile aux châtiments physiques, car la vue du sang nègre l'indisposait. Pour le reste, l'ordre qui régnait à la casa Santo Antônio imitait le régime des grandes maisons bourgeoises. Rymar n'hésitait plus à voyager en litière entre deux esclaves suants, à se hisser sur un nègre agenouillé pour monter en selle ou à accrocher le dos d'un autre pour gravir des escaliers. Tous ses scrupules l'avaient quitté.

Et si, par moments, la conscience du soldat remuait encore, il savait l'endormir par d'astucieux discours. Aux maux terribles de l'esclavage et à ses propres agissements, il apportait la même excuse, constante et effrontée : c'était le climat impossible de Rio. La fournaise de la saison sèche, les miasmes de la saison pluvieuse non seulement expliquaient l'inique société brésilienne mais en quelque sorte l'avaient générée. La nature conformait les nègres d'Afrique aux chaleurs tropicales tandis qu'eux, pauvres Blancs, souffraient le martyre sous ce soleil étranger. Il fallait donc que les seconds fissent usage des premiers. Les uns apportaient leur argent et leur industrie ; les autres, leur force et leur vigueur. C'était un marché raisonnable, l'application réfléchie des différences qu'affichaient les races, dans leur mutuel intérêt.

« Si l'esclavage était aussi injuste que le soutiennent les Anglais, il ne perdurerait pas ! » avançait crânement Rymar.

Ainsi pensait le capitaine au pied de bois, dont la prothèse enflait et se tordait par l'excès des températures. Il faisait souvent ce mauvais rêve : sa jambe prenait racine, elle poussait branches et feuilles jusqu'à l'étouffer. Mais nul cauchemar n'égalait les midis d'été, quand l'officier assoiffé d'ombre errait de pièce en pièce et qu'un fin courant d'air, tendu un instant entre la porte et le balcon, se muait en ruisseau volatil. Le moment venait où ses forces, dépensées dans ces va-et-vient de fauve en cage, soudain l'abandonnaient. Il titubait vers le hamac et s'y laissait tomber. Alors, jusqu'au déclin du jour, ce berceau de toile pendu à deux crochets devenait sa litière et son bureau, sa cantine et son salon de lecture. Il s'y abîmait des heures entières, tantôt somnolant, tantôt suçant un fruit tiède, tantôt feuilletant le journal pour y relever les annonces musicales et les avis de débarquement :

> *Le public est informé que le navire portugais* Amizade *vient d'entrer dans notre rade avec un chargement de colons de Porto, de São Miguel et de Fayal.*

« Ce pays est plein de bizarreries, commentait l'officier. Mais le plus étonnant, c'est qu'on y vienne de son plein gré ! »

Lisandra apporta un broc d'eau fraîche. Rymar but goulûment au bec de terre, faisant couler exprès les dernières gouttes sur sa moustache noire. Il voulait confier une corvée à la servante mais n'en trouva aucune qu'elle n'eût faite deux ou trois fois dans la matinée. Alors, faute de mieux, il renvoya l'Africaine à sa lessive.

« Tandis que nous nous prélassons dans ces hamacs, notre pays se bat, nos frères succombent les armes à la main ! s'indigna l'artilleur. J'ai lu la *Gazeta*, les nouvelles du Portugal sont alarmantes !

Sais-tu que les Français ont lancé une seconde offensive contre nos positions ? Nos troupes ont été battues à Carvalho et à Guimarães. À Porto, malgré une résistance héroïque, elles ont reculé aussi... Il s'en est fallu de peu que l'armée portugaise soit anéantie. Et l'on dit qu'à Lisbonne, le chaos règne... L'ambassadeur français, ce maudit Lannes, dépouille nos palais des œuvres d'art qu'il envoie à Paris ! »

Querubim, gagné de somnolence, n'apportait qu'une attention distraite à la conversation. Elle fut toutefois ranimée par un bruit, un clapotis léger, d'une fraîcheur insolite dans la fournaise du jour. Il ouvrit les yeux, et vit le broc à eau trembler dans les mains du capitaine.

« Les Anglais ont envoyé un corps expéditionnaire sous les ordres de sir Arthur Wellesley, tempéra l'aide de camp. Les Français ont été repoussés. Peut-être même, à l'heure qu'il est, ont-ils quitté le pays...

— D'où sais-tu cela ?

— Un bateau vient d'arriver à Rio, l'*Amizade*. Les nouvelles ont voyagé avec lui. »

Querubim replia la jambe pour la soustraire au méchant rayon tendu vers elle. On avait beau fermer les persiennes, il s'en faufilait toujours dans l'intervalle des lames de bois, creusant leur sillon ardent sur le plancher avant d'atteindre la main ou le pied pendant au sol.

« Vois-tu, Querubim, si je n'avais pas juré fidélité à la Couronne, je m'embarquerais sur ce navire sans tarder. Va-t-il bientôt appareiller ?

— Pour Porto, dans deux jours ! » précisa l'ordonnance.

Le capitaine tira sur sa moustache à petits coups nerveux. Un instant, il parut se raidir, luttant contre l'enfouissement du hamac. Même, il enjamba le bord du filet, comme pour se relever. Mais la force lui manqua. Querubim entendit un soupir, la lourde retombée du corps au fond du lit de toile.

« À quoi bon ? » chuchota l'artilleur.

L'aide de camp tendit une cigarette à son maître qui la refusa. Le climat torride l'avait écœuré du tabac : il ne fumait plus guère qu'au milieu de la nuit, dans la fraîcheur du balcon, une pipe neuve garnie de chanvre indien qu'il apprivoisait peu à peu. Il essayait aussi les cigares offerts par le commandant du *Voador*. Cependant, son souffle restait court et son gosier chatouilleux.

« Naguère, pour moi, le parfum le plus suave était celui de la fumée, fumée de pipe ou de canon ! confessa l'artilleur. Ces temps sont révolus. J'habite un pays où l'on ne brûle guère de tabac et moins encore de poudre, une nation pacifique dont le prince ne songe qu'aux fêtes et aux embellissements… Mais là-bas, derrière cet océan, la patrie agonise ! Suis-je donc le seul à m'en souvenir ? Le seul à m'indigner que Rio engraisse, quand Lisbonne crie misère ? Honte, honte sur les Bragance ! »

Roulant dans son hamac, Querubim tourna le dos à l'officier. Il n'en fit pas moins connaître son opinion, d'une voix cuivrée d'ironie :

« Bah… Pendant des siècles, les Portugais ont profité du Brésil : de son or, de son sucre, de son coton, de son café ! Nous avons tant pris, nous pouvons bien rendre un peu !

— Ce sont des idées progressistes ! accusa Rymar,

l'index pointé vers son compagnon. Tu fréquentes trop d'Anglais, tu as pris leur façon de penser ! Bientôt, tu exigeras comme eux d'abolir l'esclavage !

— Si cela était, ma condition s'améliorerait ! » plaisanta l'ordonnance.

Il regretta ce bon mot. Dans le passé, d'autres moins aigus avaient ouvert d'inépuisables querelles où son maître, usant moins d'arguments que d'influence, prenait toujours l'avantage. Mais décidément, l'après-midi était trop chaud : tenté d'engager la dispute, Rymar n'en trouva pas l'élan et renonça dans un bâillement. Un moustique passait par là, qu'il aplatit d'une main pour passer sa colère.

Depuis leur entrée au Brésil, les deux hommes voyaient se corrompre leur amitié, au même train que s'altéraient vin et terrines apportés du pays. La faute en revenait à Rio lui-même, plus accueillant à Querubim qu'à son maître. La ville s'insinuait entre eux comme une amante jalouse qui veut jouir seule des faveurs d'un garçon : elle choyait l'un et brimait l'autre, dans le dessein précis d'en faire des ennemis et de briser leur vieille entente. Il est vrai qu'ici, loin du Portugal, leur dévotion commune à la Couronne ne les rapprochait plus. C'était un ciment, mais un ciment dont l'excès d'eau ou de chaleur attaquait la cohésion, et qui menaçait de retourner en sable. Querubim parlait de « vieilles histoires » comme d'ailleurs du « vieux continent » ; Rymar traitait son compère d'« ingrat » et d'« oublieux ».

Bref, la discorde régnait, comme l'indiqua le retour du vouvoiement dans leurs conversations. Selon l'humeur, les deux hommes se disaient « tu » ou « vous », se saluaient d'une poignée de main ou d'un coup de chapeau. Pareillement leurs hamacs, qu'ils pouvaient pendre à n'importe quel crochet, tendaient à s'éloigner. Le premier arrivé choisissait de préférence l'angle nord-est du salon, le plus frais, mais devait alors protéger sa place du second. Il y eut des jours où Rymar, lâchement, usa de son autorité pour chasser Querubim ; il y en eut d'autres où l'aide de camp démailla exprès la toile de son maître pour qu'elle rompît sous son poids.

Il n'était pas jusqu'à Lisandra qui ne devînt enjeu de leur discrète rivalité. Observant que l'officier la rudoyait, Querubim voulut s'en faire aimer. Il gagna la confiance de l'esclave par des douceurs et des cajoleries. Mais Rymar vit les sourires qu'ils échangeaient et soupçonna la servante de manœuvres nuisibles. En guise d'avertissement, il confisqua le seul bien de valeur que Lisandra eût conservé : des bracelets d'argent martelé, d'un splendide effet sur sa peau sombre ; il réduisit aussi la provision d'huile de poisson qui lui servait à s'éclairer.

Cette situation était pénible aux deux hommes, mais davantage à Rymar qui comptait peu d'amis au Brésil. L'isolement du capitaine tenait à l'éloignement de son régiment, qui formait naguère sa famille, comme la caserne ou le camp de toile formait sa maison. En outre, ses conceptions rigides lui interdisaient la fréquentation des mulâtres et des Anglais, sans parler des Noirs. Il évitait les femmes et boudait les hommes de moindre naissance. Or, si de telles idées convenaient à l'ancienne société portugaise, elle-même asservie aux convenances, elles n'étaient plus de mise dans le milieu cosmopolite de la capitale brésilienne où voisinaient toutes les langues et toutes les nations.

Rymar l'avait senti, que la menace d'être écarté persuada enfin d'entrebâiller sa porte. Il fit ce qu'un an auparavant il eût considéré comme un grave manquement aux usages, une sévère faute de goût : il convia Eusébio, le mulâtre du *Voador*, à souper avec lui. La réception fut simple, en l'absence de Querubim que son maître avait prié d'aller dîner ailleurs. Il n'est pas sûr, du reste, que ni l'hôte ni l'invité y ait eu beaucoup d'agrément. Eusébio se sentait rougir sous le regard de Lisandra, qui montrait peu de zèle à servir ce demi-Noir endimanché. Quant à Rymar, il laissait voir de cent façons qu'il s'abaissait en recevant cet homme chez lui. La servante avait des ordres précis : introduire Eusébio par la porte de derrière, tirer les persiennes sur la rue. Malgré tout, l'artilleur rappela au marin que cette invitation était une grande faveur. La compagnie d'un mulâtre, expliqua-t-il, était rien moins qu'honorable pour un officier de son rang.

Cela n'empêcha pas les deux hommes de se revoir, et même de disputer chaque lundi de longues parties de cartes. Eusébio formait l'exception d'une règle générale qui faisait de la casa Santo Antônio une « maison blanche » où ne pénétraient, selon les propres mots de Rymar, que les « gens assortis ».

Cette loi éclairait les rapports difficiles du soldat avec son nouveau pays. Les vingt-deux mois passés au Brésil avaient conforté l'officier dans sa piètre opinion de la colonie et de ses habitants. La fatigue accusait en lui une crainte, presque un dégoût de la terre étrangère. Il avait beau réfléchir que ce mauvais sentiment n'était que le premier, qu'avec le temps il réduirait comme s'atténue, plus on y mêle d'eau, la virulence d'un poison, son regard restait méfiant et ses idées farouches.

Il croyait n'aimer rien du Nouveau Monde, ni ce que l'homme avait bâti, ni ce que Dieu avait créé. Les grandes feuilles du palmier semblaient pataudes, quand elles s'aplatissaient à terre dans un bruit mou ou ratissaient gauchement le vent ; de même, il trouvait aux bâtisses coloniales, sales et guingoises, pour la plupart rongées d'humidité et de vermine, d'absurdes prétentions. Tout semblait ici la caricature de l'Europe — seul refuge, à ses yeux, de l'esprit et du bon goût. Les réverbères aux ferronneries compliquées, les galeries peuplées de sculptures, les statues commandées sur catalogue aux fonderies d'Écosse, les pilastres doriques étaient les copies bâtardes des mêmes ornements à Rome ou à Paris. À quoi bon daller les rues passantes ? Sitôt achevé le travail des ouvriers, l'herbe repoussait déjà, les racines disloquaient la couverture de pierres. Impossible, eût-on dit, d'instaurer à Rio la civilisation et l'ordre. Même les cloches d'église sonnaient faux, comme si l'air avait vicié leur chant.

C'était dans le costume des indigènes que se manifestaient le mieux et leur espoir d'égaler la distinction européenne, et leur parfaite inaptitude à l'approcher. Depuis le jour de son débarquement, Rymar croyait n'avoir pas vu un Brésilien vêtu convenablement. Il était un trait commun aux Noirs et aux Blancs d'ici : une espèce de fureur des tissus et des couleurs, qui poussait les plus neutres aux fantaisies vestimentaires. La rue offrait chaque jour un genre de carnaval auquel prenaient part, dans leurs habits chamarrés, les passants de tous âges et de toutes conditions, riches ou pauvres, citadins ou campagnards. Sauf les *desembargadores*, les juges, entièrement drapés de noir, et les pénitentes à qui la religion dictait une tenue sombre, les Brésiliens marquaient leur préférence pour les culottes à pois, à fleurs ou à rayures, les gilets rouges, les pagnes bleus, les pantalons verts, les cravates bigarrées, les hauts-de-forme garnis d'un toupet blanc ou d'une cocarde bicolore, enfin des fleurs et des plumes bouffantes qu'ils accrochaient partout, au col ou à la boutonnière, sinon derrière l'oreille. Les femmes surtout s'embellissaient. Elles portaient peu de chapeaux mais souvent l'ombrelle, et compliquaient à loisir leurs coiffures, d'autant plus hardies qu'elles avaient le cheveu plus crépu. Des peignes, des rubans, des anneaux de métal entraient dans la composition de ces savants édifices qu'elles ne craignaient pourtant pas, une fois montés, d'ensevelir sous un châle en laine ou en poil de chameau. En comparaison, les extravagances de la France révolutionnaire, les audaces des *Incroyables* et des *Mirliflores* paraissaient timorées.

Le capitaine Rymar portait un regard sévère sur ces tenues « pimpantes », comme il les nommait avec un retroussis dédaigneux des lèvres. Si l'uniforme ne l'avait dispensé de choisir son costume, nul doute qu'il l'eût porté noir et uni, non exactement par goût — sa garde-robe militaire cultivait la couleur, au moins le rouge et le bleu portugais — mais pour s'extraire visiblement de la tourbe, de sa gaieté vulgaire. L'installation en nombre de ses compatriotes lui semblait une chance pour le

Brésil, aussi du point de vue vestimentaire. Elle contribuerait sûrement à l'éducation des Brésiliens et à l'assagissement de leurs toilettes qu'il jugeait pour l'heure, comme leur cuisine, bien trop pimentées.

« Il n'y a que la semaine sainte pour nous reposer les yeux ! » se plaignait-il à Querubim. En effet, dans les derniers temps du carême, les Brésiliens délaissaient leurs habits colorés pour d'autres moins voyants ; les rues d'un coup semblaient s'éteindre.

L'aide de camp avait sur tous ces sujets, on s'en doute, des vues très différentes de son maître. Peu soigneux de maintenir un rang qu'il n'avait pas, ni d'illustrer un nom quelconque, il s'était initié de bonne heure aux plaisirs de Rio. Autant cette ville oppressait Rymar, autant elle mettait Querubim à l'aise : il trouvait dans la suavité de son relief, dans les caprices de son architecture, dans les excès mêmes de son climat une combinaison favorable — sorte d'accord auquel sa nature consonait mystérieusement, d'où l'impression précoce de revenir sur les lieux d'une vie antérieure. Chaque jour dans le Nouveau Monde l'épanouissait davantage. Cela se voyait à l'œil nu : son teint se hâlait ; sa poitrine, naguère un peu creuse, gagnait en rondeur. Même ses cheveux avaient repoussé, en retrouvant le noir profond de leur jeunesse. L'homme tout entier resplendissait de santé et d'ardeur, comme s'il avait tiré du chaud soleil, de ces cajous juteux qu'il suçait à toute heure du jour, un pouvoir de jouvence. Rio l'avait transfiguré.

Ce bon air attirait les femmes, que charmait aussi l'accent métropolitain du Portugais. Elles avaient pour ses épais sourcils, pour ses membres velus beaucoup d'admiration. Celles admises dans son intimité se délectaient de cette toison virile dont leurs amants brésiliens, confiaient-elles, étaient rarement pourvus. Querubim, de son côté, n'avait aucune prévention contre les filles de couleur. Aussi noua-t-il maintes idylles dans les rues des bas quartiers. Une lavandière, une brodeuse, une sage-femme, une nourrice, une maraîchère s'étaient déjà pendues à son bras, à la suite ou à la fois — chacune, hélas ! plus nuisible au souvenir de l'épouse laissée à Lisbonne.

Auprès des hommes, l'aide de camp n'était pas moins populaire. Il s'était fait beaucoup d'amis chez les limonadiers, les portefaix, les colporteurs de charbon et les employés du petit commerce. Certains étaient asservis, d'autres avaient payé pour s'affranchir : peu importait au Portugais. Seul comptait d'avoir des partenaires à boire et à jouer, sinon des adversaires dans les parties de bras de fer qu'il disputait nuitamment à l'arrière des boutiques. Querubim trouvait du reste qu'on exagérait les méfaits de la traite. Il se tenait lui-même, quoique libre en théorie, pour un genre de serf aux ordres d'un seigneur féodal, subissant toutes les rigueurs de la captivité.

« Et beaucoup sont comme moi ! soupirait l'ordonnance en remuant son verre. Il n'est de pire maître qu'un soldat de métier. »

En vérité, ce nouveau train de vie rendait l'ancien, auquel il restait soumis, d'autant plus fastidieux. Querubim menait deux existences antagonistes : l'une, franche et voluptueuse, parmi les Brésiliens ; l'autre, triste et confinée, à l'ombre de son maître. Or, si d'abord il s'en était arrangé par fidélité au capitaine, l'idée de s'affranchir le gagnait maintenant. À quoi bon user sa jeunesse auprès d'un officier grincheux qui n'avait plus d'avenir, ni au Brésil ni en Europe, et s'en vengeait sur lui ? Le nouveau pays suscitait chez Querubim de nouvelles espérances. Il soufflait dans les rues de Rio (et davantage, sans doute, hors de la ville) un vent d'audace et d'aventure qui le grisait. La tentation existait donc mais flottante, indécise. Tel jour, si Rymar l'avait traité en camarade, l'aide de camp ne songeait plus à demander son congé. Tel autre, victime d'une colère de son maître, ou frustré par lui d'une sortie — « tu n'iras nulle part, Querubim, je ne veux pas rester seul » —, il se mettait à réfléchir, échafaudait des plans pour quitter la maison.

Aucun des deux ne gardait d'illusion sur les progrès de leur amitié. Son érosion semblait certaine, et la rupture inévitable. Ce n'était qu'une affaire de temps. Querubim s'y préparait en cherchant un nouvel employeur dans l'entourage du prince-régent. Quant à Rymar, bien qu'il affectât de ne rien voir, il songeait aussi à remplacer l'aide de camp et prenait des renseignements sur les métis brésiliens, dont la mode, avait-il observé, se répandait dans l'état-major portugais. Un nom habitait son esprit : celui de l'affable Eusébio, qu'il imaginait bien ravir à la marine pour se l'attacher.

Ce fut alors qu'un événement imprévu dérangea les projets, et du maître et du valet.

Depuis vingt-deux mois que le secrétaire d'État à la Guerre avait missionné Rymar, le nouveau « conservateur de l'instrumentarium royal » n'avait pas été appelé une seule fois au palais. Il bénéficiait certes de l'attention de la cour, eu égard à son rang dans l'armée. On voyait, de temps à autre, paraître un messager royal à la grille du jardin, tout essoufflé de l'ascension du *morro* Santo Antônio. Mais les dépêches dont il était porteur n'avaient rien de militaire : il s'agissait d'invitations mondaines, priant le capitaine Rymar — souvent appelé « monsieur », méprise qui le rendait furieux — d'assister à des bals, à des chasses, à des banquets d'anniversaire et autres récréations dont la cour semblait s'étourdir. Fâché du rôle qu'on lui donnait, l'officier boudait ces occasions, sinon envoyait Querubim à sa place. Il ne prit part ni à l'inauguration du théâtre royal, ni à la célébration de la victoire portugaise de Cayenne, ni même, quoique l'idée l'eût amusé, à la messe d'action de grâces ordonnée par Dom João pour avoir abordé sain et sauf à Rio.

« Plût au ciel que les vents nous aient repoussés ! » réagit l'officier à la lecture du carton.

Une convocation sérieuse lui parvint toutefois. Dom João, qui se rappelait vaguement le passé d'artilleur du capitaine, voulait son avis sur les forges du Minas Gerais, une région voisine de Rio où l'on commençait à couler des canons. Cette industrie consommait beaucoup de cuivre et d'étain. Fallait-il taxer ces métaux au bénéfice de la Couronne ou les dégrever, et stimuler ainsi l'effort de guerre ? Rymar se passionna pour ce sujet aride et développa ses idées dans un copieux rapport qui l'occupa près d'un mois. Il n'y mit pas seulement la réponse à la question du prince, mais exposa ses théories sur la balistique, le dosage des poudres et l'usage des mires. Pas moins de douze pages furent consacrées au culot des bombes, qu'il recommandait d'« alourdir afin qu'elles tombent par l'arrière », quinze autres à l'adoption d'une baguette de fusil plus maniable par les fantassins, vingt encore aux essais de trempe des fontes et des aciers…

Travaillant à cette étude, Rymar exultait et semblait revivre. Le régent, pensait-il, serait ébloui par l'étendue de son savoir. Découvrant quel brillant esprit il avait négligé, Dom João reconnaîtrait ses torts, lui confierait une mission militaire, lui donnerait peut-être de l'avancement pour racheter sa longue mise à pied. Enfin, il tenait sa chance ! Rymar y croyait si fort qu'il négligea d'informer ses supérieurs de l'achèvement du rapport. Ce fut au secrétaire personnel de Dom João qu'il remit avec solennité son chef-d'œuvre, « Considérations sur les forges canonnières du Minas Gerais & le bon service des bouches à feu pour la défense des places », un épais mémoire de huit cent vingt-neuf feuillets, habillé pour l'occasion d'une coûteuse reliure en vélin.

« J'ai mis du temps…, s'excusa Rymar. Son Altesse me pardonnera la lenteur de ce travail. Elle est, je l'espère, en faveur de l'exactitude. »

Hélas ! Comme il livrait son étude, on lui apprit que le régent, pressé d'agir, avait arrêté seul sa décision. Il y avait peu d'espoir que son Altesse prît connaissance du traité, maintenant qu'était tranchée la question. Le mieux serait d'en faire dépôt à la bibliothèque royale, tout juste inaugurée. Ce fut du moins le conseil du secrétaire, lequel offrit de s'entremettre pour que le traité fût reçu aux archives. Mais Rymar préféra l'emporter. L'occasion se présenterait bien de le montrer au prince, expliqua-t-il d'un air détaché.

Ce nouveau camouflet précipita Rymar dans un abîme de chagrin. Il fut pris de frissons sur le chemin de la maison et, un moment plus tard, gisait au lit, brûlant de fièvre. En proie au délire, il réclamait à grands cris la lunette du commandant Botifoga pour scruter les étoiles. Puis il voulut manger, mais refusa tout ce qu'on cuisina, même le bouillon de poule au lard qui était sa friandise. Il s'endormit peu après dans une flaque de sueur.

Quatre fois, cette nuit-là, la fièvre l'arracha au sommeil. Ses réveils étaient effroyables : Rymar d'un coup se cambrait, la face révulsée, les poignets tordus, les bras et les jambes fauchant l'air, puis s'abattait soudain sur la couche, inerte et privé de sentiment. Après la dernière crise, d'une intensité supérieure, Querubim songea à faire examiner son maître. Eusébio, appelé en hâte, fut de cet avis. On demanda à Lisandra le nom d'un médecin, mais l'esclave ne fréquentait qu'un nègre poseur de ventouses qui donnait gratuitement ses consultations sur le seuil d'une épicerie. Elle proposa le talisman pendu à son cou, taillé dans une corne de bœuf, qu'elle disait souverain contre la fièvre des marais. Ce fut un prêtre, ensuite, qu'on parla d'aller quérir, ou l'un de ces métis interlopes qui se revendiquaient « intercesseurs pour le salut de l'âme ».

« Invoquez Jésus, qu'il lui donne bonne fin ! » priait Lisandra.

Heureusement, le petit jour amena une prompte amélioration dans l'état du capitaine. Pendant les heures d'obscurité, il avait sué tout son mal et se trouvait bien mieux portant. Une grande fatigue, cependant, lui restait de son combat contre les ombres. Trop faible pour déglutir, il ne put avaler le potage qu'on lui servit. Le simple voyage du lit trempé vers le cuvier où Lisandra faisait couler un bain de romarin lui coûta toutes ses forces, de sorte qu'à peine installé, la conscience le quitta. Il fallut porter le soldat évanoui jusqu'à son hamac.

Eusébio s'en fut dans la matinée, comme l'aide de camp et la servante, à leur tour, prenaient le lit. Quelques heures plus tard, le tintement d'une cloche éveillait toute la maison.

« Enfin ! Dix minutes qu'on sonne ! » protesta le visiteur quand Lisandra vint ouvrir.

Le messager du palais n'apportait aucune lettre mais devait, sur l'ordre exprès du régent, ramener l'artilleur avec lui. Il montra son cheval attaché au tronc d'un manguier et un autre sellé pour l'officier.

« Mon maître est souffrant, intervint Querubim qui accourait au bruit. Informez son Altesse qu'il doit garder le lit !

— C'est urgent !

— De quoi s'agit-il ?

— D'un piano-forte de la collection royale… Le Cristofori…

— Une table à musique ? Vous perdez votre temps ! Mon maître ne voudra pas…

— Je viens. »

Cette voix grise et chiffonnée tombait du balcon. Le messager levant la tête découvrit Rymar, hâve mais debout, qui grattait d'un ongle lent l'appui de la balustrade. La splendide veste d'officier, passée sur sa chemise de nuit, semblait parer un épouvantail.

« Maître, je ne sais pas s'il est raisonnable…

— Voilà des mois que nous attendons l'occasion d'être utiles, ne la laissons pas échapper ! Et puis, qui sait ? Si je soigne ses clavecins, peut-être le prince m'emploiera-t-il à autre chose ? Allons, Lisandra, aide-moi à m'habiller ! Et toi, Querubim, donne-toi un coup de peigne ! Tu m'accompagnes. »

Quand les deux hommes se présentèrent au palais, un officier de la chambre du roi les attendait sous le porche, qui les guida à grandes foulées vers la salle aux Oiseaux. Des courtisans avaient envahi les couloirs, chassant la rumeur haletante : le Cristofori était brisé, démoli, en pièces… Plusieurs, affamés de nouvelles, retinrent l'artilleur par le bras. Il semblait à Rymar qu'il était un docteur appelé au chevet d'un moribond illustre.

La salle aux Oiseaux, une ancienne volière convertie en salon de musique, avait quatre fenêtres toutes au midi. Quand on manœuvrait les lourds rideaux, on perdait la lumière sans vaincre la chaleur, aussi préférait-on les garder noués, et laisser le jour affluer jusqu'aux derniers recoins de la pièce. Rymar pénétrant dans les lieux ne reconnut personne : la clarté déguisait tous les corps en ombres frissonnantes. Il mit sa main en visière et aperçut, logés dans des fauteuils plus grands qu'eux, le jeune prince Miguel, les princesses Isabelle et Maria Francisca. Pedro, fils de Dom João, se tenait debout près du piano-forte, une partition chiffonnée à la main. Il semblait faire un caprice, ses petits poings serrés, ses joues lavées de larmes. Sa sœur aînée, Maria Teresa, la princesse de Beira, tâchait de le consoler. Mais chaque fois qu'elle approchait un mouchoir du petit nez, l'enfant repoussait brutalement son geste et fondait en pleurs. Une voix d'homme, empreinte d'autorité, s'adressa calmement au prince :

« Le capitaine est venu. Il va tout arranger. »

Rymar, un pas à l'intérieur de la pièce, sentit tous les regards converger sur lui. Son visage s'empourpra à l'idée que la famille royale décelât le négligé de sa toilette, guère améliorée depuis son lever. La chaleur, heureusement, pouvait expliquer l'afflux de sang à ses joues. Il se dirigea vers le piano-forte et connut la surprise de voir Dom João, assis sur la banquette de l'exécutant, lui céder la place. Rymar s'inclina profondément mais n'osa occuper le siège. Il préféra commencer debout l'examen de l'instrument, les mains croisées sur les reins, les sourcils barrés d'un pli sévère, dans l'attitude qu'il jugeait celle d'un homme compétent.

L'inspection ne fut pas longue, quoique Rymar l'ait compliquée à dessein de manipulations superflues comme d'ouvrir le pupitre ou de tirer le clavier hors de la caisse. Les dégâts se lisaient à l'œil nu, que l'artilleur énonça d'une voix neutre en désignant au prince, très intéressé, les parties atteintes :

« L'humidité et la vermine sont les maux dont souffrent les instruments en bois. Ce piano-forte, hélas ! a contracté les deux. Il semble que son voyage dans la cale du *Voador* l'ait beaucoup éprouvé. Regardez ces cordes piquées de rouille, ce sommier bombé, ces chevilles branlantes ! Les petits trous ici sont le fait des vers à bois. Quant aux touches… »

Rymar pressa au hasard quelques feintes qui

restèrent enfoncées ou se relevèrent paresseusement, freinées à mi-course par des doigts invisibles.

« N'est-ce pas ? » acheva l'officier, content de sa démonstration.

Le prince essaya à son tour le clavier et prétendit flairer dessus une odeur de pourriture.

« Fort bien. Quel remède proposez-vous ? »

Rymar n'en avait pas la moindre idée. C'est au commandant du *Voador*, Mateus Botifoga, qu'il devait sa courte science des clavecins. C'est à lui qu'il empruntait les formules et les mots du métier, tout ce jargon connaisseur dont il enflait ses exposés. Pour autant, il n'avait qu'une notion très vague des soins prodigués aux instruments, et s'avouait ignare dans l'art de la restauration. L'artilleur n'en répondit pas moins :

« J'en fais mon affaire, Altesse ! Que votre fils soit rassuré ! »

Le jeune Pedro accueillit la vantardise du capitaine avec des sautillements de joie. Même, il se pendit à son cou, ou plutôt lui agrippa les jambes, ce qui manqua coûter l'équilibre au soldat. Dom João partit d'un rire étonné qu'imitèrent, l'un après l'autre, tous les membres de la famille royale. Il n'était pas jusqu'aux huissiers, debout près des portes, que cette belle humeur ne chatouillât au ventre. Rymar seul n'en était pas. Il avait fait une promesse étourdie, à laquelle cette bruyante adhésion le liait plus encore. Hélas ! c'était trop tard pour se dédire.

Déjà le régent s'était levé, donnant aux siens le signal du départ. Avant de quitter la pièce, Dom João serra fortement la main du capitaine et, parce qu'il était plus court de taille, se hissa sur la pointe des pieds pour lui souffler à l'oreille :

« Vous avez toute ma confiance, Rymar. Ne nous décevez pas ! »

Dans un autre moment, le soutien du prince l'aurait empli d'une orgueilleuse béatitude. Cette fois, l'artilleur n'y entendit qu'une menace. Qu'adviendrait-il s'il manquait à sa parole et échouait à remettre le Cristofori en état ?

Sitôt les Bragance en allés, Rymar congédia les domestiques encore dans la salle et s'enferma à l'intérieur, seul avec son ordonnance.

« Nous sommes dans de beaux draps ! »

Querubim ne fit pas l'objection qu'espérait peut-être son maître. Mais il prit l'affaire en main et tira les rideaux des fenêtres, en garde du soleil et des indiscrétions. En d'autres occasions périlleuses, sa volonté têtue s'était ainsi alliée à celle, moins constante, de l'officier. Il l'avait maintes fois tiré d'embarras en lui cédant le contenu de sa gourde ou de sa gamelle, sinon en renouvelant des pansements que Rymar, exténué, tardait à faire.

Pareillement, ce jour-là, il entreprit seul de dénouer les cordes rouillées du piano-forte. Les tables à musique lui étaient plus étrangères encore qu'au capitaine, mais il se confortait en marmottant :

« Ce n'est jamais qu'une grosse pendule ! Du bois, des cordes, rien de bien savant ! »

Il dénicha quelques outils de menuisier dans une aile du palais encore en chantier, ce qui aida grandement son ouvrage. Rymar lui ayant finalement prêté main-forte, les deux hommes eurent tôt fait de réduire l'instrument à un tas de planches, quelques pelotes de fil et de précieux dominos d'ébène et d'ivoire. Les pièces qui leur parurent abîmées furent mises de côté. Querubim promit d'en faire tirer bientôt une copie neuve.

« Et qui les façonnera ? Es-tu ébéniste ?

— Un peu.

— Assez ?

— Je trouverai quelqu'un pour m'aider. Rio ne manque pas d'artisans qui travaillent le bois. Les mulâtres, paraît-il, sont habiles de leurs mains... Et l'on m'a dit que nos jésuites faisaient même fabriquer des "orgues de chambre" au Brésil !

— Mon cher, c'est toi qu'il aurait fallu nommer conservateur de l'instrumentarium royal ! »

Querubim était l'être au monde le moins pourvu de vanité. Il n'en rougit pas moins au compliment de son maître.

« Tant mieux si nous trompons Dom João sur nos vraies aptitudes à ce métier... ajouta l'artilleur. Mais de grâce, que cela ne s'ébruite pas ! Je ne voudrais pas que ces travaux me fassent une réputation d'imposteur ou de propre-à-rien ! Le hasard m'a mis dans cette position, dont je n'ai pu m'extraire. Je dois maintenant l'occuper aussi bien que possible !

— Entendu, capitaine. »

Querubim se mit aussitôt à la tâche. Il soumit quelques pièces du Cristofori à un menuisier de sa connaissance, chargé naguère d'affermir les persiennes branlantes de la casa Santo Antônio. Hélas ! Cette consultation, comme les suivantes, lui découvrit des aspects nouveaux du problème. Examinées par des hommes du métier, les pièces se révélèrent d'un travail remarquable, très supérieur au standard de la colonie. On pouvait douter qu'il y eût à Rio, peut-être dans tout le Brésil, un artisan capable d'offrir des pieds à la tournure si élégante, une caisse aux proportions si nobles. Il manquait des appareils nécessaires à la façon de quelques-unes : l'éclisse, par exemple, dont la courbure savante s'obtenait en cintrant le bois humide sur une forme ; la barre de nom en métal, impossible à couler sans le moule adéquat.

Il fallut bien, pourtant, convaincre les artisans d'accepter la commande.

« Paye-les ! conseilla Rymar. Nul ne résiste à la promesse d'un gros pourboire !

— Avec quel argent ?

— Va ! Je t'en prêterai ! »

Ce fut ainsi qu'après avoir engagé sa parole, l'officier engagea ses économies. Espérant des gains rapides, les compagnons du bois se surpassèrent. Eux qui d'ordinaire n'employaient leur talent qu'à la fabrication de cercueils ou de bancs d'église se mesurèrent cette fois aux chefs-d'œuvre de l'ébénisterie musicale : une table d'harmonie en cèdre, une rosace finement sculptée, des marteaux au poids précis… Querubim les alléchait par un acompte, une pincée de pièces d'argent aux armes des Bragance, et l'assurance d'autres commandes. Il partageait l'opinion de son maître pour qui cet instrument malade n'était que le premier. De nouveaux cas se déclareraient, il y aurait contagion peut-être : alors, les ateliers capables prendraient l'avantage sur leurs rivaux. C'est du moins ce qu'il répondait aux artisans inquiets d'avoir créé des moules et des outils pour rien.

« N'ayez crainte, ils serviront encore ! Si vous réussissez, nous vous donnerons plus d'ouvrage ! »

Certains y trouvèrent leur vocation. Des ateliers de menuiserie furent transformés en magasins de musique : *lojas de música* qui, pour la première fois au Brésil, proposaient à la vente des instruments de confection locale. Au n° 111 de la rua da Quitanda, au n° 142 de la rua da Cadeia ou encore rua do Hospício, fameuse pour ses « filles de fleur et de parfum », s'ouvrirent des enseignes spécialisées. On y exposait des clavecins, des pianos-forte et même d'antiques clavicordes, dont le prix modeste et le format commode assuraient le succès trois siècles après leur invention.

« Quel curieux spectacle ! s'étonnait Rymar. La ville tout entière se met au diapason du prince et de sa folie de musique ! Je ne l'ai pas prise au sérieux, j'avais peut-être tort… Qui sait si demain, Rio ne sera pas pour la confection des clavecins ce qu'est Tolède pour la forge des épées ?

— Ces instruments sont venus avec nous ! » rappela l'aide de camp.

Les souvenirs d'Eusébio lui donnaient raison. Le mulâtre avait fréquenté le Brésil d'avant les Portugais, et pouvait témoigner qu'on n'y trouvait guère de tables à musique. La mode simplement n'en était pas lancée : dans les *solares*, les demeures bourgeoises, l'aisance s'affichait par la possession d'un beau carrosse, de chevaux pur-sang et d'esclaves vigoureux. À quoi bon détenir un instrument, puisqu'on avait déjà des canaris chanteurs et qu'on pouvait aussi les faire combattre ?

« Personne ici ne jouait d'un clavier, sauf dans les églises ! Combien d'épinettes, à Rio ou à Salvador ? Deux dans le palais du gouverneur, trois ou quatre chez les riches négociants… le compte y était ! »

Rymar fut piqué que ce sang-mêlé prît le parti d'un subalterne, à ses ordres de surcroît. Il balaya l'argument d'un revers de la main, comme il eût fait d'une épluchure.

« Peuh ! Vous ne voyez pas plus loin que la pointe de vos bottes ! Demain, je le maintiens, il n'y aura pas à Rio de maison convenable où l'on ne joue d'un clavier ! Le palais, pour commencer… La famille royale est nombreuse. Dom João a huit enfants vivants, et tous sont musiciens ! La cour, c'est certain, continuera d'acheter des clavecins et des pianos-forte pour compléter leur instruction. Or, à qui reviendrait leur entretien, sinon à nous ? »

L'artilleur avait des gestes théâtraux dont la fonction se devinait : ils devaient conforter ces paroles étranges, si peu accordées à ses idées d'hier, au dédain qu'il avait toujours marqué pour la musique et les instruments. D'ailleurs, Rymar s'interrompit, comme s'il avait surpris dans un miroir son reflet grimaçant. Un silence s'ouvrit, que l'aide de camp se hâta d'occuper :

« Cela vous réjouit-il, maître ? Naguère, pourtant, cet emploi vous pesait ?

— Eh bien… c'est possible… Mais je suis soldat avant tout. Un soldat fait son devoir ! »

Rymar gratta le pilon à l'intérieur de sa botte, puis déroula dessus la jambe froncée du pantalon. Ses yeux se fixèrent sur un lézard qui cheminait entre les pavés et dont la progression malaisée, entre les pieds des passants et les roues des carrioles, curieusement l'émouvait. Puis ils tombèrent sur Querubim, avec tout le poids que conféraient sa haute taille et son statut de maître. Rymar n'ajouta rien. De ce moment, toutefois, Querubim n'aborda plus le sujet qui gênait l'officier, crainte d'afficher certaines contradictions de sa nature.

Le lendemain, dix-neuf novembre, Rymar annonça fièrement au prince-régent que le piano-forte avait été remis à neuf. La famille royale au grand complet vint admirer l'instrument, sur la caisse duquel — délicate attention de l'artilleur — l'écu des Bragance avait été peint en quatre endroits et cinq couleurs.

Tous les enfants essayèrent le Cristofori et louèrent, unanimes, la qualité de sa restauration, bien que la princesse de Beira eût relevé un défaut d'accord dans les aigus — détail qui fut jugé sans importance. Pedro surtout se l'accapara : une heure durant, le fils aîné du régent essaya son maigre répertoire de marches et de chants populaires qui suscita quelques rires attendris, et autant de bâillements. Le récital eût peut-être duré si Dom João n'avait lancé un vigoureux : « Allons, debout ! » auquel l'enfant s'empressa d'obéir. C'était pour prendre sa place. Le régent s'installa au clavier, dégagea ses mains de la ruche qui bordait ses manches et enchaîna quelques accords avec facilité. Puis il souleva l'aile du piano-forte et inspecta l'intérieur, humant l'odeur de bois neuf mêlée à des relents d'antique poussière qui hantait la caisse du Cristofori.

« Joli travail ! apprécia Dom João souriant.

— J'ignorais que vous fussiez musicien ! » fredonna Rymar qui avait bruyamment applaudi la prestation du régent ; mais l'héritier du trône n'avait pas encore assouvi toute sa curiosité :

« Racontez-nous, s'il vous plaît.

— Vous raconter ?

— Oui, la réparation ! Ce serait instructif pour ces jeunes gens. »

L'officier jeta à Querubim un regard de détresse. Pouvait-il exagérer la part, somme toute modeste, qu'il avait eue à l'opération ? D'abord sa langue fourcha un peu, tel un cheval bronchant devant l'obstacle :

« Eh bien, en vérité, votre Altesse… ce n'est pas si ardu qu'il y paraît… »

Mais il se ressaisit et, comme s'il s'infligeait lui-même de grands coups d'éperons, donna de sa jambe en bois contre l'autre. Un élan furieux l'emporta, celui du cavalier chargeant au grand galop un front serré de baïonnettes. Il raconta la restauration en l'habillant d'anecdotes, imagina d'aventureuses intrigues pour se procurer les outils et les matériaux nécessaires. Rymar parlait d'abondance, la bouche sèche, sans se laisser le temps de déglutir. Le souffle lui manqua pour dire le dernier mot, que Dom João, amusé, prononça à sa place. Ce discours fanfaron avait plu au régent, lui-même piètre orateur. Les mains croisées sous les basques de sa redingote, son Altesse conclut gaiement :

« Eh bien, en voilà une histoire ! On ne penserait pas que les musiciens mènent une vie si remuante ! »

Suivit un genre de collation, ou plutôt de rafraîchissement car les boissons l'emportaient sur les friandises. Le Brésil donnait soif, et l'habitude s'était prise au palais de servir à toute heure le thé ou le café. On essayait aussi les breuvages locaux, qu'un domestique achetait quelques sous aux vendeurs ambulants de la place. Cette fois, Dom João fit goûter la liqueur d'anacarde — fruit de l'arbre à cajou ; les buveurs esquissèrent une grimace amusée.

« À la campagne, dit-on, les Brésiliens ont un mauvais vin pour tuer les vers, confia Rymar au régent. C'est la petite "immaculée".

— Intéressant. Connaissez-vous aussi l'alcool de canne ?

— Cette eau-de-vie dont s'enivrent les nègres ? Dieu m'en garde ! Il paraît qu'à certains, on ficelle un masque de zinc sur le visage…

— Pour quoi faire ?

— Pour les empêcher de boire ! Ou de se tuer, il y a plusieurs versions… »

Il regretta de ne pouvoir dire mieux, ayant toujours boudé le verre que lui tendait Eusébio. Querubim, au contraire, s'était initié très tôt aux maléfices suaves de la *cachaça* : l'aide de camp s'en désaltérait comme de l'eau, ce qui donnait à sa voix, dès midi passé, des inflexions rieuses et effrontées.

« Mon cher Rymar, vous avez rendu ce Cristofori à la vie ! Je vous en suis très reconnaissant.

— Altesse, je n'ai fait que mon devoir !

— Vous êtes trop modeste. C'est un travail remarquable. »

L'artilleur ne savait pas très bien où Dom João voulait en venir, ni pourquoi le verre du régent, une deuxième fois, était venu choquer le sien dans les éclaboussures sucrées de la liqueur. Il essuya discrètement ses doigts poisseux et improvisa un compliment, dont son Altesse le dispensa d'un clin d'œil amical.

« Pas de cela entre nous, capitaine... J'ai les courtisans en horreur. Ma courte taille m'a enseigné que la valeur d'un homme ne résidait pas dans sa carrure, pas plus que dans ses titres ou dans ses possessions ! En revanche, je voue une grande estime au talent. Et je crois que Dieu m'a doué d'un *flair* pour reconnaître, chez quiconque, cette aptitude cachée. »

Dom João se tapotait le nez, en probable illustration de ses paroles. Les narines du prince manquaient d'ampleur, ce qui lui donnait l'air sévère et empirait sa laideur. Certains y voyaient même un empêchement à respirer.

« D'un seul trait de plume, je peux établir quelqu'un baron ou marquis ! ajouta Dom João d'un ton énigmatique qui éveilla brièvement l'espoir du capitaine. Mais il n'est pas en mon pouvoir de décréter le talent. Tenez ! Je vais vous conter une histoire... Naguère, les plus beaux appartements de ce palais étaient occupés par des gentilshommes, ainsi qu'il en va généralement dans toutes les cours du monde. Les musiciens, eux, n'avaient droit qu'à des mansardes où ils prenaient des rhumes. Il s'ensuivait que deux ou trois manquaient toujours à l'appel lors des répétitions de l'orchestre ; c'était bien sûr aux dépens des œuvres exécutées. J'ai voulu remédier à cette anomalie. Savez-vous comment ? »

Rymar plissa les yeux et fit tourner la liqueur dans son verre, pour se donner l'air de chercher. Cependant, il n'avait guère d'intérêt aux devinettes ni aux jeux de l'esprit.

« C'est tout simple ! poursuivit Dom João. Les nobles et les musiciens ont échangé leurs places ! Que pensez-vous de ce geste ?

— Qu'il était fort hardi !

— Ou très *républicain* ? »

Secoué d'un petit rire de poitrine, le régent lissa ses cheveux au-dessus des oreilles — là où de longues mèches noires, vrais rubans de réglisse, chevauchaient ses favoris bouclés. Il annonça d'un même souffle :

« Vous méritez une récompense, capitaine. Ce sont des hommes de votre trempe qu'il faut au Portugal, non moins qu'au Brésil ! J'ai songé à vous nommer chevalier dans l'ordre du Christ. »

Le front de Rymar s'inclina humblement. De rares marchands avaient connu cette consécration, réservée autrement aux familiers du souverain ou à de hauts personnages. Pendre à son cou la riche croix de l'ordre, sur sa chaîne à trois rangs, c'était s'assurer une grande carrière et de féconds appuis. Des ancêtres de Rymar l'avaient arborée, qui comptaient parmi les plus distingués de l'arbre familial. Pourtant, le soldat accueillit l'offre de Dom João avec réserve et presque réticence :

« Vous me faites trop d'honneur, Altesse. Cependant... » Il but une gorgée pour s'enhardir. « Cependant, rien ne m'exaucerait comme d'intégrer l'armée.

— Nous avons déjà eu cette discussion. »

Le régent lui tapota l'épaule et tourna les talons. Ce geste entraîna les enfants Bragance qui s'écartèrent aussi du soldat, laissé seul dans un coin de la pièce. Ne sachant quelle contenance prendre, l'artilleur porta santé à la Couronne et franchit la porte, Querubim sur ses pas. Peu après, le pianoforte fit entendre son timbre voilé, doublé d'un fâcheux cliquetis mécanique. Un chant s'éleva, celui peut-être de la princesse Isabelle. Les deux hommes se hâtèrent vers l'escalier.

L'entêtement du capitaine pouvait nuire à sa carrière, et ternir la bonne impression qu'avait donnée la renaissance du Cristofori. Mais Dom João souffrait d'une mauvaise mémoire, qui abrégeait d'autant son ressentiment. Le souvenir qu'il garda de Rymar fut celui d'un homme certes fantasque, mais serviable et compétent.

Comme il l'avait promis, il le nomma chevalier de l'ordre du Christ et pratiqua avec lui — distinction plus tangible encore — le tutoiement des vieux amis. Rymar quitta sa maison du morro Santo Antônio pour une chambre au palais, contiguë à celle qu'occuperait son aide de camp et à une autre, vétuste, où logerait Lisandra. La sienne était grande et bien meublée, autre gage de l'estime du régent. L'officier releva avec fierté que sa fenêtre donnait au nord-est, donc sur la rade, et bénéficiait utilement du soleil aux premières heures de la journée. En tendant le cou, il avait vue sur les appartements de son Altesse, au centre de la façade principale, dont les lampes ne s'éteignaient guère avant l'aube — ainsi la rumeur disait vrai : Dom João, tout à la tâche de transformer la ville coloniale en capitale d'empire, travaillait dur sans prendre de sommeil.

« On est à l'aise, ici ! se pâmait l'officier. Ah, je

ne regrette pas d'avoir quitté notre masure de Santo Antônio ! »

Querubim était d'un autre avis. Il faut dire que sa chambre, aveugle et exiguë, très basse de plafond bien que lui-même passât l'officier d'une bonne tête, avait tout d'une casemate. Il releva amèrement :

« Ce logement, je crois, n'est pas proportionné à mon mérite.

— Que veux-tu dire ?

— Que j'ai ma part de la restauration du Cristofori, et que sans moi… »

Il s'interrompit à l'aspect du capitaine, dont le pied mort raclait farouchement le plancher. Querubim avait assez pratiqué l'officier pour sonder aussitôt son humeur. Un sourcil tremblant, des lèvres se retroussant sur les dents l'avertissaient du danger.

« Sans toi ?

— Veuillez me pardonner, monsieur. »

L'aide de camp paya son insolence du silence têtu que Rymar opposa toute la semaine à ses salutations. Là se borna son châtiment : l'artilleur ne pouvait se priver longtemps des services de Querubim, déjà plus savant que lui dans la réfection des tables à musique, et mieux acclimaté à cette terre brésilienne qui restait pour lui un sol étranger.

Au demeurant, les deux hommes furent bientôt rappelés aux exigences de leur mission. Trois jours seulement après leur emménagement au palais, Maria Teresa, princesse de Beira, leur avait apporté cette fâcheuse nouvelle : son clavecin d'étude, un superbe Gräbner à deux claviers, avait perdu son sommier comme un squelette perd sa mâchoire — d'un coup. C'était arrivé pendant la nuit. Au bruit de la chute, les gardes étaient accourus, et la princesse elle-même, qui dormait dans la chambre voisine, s'était éveillée en sursaut. Son instrument gisait au sol, démembré ; on eût dit qu'un gourdin s'était abattu sur la fragile armature de bois.

« J'en fais mon affaire ! » répondit l'officier à la princesse qui s'inquiétait de l'étendue des réparations.

En vérité, Rymar n'avait pas plus idée que tantôt de la façon dont il bricolerait le clavecin, mais comptait sur l'ingéniosité de Querubim pour le tirer d'affaire. Envoyé en ville, l'aide de camp revint flanqué de deux esclaves qui, chacun, portait un lot de planches liées avec de la ficelle. Le bois en était sombre, d'un joli brun violet, au léger parfum de rose. Certaines parties, mal séchées, exsudaient encore une résine couleur de sang caillé.

« Du *jacaranda* ! s'exclama l'ordonnance.

— C'est du chêne qu'il faudrait !

— Il n'en pousse pas au Brésil. La moindre latte vient par bateau et coûte une fortune ! Vous savez bien qu'il manque d'arbres au Portugal et que nos colonies de Madère, des Açores ou de São Tomé ont donné tous les leurs. Mais regardez ce jacaranda : un bois dur, aux fibres longues… Magnifique !

— Allez, ça ira bien », soupira l'officier, un coude à la fenêtre.

Querubim ne s'était pas plus tôt mis à l'ouvrage, aidé d'un des nègres, qu'ils reçurent la visite d'un domestique du duc de Cadaval. Une épinette venait de rendre l'âme, c'est-à-dire qu'une moitié au moins des cordes avait rompu, l'autre ne tenant plus l'accord.

« Nous verrons cela, mais pour l'heure, nous sommes occupés d'un autre instrument », s'excusa l'artilleur.

Dans l'après-midi, il y eut trois alertes semblables, cinq le lendemain, et quatre encore le jour d'après. Rymar tâchait d'apporter à tous une réponse favorable mais se montrait, quant à la durée de son intervention, d'une prudence judicieuse. Il faut dire que les commandes affluaient et que le pauvre Querubim, besognant seul ou presque, n'arrivait plus à suivre la cadence.

On eût dit que tous les claviers de Rio avaient contracté la même peste, siégeant sourdement dans le bois dont elle attaquait les jointures, faussait les agencements, ébranlait la charpente jusqu'au jour où, certain équilibre étant rompu, la table à musique littéralement tombait en pièces. Le mal semblait s'étendre et empirer. Les mêmes symptômes se retrouvaient d'une caisse à l'autre. C'étaient des cordes rouillées, déshabillées et ternies, une table d'harmonie où se traçaient de longues fissures, des chevilles fendillées crevant parfois tels des fruits mûrs. Non seulement les instruments à touches mais tous ceux faits en bois comme les violes, les harpes ou les bassons connurent ces jours-là de graves atteintes. Le cas fut rapporté de pipeaux qui s'émiettaient entre les doigts, de guitares dont le manche bourgeonnait ou la caisse se tapissait de mousse.

Le premier, Querubim soupçonna que le climat brésilien donnait l'explication du fléau. L'été sévissait à Rio. Un soleil coléreux régnait dans l'atmosphère, dont les fureurs méridiennes causaient des morts parmi les bêtes au pâturage ou les promeneurs égarés. Il était certaines heures où le moindre lambeau d'ombre dans la rua São Bento, celle des dépôts de café, se disputait à l'arme blanche. On voyait des nègres affolés de chaleur qui, ne pouvant s'offrir les bienfaits du limonadier, plongeaient la tête dans la mer — et parfois s'y noyaient. Les pluies pourtant étaient fréquentes, soudaines, enragées. C'étaient, d'un coup, des nuages ardoisés qui déferlaient sur la ville, chevauchant le vent, pour déverser dessus une eau presque bouillante. L'instant d'après, cette noire multitude gagnait la mer ; le soleil était de retour, plus torride qu'avant, comme s'il voulait tirer vengeance de sa brève éclipse. Alors les négociants de café, fumant le cigare à la porte des entrepôts, aboyaient un ordre extravagant à leurs esclaves : découdre les sacs, remuer le grain à l'intérieur, de crainte qu'il ne s'échauffe et peut-être ne grille.

Pendant ces jours de fièvre, les tonneaux enflaient, les portes jouaient mal ; sur les terrasses des grands hôtels, les lames en bois se cornaient telles les pages d'un vieux livre. Rien d'étonnant si les tables à musique souffraient aussi des rigueurs du climat. Toutes, cependant, n'y répondaient pas de même. Les clavecins assemblés au Brésil toléraient bien cet inconfort : ils ne réclamaient qu'un nouveau vernis quand l'ancien fatiguait et d'être accordés souvent pour compenser l'inévitable jeu des pièces en bois. Au contraire, le milieu tropical fatiguait les instruments venus d'Europe. Pour les délicates machines conçues par des facteurs autrichiens ou français dans la fraîcheur poussiéreuse de leurs ateliers, la canicule brésilienne était une épreuve. Cette conjugaison malsaine de chaleur et d'humidité dissolvait les colles, torturait le bois et le métal, infligeant au meuble d'irréparables dommages.

Querubim pensait qu'il ne servait à rien de renouveler les pièces en chêne ou en noyer par d'autres de même essence. Maintes fois — et sans toujours en informer Rymar, qui l'eût désapprouvé —, il leur avait substitué des matériaux locaux. C'est ainsi qu'un Silbermann et un Vater, de tournure si allemande, avaient reçu des éclisses en palissandre, ou qu'il avait greffé à un Ruckers flamand un chevalet en *ubiragara*.

« Dans ce pays, le métissage des hommes est fait ! raisonnait subtilement l'aide de camp. Nous commençons celui des clavecins. »

Fort heureusement, les aptitudes musicales du prince se limitaient au déchiffrage des partitions. Il n'avait aucune notion de la facture des instruments ni de l'effet des matériaux sur le timbre. Que le son fût juste et clair, voilà ce qui importait ; d'où la consigne répétitive qu'il donnait au conservateur de l'instrumentarium royal :

« Fais au mieux, Eduardo. J'ai confiance en toi. »

Et le compliment non moins régulier qu'il adressait au même, une fois le travail achevé :

« Félicitations, Eduardo ! Tu n'as pas démérité ! »

Beaucoup des autres clients ne savaient pas jouer et tenaient leur clavecin ou leur piano-forte, si précieux soit-il, pour une table élégante qu'ils devaient assortir au reste du mobilier — voire aux cases sombres de leur plateau d'échecs. Inspectant le travail du Portugais, ils se préoccupaient seulement de l'éclat du vernis et des peintures, du brillant des laques. La réparation était souvent prétexte à des aménagements, voire à une complète transformation : l'instrument devenait étagère, guéridon, armoire, portemanteau, table à ouvrage ou table à thé, recevait de dispendieux atours de nacre, de jaspe ou d'albâtre. On l'encombrait de coquilles et d'espagnolettes dans le style Régence ; on le chargeait de guirlandes et de trophées dans l'esprit de Louis XV. Il fallait que cela fût riche et éblouît les visiteurs. Parfois, les ornements devenaient si lourds que les mains ne pouvaient parcourir l'étendue du clavier : elles butaient à chaque instant sur une queue de ruban ou sur un pied de statuette, tel un flâneur sur un caillou.

Comme de raison, l'aide de camp détestait cette clientèle minaudière qui lui lançait des regards apitoyés. Rymar s'en accommodait, par souci de plaire au régent et à son entourage. Il soignait particulièrement les militaires. Le secrétaire d'État à la Guerre et plusieurs membres de l'état-major lui avaient confié leurs clavecins, qu'il avait traités avec beaucoup d'égards, espérant ainsi s'insinuer dans les bonnes grâces de leurs propriétaires. En livrant les tables à musique restaurées, il ne manquait pas de glisser un mot sur ses déboires et l'injustice dont il se croyait frappé :

« J'appartiens aussi à l'armée ! » proclamait-il, la voix vibrante, le cœur étreint d'une émotion sincère.

Hélas ! Les officiers accueillaient ses avances comme naguère Dom João — avec la bienveillance gênée qu'on marque au simple d'esprit. Fouillant leur blague à tabac ou astiquant leurs besicles, ils marmottaient :

« Impossible, mon cher, impossible ! Les listes sont faites, les officiers nommés. Bien sûr, s'il dépendait de moi... », etc.

Leurs excuses ne variaient guère, au point que Rymar les soupçonna de s'être entendus à son sujet. Oui, sûrement, l'on riait à ses dépens, il était la risée de l'état-major ! Cette pensée, conçue un jour de grande affliction, ne l'avait pas quitté depuis. Elle siégeait dans son âme telle l'épine dans le soulier. Il ne pouvait l'en extraire ni oublier sa piqûre, claire et lancinante. Plus il y songeait, plus il trouvait de faits à l'appui de cette hypothèse : c'était l'air amusé de certains officiers en lui tendant la main, c'était leur repartie facile, comme s'ils connaissaient par avance le plan de la conversation, ou encore le regard de connivence qu'il croyait avoir surpris entre le comte de Linhares et son jeune secrétaire.

Un jour, Rymar n'y tint plus. Il s'ouvrit de ses craintes à un officier d'un rang égal au sien, croisé naguère au 3e régiment d'artillerie, qui le consultait pour une épinette empoussiérée. La réplique fut cinglante :

« Rymar, croyez bien que, au moment où nos troupes affrontent Napoléon et le maréchal Masséna, nos chefs ont d'autres soucis que votre affectation ! Le sort du Portugal n'est pas encore joué. Réjouissez-vous d'être sur ce bord de l'Atlantique, parmi vos chers clavecins, plutôt qu'en Europe dans le fracas des batailles ! »

Certaine intonation railleuse alluma la colère de Rymar. Empoignant la garde de son épée, il la tira résolument hors du fourreau. Hélas, la chaleur avait à ce point amolli le cuir que la lame adhérait — elle ne sortit qu'à moitié, d'ailleurs grasse et poisseuse. Cet incident mit le comble à sa fureur. Il jeta à la face du visiteur, en agrippant son collet bleu :

« Vous répondrez de ces paroles ! Je vous enverrai mes témoins ! Quelle arme choisissez-vous ?

— C'est donc vrai... ce qu'on dit de vous, commenta calmement l'officier.

— Ah, oui ? Et que dit-on ?

— Des choses...

— Monsieur, si vous n'effacez ce sourire de votre visage, je le découperai au vif !

— Pauvre homme, quelle faute vous a valu cet exil misérable ? Ou quelle infirmité ? Cette jambe, peut-être ? Elle n'a pas l'air bien robuste ! Touchez-vous une pension ?

— Votre arme ! » hurla le capitaine, les yeux pleins de sang.

Mais l'autre se dérobait avec mépris. Il marcha vers la porte sans dire s'il honorait ou non le duel proposé. Rymar mit toutes ses forces à extraire l'épée qui se libéra enfin du fourreau. Peu s'en fallut qu'il ne la piquât aussitôt entre les épaules du fuyard. Il exécuta en l'air des moulinets rapides qui manquèrent déchirer un rideau.

« En garde, espèce de lâche ! explosa l'artilleur. Inutile d'attendre ! Nous allons régler ce différend ici même !

— Assez, capitaine. »

Le visiteur s'était arrêté. Rymar ne voyait qu'un œil, car le visage était tourné de profil ; mais cet œil, fixe, pointait droit sur lui. Du même côté, la main de l'homme glissa sur la poignée de son sabre qu'elle enveloppa avec lenteur, comme un serpent entoure un bâton. L'officier s'avisa alors que son adversaire était jeune, bien bâti et que peut-être il n'aurait pas l'avantage dans une confrontation. Sa lame s'inclina jusqu'à toucher le sol. Le temps qu'il se reprenne, le visiteur avait déjà franchi la porte.

« Quelle humiliation, Querubim ! »

L'aide de camp s'était réfugié dans une encoignure de la pièce. Il s'avança prudemment vers son maître, adossé à la caisse d'un piano-forte, qui grattait son moignon avec frénésie.

« Autrefois, je n'aurais fait qu'une bouchée de ce butor ! se lamenta Rymar. Mais voilà... j'ai trente-trois ans, toute vigueur m'a quitté ! »

Brusquement, il souleva l'épée toujours à son poing et la planta dans un fauteuil. La pointe transperça facilement le dossier dont s'échappèrent quelques mèches de crin. Querubim, effrayé, s'écarta. Rymar tira sur l'épée avec un « han ! » rageur et renouvela son assaut, deux fois, trois fois, frappant le siège d'estoc et de taille, lacérant le tissu et criblant le cadre de coups brutaux. Quand ne resta du meuble qu'un tas de chiffons et d'éclats de bois, l'officier nettoya son arme au talon de sa botte et la rengaina. Il ahanait. Cet effort, dans l'atmosphère surchauffée, lui avait coûté tout son souffle.

« Qui vient cet après-midi ? soupira-t-il en ouvrant sa chemise.

— Le marquis d'Angeja. Le soufflet de son orgue est percé. Peut-être aussi le valet du comte de Belmonte, au sujet d'une épinette...

— Tu les recevras sans moi. Je vais prendre l'air. »

1810

> « Une religion qui invite à la virginité et qui fait du célibat une vertu est au Brésil une plante vénéneuse. »
>
> José Bonifacio de Andrade e Silva,
> conseiller de l'empereur du Brésil Pedro Ier

Dans les jours qui suivirent, le capitaine Rymar ne parut guère au palais. Sa qualité de pensionnaire lui donnait droit d'emprunter les chevaux des écuries royales. Il en fatigua plusieurs dans d'interminables courses en plein soleil, depuis la lointaine embouchure du São Diogo, au nord de la ville, jusqu'au fort de Leme, à l'extrême sud. Une bête creva même sous ses coups d'éperons, qu'il avait poussée dans les vagues pour se rafraîchir. Ces chevauchées frénétiques donnaient l'impression qu'il fuyait quelque chose ; mais d'autres fois, debout sur les étriers, le regard tendu vers l'horizon, il semblait au contraire lancé dans une poursuite.

On le voyait rarement mettre pied à terre. Ses

maigres repas — des bribes de viande séchée —, il les prenait en selle et en mouvement, à la mode des cavaliers tatars. S'il quittait sa monture, c'était pour trouver de l'eau, car une soif intense le possédait dès la sortie de Rio. Encore n'y cédait-il qu'au dernier moment, quand sa langue épaissie prenait un goût de fièvre et que ses gencives, rétractées dans l'air sec, semblaient perdre les dents. Alors, Rymar se jetait à bas du cheval et courait à l'eau comme un soudard court aux filles, l'épée tirée, le regard fauve. Malheur à l'esclave qu'il trouvait dînant de farine sèche et d'oranges à l'ombre d'un jaquier : il l'agressait tout bonnement, lui volait son broc qu'il vidait entier sur son visage. Dans sa rage de boire, il eût disputé une flaque croupissante à des vautours.

Parfois, l'artilleur rencontrait des paysages d'une parfaite nudité, où seules s'enracinaient les plantes à sable et les pierres à briquet. Il n'avait d'autre choix, alors, que de mendier sa boisson aux voyageurs. Des convois poussiéreux hantaient ces solitudes : litières à brancards traînées par un couple de mulets ; hamacs suspendus à de longs bambous ; plus rarement, des cavaliers sur leurs montures, leurs provisions enfouies dans leurs bottes. Rymar les arrêtait d'un geste ferme, priait à boire au nom de Dieu. Il n'invoquait plus l'amitié du prince-régent, dont les campagnes ignoraient le nom. D'ailleurs, pour quoi faire ? Son épée faisait peur, et davantage le harnais usé de son moignon, laissé exprès visible au-dessus de la botte. Une ou deux fois, le prenant pour un brigand, des passagers de litières lui offrirent de l'argent qu'il repoussa avec dédain.

« Ça, mon ami ? C'est le quart de ma solde ! Cède-moi ta gourde, plutôt... Il fait un soleil à noircir les cailloux ! »

Rymar prenait tout à plaisanterie, mais les villages alentour bruissaient déjà de sa légende. Un Portugais assoiffé, disait-on, errait dans la campagne. Il s'en prenait aux voyageurs isolés, leur réclamait à boire. Malheur à qui lui refusait sa gourde : le démon travesti en homme lui étirerait la langue, mettrait feu à sa gorge — avant-goût des tourments de l'enfer.

L'artilleur ne savait rien des bruits qui couraient sur son compte mais voyait, de temps à autre, des enfants fuir à son approche, des campeurs se sauver en laissant la cafetière fumer sur les braises. Sans doute, un peuple aussi couard ne méritait pas la guerre.

Malgré les tortures de la soif, Rymar affectionnait ces promenades. Tenir un cheval entre les jambes le vivifiait. Il aimait l'odeur surie du cuir, la tension amicale des rênes dans sa main, les embruns détachés de la crinière au grand galop. Ces sensations familières éveillaient le regret des combats, vécus pour la plupart en selle. Tout un monde oublié se rappelait à lui, formé non de souvenirs mais d'impressions charnelles, piégées dans son corps tels des insectes dans une goutte d'ambre.

Si grande était sa nostalgie qu'elle ébranlait sa raison. Il croyait le paysage soumis à son regard, et qu'il n'aurait qu'à détourner les yeux pour le renouveler. Qu'adviendrait-il s'il abaissait les paupières et les gardait unies un long moment ? L'océan allait-il s'assécher, la forêt s'émietter dans le vent ? Rio s'effacerait-il, et verrait-il Lisbonne ?

L'illusion, par moments, le possédait si fort qu'il arrêtait son cheval et s'aveuglait, une main sur les yeux. Un délicieux frisson l'envahissait, celui des enfants qui attendent une surprise. Hélas ! Quand il écartait les doigts, les formes qui s'ébauchaient dans le reflux du jour — palmiers, cahutes, roches noires ; partout l'épanchement clair du sable — appartenaient au Brésil, et rien n'avait changé.

Il continua ses promenades toute une semaine, avant que l'ennui s'en emparât. Leur itinéraire ne variait plus et c'était au coin du même champ de maïs, devant le même épouvantail bizarrement accoutré d'une soutane qu'il rebroussait chemin vers la ville. Le trajet du retour suivait l'ondulation des plages. Sur son cheval lancé à grande allure, une main serrant la bride, l'autre voilant sa bouche avec l'écharpe de commandement, l'officier affrontait la nuit et les remous de l'air — tourbillons salés où dansaient, furtifs, les moustiques et les engoulevents. Sa course s'achevait aux portes de Rio, face aux sentinelles qui visaient ses papiers à la lueur d'un falot, puis inspectaient longuement ses poches, les fontes de sa selle, crainte d'y découvrir une arme. Maintes fois, et sur autant de prétextes (en réalité, pour sa mine patibulaire), le capitaine fut refoulé. Il n'eut d'autre choix, alors, que d'entrer à Rio par la mer, nageur silencieux parmi les coques de bateaux. Querubim attendait le cavalier exténué sur le seuil de sa chambre, tenant prêts pour lui une cuvette d'eau tiède, une serviette-éponge et des mots de consolation.

« Quelles nouvelles ? s'informait Rymar en accrochant son épée à une patère.

— Rien qui vaille l'attention de mon maître », répondait cérémonieusement l'aide de camp.

Il n'osait confier l'embarras où le mettait l'absence du capitaine, alors qu'affluaient les instruments malades et que semblait gagner l'épidémie. Servir toujours le même mensonge — « le capitaine Rymar vaque à ses affaires, il reviendra tantôt » — à la fin lui vaudrait des ennuis. Les clients qu'on avait trompés ne se laissaient plus prendre ; les autres faisaient des questions et parfois des histoires. Mais Querubim redoutait entre tous ces messieurs influents, le gilet constellé de boutons, le front poudré d'un blanc de parfumeur que la chaleur tournait au plâtre, venus lui soumettre un clavier défaillant. Avoir affaire au valet plutôt qu'au maître n'était pas leur habitude, non plus que de prendre la file pour une consultation. Plusieurs, outrés, lui retirèrent leurs instruments. Et tous menacèrent d'en appeler au prince-régent, leur ami intime, afin que son Altesse jugeât du « traitement honteux » qu'on infligeait à ses claviers.

« Maître, êtes-vous bien reposé ?

— Que veux-tu dire ?

— Quand nous reviendrez-vous ? »

Rymar ne voulait pas entrer dans des explications ; et puis, un officier ne devait des comptes qu'à ses supérieurs. Mais parce qu'il avait bon cœur, il inventa des raisons à son absence, que l'aide de camp pourrait servir aux clients mécontents : son maître recensait les bois précieux pour la construction des pianos-forte, il étudiait les motifs végétaux d'après nature, il apprenait de villageois indiens la confection des vernis et des colles…

C'était bien sûr du boniment. Pendant ses excursions, Rymar ne faisait rien qui servît son métier ou la Couronne, rien surtout pour la musique. Il occupait ses journées solitaires à jouer au soldat, menant des charges dérisoires contre des fronts de bananiers, affrontant la mitraille d'une averse, prenant d'assaut tourelles et casemates imaginaires. L'absurdité de telles manœuvres ne lui échappait point. Il savait la sottise de la guerre, le ridicule du guerrier sans l'onction de la mort. Mais voilà : comment vider son trop-plein de force ? Comment employer ce qu'il sentait en lui de jeunesse et d'élan, et qu'une vie paresseuse laissait inutilement dormir ?

Depuis peu, il avait repris l'entraînement militaire, suspendu à regret après son départ du Portugal. Chaque matin, Rymar choisissait une plage isolée comme la baie de Rio en déroulait à perte de vue pour y établir son gymnase en plein air, au moyen de pierres et de branches coupées. C'était aussi un champ de tir, pourvu dans tous les angles de dépouilles d'animaux, de bouquets de feuillage et même d'une ruche habitée qui tenaient lieu de cibles. Là, des heures durant, l'officier se livrait à de violents exercices au sabre et au pistolet pendant que sa monture vaguait aux environs.

Rymar n'attachait pas son cheval, confiant que l'animal préférerait la compagnie de l'homme à celle des jaguars et des crotales qui hantaient les sous-bois. C'était d'ailleurs un compatriote : cheval lusitanien de bonne race, passager du même convoi qui avait amené le soldat, et guère mieux acclimaté que lui à ce nouveau pays. La fuite d'un tapir, la chute d'un coco, l'enroulement chaud des vagues autour de ses jambes — tout ici l'effrayait. Il fallait lui tenir la bride courte, lui parler souvent et veiller aux écarts que le moindre bruit, l'ombre la plus ténue lui faisaient faire. D'ailleurs il était *zan*, sans aucun poil blanc, réputé donc voir des fantômes la nuit.

Une habitude s'était prise entre l'homme et sa monture. Quand il jugeait s'être assez dépensé ou que la soif le tenaillait, Rymar poussait un sifflement enjoué. Aussitôt, le cheval se montrait, hennissant faiblement et hochant la tête d'un air content. Un midi, pourtant, l'appel familier resta sans réponse. L'artilleur recommença, plus fort, il héla dans trois directions sauf celle de l'océan : en vain. La forêt commençait à une portée de pierre, si sombre et si serrée qu'elle semblait le front uni d'une armée, dressant en première ligne ses bambous aux piques aiguës. Rymar tendit l'oreille : piaillements de singes, feulements de panthère, rien qui ressemblât à un cheval.

Sa première idée fut que l'animal avait subi l'attaque d'un fauve, drame familier de ces régions. Il chercha un cadavre mais n'en trouva nulle part, ni la moindre souillure de sang. L'empreinte des fers, en revanche, se lisait clairement dans le sable. Une assez large surface, au pied des dunes, avait été remuée par des sabots. De là, une trace isolée partait, avec des endroits piétinés, comme si le cheval avait marché contre son gré.

« Tout cela ne me dit rien de bon ! » s'inquiéta l'officier qui pressa le pas.

Après avoir suivi longtemps la piste, Rymar vit enfin sa monture, attachée par la bride au tronc d'un vieux figuier tout barbu de lichens. Elle n'était pas seule : non loin de là, deux nègres vigoureux disputaient une partie d'osselets au grand soleil. Le premier portait une chemise déchirée qui laissait sa poitrine à découvert ; le second avait fixé ses chausses tombantes avec un clou de charpentier. Toutefois, ce fut le collier de fer au cou d'un des deux, d'un modèle jamais vu — avec plusieurs branches pour en faciliter la prise —, qui renseigna le capitaine.

Il devait s'agir d'esclaves fugitifs, ces nègres marrons que leurs propriétaires traquaient comme du gibier, avec chiens et rabatteurs. Beaucoup étaient repris, qui s'étaient risqués sur les terres d'autres planteurs. Ils enduraient alors maints supplices comme l'ébouillantage. Mais quelques-uns, plus rusés ou plus lestes, rejoignaient les communautés formées par leurs semblables au fond des forêts : ces *quilombos*, s'étendant parfois sur des dizaines de lieues, armés de canons et clos de palissades, tenaient tête même aux expéditions coloniales.

Des primes étaient offertes pour la capture des nègres marrons. On lisait dans la *Gazeta* les annonces des propriétaires : « Au matin du douze avril, un esclave baptisé Chico, né Mozambique, âgé de vingt-six ou vingt-sept ans, une oreille percée, une cicatrice au poignet, s'est échappé pendant la corvée de bois. Toute personne pouvant aider à son arrestation, etc. » Des avis de recherche circulaient en ville, illustrés souvent d'un portrait du fugitif et du montant de la récompense.

Cependant le capitaine Rymar, présentement accroupi derrière un buisson de myrte au parfum entêtant, n'avait cure de la prime. Pas un instant, il ne songea à faire prisonniers les voleurs de chevaux. L'occasion était trop belle d'essayer ses deux pistolets de cavalerie, offerts par l'état-major à son départ du régiment et qui n'avaient encore blessé personne. Il planta son épée dans le sable et prépara tranquillement ses armes, garnissant les chiens de silex neufs, versant la poudre dans les bassinets, enfin poussant les balles au fond du canon avec la baguette. Alors, sortant d'un coup du buisson argenté, il héla les brigands d'une voix forte :

« Plus un geste, ou je tire ! »

En vérité, il espérait que les nègres désobéiraient pour pouvoir se défendre. Tout fut selon son vœu : l'homme au collier lui jeta ses osselets à la figure, à quoi l'officier répliqua par un tir à bout portant. Rymar avait visé la jambe mais l'arme, bourrée de poudre, échappa à son contrôle. Le pistolet se cabra et la balle suivit une trajectoire mortelle : touché à la poitrine, le nègre s'effondra. Du trou qu'avait fait le projectile monta un filet courbe, rouge vif, qui semblait jailli d'une fontaine. L'effet du sang sur la peau noire était superbe.

« Eh bien... », fit Rymar, embarrassé.

Dans le mélange de ses idées passa un étonnement : il n'eût pas cru que la balle percerait si facilement le cuir du nègre. Cette race, paraît-il, l'avait très épais ; comme aux tapirs et aux éléphants, on ne pouvait l'entamer qu'en visant le défaut de la cuirasse.

L'autre esclave fixait son compagnon à terre. Il avait empoigné un bâton contre Rymar mais, conscient maintenant de sa faiblesse, venait de le lâcher. Le capitaine lui ordonna de reculer, armant le chien du second pistolet pour se faire obéir. Sans doute le nègre se méprit-il sur ce geste : poussant un cri dément, il se rua sur l'artilleur qui pressa la détente. Cette fois, des gerbes d'étincelles fusèrent de la platine ; la balle roula hors du canon sans prendre de vitesse. Rymar reçut la tête du nègre en plein estomac et fit la culbute. Quand il rouvrit les yeux, l'esclave grimaçant soulevait une pierre à deux mains, prêt à l'abattre sur son crâne.

« Lázaro, ça suffit ! »

Rymar et l'esclave tournèrent la tête à l'unisson. Un Blanc en bretelles et en bottes, coiffé d'un feutre amolli par la transpiration, venait d'enjamber le bord de sa pirogue. Comme si de rien n'était, il lia l'embarcation aux racines d'un palétuvier et prit le temps d'enfouir sa pagaie et sa gourde sous une capote. Alors seulement, jouant du chapeau contre les moustiques, il remonta à grandes enjambées la dune où les deux hommes avaient roulé.

« Je t'ai cherché des heures, Lázaro. Ça, oui ! Tu m'as bien fait courir ! »

Saisi par l'apparition de son maître, Lázaro avait lâché la pierre pour se mettre debout. Il ne garda pas longtemps cette posture : plus le Blanc approchait, plus l'esclave arrondissait les épaules, dans l'attitude d'un chien soumis au chef de meute. De fait, la punition ne se fit pas attendre ; une *morue*, fouet à cinq branches, était glissée dans la ceinture du maître qui l'en dégagea et l'ébroua d'une secousse du poignet.

« Finissons-en. »

Lázaro gémissait doucement, la tête entre les

mains, les genoux fléchis, bientôt à terre. Il avait ôté sa chemise et présentait son dos, rayé déjà de cicatrices anciennes. Le fouet alors entra en action. Douze fois au moins — le Blanc comptait à voix haute —, les lanières de cuir s'abattirent en sifflant sur le supplicié, qui serrait douloureusement les dents.

« *Cala boca, negro!* Tais-toi, nègre ! » tonnait son bourreau.

Pour avoir assisté à d'autres fustigations, Rymar savait qu'il était un style propre à chaque manieur de chicote : on voyait des nerveux et des brutaux, des patients et des emportés. Le maître de Lázaro, lui, se rangeait dans la famille des tatillons — c'est-à-dire qu'il n'aimait pas rater son coup. Jugeait-il le dernier trop bref ou trop long, il l'infligeait de nouveau sans compter un de plus.

Quand douze coups furent tombés, ou à peu près, le Blanc lava les plaies avec du vinaigre et du poivre puis envoya l'esclave rincer lui-même le *bacalhau* sanglant dans la mer. Rymar jugea le moment opportun de faire ses salutations. Il avait rengainé ses pistolets brûlants et remis un peu d'ordre dans sa tenue.

« Monsieur, capitaine Eduardo Rymar, du 3e régiment d'artillerie. Je crois que je vous dois la vie ! » s'avança-t-il, souriant, la main tendue — mais l'autre se détourna effrontément :

« En tout cas, vous me devez un nègre… »

Le Blanc lança un crachat de côté et tourna son chapeau crasseux pour montrer l'envers propre. Puis il s'inclina sur l'esclave au collier dont il fouilla la blessure du doigt.

« Il est mort et bien mort ! Cent mil-réis sur mon compte !

— Je suis navré de cet accident. Laissez-moi vous conter…

— Vous ferez votre récit aux gardes de police ! » s'emporta le maître.

Rymar se rappela fort à propos qu'il cachait sur lui, derrière son plateau de ceinturon, toute une liasse de billets crasseux et malodorants.

« Si j'ai une dette, je veux bien la payer. Nous trouverons sans doute un arrangement… », susurra l'officier en dévoilant son trésor.

Le Blanc empocha le tout, et Rymar crut brièvement qu'il serait pardonné. Mais l'autre prévint d'un air rogue que cet argent ne payait pas l'esclave, qu'il le dédommageait seulement du temps perdu. « J'épargnerai votre rosse que je pourrais, tout aussi bien, crever sous mon fouet ! » aboya-t-il en pointant le cheval d'un doigt terreux. Un coup de vent infligea au soldat la puanteur féroce du Blanc, alliant sueur, bagasse et poudre à fusil. Comme cet ignoble personnage le menaçait d'astreinte et de procès, parlait assignation et réquisitoire, Rymar perdit soudain son flegme :

« Oh, et puis… faites à votre idée ! Alertez la police ! Nous verrons qui, de vous ou de moi, ces messieurs seront portés à croire ! »

Sans saluer cette fois, Rymar détacha sa monture et donna des talons, faisant exprès enjamber le cadavre du nègre par le cheval.

« Cela, monsieur, se paiera au comptant », avertit le Blanc pendant que son esclave rapportait le fouet humide, gouttant sur le sable une eau rosâtre.

Cette nuit-là, Rymar perdit le sommeil, malgré les courbatures de l'entraînement et la fatigue des chevauchées. Dès le point du jour, vêtu des mêmes habits chiffonnés que la veille, il s'informa si quelqu'un s'était présenté au palais pour lui. Apprendre que non lui fut un soulagement.

« Mais si ! s'écria le portier. Un homme vous a demandé ! Je m'en souviens à présent…

— Qui était-ce ?

— Le valet d'un vicomte dont j'ai perdu le nom, au sujet d'un clavecin qui… »

Rymar s'éloigna avant que le portier eût achevé sa phrase.

Ces nouvelles desserrèrent un peu l'étau qui broyait sa poitrine. Pourtant, il ne croyait pas que l'homme au chapeau en démordrait si vite. Dans la campagne brésilienne régnait un climat de violence et de sauvagerie qui mettait la vie humaine à bon compte. C'étaient des terres ravies à la forêt, bêchées par des esclaves sous la menace du fouet, où l'on mourait souvent du fait d'autrui — sinon des griffes d'une bête sauvage. Sûrement, le Blanc se ferait vengeance lui-même si la justice lui donnait tort : il tendrait une embuscade au soldat, paierait des nègres à le rosser ; à moins que, épaulant son fusil depuis la place qu'on ne surveillait guère ou la rade fourmillant de canots, il ne fît feu dans ses fenêtres. Sous l'angle militaire, le palais des vice-rois offrait le grave inconvénient de regarder la mer. Or cette exposition, plaisante en temps de paix, devenait critique en temps de guerre : il eût suffi d'une canonnière avancée dans la baie pour intimider le bâtiment, et avec lui la ville entière.

Telles étaient les graves pensées qu'Eduardo Rymar remuait depuis l'aube. Elles voltigeaient sous son crâne comme des chauves-souris dans une grotte noire ; il sentait leur présence et leur mouvement sans pouvoir les saisir. En proie à d'obscures alertes, il jetait des ordres apeurés à Querubim : fermer les persiennes, compter les munitions, cacher partout des balles et des pistolets.

Trois heures venaient de sonner à la pendule — une affreuse garniture de cheminée en bronze qui marchait dans un bruit de ressorts mal graissés —, quand la porte de la chambre vibra de coups impérieux. Rymar s'accusa de ne pas avoir tiré le verrou. Il envoya Lisandra s'enquérir du visiteur. Un messager du palais lui fit sa commission : Rymar était convoqué devant le prince-régent.

« Un instant, j'arrange mon uniforme ! » annonça l'officier.

Dom João venait d'apprendre l'escapade du soldat et sa fâcheuse rencontre d'un fermier blanc, l'un des plus gros *fazendeiros* de la région. Qu'un de ses sujets, militaire de surcroît, eût froissé un notable brésilien l'avait gravement mécontenté. Le prince s'adonnait depuis peu aux marchands de sucre ou de café dont les visages hâlés et les costumes rutilants assaisonnaient les fêtes du nouveau régime. Il avait de la plupart une terrible opinion. Ces riches Cariocques n'avaient rien à envier, pour l'âpreté de leurs mœurs et de leur éducation, à leurs cousins de Salvador — ceux-là mêmes que le régent avait fuis en reprenant la mer. L'argent, qu'ils maniaient tous en abondance, leur donnait les mêmes travers : ils étaient brutaux, arrogants, bavards, dominateurs et semblaient vouloir tenir le monde à leur jambe.

À mesure qu'enflaient leurs biens, croissaient aussi leurs prétentions. Les jeunes marchaient en bottes de cheval, une chicote au poing dont ils cinglaient n'importe quel dos nègre sinuant à portée. Un concours semblait ouvert entre eux : celui du cigare le plus long, du jabot le plus riche, du rire le plus sonore. Les vieux démontraient, par les progrès constants de leur obésité, qu'ils engraissaient toujours aux dépens du monde. Un petit nombre, sans doute, s'éveillait aux charmes du théâtre et de l'opéra, aux raffinements venus d'Europe. Mais des années s'écouleraient avant que l'exemple portugais les sortît de leur médiocrité dépensière. Jusque-là, le prince en était sûr, il n'y aurait d'autre emploi à leur argent que l'achat de meubles et de vaisselle, de vins et de friandises, sinon l'établissement autour de leurs vastes domaines d'inutiles palissades en bois précieux.

Or, la fortune aux mains des gros marchands était considérable. Deux ou trois des plus opulents serraient dans leurs coffres des millions de pataques, plus que la Couronne n'en possédait. Il n'était guère de Portugais à qui cet or brésilien n'imposât le respect, ou plutôt la crainte, mêlée d'une aversion farouche pour ses détenteurs. Le régent aussi était magnétisé : il avait pour ces rastaquouères à cravates rouges et à jabot perlé des égards que n'obtenaient pas ses courtisans les mieux nés. Il s'abaissait jusqu'à leur faire la conversation, bien que riant intérieurement de leur air de bêtise ; et, tenté souvent de les mettre à la porte, il les accueillait pourtant sur les marches du palais, leur donnait du « votre Excellence » ou « votre Seigneurie », en laissant leurs gros doigts de fermiers salir la nappe immaculée.

C'était, croyait-il, dans l'intérêt de la Couronne de s'allier les premiers négociants de la place. Une pensée prudente conduisait le régent : mieux valait les tenir dans son camp que de les laisser au camp adverse ou, pis, à leur propre détermination. Voilà pourquoi il redoutait une maladresse qui gâcherait ses efforts — voilà pourquoi, ce jour-là, il fit mauvais accueil au capitaine rendu à sa convocation :

« Rymar, qu'est-ce que vous avez fichu ? »

Debout à l'entrée du bureau, l'épée alignée sur la jambe, les talons se touchant, Rymar soutint bravement l'apostrophe du régent. Il feignit d'oublier que le prince, de nouveau, lui disait vous. Et, puisqu'il avait médité une réponse en enfilant ses bottes, il la récita sans faiblir :

« J'ai pensé qu'un cheval de nos écuries valait plus que l'esclave d'un étranger.

— Les esclaves sont une fortune, ici !

— C'est une main-d'œuvre utile, concéda Rymar.

— C'est un capital ! Sans eux, il n'y aurait pas de canne brésilienne, pas plus qu'il n'y aurait de blé portugais sans les bœufs ! »

L'officier s'étonna d'entendre Dom João louer les esclaves, et mit cette divagation sur le compte de la fatigue.

« C'était un accident ! plaida fermement l'officier. Je n'ai pas voulu tuer ce nègre. La balle a dévié.

— Vous êtes soldat, Rymar, et réputé pour votre adresse au tir !

— Nos pistolets manquent un coup sur cinq.

— Le vôtre, en tout cas, nous vaut bien des ennuis... Savez-vous qui possède l'esclave que vous avez tué ? Il s'agit de Manuel Dias, un planteur de cannes, le plus fort de la région. Or, ce monsieur n'aime pas qu'on touche à sa propriété, qu'elle soit de terres ou d'hommes.

— Je n'ai rien à ajouter, votre Altesse. »

Rymar plia sous son coude le bicorne à aigrette et, portant tout son poids sur les talons de ses bottes, exécuta un demi-tour de son invention. C'était, comme le salut à trois doigts, l'écharpe en bandoulière ou certaine façon d'attacher les boutons de sa veste (deux pris pour un libre) une fantaisie personnelle non dénuée de grâce, mais dont ses frères d'armes plutôt souriaient.

« Je n'en ai pas fini, Rymar. Veuillez fermer la porte. »

Le soldat obéit, bien qu'un huissier fût préposé au même service. Un geste du prince l'attira près du bureau, en lisière d'un tapis à palmettes où rayonnait l'écu des Bragance, entremêlé à des rubans et aux vrilles d'une vigne. Les bottes du visiteur évitèrent respectueusement le blason de laine.

« Rymar, je vous ai nommé au poste de conservateur. Pendant longtemps, vous avez donné toute satisfaction dans les tâches qui vous étaient confiées. Depuis peu, toutefois, on m'a signalé des retards dans l'exécution de vos travaux, des absences nombreuses et sans explication.

— Elles en ont une, votre Altesse. Nous sommes submergés de commandes.

— Fort bien... mais l'on vous décrit aussi comme nerveux, irritable et brutal. Qu'avez-vous à répondre ?

— Ce sont d'absurdes calomnies. »

Prononçant ces mots, Rymar sentit ses bras et ses jambes, prisonniers de l'étoffe raide de l'uniforme, soudain ruisseler de sueur. C'était venu d'un coup, avec la brusquerie d'une averse, sans que jouât sa volonté. Il recula d'un pas, crainte de mouiller le tapis qu'il foulait. Le prince n'avait rien manqué de la scène, lequel lança abruptement :

« Je ne prendrai pas de détours, Rymar, et vous dirai la chose toute nue : je crois utile à votre bien-être et salutaire, de beaucoup de façons, à votre installation dans ce pays que vous preniez une femme. »

Comme Rymar restait coi, la pointe de ses semelles grattant distraitement le plancher, Dom João l'aiguillonna :

« Eh bien, vous ne répondez pas ?

— C'est une conversation pour le moins surprenante.

— Je vois que le sujet vous fâche.

— Eh bien... Il n'est pas de ceux qu'on manie aisément.

— Voilà de bien grands mots pour une si petite chose ! Se marier, y a-t-il rien de plus commun ? N'est-ce pas le dessein de beaucoup d'hommes ?

— Ce n'est pas le mien. En choisissant l'armée, j'ai fait don de ma personne entière. Il me semble être entré dans les ordres.

— La caserne n'est pas un couvent, Rymar. Vous seriez-vous trompé de porte ? »

Dom João tira les deux pans de sa jaquette pour les réunir. Son embonpoint ne permit pas, hélas, de loger complètement le bouton — ce qui laissa son Altesse fort embêtée.

« Dites-moi, capitaine ? toussa le régent. Parlons franchement... En êtes-vous ?

— De quoi serais-je, votre Altesse ?

— Mais des invertis, voyons !

— Je crains de ne pas comprendre.

— Préférez-vous les hommes ? Car enfin, on ne vous connaît pas d'épouse, pas de maîtresse, pas le moindre béguin ! J'ai ici un rapport... », Dom João entoura de sa main potelée une liasse jaune, « ... un rapport sur la fréquentation des bordels de campagne. Votre nom n'y figure pas. Vous préfériez, semble-t-il, vous adonner à la masturbation.

— J'ignorais que la débauche fût une vertu militaire.

— Assez d'ironie, capitaine ! L'armée veille au bien-être de ses hommes. Notre devoir est de leur offrir tout le réconfort possible dans les tourments de la guerre. Je le répète, il est temps pour vous de contracter mariage ! Vous seriez bien avisé d'étendre vos promenades jusqu'à la rua do Sabão. Il paraît qu'on trouve là-bas des filles à épouser. Mon secrétaire vous parlera aussi d'une maison tenue par une Française, la première à gauche sur la plage de Copacabana, où l'on satisfait une variété inouïe de désirs...

— Votre Altesse, je n'ai rien à répondre. Vous m'avez rappelé un jour que la nature du soldat est d'obéir aux ordres. Commandez donc, et j'obéirai…

— Entendu, nous verrons cela. Vous pouvez disposer. »

La volonté du prince était ferme et s'imprima bientôt dans les faits. Trois jours après cet entretien, le vingt-six janvier 1810, Dom João donnait un bal en l'honneur d'une de ses filles, la princesse Maria Teresa, promise à l'infant Pedro Carlos d'Espagne. Rymar fut prié d'y assister. En vérité, plutôt qu'une invitation, ce fut un commandement que reçut l'artilleur. La présence du soldat — indiquait le billet aux armes de la maison royale, griffé d'une signature autoritaire — était « formellement requise » à ce divertissement, « dès l'ouverture des portes et jusqu'au retrait des derniers danseurs ». Rymar devait se montrer galant envers les demoiselles qu'on lui ferait connaître, et mener avec elles « assez de danses et de conversations » pour sentir sa préférence. S'il collaborait de mauvaise grâce, l'officier encourrait des « sanctions disciplinaires », voire une dégradation.

« Nous traversons des temps bien sombres, Querubim ! Dom João joue à l'entremetteur…

— Bah, laissez-vous faire ! Que risquez-vous ? De prendre du bon temps !

— Tu n'y songes pas ! Il me faudrait endurer des heures de musique ? Trépigner et glousser comme un dindon à la saison des amours ? Les quadrilles, très peu pour moi !

— Cela vous distraira. Il n'est pas d'homme qui résiste longtemps aux airs à danser, surtout s'il accroche à son bras une jolie cavalière !

— En voici un : c'est moi ! »

Poussé par la nécessité, Rymar n'en satisfit pas moins à toutes les exigences du prince. Il franchit les portes du bal alors qu'on n'avait pas encore monté les lustres et que les musiciens, des solistes de l'orchestre du théâtre requis pour l'occasion, commençaient seulement de s'accorder. Gage de son bon vouloir, l'officier endossait son uniforme d'apparat, si alourdi de médailles que ses épaules s'arquaient sous le poids. À son flanc gauche battait une épée de cérémonie dont la lame portait gravées toutes ses batailles.

« Qui dois-je annoncer ? s'enquit l'huissier encore en cheveux.

— N'annoncez personne. »

Rymar dirigea ses pas droit vers une chaise et, pliant une jambe sur l'autre, tirant le pantalon qui dans ce geste était sorti de la botte, trouva une posture où il se figea.

Quatre nymphes drapées de marbre soutenaient une pendule monumentale en forme de globe céleste. La grande aiguille fit un tour complet avant que l'huissier, coiffé entre-temps d'une perruque en ailes de pigeon, proclamât le nom du premier invité. Un jeune mulâtre blanchi à la céruse, dont les fesses proéminentes soulevaient risiblement l'habit, passa le seuil, découvrit la salle vide, aperçut Rymar qui lui rendit fraîchement son salut, enfin ressortit. Mais bientôt un groupe élégant se présenta, assez nombreux pour peupler tout un coin de la salle ; puis un autre, retenu par l'aubaine du buffet intact, et dès lors la pompe fut amorcée. Le cri intermittent de l'huissier se répéta, se rapprocha jusqu'à faire une phrase unie où s'illustraient tout ce que le royaume comptait de notabilités, plus quelques satrapes du Rio colonial.

La chaise de Rymar fut bientôt cernée par d'autres qui lui disputaient la place. Chaque fois, l'officier s'écartait d'une longueur de jambe, de sorte qu'il se trouva bientôt acculé à la porte-fenêtre, et sans doute aurait fini dehors si un parent de Dom João n'avait jeté dans ses bras une vicomtesse dont il n'entendit pas le nom ni ne vit bien la figure, sous la triple rangée de bouclettes. Il nota, en revanche, l'étrange édifice qui lui tenait lieu de chapeau : un carton conique enguirlandé de rubans, rembourré de fleurs et surmonté d'un panache vert olive.

« Voilà pour vous ! » annonça le Bragance en lui livrant la demoiselle.

Il ne fut plus question dès lors de garder la chaise. L'artilleur, sous le regard sévère du régent ou de ses affidés, fit asseoir sa cavalière et lui porta des rafraîchissements. Leur conversation fut éprouvante, attendu que la jeune femme, d'origine autrichienne, ne parlait guère le portugais et qu'elle soufflait une haleine infernale. En dansant, ce fut pire : il semblait à Rymar qu'il promenait un sac d'os, et que le cliquetis autour de l'Autrichienne provenait non des bijoux s'entrechoquant mais du remuement des côtes à fleur de peau. Cette pensée libéra le rire dont il faisait, depuis tantôt, une sourde provision. Le soldat s'esclaffa, ce qui naturellement froissa sa cavalière et mit fin à l'idylle.

« Vous êtes un *gouchat* ! » lui assena la demoiselle, en même temps qu'un léger coup d'éventail.

Plutôt heureux de ce dénouement, et davantage de retrouver sa chaise, Rymar connut la satisfaction du devoir accompli — cette « satiété d'obéissance », comme il l'appelait, qu'il croyait la plus grande volupté d'une vie militaire. Or, à peine s'était-il rassis que la princesse Maria Teresa vint l'entreprendre, et donc le fit lever selon les exigences de l'étiquette. Elle lui amenait une de ses dames de compagnie, restée sans époux malgré ses vingt-six ans franchis. On en devinait facilement la raison : la jeune Constança était d'une laideur héroïque, siégeant dans ses traits naturels, mais aggravée par une maladie de peau qui lui rongeait la face. Tous les artifices du coiffeur n'avaient pu corriger cette disgrâce suprême ni affaiblir l'odeur de chair corrompue qu'exhalaient, à courte distance, les nombreux bourbillons germés sur sa bouche. Rymar songea qu'il préférait perdre ses épaulettes à coucher dans son lit semblable créature. L'interrompant au milieu d'une phrase, il lui apprit bravement qu'elle n'était pas à son goût. La dame de compagnie s'en fut, vexée, tandis que l'officier se rasseyait avec une coupe de fruits.

Dom João en personne vint alors le trouver.

« Tu fais le délicat, Eduardo !

— Je ne suis pas grand connaisseur des femmes, votre Altesse, mais toutes celles que j'ai vues sont une insulte au miroir. Il est des pouliches d'un an bien plus friandes. »

Le prince accorda son sourire à cette boutade de caserne.

« C'est certain, le Brésil manque de femmes portugaises. Celles qui sont venues suivaient leurs maris. D'ailleurs, les Jésuites ne cessaient de réclamer des courtisanes et des prisonnières à la métropole. Ils craignaient sinon de ne pouvoir tenir leurs colons.

— J'aspire à une meilleure alliance !

— Ou bien, épouse une métisse... Il y en a de superbes.

— Pour devenir la risée des miens ? Non, merci ! Et puis, je n'ai aucun goût pour les sang-mêlé.

— Ce sont des créatures attachantes. Beaucoup de nos compatriotes vantent leur douceur et leur science de l'amour. »

Dans la suite de la soirée, on présenta au capitaine sept ou huit femmes qu'il rejeta sous autant de prétextes. Celle-ci lui paraissait trop maigre, celle-là trop joufflue ; telle autre manquait de poitrine ou souffrait d'un accent déplaisant. La troisième, une jolie Lisboète aux pommettes osseuses qui maîtrisait à perfection l'art de l'éventail et s'en servait pour tout — appuyer son verre, écarter une mèche ou se rafraîchir à petits coups nerveux —, retint passablement son attention. Mais elle gâta ses chances en déclarant sa passion pour la musique et son vœu d'épouser un homme du clavier. Si c'était un calcul, il fut maladroit : Rymar partit s'asseoir à l'autre extrémité de la salle, comme s'il venait d'essuyer un affront. Par la suite, les efforts de la Lisboète pour raccrocher la conversation se heurtèrent à un mur :

« Madame, je crois simplement que nos goûts ne concordent pas. »

Minuit avait sonné et le bal se dépeuplait. Des valets en livrée balayaient les fleurs tombées des corsages et les plumes envolées des coiffures, dans le tourbillon ralenti des derniers danseurs. Les carreaux des fenêtres s'assombrissaient à mesure que l'huissier, muni d'un long éteignoir, étouffait plus de chandelles ; on voyait passer dehors des couples précédés d'un esclave à lanterne. L'orchestre aussi avait rapetissé : restaient quatre musiciens dans un bosquet de pupitres, qui jouaient en familiers des ritournelles et des airs à chanter. Un grand désordre régnait parmi les chaises, beaucoup renversées ou tête-bêche, et sur les divans aux coussins répandus. De rares messieurs commençaient leur nuit au fond d'un fauteuil ; quelques dames poursuivaient à voix basse, parfois à l'abri d'éventails chevauchés, de tendres confidences. Un seul parlait haut : c'était un planteur assis à une table de brisque, tellement pris de boisson qu'il n'avait pas vu partir les autres joueurs. L'ivrogne pérorait face au mur, soufflant à jets obliques la fumée bleue de son cigare, mélangeant d'une main languide les cartes épandues sur le tapis et faisant capot contre lui-même. Dans sa fazenda, racontait-il, on dressait le sucre en pyramides sur les tables de fête, on allumait les cigares avec des billets de banque ; la vaisselle ne devait pas resservir, et l'on tirait la nappe à la fin des repas.

Rymar, à quelques chaises de distance, lui prêtait une oreille assoupie. Depuis qu'il occupait cette confortable bergère aux joues capitonnées, l'artilleur ne cessait plus de boire, gardant contre sa jambe une fiasque italienne qu'il séchait peu à peu. Les progrès de l'ivresse étaient lents et ses facultés encore assez pleines. Il avait remarqué une jolie femme qu'il supposait celle du planteur, assise sur un tabouret derrière lui, tel un souffleur près d'un comédien. Elle pouvait avoir vingt ans, la silhouette allongée, la chevelure abondante que voulait contenir tout un appareil de peignes, piques, aiguilles et nœuds ornés de chrysolithes dorées. Sa toilette empruntait à la mode parisienne : une robe de soie blanche à surtout transparent, garnie de festons de feuilles vert sombre et de volants ivoire sur trois rangées. Mais ce qui intéressa Rymar fut un détail d'une touchante candeur, dans ce déploiement convenu d'étoffe et de luxe. Sur les épaules un peu maigres de l'inconnue tombait une mantille blanche, carré de dentelle auquel s'accrochait un minuscule colifichet d'os ou d'agate, de forme indiscernable — sans doute une amulette.

Il voulut voir de plus près. Alors, avec cette aisance qu'offre le vin, Rymar se leva et marcha droit vers la jeune femme, s'appuyant aux chaises pour rattraper son boitillement. L'inconnue l'accueillit avec naturel, comme s'il était venu à son invitation. Tout juste se couvrit-elle de la mantille, usage des dames se rendant à la messe et des filles courant à un rendez-vous. Son visage ainsi se déroba — non ses yeux, d'un vert ingénu de menthe, voilés à moitié par de larges paupières qui semblaient s'affaisser sous leur poids.

« Mademoiselle… », commença sobrement l'artilleur.

Il attendit un instant, pour voir si l'inconnue le reprendrait sur ce mot. Elle n'en fit rien mais dégagea des plis de sa robe, à dessein jugea l'officier, sa main qui ne portait pas d'alliance.

« Je suis curieux de ce talisman, continua Rymar en soupesant l'objet lié au châle, sorte d'avant-bras miniature qui semblait tombé d'une statuette. A-t-il une histoire ?

— C'est pour faire joli. »

La réponse parut gracieuse à l'officier, autant qu'elle eût paru niaise à d'autres. Il faut dire qu'elle empruntait une voix d'un grain vraiment sublime, tiède et velouté, chaque mot semblant taillé dans un velours épais. Rymar voulut l'entendre encore. Il profita de ce que le planteur, le frère de l'inconnue apprit-il, était parti en quête de vin pour approcher une chaise. Une conversation s'engagea à mi-voix, tandis que les valets rassemblaient ce qui restait de flambeaux autour du petit orchestre et d'un groupe d'invités chuchotant.

Tout ce que l'artilleur, ce soir-là, recueillit de la demoiselle fut son nom, Rosalia Furtado Costa, et son emploi : seconde camériste de la reine mère, Maria la Pieuse, affligée de démence et vivant au palais des vice-rois comme naguère dans celui de Queluz — derrière d'épais verrous. Rosalia confessa que la princesse Maria Teresa l'avait avertie du célibat de l'officier.

« Alors, vous n'avez pas voulu faire ma connaissance ?

— Je craignais d'être rebutée comme vos autres cavalières.

— Sans doute, vous l'auriez été », ironisa l'artilleur.

Il la taquinait, à seule fin d'entendre cette voix cajoleuse dans l'accent nouveau de l'indignation. Or, contre toute attente, la muflerie du capitaine enchanta Rosalia. Elle ramassait partout les compliments des hommes, fleurs aussi communes sur leurs lèvres que sont les pâquerettes dans les champs, et dégageant aussi peu de parfum. Il ne lui déplaisait pas d'avoir cueilli cette tige épineuse et de s'être piquée. Un sourire s'échangea entre les deux jeunes gens, premier sceau des sentiments qu'ils partageraient.

S'étant assuré par un bref interrogatoire de la moralité de la demoiselle et de l'état de sa vertu, Rymar arrêta soudain sa décision, dans l'un de ces accès de volonté qui marquaient toutes ses entreprises, et auxquels il devait maints succès militaires.

« Accordez-moi un instant », fit-il en quittant sa chaise.

Il chercha du regard Umbelino, le frère de Rosalia, qui n'avait pas reparu depuis tantôt. Un valet lui désigna une forme étendue sur un canapé de soie verte. Le planteur, semblait-il, n'avait pu atteindre le buffet et s'était vautré en chemin, au premier accroc de son pas vacillant. Les bottes armées d'éperons dépassaient d'un côté, une bretelle détachée pendait au sol, sans quoi on n'aurait vu dans cette ombre gisante qu'un sac abandonné, ou l'amas négligé des nappes que peu à peu l'on retirait des tables.

Le capitaine s'annonça d'une voix polie en tapotant la joue d'Umbelino mouillée de bave. Il obtint, non sans peine, l'attention du planteur qui réclama à boire. Rymar s'empressa d'exaucer l'ivrogne, lui mit une bouteille en main et le goulot aux lèvres, enfin l'aida à prendre une longue rasade.

« Vous êtes un homme charitable », le remercia Umbelino.

Il n'en fallait pas plus pour gagner le suffrage du planteur à tout ce qu'on voudrait. Umbelino était de ces hommes que le vin assouplit jusqu'à la mollesse, et qui sous son empire ne savent plus dire non. Quand il apprit sur quelle affaire Rymar le consultait — savoir le mariage de sa sœur avec un capitaine d'artillerie, de surcroît familier du prince, décoré de l'ordre du Christ et meurtrier d'un nègre fugitif —, il approuva sans barguigner.

« Mariez-la, capitaine. Elle vous fera de beaux enfants. »

L'officier n'avait pas songé à la dot mais Umbelino, entraîné par le vin, voulut arrêter aussi ce qu'il nommait, rapport à la fortune de sa famille et à la part modeste que ce mariage en retrancherait, un « détail de notre arrangement ». Il promit une maison à Rio, une autre à la campagne « dans un jardin de tubéreuses et d'orangers » et assez de terrain pour que sa sœur pût y promener son palanquin tout un après-midi. Rymar serra fraternellement la main qu'on lui tendait, puis revint vers Rosalia en l'appelant hardiment « ma chérie ».

Ce fut ainsi, pour le prix d'une bouteille de vin, qu'Eduardo Alfonso Rymar prit femme au Brésil. Au lendemain de cette soirée, le fiancé et le beau-frère se rappelèrent leur marché matrimonial et n'y trouvèrent rien à redire, bien qu'observant l'effet de la boisson dans sa précoce conclusion. Étant d'accord sur tout, ils jugèrent superflu d'attendre. Les préparatifs de la noce commencèrent à bon train, encore accélérés par l'argent du planteur qu'il épandait sur toute difficulté.

Trois mois à peine séparèrent la rencontre des deux jeunes gens de leur mariage, célébré dans une chapelle dont cette date avancée fixa le choix. Par chance, le petit oratoire haut perché, presque montagnard, dominait la baie de Rio, satisfaisant ainsi le goût du capitaine pour les belvédères et celui de Rosalia pour les chemins de croix. La fête fut simple et sans apprêt. Rymar, de bonne composition, toléra un peu de musique, bien que la salve de mousqueterie donnée en son honneur, à la sortie de la messe, l'eût ému davantage. Querubim avait emprunté un petit canon aux batteries de la ville, joli obusier de huit pouces dont l'artilleur voulut faire la démonstration à sa femme. Le coup partit dans un fracas de tonnerre, projetant l'obus rougeoyant à perte de vue — des pêcheurs devaient le ramasser un moment après, bouillant et à demi fondu, sur la plage du Flamengo. Mais, en brûlant sa poudre, l'engin avait craché une fumée volubile dont plusieurs témoins, inclus Rymar et Rosalia, reçurent le précipité sur leurs épaules. Le blanc mariage prit alors des allures de cortège funèbre. On rit beaucoup, on râla un peu. Le soldat, fort galamment, sortit son mouchoir pour épousseter la robe et le visage de sa femme, également couverts de suie. Tâchant donc de l'éclaircir, il s'aperçut que Rosalia n'était pas d'une blancheur irréprochable, et qu'au sang portugais coulant dans ses veines s'en mêlait sans doute un autre, d'origine plus humble. Il s'accusa de ne pas l'avoir assez étudiée.

« Rosalia, es-tu née portugaise ? lui demanda-t-il sans ambages.

— Je suis quarteronne, fille d'un Blanc et d'une mulâtresse.

— Ta mère était esclave ?

— Ma grand-mère, peut-être, mais cela remonte à longtemps.

— Ah… fort bien. »

Le mouchoir du soldat s'ébroua violemment,

claquant dans l'air comme un fouet. Ce discret métissage le fâchait, mais surtout le soupçon d'un piège qu'on lui aurait tendu, d'une duperie concertée entre le frère et la sœur voire, pourquoi pas ? entre le régent et cette famille de planteurs. L'avait-on marié par ruse à un quart de négresse ?

Si grand fut son dépit qu'il pensa annuler les noces et retirer l'alliance passée au doigt de Rosalia. Mais, prévoyant d'une part le chagrin qu'il causerait à cette innocente, d'autre part les complications de tous ordres qu'amènerait son geste, il n'en fit rien. Avec une noble maîtrise de lui-même, l'artilleur plia son mouchoir et lâcha une banalité amusante sur les dangers des tirs à poudre. Cette comédie fit merveille sur les invités — lesquels, bien sûr, ne décelèrent rien des tourments intérieurs de l'officier ni de la gêne qu'il éprouva tout au long de la cérémonie, et longtemps après encore, à tenir la main brune de sa compagne.

Dom João apprit le mariage du capitaine peu après sa célébration.

« Voilà une affaire rondement menée ! commenta le prince, pour qui cette promptitude était un gage d'amour très sûr. Je ne doute pas que notre capitaine s'assagisse, maintenant qu'il a donné son cœur. »

Contournant son bureau, le régent choisit une bourse écussonnée qu'il jeta dans les mains du visiteur.

« Vous avez bien travaillé, monsieur Mascarenhas.

— J'ai servi votre Altesse du mieux que j'ai pu.

— J'observe votre talent dans le règlement des mariages comme dans l'accord des clavecins. Après tout, cela n'est pas pour m'étonner. L'homme n'est qu'un instrument d'un ordre supérieur, tendu pareillement de cordes dont une main habile peut jouer. Avez-vous jamais songé à cette bizarrerie : qu'un même clavier, selon les doigts qui s'y posent, puisse délivrer la musique la plus exquise ou le bruit le plus imbécile ? Il en va pareillement des hommes, nus et simples lorsqu'ils voient le jour, mais portés par l'éducation à devenir les uns évêques, les autres malfaiteurs.

— Tout de même, il est des berceaux plus accueillants que d'autres ! remarqua l'aide de camp. Je me demande quelle destinée aurait eue notre reine, si le hasard l'avait fait naître sous le toit d'un porcher.

— Impudent ! Raisonnez de la sorte, et vous finirez en république. »

Le régent avait dit « république » comme il aurait dit « géhenne », avec la grimace du supplicié. Querubim détourna poliment le regard, qu'il ramena en coulisse sous des paupières ondoyantes. Tout en parlant, il tâchait d'estimer la bourse, rangée déjà dans son gilet d'alpaga ; ses ongles pinçaient les pièces une à une, à travers l'épaisseur du cuir.

« Votre Altesse, j'aimerais vous demander...

— Quoi donc, Querubim ?

— Vous portez beaucoup d'intérêt à mon maître. Plus d'intérêt que n'en éveille d'ordinaire un officier d'artillerie...

— Ne le mérite-t-il pas ?

— Sans doute, mais...

— S'il le mérite, pourquoi cette question, mon jeune ami ? le bouscula paternellement le prince, qui marchait vers la porte en repoussant son visiteur. Nous aimons Rymar pour ses talents, pour le nom dont il a hérité. C'est une alliance scellée autrefois entre sa famille et la nôtre, une alliance que mes ancêtres ont toujours honorée. Ne cherchez point là de mystère, il n'y a que d'anciennes fidélités. Maintenant, dehors ! J'ai tant à faire ! »

Querubim s'inclina et bondit en arrière, juste à temps pour éviter la porte brutalement rabattue. Dans la pénombre de l'antichambre, il pressa la bourse contre son cœur. Elle était tiède et fleurait bon le cuir. L'organe battait dans sa poitrine, à coups si forts que sous son influence les sous tintaient dans le sac de peau.

« Au diable les clavecins ! sourit l'aide de camp. Voilà une musique plus à mon goût... »

Second cahier

1822

Rio de Janeiro, le neuf janvier

Il s'était fait, à l'entrée d'Eusébio, un tel mouvement d'air que trois des neuf convives réunis ce jour-là à la table du commandant Rymar virent leur chapeau s'envoler de leur tête. Des persiennes claquèrent, un bouquet s'éparpilla, les hamacs qu'on avait négligé d'enrouler gonflèrent comme des voiles de navire.

« Monsieur Casinda nous transporte dans les îles à cyclones ! » ironisa l'artilleur, qui professait une sainte horreur des visites à l'heure du repas. Il faisait volontiers attendre dans le petit salon, jusqu'au café et au-delà, ceux qu'il appelait « les intrus du midi ».

« Eh bien, sergent Casinda, que nous vaut cette irruption dans une maison tranquille ? » insista Rymar, pressant sur un coin de serviette ses lèvres mouillées de soupe.

Tant il avait couru, galopé et gravi d'escaliers, le mulâtre ne put d'abord former une parole. Il cherchait son souffle, appuyé d'une épaule au mur, muni bientôt par Lisandra d'un grand verre d'eau fraîche. Depuis qu'il portait l'uniforme de l'armée régulière, l'esclave accueillait Eusébio tout sourire. Les temps semblaient lointains où elle marquait à ce frère de couleur un dédain suspicieux : son enrôlement dans la division portugaise à Rio, sa rapide conquête des galons d'officier avaient changé son opinion du mulâtre. Ignorant qu'il avait pris femme, Lisandra espérait l'épouser et saluait chacune de ses apparitions d'œillades enamourées, de grâces et de risettes qui égayaient la maisonnée.

Ayant calmé sa respiration, le sergent Casinda s'avança vers la table dont les occupants étaient revenus à leur potage. Il se campa à un bout, les bras écartés, les mains posées sur la nappe avec symétrie, toussant exprès pour s'éclaircir la gorge. Et ce fut d'une voix claironnante, celle du prédicant ou du rhéteur de fin de banquet, qu'il porta la grande nouvelle à l'attention de tous :

« Notre prince demeure au Brésil ! Il a répondu *fico*, je reste, à la délégation solennelle que la ville lui a envoyée. »

Même hachée de cliquetis de cuillères et d'aspirations de soupe, l'annonce eut un retentissement formidable. Un vent d'euphorie se leva soudain sur la tablée, pareil au courant d'air de tantôt. D'un coin à l'autre du long plateau de chêne, on se baisa, on se serra les mains, on se congratula avec chaleur, tandis que s'élevaient les cris de « vive le Brésil ! » et « vive Dom Pedro ! » et que volaient à même hauteur les chapeaux encore sur les têtes. Le sergent fut fêté en héros, comme s'il avait seul permis l'accomplissement de ce miracle. Querubim le fit asseoir et lui servit du porto, Rosalia lui dressa un couvert. Il reçut trois fois sa part de soupe, et les compliments de beaucoup sur sa diligence à les informer.

Ce fut à cet instant — au comble des cris et des acclamations — qu'un tintement glacial se fit entendre. Toutes les têtes se tournèrent vers l'autre extrémité de la table, vers un couteau battant le cristal en cadence. Un silence lugubre tomba sur l'assemblée. Querubim, le premier, reconnut dans la succession rythmée des coups un chant patriotique à la gloire du Portugal. L'auteur de ce bruit dérangeant n'était autre qu'Eduardo Alfonso Rymar, dont le violent contre-jour découpait la silhouette amaigrie.

« Mesdemoiselles, messieurs, un peu de retenue ! exigea-t-il. Vous êtes ici sous mon toit. »

Raide et sévère dans sa tenue de commandant, l'artilleur goûta quelques instants l'effet de ses paroles. Il promenait sur la table un regard ombrageux, semblant défier quiconque de lui répondre. Suspendues au plafond écaillé, les cages à perruche se balançaient telles des cloches qu'un sonneur met en branle.

« Alors, Eusébio, qu'as-tu à annoncer ? fit Rymar en détachant un bout de pain. Tu as parlé d'un prince et d'une délégation. C'était assez confus. Puis-je te prier d'explication ? »

Les lèvres du sergent s'étirèrent d'un côté, dans une ébauche de sourire. Car sûrement, l'artilleur était de tous les hommes à table le mieux au fait des conditions politiques où se trouvait présentement le Brésil. Sa question, supposa-t-il, visait à instruire les enfants admis au repas. Il se prêta de bonne grâce à cette leçon d'histoire :

« Eh bien donc, notre prince…

— De qui veux-tu parler ?

— Allons… de Dom Pedro ! Qui d'autre ?

— Le fils de Dom João ? Ce blanc-bec de vingt-quatre ans ? Et pourquoi lui ? Son père s'est-il retiré des affaires ?

— Vous savez bien qu'il est rentré au Portugal ! Déjà un an qu'il a pris le bateau ! »

Eusébio se demanda si l'artilleur avait perdu le sens, ou s'il jouait quelque farce grinçante à sa manière. Il savait que, en dépit d'un ménage harmonieux et des satisfactions que lui donnait son récent statut d'époux et de père, Eduardo Rymar, promu commandant sans fait d'armes, gardait rigueur à l'état-major de sa mise à pied. Pour l'encolérer, il n'y avait qu'à prononcer devant lui les mots de Lisbonne, de Meneses ou de Dom João. Avec l'âge, il s'aigrissait davantage et semblait plus sujet à ces accès d'humeur, au point d'alarmer les siens sur sa santé mentale.

« C'est vrai, Dom João est parti, je l'avais oublié, reprit l'artilleur en se frappant le front tel un étourdi. Décidément, la fuite est de mode chez les Bragance ! Il leur faut toujours quitter quelque chose ou quelqu'un, c'est dans leur nature ! Pendant des années, son Altesse m'a vanté le Brésil, son climat, ses richesses, le grand pays qu'on pouvait faire d'un carré de forêt grouillant de nègres… Et voici qu'à la première alarme, hop ! il fait ses bagages ! Quel ingrat ! Si encore il avait eu la courtoisie de m'emmener avec lui ! Ne l'ai-je pas assez supplié de retourner au Portugal ? Mais non… Dom João me laisse ! il m'abandonne ici ! »

Cette tirade frivole déguisait beaucoup de colère.

Un geste la libéra soudain : Rymar faucha du bras la luxueuse carafe qui trônait près de lui, laquelle se renversant perdit son cabochon et gicla un vin noir. Son fils cadet Horácio à sa droite, sa fille Zulmira à sa gauche en furent éclaboussés. Horácio, alors âgé de dix ans, se leva en pleurs de son fauteuil. Aussitôt Lisandra lui tendit un des mouchoirs dont sa ceinture faisait une large provision, puis répandit du sel sur la chemise souillée. Rosalia s'était levée, qui calmement entraîna ses trois enfants dans le salon voisin.

« Mais pardon de t'interrompre, mon cher Eusébio..., susurra l'officier comme si de rien n'était. Tu disais donc que le jeune prince Dom Pedro veut rester à Rio. On l'a rappelé au Portugal comme son père, mais lui tient tête. C'est bien cela ?

— À peu près, mon commandant, ânonna le sergent, qui tortillait sa serviette d'un air hagard.

— Il semble que cette nouvelle exauce beaucoup des nôtres. Quand tu l'as donnée, toute la table s'est écriée de joie. Je me demande pourtant ce que peut bien nous faire, à nous simples bourgeois de Rio, les faits et les dires du dernier rejeton des Bragance. Il reste, fort bien ! Il part, encore mieux ! Je n'attends aucune nouveauté de ses initiatives ! »

La carafe renversée n'avait pas perdu tout son vin. Rymar remplit un verre qu'il porta à ses lèvres. Les yeux ouverts en buvant, il guettait la réaction d'Eusébio à son discours. Elle n'était pas aussi vive qu'il l'escomptait — sans doute restait-il chez le mulâtre, comme chez beaucoup de sang-mêlé de sa génération, une déférence craintive à plus blanc que lui. L'artilleur feignit pourtant de lire sur ce visage impassible les plis de la contrariété :

« Oh ! Je crois que je t'ai fâché, Eusébio. Mille excuses ! Ce n'était pas mon intention. Et cependant, il est bien naturel que mes propos t'irritent. Comment t'y reconnaîtrais-tu ? Vous, les métis, vous avez profité au mieux des bontés du royaume pour ses chères colonies à sucre et à tabac. Diras-tu le contraire ? Ta mère est arrivée ici les chaînes aux pieds, dans la cale puante d'un bateau de traite et te voici, à quelques années de là, paradant dans le bel uniforme des chasseurs ! Quelle promotion superbe ! »

Rymar brandit son verre vide en direction d'Eusébio, comme s'il portait une santé. Mais le mulâtre, la serviette molle entre les doigts, roulant de l'autre main une boule de mie sur la nappe, semblait ailleurs.

« Hélas ! soupira le commandant. Il n'en va pas de même des Portugais de souche. Nos princes n'ont pas de leurs compatriotes le même souci qu'ils ont des nègres et des déclassés. Autrefois, c'était un honneur d'appartenir à l'armée de Lisbonne. Nous étions fiers de notre cocarde rouge et bleu ; le jour où l'on ceignait l'écharpe en soie comptait parmi les plus beaux de notre vie. Quelle différence, aujourd'hui ! Notre armée débandée ne compte plus qu'une vingtaine de régiments, une misère... C'est tout juste si les officiers anglais nous tolèrent dans leurs bataillons d'appoint, pour livrer des combats dont la gloire reviendra à eux seuls. Nous voyons éclater des guerres, régner et tomber des empereurs, enfin toute l'Europe en découdre sans qu'on nous convie jamais au partage des vainqueurs. Le monde se fait sans nous, c'est une triste évidence... Alors, tu comprendras que le sort des Bragance m'est à peu près égal! Ton prince Pedro peut bien rester ici, ou dresser son trône clinquant à l'autre bout de la terre : en vérité, peu me chaut! »

La conversation prenait une tournure qui déplut à certains invités. Il y avait là, conviés sans façon à ce repas dominical, un avocat de renom, le doyen des huissiers baptisé Léonard-aux-sous et le major Vidigal, nouveau chef de la police. Les deux premiers se levèrent et prirent congé d'un salut discret au maître de maison. Le dernier, au contraire, se carra dans son fauteuil et redoubla d'attention.

Vidigal avait de sa charge une conception peu ordinaire : il pratiquait la chasse aux voleurs comme un divertissement et, lorsqu'il effectuait sa ronde de nuit avec ses grenadiers armés de verges, croyait partir en promenade. Son flair n'était jamais pris en défaut; et ce flair l'avertissait qu'une dispute était dans l'air, promesse pour ses hommes et pour lui-même d'un peu d'animation. Les cachots du dépôt de police, près de la cathédrale, manquaient provisoirement de pensionnaires. Vidigal sentait poindre l'occasion de les repeupler.

Or Eusébio, qui jusque-là avait écouté le commandant sans intention de lui répondre, connut à cet instant un genre de réveil. Avachi sur sa chaise, il se redressa. On vit ses mains indolentes se fermer en poings et une volonté neuve irriguer son regard. Enfin, tout son corps projeté vers l'avant, comme s'il voulait escalader la table, et l'index pointé fixement vers Rymar, il assena :

« Monsieur, je crois que vous vous moquez. Vous savez l'affection que Dom Pedro porte à ce pays et à ses habitants. Il n'est pas comme son père, venu à Rio dans l'âge mûr. C'était un enfant quand la cour a migré au Brésil, aussi a-t-il pris la couleur et la mentalité d'ici. Ce n'est pas trop dire qu'il appartient plus au Nouveau Monde qu'à l'ancien. Dès lors, vous devinez quel espoir inouï le prince a éveillé, chez des milliers des nôtres, en répliquant aux chefs de Lisbonne qui voulaient le rapatrier : je reste !

— Non, tu vas me l'apprendre. Quel espoir a-t-il éveillé ? »

Eusébio marqua une courte hésitation avant de livrer cette pensée audacieuse. Bien qu'un grand nombre de Brésiliens partageât ses idées, et qu'elles obtinssent dans les capitaineries de Pernambouc, de Bahia ou du Minas une adhésion toujours plus forte, il n'était pas sans risque d'en faire l'exposé devant un chef de la police. Eusébio sonda Vidigal du regard, cherchant à deviner l'humeur du major et, partant, ses intentions. Mais le visage émacié du fonctionnaire, rayé de la tempe au menton par une balafre rose, et si creux de joues qu'elles semblaient aspirées du dedans, n'exprimait rien. Il comprit le surnom de « vieux crabe » qu'on lui donnait parfois.

« Quel espoir, alors ? » insista l'artilleur.

Eusébio redoutait la police, mais davantage de passer pour un lâche. Plantant son regard dans celui du commandant, il décocha crânement :

« Mais... celui d'offrir au Brésil un empereur et l'indépendance !

— L'indépendance, vraiment ! gloussa le maître de maison. Jolie fleur qui te pousse à la bouche !

— Je ne vois rien là qui prête à rire. Les colons d'Amérique ont bien déclaré la leur, voici plus de trente ans ! Et depuis le Venezuela, l'Argentine et le Pérou ont émergé sur la carte du monde. Peu à peu, des hommes hardis et visionnaires imposent partout le droit des peuples à disposer d'eux-mêmes. Serons-nous le dernier à subir la mainmise d'une nation étrangère ?

— Voilà donc les idées que Dom Pedro a logées dans ta cervelle ? Les miennes sont différentes ! Je tiens le Brésil pour une colonie, sous l'autorité d'une monarchie nommée Portugal, où des esclaves nègres sont exploités par des maîtres blancs ! Cet ordre a été institué il y a trois siècles et rien, jusqu'à ce jour, n'a pu l'ébranler.

— Sauf votre respect, commandant, vous n'avez pas les yeux ouverts pour croire que ce Brésil est le nôtre !

— ... non, les tiens sont éblouis pour penser le contraire. »

Tourné ostensiblement vers Vidigal, Rymar semblait prendre à témoin le major des errements d'Eusébio. « Voyez quelles théories infâmes prospèrent dans ces jeunes cerveaux ! » proclamaient son sourire et ses sourcils haussés. Or le policier, qu'on ne voyait jamais arbitrer de rien, et qui gardait dans toute affaire l'objectivité d'une aiguille de balance, se rangea cette fois du côté de son hôte — à l'évidence, cette faible inclinaison de tête, ce va-et-vient des paupières formaient un signe d'approbation.

Le mulâtre s'interrogea s'il ne ferait pas mieux d'enjamber la fenêtre, avant qu'on l'accusât de sédition et de menées contre le Portugal. C'était la façon dont les bandits, du moins les plus chanceux, prenaient habituellement congé du major. Mais ce fond d'honnêteté qui faisait sa nature, derechef, s'y refusa. Il choisit d'affronter son destin et, face au policier qui l'étudiait d'un œil nouveau, avide et inquisiteur, Eusébio bomba le torse, rapprocha les poignets comme pour les offrir aux menottes.

Ce fut alors qu'Eduardo Rymar surprit tout le monde en commandant le dessert. Lisandra reparut, suivie de Rosalia et des trois enfants dans des vêtements propres. La table retrouva son plan d'origine, sauf les deux hommes en allés. Il semblait que l'artilleur, ayant vidé son venin, avait perdu l'envie de mordre. Une transformation s'était opérée dans sa physionomie, plus amène, celle désormais d'un hôte épris du confort de ses invités. Les trois enfants ne s'y trompèrent pas, qui avant d'occuper leurs chaises se blottirent contre leur père et reçurent leur part de câlins.

Le dessert fut donc servi, une succulente gelée d'*araçá*, ou goyave-fraise, dont la dégustation imposa un silence studieux aux convives. Même les perruches cessèrent de jaboter, qui picoraient la cuillère glissée entre les barreaux de leurs cages. Plusieurs invités voulurent remplir leur coupe une nouvelle fois. Mais Eusébio et Vidigal, mis en appétit par les récents événements, y revinrent jusqu'à vider le plat de service. Le premier fêtait sa bonne fortune, et le dénouement heureux de sa querelle avec le maître de maison. Le second soignait un léger dépit, car le priver d'une arrestation c'était le sevrer d'une friandise.

Le repas s'acheva dans la bonne humeur. Les enfants jouaient avec les cure-dents du distributeur en argent. À un certain moment, il fallut faire place à trois autres messieurs, des ouvriers de l'atelier de réfection qu'on convia, sans façon, à partager le café et les biscuits. La conversation roula alors sur la musique, au grand dam du commandant Rymar qui sortit fumer le cigare dans la fraîcheur du patio.

Depuis les temps déjà reculés où Eduardo Rymar avait reçu la charge de l'instrumentarium royal, l'ancien palais des vice-rois avait connu maints embellissements. On avait relié par des passerelles le couvent des Carmes et la vieille prison, dès lors fondus à l'édifice principal. La façade avait reçu des ornements de pierre ou de plâtre qui reflétaient les symboles de la monarchie tropicale et maints rideaux de satin, à fronces élégantes, pour combattre l'ardeur des midis d'été. Mais la nouveauté la plus intéressante était l'aménagement, dans une vaste galerie sans usage près du parc aux litières, d'un atelier de réfection musicale.

Longtemps, les deux hommes avaient exercé leur art sur les lieux mêmes qu'occupaient les tables à musique, dans des salons, des cabinets ou des chambres. Il n'était pas question de déménager ces fragiles mécaniques pour un simple réglage ou le remplacement de feintes émoussées. Alors, Querubim déballait ses outils derrière un paravent et travaillait sur place, veillant à produire aussi peu que possible de bruit et de sciure. Si la réparation exigeait plus d'espace et de commodité, on déplaçait l'instrument de quelques pas, dans un couloir peu passant ou sur un palier ; mais il ne quittait qu'exceptionnellement la demeure qui l'abritait.

Vint le jour, toutefois, où l'afflux des commandes condamna cet usage. Quand dix chantiers s'ouvraient dans dix maisons différentes, parfois aux deux extrémités d'une ville qui s'étendait, l'aide de camp perdait un temps précieux en courses, en déballages et remballages. Une solution provisoire fut trouvée : entreposer les tables dans la chambre de Rymar, quitte à remiser quelques meubles et à déranger la belle ordonnance de la garçonnière. Mais en quelques jours à peine, il y eut encombrement. L'officier, d'ailleurs, perdait le sommeil au milieu de ces machines à musique qu'il prétendait « sonores même sans en jouer », toujours grinçant, geignant et craquant, enfin blessant le silence de mille façons, et qui l'épouvantaient par l'ostension farouche de leurs dentures d'ivoire dans le demi-jour de l'aube.

Le prince-régent fut alerté. Lorsqu'il apprit le péril qui menaçait ses instruments, il suspendit aussitôt une grave séance d'arbitrage budgétaire et se rendit chez le soldat pour avoir des explications. Rymar venait d'avoir une mauvaise nuit, peuplée de cauchemars musicaux où les tables lancées à sa poursuite claquaient des mâchoires et se ruaient, affamées, sur sa jambe de bois. Il dépeignit la situation avec tant de noirceur que Dom João suggéra lui-même l'ouverture d'un atelier, promettant de l'équiper à ses frais de tout l'appareillage nécessaire. Le palais disposait encore, dans les communs, de vastes salles inoccupées entre lesquelles on put choisir. La préférence du soldat se porta sur un genre de resserre à fenêtres hautes jouxtant la pièce où l'on garait les litières : ainsi, souligna l'officier, les clients n'auraient pas à marcher ni leurs valets à remuer les pesantes machines à musique dans des couloirs et des escaliers.

L'affaire fut rapidement conclue et, cinq jours plus tard, Rymar et Querubim avaient pris leurs quartiers dans une grande galerie chaulée de frais, dont on avait élargi les baies pour dissiper l'odeur des colles et faciliter la manœuvre des porteurs. Les travaux avaient été confiés à Mestre Valentim, auteur de la fontaine monumentale sur la place du palais, vieil architecte officiel dont ce devait être, hélas ! la dernière commande. Valentim avait partagé l'espace contre toute logique, mais selon les prescriptions sévères du décorum, en deux moitiés qui recueillaient l'une le bureau de Rymar, son mobilier colonial, sa riche cave à liqueurs pour la réception des hôtes d'importance ; l'autre, l'atelier de Querubim où voisinaient dans un apparent désordre les établis, les formes, les bains, la remise à bois, les outils et les machines, enfin les instruments eux-mêmes. Tel fut le refuge de ce que le prince Dom João, otage dès l'enfance d'une tiède sentimentalité, nommait « le troupeau hagard des tables à musique ».

L'atelier fut inauguré avec pompe. Toute la cour s'était déplacée au chevet des instruments malades comme elle allait parfois, mue par la compassion ou la curiosité, rencontrer les lépreux à la ladrerie. Dès le petit matin, des litières à capotes de cuir ou à rideaux de satin, selon qu'elles venaient de la campagne ou d'en ville, affluèrent nombreuses aux portes de l'atelier. Eduardo Rymar accueillait les passagers à leur descente de chaise, offrant son bras aux dames et son babillage aux messieurs. Puis commençait la visite, conduite personnellement par l'officier qui paonnait au milieu des tables à musique tel l'amiral sur le chantier d'un grand vaisseau. On soulevait les couvercles, on grattait les cordes, on caressait les bois de *vinhático* ou de *pau-santo* dont les découpes, rangées du plus clair au plus sombre, embaumaient l'atelier de senteurs forestières. L'artilleur satisfaisait la curiosité du tout-venant pour les instruments rares et les outils spéciaux. Querubim, de son côté, renseignait les connaisseurs :

« Monsieur, est-il vrai que pour l'éclat du son il faut faire les instruments tout en bois ?

— On le pensait naguère, et c'est encore la théorie d'un facteur autrichien, Conrad Graf. Mais sur un cadre en métal, on peut tendre des cordes plus grosses et plus puissantes.

— Les clavecins flamands sont-ils, comme on le dit, les premiers dans leur genre ?

— Leur ampleur sonore est remarquable, mais le toucher des italiens est plus léger. Les Baffo ou les vieux Pisaurensis ont un son suave et rond comme d'une guitare.

— Quel est selon vous le meilleur instrument, celui dont on pince les cordes ou celui où elles sont frappées ? »

Les clients le demandaient souvent. Beaucoup peinaient à choisir leur table à musique dans l'offre variée des facteurs. Comment démêler les clavecins des épinettes, ou les pianos-forte des clavicordes, quand déjà l'on ignorait l'agencement sur un clavier des *feintes* et des *marches* — des touches noires et blanches ? Ce n'était guère commode pour les acheteurs européens ; ce l'était moins encore pour les colons du Brésil, à qui les catalogues et les réclames parvenaient chiffonnés, des mois après leur édition sur le vieux continent.

Des instruments touchaient parfois ce bord de l'Atlantique, expédiés à grands frais par les lointains ateliers de Saxe ou de Toscane. Intrus dans des cargaisons banales (lampes, outils en fer, toile et bougies), ils recevaient, au moment de l'inventaire, des noms portugais inspirés au capitaine par leur allure ou une vague provenance : *cravo de tocar, cravo de penas, cravo da Índia, cravo dourado, cravo de Tanolino, cravo de martelos...* Ce nom leur restait attaché. Loués, prêtés, revendus, ils gardaient l'étiquette que leur avait attribuée un jour l'ignorance du marchand.

Mais comment s'orienter sinon dans l'univers foisonnant des marques et des modèles, des brevets et des procédés ? L'époque était à la nouveauté. C'est par l'invention technique que les facteurs jouaient de concurrence. D'une année sur l'autre, les claviers s'allongeaient, passant de cinq octaves à six, puis à six et demi ; les cordes épaississaient ou mincissaient, partaient droites ou obliques, devenaient doubles, triples ou quadruples ; on équipait les tables de genouillères pour aider au changement de registre, de pédales pour assourdir ou étaler le son... Enfin des instruments nouveaux voyaient le jour, souvent simples chimères d'ébéniste qui rejoindraient bientôt les musées, parfois rejetons prometteurs qui greffaient des branches nouvelles sur l'arbre des claviers.

L'un des plus récents, le piano, dérivé du pianoforte dont il gardait la mécanique mais changeait l'allure, s'imposait lentement aux musiciens. Ce nom venait souvent aux oreilles de Querubim, à qui l'on apportait toujours plus de « pianos » en réparation. Certains dits *de uma frente* — à une face, ou à queue, d'une longueur démesurée et d'une force presque indécente, capables chacun d'assourdir plusieurs clavecins, annonçaient à ses yeux un nouvel âge de la musique, un âge bruyant et barbare. Il reprochait au piano ses touches trop dures, ses cordes trop grosses, sa caisse monumentale de taille à coucher un cheval, enfin son prix jusqu'à six cents mil-réis, celui de trois esclaves de bel embonpoint ; bref, il abhorrait l'instrument.

Toutefois, ce ne fut pas d'un piano ordinaire que les visiteurs se montrèrent curieux, en ce jour d'inauguration, mais d'un étrange hybride importé d'Autriche par le négociant anglais John Ferguson, à la demande du prince-régent. Son facteur, André Stein, l'avait nommé éloquemment « piano girafe ». De fait il était plus haut qu'un homme, par la faute des cordes tendues verticalement, et adoptait la forme inusitée d'une équerre. Au sommet de ce triangle s'enroulait, comble du bizarre, une énorme volute. Ajoutez un décor de papier rose, six pédales reliées intérieurement à un tambourin et à des clochettes, et vous obteniez le « girafe » — sans doute la créature musicale la plus excentrique qu'on eût jamais vue.

« Nous aimerions l'entendre ! » sollicita le marquis de Baependi, qui réunissait alors la plus grande collection de claviers de Rio et se portait acquéreur de toute nouveauté amusante. Querubim ne savait jouer qu'une seule gamme, et d'un seul doigt. Il se déroba prudemment :

« Le "girafe" n'est pas accordé !

— Juste un petit air…

— Votre Seigneurie, je craindrais de blesser les oreilles de ces dames si…

— Faites-vous des façons ! Faut-il vous l'ordonner ? »

À la fin, Querubim dut s'exécuter. Il déroula la gamme qu'il connaissait, à main droite, tandis que sa main gauche flottait sur les touches sans vraiment appuyer. Mais surtout, il martela en forcené toutes les pédales, conçues pour la ponctuation des marches turques et autres musiques de janissaires. Le vacarme fut tel qu'après un moment Baependi lui-même implora grâce. On ne pria plus le soldat d'aucune démonstration.

Au demeurant, Querubim éveillait moins d'attention que son maître, le galant capitaine Rymar. Attribuant à l'officier le noble effort de conception et à l'aide de camp des tâches routinières et sans gloire (limer le bois ou coucher le vernis), les visiteurs réservaient au premier leurs compliments. On félicitait Rymar pour le soin charitable qu'il avait des instruments malades. On parlait d'œuvre sociale et d'atelier de bienfaisance. S'il n'avait donné de son temps et de ses lumières, qui d'autre se serait dévoué ? Était-il épris de musique, cette pâte d'homme, pour épouser ainsi le sort de pianos souffreteux ! Rymar jouait au modeste, réduisait l'importance de sa tâche — « En plus, il est humble ! » se pâmaient les courtisans.

Quelques voix dans l'assemblée, chevrotantes mais fort écoutées, proposèrent une citation militaire. Malgré quelque réticence à honorer un soldat qui ne combattait plus, Dom João se laissa fléchir. Rymar reçut les épaulettes dorées de commandant et, puisqu'il fallait mettre une unité sous ses ordres, se vit confier le 4e bataillon d'artillerie de Recife, une ville côtière du Nord. L'officier, une nouvelle fois, crut au lever de son étoile, bien qu'il n'attendît pas de poste en terre brésilienne.

Mais après tout, pourquoi pas ? raisonna l'artilleur. Mieux vaut servir ici que de chômer à Lisbonne !

Il harcela l'état-major pour recevoir sa lettre de mission, laquelle fut établie comme les précédentes avec un grand retard, d'ailleurs en termes vagues et sinueux. En réalité, comprit l'artilleur, on ne l'envoyait nulle part ; il ne commanderait qu'à des fantômes.

« Rien de neuf, Rymar, lui confirma le prince-régent. Vous ne quittez pas Rio, vous ne changez pas d'emploi. Ce serait un comble, qu'on vous nomme aujourd'hui loin de la capitale, avec ce bel atelier qui vient d'ouvrir !

— Mais pourquoi Recife ? Pourquoi ce bataillon d'artillerie ?

— Une fantaisie du général... Ce régiment possède une fanfare estimée, la *Quadro*. Cela plaira sûrement aux soldats d'obéir au conservateur de l'instrumentarium royal. »

Seul le mariage avec Rosalia, célébré le même mois, préserva l'artilleur d'un nouvel accès de mélancolie. Voilà du moins une affaire qui n'avait pas traîné, et continuait d'influer heureusement sur la vie du soldat. Umbelino, le frère de Rosalia, était un homme dévoué. Il avait promis d'apporter des terres et deux maisons en dot de la mariée et, sitôt la noce faite, prit date chez le notaire pour honorer ses engagements. Les formalités furent remplies dans le meilleur délai fixé par les autorités, grâce au bon vouloir des deux parties — du généreux beau-frère, surtout. On régla du même trait le différend qui opposait Rymar à Manuel Dias, le propriétaire de l'esclave assassiné : par un hasard chanceux mais assez régulier dans les communautés de planteurs, l'homme au chapeau cousinait d'assez près avec l'oncle d'Umbelino. Cette circonstance, bien sûr, aida au règlement du litige et tempéra la somme qu'il fallut acquitter.

Dès que le couple put disposer des biens qui lui avaient échu, le commandant Rymar prépara son déménagement. Ce ne fut pas sans regret qu'il laissa sa chambre au palais, et le voisinage distingué du prince-régent. Mais une famille honorable ne pouvait décemment habiter un appartement. Au demeurant, leur nouvelle propriété située rua do Ouvidor offrait un confort supérieur, bien que la façade, modeste, n'en laissât rien présager. Rosalia eût sans doute préféré le jardin et la vue dominante qu'offraient les demeures bourgeoises des faubourgs de la ville, sinon celles des quartiers de Catete et Botafogo prisées des diplomates. Son rêve était un hôtel particulier dans la rua São Clemente qui rassemblait les plus beaux. Elle défendait l'opinion, alors commune dans son milieu, de l'insalubrité de Rio :

« Comment élever des enfants dans un marais ? gémissait-elle. Rio est un cloaque infect, un bourbier nauséabond ! Dès le milieu d'après-midi, les cousins y pullulent ! Et chaque pluie qui s'abat fait une poussée de fièvre !

— Rien à voir avec la pluie, contesta Rymar. La fièvre vient du foie. Il grossit par temps chaud. »

En train de moudre le café, Rosalia haussa les épaules. Elle relâcha la manivelle pour s'éponger le front.

« Connais-tu une autre ville où les nègres charrient des tinettes pour les vider dans la mer ? Et tout près du palais, encore ! Sous les fenêtres du prince ! Les Français paraît-il surnomment cet endroit : la "place aux pots de chambre" !

— Je ne sache pas que Versailles fût beaucoup plus propre ! »

Cependant Rymar opposa un refus entêté à son épouse qui rêvait d'une maison sur les hauteurs, et proposait même de racheter l'ancien logis du *morro* Santo Antônio. L'artilleur craignait de s'excentrer et de perdre son peu d'influence à la cour.

« Dom João est un genre de reptile. Il ne se rappelle rien ni personne, et ne se fie qu'à ses yeux. Ce qu'il ne voit pas simplement n'existe pas.

— Bon, nous achèterons rua do Ouvidor ! » céda Rosalia.

Le choix n'était pas si mauvais. La rue de l'Auditeur (nom qui rebuta passagèrement l'officier), bien qu'étroite et peu ensoleillée, bénéficiait de l'affluence des commerces français, alors fort estimés des notables locaux. On pouvait s'y rafraîchir au Café des trois billards, y déguster les préparations glacées des maisons de sorbets et, s'étant ainsi livré au péché de gourmandise, l'expier efficacement dans l'une des trois églises de l'endroit. L'une d'elles, Santa Cruz dos Militares, encore en chantier, s'adressait d'ailleurs au personnel de l'armée. Rien ne gâtait, au fond, cette *rua* cossue et boutiquière que la présence des courtisanes au long manteau noir, françaises elles aussi, et celle non moins tapageuse de jeunes artistes à l'allure romantique qui tenaient salon en plein air. Mais Rymar se jurait d'y mettre bon ordre. Il alerterait la police ou, si la police faisait traîner l'affaire, ferait intervenir l'armée : la caserne des grenadiers ne pourrait refuser à un commandant l'emprunt momentané de quelques hommes et d'autant de mousquets ; avec cette escouade, il chasserait les importuns d'une façon qui leur passerait le goût du quartier.

Entre-temps, le couple était plutôt préoccupé de chaises et de rideaux à pendre. Déménagés du palais, les meubles du soldat n'occupaient qu'un coin du salon ; quant aux effets de Rosalia, ceux d'une jeune fille peu matérialiste, ils garnissaient à peine une chambre, sur les sept que comptait la maison. Ce fut, là encore, Umbelino qui aida à l'installation du ménage. Sans en informer Rymar, mais en prenant discrètement l'avis de sa sœur sur les couleurs et les tissus, le planteur acheta une literie complète, une armoire, un buffet, une crédence, une bibliothèque, des fauteuils, une table à rallonges, de la vaisselle et du linge en quantité — enfin de quoi donner aux murs nus une parure bourgeoise.

Cette nouvelle faveur combla Rymar, et en même temps l'alerta. Il voulait bien que les Costa eussent des moyens, que sa belle-famille fût prospère ou même opulente. Mais de là à verser l'argent telle une cascade son eau, à gros débit et fortes éclaboussures, il y avait un pas qu'aucun homme raisonnable, croyait-il, n'aurait franchi. Ses soupçons déjà consistants s'épaissirent lorsqu'il apprit qu'une grande terre avec rivière et moulins leur avait été lotie sur le domaine du planteur, et qu'on était en train d'y bâtir une luxueuse demeure à leur intention. Cela vraiment passait la mesure. L'artilleur enfourcha son cheval et s'en fut trouver Umbelino, sous prétexte de le remercier, en vérité pour lui demander compte de sa munificence.

« Eh bien, quoi ? sourit le planteur. Quel mal à choyer Rosalia ?

— Aucun, assurément. Mais elle a trois sœurs et cinq frères en espoir de mariage… Si vous les gâtez autant, votre fortune n'y suffira pas ! »

Umbelino ne perdit pas son sourire, nuancé toutefois d'un peu d'inconfort.

« Je vous le concède, Rosalia occupe une place à part dans notre cœur…

— Laquelle ? » insista l'officier, résolu cette fois à percer le mystère.

Ce ne fut pas Umbelino qui se confessa, mais Rosalia elle-même, trois jours plus tard. Adossée à la garde-robe qu'on venait de livrer, le beau vert de ses yeux brouillé d'écume, elle lui apprit qu'elle n'était pas arrivée vierge au mariage, mais qu'une liaison passée lui avait coûté sa vertu. Ni la sorcellerie des nègres, ni l'onguent dont elle avait lu la réclame sur une feuille d'annonces n'avaient obtenu la repousse de son hymen. Son suborneur s'appelait Dom Fernando José de Portugal e Castro. Rosalia n'avait pas quatorze ans quand il l'avait séduite et, pour réparation de ses torts — ou pour contrer le scandale qui menaçait —, il lui avait laissé une fortune en terres et en bétail dont jouissait aujourd'hui sa famille.

« Portugal e Castro, notre ministre des Finances ? gloussa l'artilleur.

— C'était alors le vice-roi du Brésil. »

Rymar gifla sa femme pour l'exemple mais sans beaucoup d'élan. Il éprouvait une coupable fierté d'avoir épousé l'amante d'un grand ministre, jugeant qu'à tout prendre, mieux valait souffrir du libertinage d'un notable que des orgies d'un muletier ou d'un nègre porteur de barriques — engeance qui bénéficiait, hélas ! d'un certain crédit auprès des femmes et recrutait des maîtresses dans la bonne société. Et puis, l'officier ne s'était aperçu de rien pendant la nuit de noces : ce détail pitoyable l'incitait au pardon. Il craignait qu'en poussant trop loin son enquête, il ne tentât Rosalia d'ouvrir la sienne. Sa femme risquait d'apprendre des choses qu'il voulait taire à tout prix ; la première étant ce pucelage honteux dont elle l'avait libéré.

Bref, Rymar était prêt à passer l'éponge et à s'estimer quitte d'une virginité volée pour une dot avantageuse — quand Rosalia, fuyant peureusement le pardon qu'il lui offrait, murmura qu'il y avait autre chose. L'artilleur sentit un frisson lui remonter l'échine. Que pouvait-il y avoir d'autre et surtout, de pire pour qu'elle en retardât l'aveu ?

« Eh bien, dis ! éclata Rymar à bout de nerfs.

— J'ai eu un fils de cette union. »

Cette révélation fut très amère à l'officier. Il souffleta derechef Rosalia, volontiers cette fois. Il empoigna même la chicote réservée aux esclaves, rangée toujours à portée de main, et en cingla les bras nus de son épouse. Maintenant, il comprenait l'intention secrète des faveurs d'Umbelino, le message ambigu que portaient ses cadeaux. C'était le sirop versé dans une boisson amère, le sucre dont on enrobe l'aigre pilule.

Pourtant, si Rymar à la fin lâcha le fouet et, tombé dans un fauteuil, laissa tiédir sa colère, l'odieux calcul des Costa n'y fut pour rien. Il venait seulement d'entrevoir qu'au point où les choses étaient arrivées, Rosalia et lui partageaient un même destin. Il y aurait plus d'embêtements à contester ce mariage qu'à l'assumer, à répudier Rosalia qu'à demeurer ensemble. Rien à faire, il fallait s'accommoder de ce bâtard issu d'une quarteronne. Lâchant un soupir qui parut vider toute sa poitrine, l'officier s'enquit d'un ton résigné :

« Quel âge a-t-il ?

— Quatre ans, répondit Rosalia au travers de ses larmes.

— Où est-il ?

— Chez nous, à Petrópolis.

— Son nom ?

— Il s'appelle Ângelo.

— Ângelo... Ângelo Rymar... », essaya l'officier.

Dans les jours qui suivirent, Rymar prit des consultations chez tous les juristes qu'il put approcher, au palais ou en ville. Partout, on le dissuada d'intenter un procès : même s'il le remportait — hypothèse incertaine, car le mariage était régulier et les Costa bénéficiaient d'appuis dans la magistrature —, son honneur resterait exposé et sa carrière au sein de l'armée serait sûrement compromise. Une autre solution s'imposa alors : il fallait adopter l'enfant.

Rymar le proposa à sa femme un matin où les tapissiers travaillaient à revêtir les murs du salon, emplissant toute la maison d'une odeur de colle chaude et de papier trempé. Il s'était composé la figure la plus austère qu'il pouvait mais quand Rosalia, dans un élan de reconnaissance, se jeta à son cou et lui couvrit les joues de baisers, ce masque tomba : les époux s'étreignirent, en pleurs, dans une crue d'émotion qu'aucun des deux n'aurait su expliquer.

Rosalia partit seule pour la propriété familiale et revint, de nuit, l'enfant glissé sous son manteau. Tous les effets du jeune Ângelo tenaient dans une valisette qu'elle glissa dans ses propres bagages, faussement volumineux.

« Je te présente le commandant Eduardo Alfonso Rymar, du 4e bataillon d'artillerie de Recife. Tu dois l'appeler papa », indiqua Rosalia quand l'enfant et l'homme furent en présence.

Rymar tressaillit, feignant d'être surpris dans la lecture d'un journal. Cependant l'ordre parfait de son costume, la pose un peu rigide qu'il adoptait — une main pinçant la feuille sans naturel, l'autre portant une tasse de café — démentaient l'air flegmatique qu'il voulait se donner. De fait, l'officier avait préparé cette entrevue comme l'audience d'un prélat, et médité longuement les mots qu'il dirait à l'enfant, quel visage il lui présenterait d'abord. Tout cela, bien sûr, avait fui son esprit. Il improvisa un banal :

« Ah, vous voilà ! Je m'inquiétais... À cette heure, la campagne n'est point sûre. »

Pour quitter le siège un peu bas, l'artilleur dut prendre appui sur les accoudoirs — détail dont Ângelo, perspicace, donna la juste explication :

« Qu'est-ce qu'elle a, ta jambe ?

— Je l'ai perdue dans une bataille.

— Ça doit faire mal ?

— Plus maintenant, c'est guéri. »

La question du garçonnet n'était qu'indiscrète, mais Rymar crut qu'on le plaignait. Reconnaissant, et néanmoins gêné de l'être, il fit venir Ângelo à lui. L'enfant abandonna la canne à sucre qu'il mâchouillait et s'approcha, un bonnet de loutre à la main. Son visage avait à distance l'apparence frêle d'un pliage de papier mais, de plus près, révélait un modelé ravissant, des détails d'une exquise finesse. C'était une heureuse composition des traits de sa mère, en particulier la bouche et le menton, et des traits de l'ancien vice-roi du Brésil dont les gravures officielles, largement répandues au temps de son investiture, attestaient l'éminente beauté.

Rymar fit asseoir le garçonnet sur ses genoux et, pris d'une lubie, entama à voix haute la lecture de l'article sous ses yeux, une chronique sans intérêt des travaux de terrassement engagés sur le Passeio Público, la promenade publique de Rio. Ensuite, Ângelo se montrant curieux de son moignon, il accepta de retrousser un peu la jambe de son pantalon, et même laissa les petits doigts tirer les sangles qui faisaient solidaires la prothèse du membre de chair. Personne, jamais, n'avait joué ainsi de son infirmité.

« Ce petit bonhomme me mène à sa guise ! songea Rymar, attendri. Il a plus d'empire sur moi que son Altesse royale ! »

Il poursuivit l'étude du visage. Sur l'indice du nez faiblement aquilin, du menton aux arêtes vives que la puberté finirait de carrer, surtout de cette docilité qu'il observait chez lui (et supposait chez d'autres) en présence du garçonnet, Rymar prophétisa gravement : « Tu es né chef, Ângelo. Nous ferons de toi un grand soldat.

— Qu'est-ce qu'un soldat ? s'informa ingénument l'enfant.

— Après seize ans dans cet uniforme, j'avoue n'en rien savoir.

— Dis-moi, papa !

— Qu'il te suffise d'obéir, comme l'ombre suit le corps... Mieux on obéit, plus on est soldat.

— Alors, c'est comme un enfant ? Les enfants aussi doivent obéir ! Et ils se déguisent, comme les soldats. »

La jambe de bois de l'artilleur n'amusait plus Ângelo. Il s'était choisi un autre jeu : la triple chaîne dorée pendue au cou du commandant, dont les maillons secoués rendaient un son de tirelire. Entre les petites mains, la grosse croix de l'ordre du Christ semblait un hochet.

« Ângelo, ne touche pas à ça ! intervint Rosalia.

— Laisse-le faire... Ce n'est qu'une breloque sans valeur. Un jour, les ferrailleurs l'achèteront quelques sous ! »

Peu après, l'enfant épuisé s'endormit contre son père. Rosalia voulut l'emporter dans un lit mais Rymar, pressant un doigt sur ses lèvres, fit signe qu'on le laissât. Le commandant resta longtemps impassible sous le poids tiède du garçonnet, puis trouva le sommeil à son tour. Jusqu'au matin, l'officier dans son uniforme de parade et le jeune Ângelo dans son costume de voyage restèrent enlacés.

Les jours suivants appuyèrent la bonne impression que l'aîné avait reçue du cadet, et le cadet de l'aîné. Ces deux-là semblaient s'être toujours connus, et partager déjà une très étroite complicité. Rymar s'émerveillait de la candeur de l'enfant, de sa fraîcheur, de son entrain ; quant à Ângelo, ravi qu'on lui donnât pour père ce monsieur aux belles épaulettes, ce vétéran mutilé qui racontait ses duels héroïques et ses prises de fortins, il n'avait jamais assez de l'écouter. Ils passaient beaucoup de temps ensemble.

Le premier soin du soldat, rentrant du palais où il suivait nonchalamment l'ouvrage de l'atelier, était de saluer Ângelo. Glissant la tête par la porte de sa chambre — devenue telle par l'assemblage hâtif d'un lit de bois à la taille du garçonnet —, il lançait : « ça va bien ? » à quoi l'enfant répondait d'un large sourire. L'artilleur montrait une rare indulgence envers les bêtises d'Ângelo, dont il se rendait coupable pas moins qu'un autre de son âge. Un jour par exemple qu'il l'avait surpris jouant avec son bicorne, s'en servant pour essuyer les meubles et charrier des bibelots, le commandant partit d'un bon rire.

« Voilà bien le génie de ces créatures ! Se gausser de nous ! Comment, sans elles, aurions-nous la mesure de nos prétentions ? »

Le fils et le père se retrouvaient après la sieste, vers la fin d'après-midi, pour de longues parties de jeu. Le plus jeune aimait convier l'adulte à des séances de palet, de quilles et de toupies ; récréations naïves comme en ont tous les sujets de son âge. Mais en vérité, les deux s'amusaient : venu d'abord pour complaire à son fils, Rymar prenait goût à ce divertissement, et voyait maintenant dans les joujoux en bois des passe-temps aussi estimables que les cartes ou les dominos.

Sa préférence allait naturellement aux armées miniatures, à ces chevaux, ces canons, ces grenadiers reproduits à l'échelle du dé à coudre, grâce auxquels on pouvait simuler, plus vrais que nature, les affrontements de la réalité. C'est ainsi qu'un jour, l'artilleur avait pris la tête d'une escouade de soldats de plomb, occasion d'enseigner à son fils les rudiments de la stratégie. Grâce à son appui, une bataille mal engagée tourna à l'avantage des bleus qu'il commandait. Son bataillon, mis promptement en ordre de défense, parvint à repousser l'assaut des jaunes — quoique ces derniers fussent d'un effectif supérieur et d'un feu plus nourri — avant de lancer une riposte éclair qui mobilisa quarante hommes et toute la cavalerie. Pour finir, le général jaune reçut un coup mortel, ce qui précipita la défaite de son camp. La victoire chèrement acquise fut fêtée par les joueurs comme il se devait, avec force cris et acclamations ; Rymar allant même, dans un accès de joie, jusqu'à décharger son pistolet par la fenêtre, à la grande épouvante des voisins.

« Je regrette de vous avoir apeurés, s'excusa-t-il ensuite, mais il faut nous comprendre : aujourd'hui, nous avons défait les hussards du maréchal Masséna… »

Dans l'esprit de Rymar, les manœuvres des soldats de plomb étaient plus qu'un jeu : elles préparaient la nécessaire initiation de son fils au maniement de l'épée et du pistolet, prélude de son instruction militaire. Cette idée continuait de l'habiter : Ângelo ferait carrière dans l'armée. Il en voyait des signes partout, dans sa diction claire et son regard posé, dans son maintien déjà viril ou sa manière d'aligner les figurines avant de sévèrement les passer en revue. Si Rymar eut un tort, ce fut de précipiter les choses. Il n'y avait pas trois semaines qu'Ângelo habitait avec eux quand, pour la première fois, l'officier mit dans ses mains une arme — en l'espèce, le gros pistolet de cavalerie avec lequel il avait tué l'esclave noir.

« C'est lourd, papa ! protesta l'enfant dont le poignet fléchissait sous le poids.

— Allons, tu es fort ! Tu peux le porter ! » l'encouragea Rymar.

Il insista pour qu'Ângelo procédât lui-même au chargement de l'arme, balle comprise, puis désigna sa cible : l'enseigne rouillée du salon d'un barbier, à trente mètres de là, qui ne tenait plus à la hampe que par un brin de chaîne.

« Si tu l'atteins, tu auras un bonbon… Qu'elle se détache, tu en recevras deux ! promit l'officier en guidant le canon du pistolet dans la bonne direction.

— Les voisins nous feront des ennuis…, prévint Rosalia, qui voyait d'un mauvais œil ces exercices de tir à l'intérieur de la maison.

— Ângelo doit s'endurcir.

— Il n'a que quatre ans !

— L'armée de Prusse recrute à huit. Il n'est jamais trop tôt pour s'éveiller aux joies des armes.

— Et s'il ne voulait pas de ce métier, s'il devenait sculpteur de saints ?

— … oui, et s'il travaillait à la fabrique de fleurs artificielles ? Je vois que tu nourris pour lui de hautes ambitions ! C'est décidé, Rosalia… Ângelo sera soldat. Mon flair ne m'a jamais trompé !

— Au moins, entraînez-vous dehors !

— Le soleil est trop chaud, Ângelo pourrait prendre mal. Allons, tu m'ennuies ! Ton fils ne risque rien, sinon de ceindre à quinze ans l'écharpe de commandement. C'est à toi, fiston, tire !

— Comment fait-on, papa ?

— On presse la détente, ici ! »

L'index de Rymar avait couvert les doigts d'Ângelo, déjà au bon endroit. Aussitôt l'enfant, dans une crispation de tout le corps, appuya fortement sur la langue du métal. Le chien bascula, le silex jeta son étincelle, la poudre s'enflamma, enfin une détonation formidable retentit. Quand la fumée se fut un peu dissipée, on découvrit sur la façade opposée, à l'endroit où naguère pendait l'enseigne, une large étoile de suie noire. Le panneau décroché gisait à terre, deux mètres plus bas.

« Ah ! Ah ! s'esclaffa Rymar. Félicitations ! Tu as fait mouche ! Quel tir, Rosalia ! Tu as vu ça ? Douterais-tu, maintenant, des aptitudes de ce garçon ? Il a bien mérité ses deux bonbons ! »

Mais Ângelo, choqué par le bruit et l'âcre puanteur de la poudre brûlante, fondait en pleurs. Ses bras tremblaient si fort que l'arme lui échappa, saisie au vol par l'officier. Il se réfugia, grelottant encore, dans les jupes de sa mère.

« Allons, ce n'est rien ! Bon garçon… Tu as eu peur ? Va, peut-être es-tu un peu jeune encore, ta maman a raison. Nous attendrons que tu grandisses ! »

Rymar voulait donner un tour léger à l'incident mais l'enfant, terrifié, gardait les mains pressées sur ses oreilles. Du dehors arrivaient des cris, des clameurs, des appels à la garde. Survenu en pleine sieste, le coup de feu affolait toute la rue. On voyait s'ouvrir en panique les persiennes des maisons voisines et passer la tête, furieux, des bourgeois éveillés en sursaut. Rymar jugea prudent d'entraîner sa famille hors de vue, dans un angle du salon.

« Tu vas trop loin, Eduardo, nous avons un nom à défendre !

— Je suis soldat, Rosalia, répliqua l'artilleur. Les soldats brûlent la poudre comme les boulangers font le pain. C'est un aspect de mon métier. Il faudra bien que le voisinage s'en accommode !

— Oui, nous serons expulsés !

— Oh, puis tais-toi ! Calme plutôt ce gosse ! »

Rymar avait beau dire, il savait qu'une fusillade à fenêtre ouverte (et cette fois, à balle vive) nuirait à la réputation de son ménage. Le quartier à coup sûr en jaserait, comme il devait déjà médire de cet enfant entré de nuit chez eux et qu'ils traitaient en fils de la maison. Son inquiétude, hélas ! n'était pas sans fondement. Mais au lieu d'accabler l'officier, ainsi qu'il arrive à des hommes d'étoffe plus lâche, elle stimula au contraire sa combativité. Il médita un plan pour rendre aux cancaniers la monnaie de leur pièce.

Quelques jours après l'épisode du coup de feu, le soldat fit vêtir Ângelo de ses plus beaux habits, se mit lui-même en toilette et commença, sa main prenant celle du garçonnet, une longue promenade par les rues de la ville. C'était l'heure où la *viração*, le vent frais de la mer, commençait à souffler : passant tel un balai humide entre les façades, il semblait chasser devant lui les miasmes du midi, les emporter vers la montagne inhabitée. Son mouvement laissait dans l'air une clarté bienfaisante, et cette légèreté qu'accorde au moribond un répit dans ses fièvres, à l'esclave maté la relâche du fouet. Alors, tout ce que Rio comptait d'artisans, de boutiquiers, de gens voués par leur occupation au séjour étouffant d'une maison, se ruait dehors. Malgré l'eau dont ils les avaient rincées, malgré parfois des touches de maquillage, on lisait sur leurs figures renfrognées, un peu grises, qu'ils essuyaient à tout instant d'un large mouchoir, les embarras têtus de la digestion.

« Bel après-midi ! lançait l'huissier à l'horloger.

— Un temps magnifique ! » répondait l'horloger en tirant son chapeau.

Des plats trop épicés, plusieurs tasses d'un café bouillant retentissaient sur leur humeur. Ils marchaient un peu vite, parlaient un peu fort, abattaient brutalement les dominos sur les tables des cafés. Leur élocution était rapide aussi, au train un peu fébrile de leurs pensées. Mais, si pressée qu'elle fût, elle s'accéléra encore à la vue du commandant Rymar et de son rejeton qui longeaient la terrasse bondée du glacier Franzioni. Quelle aubaine ! Celui dont parlait toute la rue, celui sur qui la police, avisée, prenait déjà des renseignements venait à leur rencontre ! On ne perdit pas l'occasion de s'amuser :

« Tiens, voilà le capitaine Bravache ! s'écria l'un.

— Là où fume son pistolet, pointe aussi sa moustache ! rima un autre.

— Est-ce son petit qui trottine à sa botte ? Ou un quelconque souillon de la manufacture de poudre ? »

Rymar attendait ces sarcasmes et leur fit la réponse appropriée. Chaque fois qu'il entendit parler sur son compte ou sur celui de l'enfant, il s'avança vers les causeurs, une main sur son sabre, l'autre soupesant sa superbe croix de chevalier, et leur tint ce discours émouvant :

« Voici Ângelo Rymar, mon fils adoptif. Je l'ai recueilli quand son père, ouvrier sur un chantier naval, a soudainement trouvé la mort. Il travaillait à la construction d'une frégate dont la quille, mal assemblée, lui a chu sur le crâne. Quant à sa mère, il ne l'a simplement pas connue. Elle a succombé de l'avoir mis au monde. »

Cela, pour sûr, ôtait l'envie d'en rire. Partout où Rymar donna cette comédie, on le plaignit, on lui offrit à fumer ou à boire. Ângelo n'avait rien à faire, sinon à s'exposer debout, tête basse, pour inspirer pitié à l'auditoire. Il n'osait démentir l'artilleur. D'ailleurs, il ne comprenait pas bien toute cette agitation autour de lui, ni pourquoi ces grandes personnes le regardaient d'un air tendre après l'oraison du commandant. La promenade le divertissait, pourtant il fut heureux de prendre le chemin du retour.

« Tu as joué ton rôle à perfection ! le complimenta l'officier sur le seuil de la porte. Si tu ne deviens soldat, tu seras comédien ! Maintenant, sois-en certain, les voisins ne feront plus d'histoires. Ils croiraient brimer un orphelin !

— Papa, va-t-on lire le journal ?

— Bien sûr ! Que croyais-tu ? Que nous passerions à table sans prendre les nouvelles ? »

Chaque soir, désormais, l'enfant réclamait la lecture du journal que Rymar, ravi d'être utile, lui faisait volontiers. C'était un rite familial, où personne n'était admis qu'eux deux. Il se déroulait toujours de même : Ângelo prenait dans un tiroir les besicles d'Eduardo pendant que l'officier, déjà assis dans son fauteuil, dépliait le *Jornal do comércio* ou la *Gazeta* qu'il feuilletait sommairement, un crayon à la main. Ayant trié de la sorte les nouvelles dignes d'attention, il accueillait l'enfant sur ses genoux, chaussait ses lunettes, buvait parfois une gorgée d'un café préparé par Rosalia avant d'entamer sa revue de presse.

Longtemps, l'artilleur peina à cerner les goûts de l'enfant, bien qu'il désirât vivement s'y conformer. Ângelo se passionnait pour les sujets les plus divers, entre lesquels ne semblait tissé d'autre lien que sa curiosité : c'était, tel jour, le mariage de Napoléon Bonaparte avec Marie-Louise d'Autriche ; tel autre, le démantèlement des États du pape ou l'accord solennel donné par le régent à la construction du théâtre royal de São João.

Cependant, à force de lectures, Rymar s'aperçut qu'Ângelo prêtait plus d'attention à la page des causeries qu'à la page politique, aux chroniques de voyages qu'au bulletin des sciences, enfin boudait régulièrement les récits militaires auxquels l'officier essayait de l'intéresser.

« Tiens, l'histoire de la prise de Cayenne ! Un succès de notre armée ! Veux-tu lire cela, Ângelo ?

— Oh non, papa ! Autre chose !

— Non, tu ne veux pas ? Ce doit pourtant être intéressant ! C'est un peu comme tes soldats de plomb, mais les batailles sont pour de vrai…

— Non, non ! »

L'épisode se répéta deux ou trois fois. Cela troubla la confiance de Rymar dans la vocation du garçonnet et, sans l'interdire encore, tendit sur son destin guerrier un voile d'incertitude. L'officier tâcha de régler ce qu'il supposait un égarement passager. Parcourant le journal, il sautait exprès les pages de divertissements, que l'enfant reconnaissait non d'après le texte mais d'après la frise dessinée encadrant les articles, ou même les découpait pour éviter leur rencontre.

Or, c'était peine perdue : Ângelo avait compris la manœuvre et, rendu à la fin d'une lecture incomplète, exigeait les rubriques manquantes, jusqu'à faire un caprice. L'artilleur dut céder. Il suivit les préférences du garçonnet et ne mit plus d'obstacle à leur formation naturelle. Après tout, réfléchit-il, Ângelo était fort jeune ; il avait tout le temps de devenir soldat et de s'affectionner à ce genre de vie. Cette péripétie fut oubliée et la lecture des journaux reprit comme avant.

Quand les garçons étaient ensemble, Rosalia restait en retrait. Elle n'apparaissait que pour servir ou desservir le café, apporter à Rymar sa pipe ou ses mules de cuir, ouvrir ou fermer les persiennes selon la course du soleil. La bonne entente qui régnait entre son fils et son mari lui causait beaucoup de joie, et un peu d'étonnement. Certes, en les présentant l'un à l'autre, elle n'espérait pas que les choses marchent si vite et si bien. Des caractères si dissemblables, croyait-elle, mettraient longtemps à s'ajuster. Aucun des deux n'avait voulu cette situation : elle craignait que l'enfant ne s'en vengeât par trop d'insolence, Rymar par trop d'autorité. Ce ménage à trois personnes, produit des circonstances, pouvait-il être mieux qu'une composition instable, un accord éphémère ?

Or, chaque jour qui passait guérissait mieux ses doutes et rapprochait davantage les deux garçons, au point qu'ils semblaient maintenant fils et père naturels. Ângelo appelait Eduardo « papa », qui l'appelait pareillement « fiston ». Cela n'exigeait d'eux aucun effort : l'artilleur n'avait pas d'enfant que cette faveur pût gêner ; quant au garçonnet, il ne connaissait pas l'auteur de ses jours, lequel s'était séparé de Rosalia dès avant sa naissance.

Aux yeux des étrangers aussi, Ângelo était la progéniture du soldat. Lorsque Rymar présentait son fils à quelqu'un de passage, il omettait souvent d'évoquer l'adoption, détail sans importance. Il disait « mon fils » et les visiteurs y croyaient pour de bon, adressant même au père les compliments de circonstance sur « l'air de famille » qu'il y aurait eu entre eux. C'était pour l'officier un genre de plaisanterie. Il en riait d'ailleurs, racontait à sa femme le bon tour qu'il jouait aux étrangers. Rosalia aurait voulu s'en amuser aussi, mais n'y parvenait pas. Son bon sens l'avertissait des soucis que cette imposture, tôt ou tard, causerait à la famille. Alors, pleine d'appréhension pour l'avenir, elle ramenait peureusement sa mantille sur la tête et ânonnait quelque prière à la Vierge Marie.

Jusqu'alors, elle n'avait trouvé que des avantages à l'amitié des garçons : elle garantissait la paix du ménage sans affaiblir leur couple ; bien qu'épris d'Ângelo, Rymar restait un bon mari, témoignant à l'enfant et à la mère une égale affection. Vint le jour, pourtant, où les inconvénients de la situation se dessinèrent. Les heures que l'officier consacrait à son fils étaient retranchées de son travail ou, plus largement, de la conduite de ses affaires. Querubim donna l'alarme : on ne voyait plus Rymar à l'atelier ; le bureau aménagé pour lui se couvrait de poussière.

« Comment ? Il n'y vient plus ? s'étonna Rosalia.

— Une heure le matin, une heure le soir, quand il daigne paraître.

— Et le reste du temps ?

— On dit qu'il joue aux cartes, qu'il boit aux cafés, qu'il bat la campagne. On raconte qu'il prend son fils à la nourrice et l'emmène promener tout le jour. Hélas, madame ! Je crains qu'il soit repris dans ses errements…

— J'aviserai à ce qu'il faut faire. Merci de m'avoir avertie, Querubim. »

L'atelier de réfection musicale pâtissait des absences d'Eduardo, mais aussi leur logis de la rua do Ouvidor. Les travaux qu'avait entrepris le ménage traînaient en longueur, faute d'un homme pour les surveiller. Les ouvriers devinaient que le maître s'en préoccupait peu, aussi travaillaient-ils à leur convenance, sinon à leur fantaisie — s'abstenant, par exemple, s'il tombait une pluie un peu drue qui les décourageait d'aller dehors. Des retards s'ensuivaient. La chambre de Lisandra n'était qu'à moitié peinte et celle de Querubim, admis pareillement sous le toit du couple, perdait le plâtre à poignées. Or, si l'esclave ne pipait mot, réduite au silence par sa position, l'aide de camp, lui, se plaignait haut et fort, criant partout qu'il donnerait sa démission. Cette menace n'était pas quelconque, ni le moment choisi pour la brandir : depuis trois ans qu'il résidait au Brésil, Querubim Mascarenhas venait en effet, pour la première fois, d'envisager son retour au Portugal.

L'idée n'était pas la sienne. C'était celle de son

épouse, restée en métropole. Malgré une endurance peu commune, l'honnête Josefina commençait à trouver le temps long. L'absence de son mari lui pesait — non moins, la charge d'assumer seule une grande maison et trois enfants qui, écrivait-elle, « gagnaient en âge et regrettaient leur père ». Sa dernière lettre portait l'empreinte d'un vif ressentiment. « Je crois être veuve ! » confiait-elle à l'aide de camp, rappelant que leurs voisins la tenaient pour telle et qu'il était question, au commandement de Lisbonne, de lui octroyer une pension de guerre. Bref, sa patience était usée et elle réclamait — non, elle exigeait — le départ du soldat par le premier bateau à destination de l'Europe. « Sans quoi, prévenait-elle, c'est moi qui ferai le voyage. »

Querubim prit ce courrier très au sérieux. Ce fut l'une des rares lettres de Josefina, du reste, auxquelles il apporta une réponse. Dans un billet rédigé avec beaucoup d'âme, plein d'envolées fleuries et de protestations d'amour, l'aide de camp n'évoqua pas la question de son retour mais dénonça fermement le projet de visite formé par sa moitié. « Ce serait folie d'entreprendre une pareille traversée…, écrivit l'aide de camp au moment où les pirates de Buenos Aires, maîtres des mers, s'attaquent partout aux navires portugais ! » Le danger était réel, et son avertissement sincère. Mais ses craintes les plus vives partaient d'un autre endroit. Il n'aurait voulu, pour rien au monde, que Josefina débarquant à Rio fît la rencontre des maîtresses indigènes qu'il avait eues, assez nombreuses et effrontées pour bafouer la *régulière* de leur amant.

Josefina sur le trottoir du palais, aux prises avec ces créatures — quelle vision de cauchemar !

Depuis qu'il avait reçu cette lettre, les nuits de Querubim étaient celles, courtes et remuantes, d'un mousse dans son hamac. Il blâmait sa chambre sans confort, les persiennes mitées, le plafond cendreux, mais l'on comprenait vite que le siège de ses maux était en lui, dans son propre esprit. Rosalia crut bon d'alerter Eduardo, qui ne s'apercevait de rien. Un véritable effroi saisit l'officier : celui de perdre son ordonnance alors que l'atelier de réfection, ses cinq artisans, ses trois établis, sa clientèle foisonnante reposaient seulement sur lui, qu'il en était l'âme et le moteur. Il suspendit aussitôt le jeu qui l'absorbait (une partie de croquet avec son fils) pour parler à l'aide de camp. Il le trouva à l'atelier justement, limant d'un air pensif les chevilles d'un piano :

« Tu as reçu une lettre ? Une lettre de ta femme ? »

Querubim frotta la râpe de son outil d'où tombèrent des rognures de fer. Visitée d'un rayon de soleil, cette limaille rappelait une chute d'étoiles.

« Elle exige mon retour à Lisbonne.

— Vas-tu lui céder ?

— Je dois réfléchir. »

L'aide de camp n'était plus d'humeur à travailler. Il dénoua son tablier qu'il coucha sur la caisse du piano. Comme il secouait ses cheveux pleins de sciure, l'officier remarqua qu'ils avaient blanchi depuis leur dernière rencontre ; elle ne remontait pourtant qu'à trois jours.

« Allons, reste à Rio ! Ta vie est ici, maintenant ! Que ferais-tu, sur le vieux continent ?

— Prendre soin de ma femme, de mes fils. J'ai négligé ce devoir trop longtemps.

— Encore faut-il qu'on te laisse partir ! Tu peux quitter mon service, tu n'en appartiens pas moins à l'armée ! »

Les deux hommes continuèrent de ferrailler mollement jusqu'à l'Ave Maria, sans qu'aucun prît l'avantage. Ce fut Rymar qui, le premier, abandonna ce duel paresseux. Quand il coiffa son bicorne au velours duquel s'accrochait un peu de poussière, l'affaire n'était toujours pas tranchée, et l'aide de camp restait irrésolu.

L'insomnie de Querubim s'aggrava. Il dormait une heure ou deux sous l'emprise de la *cachaça,* l'eau-de-vie de canne qui avait sur lui des vertus somnifères. Le reste du temps, gisant dans son hamac alourdi de sueur, il relisait la lettre de Josefina, cherchant comment éconduire sa femme sans la blesser ; ce qui revenait à franchir dans le sens opposé à l'ingestion les mâchoires resserrées d'un caïman.

L'idée lui vint comme il tétait la bouteille ; saisi, Querubim avala sa gorgée de travers et manqua s'étrangler. C'était simple et probant à la fois. L'aide de camp décida qu'il était affligé d'une grave maladie, peut-être cette fièvre jaune si commune à Rio, ou bien cet éléphantiasis qui donnait à tous les membres (inclus donc le membre viril) des proportions monstrueuses. À cause des risques importants de contagion, une stricte quarantaine lui était imposée par l'état-major ; il ne pouvait quitter sa chambre ni recevoir aucune visite.

Dans les derniers spasmes de la toux, Querubim tomba du hamac, se munit d'une feuille et commença sa lettre debout, appuyé au mur écaillé comme au pupitre d'un écritoire. Sa main tordue, mouillée exprès de salive, formait sur le papier des lettres avachies et tremblantes comme, supposa-t-il, en eût tracé un moribond.

Dès qu'il entendit remuer dans la chambre voisine, Querubim s'en fut trouver le commandant, encore en robe de chambre, pour lui donner lecture de son brouillon.

« Bonne idée ! approuva l'officier. Rien de plus commun à Rio que ces accès de fièvre... »

Rymar joignit un billet de sa main, confirmant « l'état de santé alarmant » où se trouvait présentement son ordonnance, et le risque égal qu'il y aurait « soit à lui faire prendre la mer, soit à admettre à son chevet des parents étrangers ». Il apposa sa signature, complétée de tous ses titres et même, innova-t-il, du nom des batailles qu'il avait remportées. Ainsi fournie, poussant de tous côtés ses hampes et ses jambages, elle donnait l'impression qu'un buisson de ronces colonisait la feuille.

On ne sait comment Josefina reçut les deux lettres, ni quel crédit elle accorda à l'invention de son mari. Mais la correspondance entre les deux époux fut aussitôt suspendue. Longtemps après, par le relais d'un voyageur portugais, l'aide de camp apprit que sa femme, pensionnée comme veuve, s'était remariée et que ses trois enfants faisaient carrière dans la marine et dans la pelleterie. Il crut même reconnaître l'aîné, Henrique, dans les haubans d'un trois-mâts de commerce. L'air de famille était si franc que le père, tremblant d'être reconnu, rabattit sa capuche et s'éloigna. Cependant, il s'arrêta plus loin derrière une pile de tonneaux et épia longuement son fils à la manœuvre.

Le maintien de Querubim exauçait pleinement son maître. Reconnaissant, l'officier donna des ordres pour qu'on hâtât la réfection de sa chambre. Le mobilier fut changé, les murs et le plafond enduits de neuf et Querubim lui-même, pourvu d'habits soignés. L'ensemble avait un air de fraîcheur et d'élégance qui réjouit l'aide de camp. Avec le petit pécule constitué sur sa solde, il s'offrit un singe-lion, primate au pelage doré et à la crinière hirsute qui bondissait inlassablement du lit à la chaise, de la chaise au lit et ne voulait manger qu'au creux de la main. Ângelo bien sûr fut jaloux :

« Papa, j'en veux un !

— C'est hors de question. Si nous réunissions deux de ces créatures, elles défendraient sauvagement leur territoire, et nous le disputeraient peut-être ! Telles sont les lois barbares de la nature. »

Pour consoler son fils, Rymar fit l'emplette de cinq perruches et d'autant de cages ; elles tiendraient compagnie à Ramira, leur congénère des premiers temps au Brésil qui finissait ses jours juchée sur un portemanteau.

« Vois donc, Querubim ! On n'avait pas tort d'appeler ce pays *Terre des Perroquets* ! Les Brésiliens sont gens de plumes plutôt que de poil. »

La maison abritait alors cinq personnes, sans compter le singe et les oiseaux qui prélevaient pourtant leur part — excessive, aux yeux de l'officier — des plats cuisinés par Rosalia. C'était assez pour peupler les chambres, trop peu pour déployer dans les rues de la ville ces cortèges familiaux à l'ancienne mode, longs parfois d'un jet de pierre, où venaient derrière le maître ses trois ou quatre enfants par rang d'âge, son épouse, sa camériste, la nourrice, l'esclave de la nourrice, le valet du maître, le cuisinier, enfin les jeunes esclaves d'acquisition récente dont on commençait l'instruction. Il n'était pas rare qu'une maison alignât quinze ou vingt têtes au départ d'une promenade, nombre à l'importance duquel pouvaient s'évaluer, d'un coup d'œil, la fortune du maître et son train de vie.

Comme aussi Rosalia venait d'une famille étendue où l'on servait d'ordinaire douze assiettes de bouillon, et deux fois plus les dimanches, elle se sentait gênée, presque à l'étroit dans son nouveau ménage. Même au complet, la table du dîner lui semblait courte. Elle regrettait, pendant les calmes après-midi de la maison, le chahut campagnard qui régnait dans leur fazenda de Petrópolis, chahut auquel concouraient tour à tour (ou à la fois, et c'était intenable) les jeux des enfants, l'affairement du bétail, la besogne du moulin à sucre, le crissement du puits, les allées et venues des esclaves et des refrains saisonniers comme le remuement des grains de café, avec des houes en bois, sur le *terreiro* blanchi de poussière. On disait la ville bruyante ; elle la trouvait sans voix.

« Eduardo, je veux un enfant ! déclara-t-elle un jour à son mari.

— J'ai adopté le tien.

— Un, ce n'est pas assez. Est-ce qu'une table se tient sur un seul pied ?

— Combien t'en faut-il ?

— Au moins de quoi remplir la main… Il en est tant qui meurent !

— S'ils vont mourir, pourquoi les engendrer ?

— Rymar ! »

Le commandant n'épousa pas d'emblée ce projet, qui menaçait d'élargir encore l'écart fait à ses habitudes. Après tout, il sortait d'un âge de sa vie où son miroir le reflétait seul et où flottait dans son logis exigu, meublé souvent d'un lit simple, le parfum suri des vieux garçons : tabac et cuir de selle. D'une année sur l'autre, il avait quitté l'état de célibataire pour celui d'homme marié, la condition de garçon pour celle de père. Il ne regardait pas grandir sa famille sans vertige, et un peu d'effroi.

« Plus tard, Rosalia, rien ne presse ! » supplia l'officier.

Mais la volonté du commandant n'était qu'un faible rempart devant l'insistance têtue de son épouse et la sollicitation répétée qu'elle faisait, chaque nuit ou presque, de ses parties viriles. Rymar ayant perdu son pucelage dans les bras de Rosalia, il n'avait qu'une idée fort abstraite, et plutôt littéraire, de la rage d'amour dont une femme peut être saisie lorsqu'elle nourrit l'espoir d'être féconde. Benoîtement, il pensait qu'il suffirait de s'en détourner dans le lit, d'invoquer la fatigue ou les soucis pour refroidir ses ardeurs. Or, découvrit-il, l'homme le plus résolu ne pouvait se soustraire au devoir que lui faisaient, d'une part l'union conjugale, d'autre part, et surtout, l'instinct de perpétuation.

Ce n'était pas Rosalia seule qui, sitôt refermée la porte de leur chambre, cherchait si avidement ses lèvres ; c'était la nature elle-même, envoûtant son épouse à la façon dont le démon possède un corps. Les cheveux hirsutes, le regard brûlant, elle ne semblait plus s'appartenir. Et Rymar éprouva maintes fois, voulant se dégager par force, que Rosalia jouissait dans ces moments d'une vigueur prodigieuse, capable d'entraîner son mari robuste où lui plaisait.

« Allons, viens ! feulait sa compagne. Prends-moi !

— Ne peut-on faire relâche, un seul soir ? » implorait en vain l'artilleur.

Un intrus dans la chambre se fût diverti, sans doute, de voir le commandant reculer sous les assauts fougueux de Rosalia, tituber tel un homme ivre jusqu'au lit et lors tomber à la renverse, les bras ouverts — vaincu. Bien qu'éveillé aux appas de sa femme, Rymar n'appréciait guère d'être traité ainsi. Jamais, toutefois, il ne put opposer au désir de Rosalia la seule défense utile : le refus de bander. Tirant brusquement son pantalon, la jeune femme trouvait son époux déjà érigé — sinon assez raide pour la fornication, du moins le devenant d'un simple coup de langue, d'un banal tour de poignet. Rymar observait qu'il n'avait qu'une maîtrise partielle, donc insuffisante, de l'organe. À bien des égards, c'était davantage un ressort qu'un outil : des caresses étudiées obtenaient toujours sa rigidité, de même qu'une friction assez longue garantissait l'éjaculation. Et si, en de rares circonstances, à cause par exemple d'une digestion laborieuse, le phallus conjugal tardait à durcir, Rosalia maîtrisait certains attouchements — la *feuille de rose*, ou ébat de la langue sur l'anus — qui l'affermissaient à coup sûr.

Rymar ne pouvait rien contre. Tout au plus, s'efforçait-il d'ôter sa verge un instant avant la fin pour jouir hors de la vulve. Mais un soir, Rosalia serra les cuisses si fort qu'il ne put se retirer : la semence s'épancha dans le vagin et fit à l'intérieur le chemin que l'on devine. Huit mois et trois semaines plus tard, le 28 février 1811, naissait Dona Zulmira Filipa Rymar, première fille légitime du couple.

Apprenant la naissance de l'enfant, Rymar fit un rapide calcul, celui des jours séparant l'événement de ce coït obligé. Il eut ainsi confirmation de sa paternité véritable, mais aussi de la façon honteuse dont il l'avait acquise. Ce fut une fêlure d'amour-propre. Aussitôt, l'artilleur entra dans la chambre où Rosalia venait d'accoucher et, s'acquittant bon train des compliments d'usage, marcha droit à sa femme qui somnolait sur l'oreiller mouillé de sueur. Il s'inclina pour chuchoter à son oreille :

« Puisque c'est ainsi, Rosalia, nous ferons un autre enfant, dès qu'il sera possible. Et cette fois, je déciderai du lieu et du moment. »

Son épouse n'eut pas la force d'acquiescer mais la petite créature dans ses bras, si menue qu'elle avait échappé à l'attention du commandant, poussa un cri plaintif qui rappelait l'affaissement d'un soufflet d'harmonium — telle fut du moins l'image venue à l'esprit du soldat, laquelle l'indisposa passagèrement contre sa première-née.

« Dieu nous préserve d'une musicienne ! » grinça l'artilleur en traçant sur le front un minuscule signe de croix.

Il ne prenait pas garde que la chair de l'enfant

était encore malléable, aussi la croix s'y marqua-t-elle profondément. On verrait encore, des années plus tard, la double encoche gravée par l'ongle du père.

L'officier cependant tint parole. Six semaines ne s'étaient pas écoulées que Rymar, vérifiant chaque soir les dispositions de sa femme, sentit approcher le moment de se mettre à l'ouvrage. Il chevaucha Rosalia ce soir-là, et tous les suivants, jusqu'à recueillir les signes évidents d'une nouvelle maternité. Un matin, il annonça fièrement à Querubim que son épouse était « dans un état intéressant », à la grande joie de l'aide de camp dont la chambre jouxtait celle du couple et s'emplissait la nuit des ahans de son maître et des geignements repus de Rosalia. La nouvelle courut rapidement le quartier où l'on répéta à l'envi que Madame Rymar était « en espérance d'enfant ».

Autant l'artilleur n'avait été qu'un témoin distrait de la première grossesse, autant il s'intéressa à la seconde, peut-être parce que l'initiative lui en revenait et qu'une sourde intuition l'avertissait qu'il s'agirait cette fois d'un garçon, héritier direct de son nom. Il s'en mêla même de si près qu'il déclara une « couvade », en proie comme sa femme à des vertiges et à des nausées. On recourut trois fois aux services dispendieux d'un des rares médecins de Rio, à qui revint la tâche lucrative de soigner et l'époux et l'épouse. Mais si le cas de Rymar fut jugé bénin, et traité comme la dysenterie par une infusion de racines d'ipéca, celui de Rosalia, en revanche, inspira d'assez vives inquiétudes.

Il semblait que la succession rapprochée des deux grossesses affectât durement la jeune femme, et que cette seconde maternité requît trop de ses forces. La matrice, annonça l'homme de l'art, n'était pas aussi pleine qu'elle aurait dû être. Peut-être la délivrance de Zulmira avait-elle ébréché le vase fragile de la conception ; peut-être qu'une fissure laissait couler les eaux.

« Vous voulez dire que c'est à cause de ma fille, si mon fils est à l'étroit ? se fâcha l'artilleur.

— N'y cherchez pas d'intention, tempéra le médecin. Et puis, rien n'indique qu'il s'agit d'un garçon !

— Dites-moi, docteur..., confia Rymar avec angoisse. Êtes-vous partisan de cette sotte théorie selon laquelle les soldats n'engendrent que des filles ?

— Balivernes !

— On prétend que monter chaque jour à cheval... enfin... vous m'entendez...

— Je sers la science, commandant ! protesta le docteur un peu raide. Mes confrères méprisent ce genre de superstitions.

— Ah ! Tant mieux !

— Cependant, nous ne pouvons écarter l'éventualité que votre enfant soit une fille. Espérons déjà qu'il voie le jour car la grossesse, je vous l'avoue, n'est pas bien engagée... »

Une perte de sang survint, qui parut vérifier ces sombres conjectures. Rosalia reçut des consignes précises : demeurer étendue et boire à satiété, trois cruchons par jour au moins. Afin d'entretenir sa soif, on transporta son lit dans la chambre la plus chaude, exposée la moitié du jour à l'ensoleillement ; c'était bien sûr celle de l'esclave. Toute la maison fut dérangée : Lisandra s'installa dans la chambre des enfants, qui occupèrent celle de Querubim, admis à partager celle de son maître. Une nurse et une cuisinière furent embauchées pour soulager la mère des tâches domestiques. Quant aux soins fréquents qu'exigeait Rosalia, incapable de rien faire par elle-même, Rymar n'en voulut charger personne. Il se mit en congé du palais — ce qui, considérant son peu d'assiduité au travail, ne faisait pas une grande différence — et devint pour sa femme un infirmier très dévoué.

Jour et nuit, il servait ses repas, vidait sa cuvette, renouvelait le linge humide sur son front et le brin de lavande à son chevet. Rosalia assistait, ravie et un peu incrédule, à la conversion de son mari en chevalier servant. Il avait pour elle des égards délicieux, comme d'éplucher les navels et les ananas piquants-de-rose qui figuraient en abondance dans son régime, suivant encore la prescription du médecin. Cela réellement l'enchantait. Pourtant, au bien-aise qu'elle éprouvait se mêlaient un peu d'inconfort — et quelque soupçon. Rymar l'entourait de prévenances, certes, mais comme l'éleveur panse le cheval qui va disputer une course. Caressant le ventre de Rosalia, son regard s'allumait de convoitise ; on eût dit, derechef, qu'il flattait l'encolure d'un animal, sinon les ferrures ouvragées d'un coffre à trésor. Il ne parlait guère de sa femme mais de son fils, lançant à Rosalia quand elle perdait l'appétit : « il faut nourrir le petit ! » ou à Zulmira dans une crise de pleurs : « laisseras-tu dormir ton frère ? » La jeune femme doutait qu'il eût arbitré en sa faveur, si un accouchement désastreux l'avait forcé à choisir qui laisser vivre, elle ou l'enfant.

Voilà pourquoi, à l'approche de la délivrance, Rosalia voulut mettre le bon Dieu de son bord. Elle aida au recrutement de la sage-femme, qu'elle élut non pour son métier mais pour la dévotion qu'elle affichait et sa stricte observance des préceptes chrétiens. Le choix, du reste, fut commode. Dès qu'elle passa le seuil de la chambre, les époux Rymar reconnurent en Raimunda Pompeu do Carpo une dame de haute vertu : la jupe d'un violet sombre, le fichu blanc empesé dont les pointes tombaient à la ceinture composaient en ce temps l'uniforme des bigotes, comme la redingote noire et le bicorne formaient celui des huissiers. La figure n'était pas moins conforme, dont la maigreur cireuse évoqua d'emblée à l'artilleur une vilaine coulure de cierge.

La conversation ne fit qu'appuyer cette impression de l'œil. Raimunda possédait tous les caractères de ce qu'on nomme désobligeamment une *punaise de sacristie*, à un degré bien plus haut que ses rivales. Modèle de piété, elle ne laissait échapper aucune homélie, aucune procession, aucun chemin de croix.

« Jamais ! » insista-t-elle en soulevant une main décharnée, toute ficelée de chapelets.

Sa fidélité aux litanies, rosaires, neuvaines et septénaires était proverbiale, non moins que son assiduité aux offices qu'elle enchaînait d'heure en heure : d'abord la messe de la Lapa, puis celle de la cathédrale, ensuite, l'hostie encore en bouche, le service de Saint-Antoine, etc. Mais ce qui l'écartait le mieux du citoyen ordinaire, c'était sa science des fêtes religieuses, dont le nom remplaçait sur ses lèvres la mention des dates civiles. Elle ne disait pas « le premier janvier » mais « la fête de la circoncision », non « le quatorze septembre » mais « l'exaltation de la Sainte Croix » — d'où de fréquents démêlés avec la clientèle païenne, qui n'avait pas ses talents liturgiques.

« Votre enfant naîtra à l'octave de saint Sébastien, annonça-t-elle aux époux Rymar après avoir longuement palpé le ventre de Rosalia. Sinon, un peu plus tard… De toute façon, avant la Purification de Jésus !

— Est-ce un garçon ?

— Dieu seul en décidera. Il ne m'appartient pas d'interroger ses desseins.

— Voilà la sage-femme qu'il nous faut ! » décida la future mère.

Rymar était d'un autre avis, qui n'aimait pas la tournure de la matrone et se méfiait d'une vierge faisant profession d'accoucher des mères. Comment pouvait-elle ignorer l'amour et récolter ses fruits ?

« Gare ! railla le commandant. Ses mains rincées d'eau bénite vont nous faire un Jésus !

— Pas de blasphème, Eduardo ! »

Rymar eut beau dire, son épouse fut impossible à fléchir. Confiante dans la bigote, Rosalia l'exigeait, elle et nulle autre, pour mettre au monde son enfant.

Enfin le jour prévu pour l'accouchement arriva. La jeune femme s'alita. On éloigna tout le monde, inclus le maître de maison dont la sage-femme agrippa le bras pour l'entraîner dehors.

« C'est maintenant l'affaire des femmes. Je vous demande de sortir.

— Tout doux, mademoiselle ! N'oubliez pas qui vous appointe ! »

Chassé de la chambre, l'artilleur resta sur le seuil, épiant les préparatifs du travail dans l'entrebâillure de la porte. Querubim, Lisandra et Ângelo n'en étaient pas moins curieux. Ils allaient et venaient dans le couloir, prêtant l'oreille aux bruits étouffés qui filtraient de la chambre.

Raimunda avait pris les choses en main. Du sac apporté avec elle, où l'on pensait enfoui seulement du linge, elle sortit divers accessoires du culte, un vrai service de messe : il y avait là un rameau bénit qu'elle posa au pied du lit, un scapulaire de Notre-Dame du Mont-Carmel qu'elle suspendit au cou de l'accouchée, des cierges qu'elle alluma ; enfin une image en porcelaine de Notre-Dame de la Conception, ornée de chaînettes d'or, qui lui servit à dresser dans un coin de la chambre, avec une courtepointe d'indienne et un verre où baignaient quelques brins d'héliotrope, un genre d'oratoire domestique. Ce fut alors que Rosalia subit les premières contractions et qu'elle adopta, sur le conseil de Raimunda, une position recroquevillée, la tête émergeant seule des draps.

« Priez votre saint favori ! lui suggéra la sage-femme.

— Je n'en ai pas !

— Comment ? Vous n'êtes pas baptisée ?

— Si, mais je ne fréquentais guère l'église. »

Cet aveu suscita la vive réprobation de Raimunda, dont la langue fouetta bruyamment le palais. Ses doigts osseux se joignirent en prière dans l'emmêlement des chapelets.

« Implorez donc sainte Marcelle, la sainte du jour ! suggéra l'infaillible matrone.

— Mais si c'est un garçon ?

— Ça n'a pas d'importance. »

Au front de l'accouchée, entrée à ce moment dans les douleurs, elle noua un fichu blanc. Puis Raimunda prit son poste, assise sur un escabeau au pied de lit, dévidant patiemment son rosaire. Quand le travail commença, elle mit une bouteille aux lèvres de Rosalia et la fit souffler en cadence :

« Souffle, ma fille, souffle avec Notre-Dame, souffle avec saint Jean-Baptiste, souffle avec les apôtres Pierre et Paul, souffle avec les Anges et les Séraphins de la cour céleste, avec tous les saints du paradis... »

« Vieille sorcière ! » grogna l'officier derrière la porte.

Depuis un moment déjà, les hurlements de sa femme semblaient atteindre leur paroxysme. Il espérait une délivrance imminente. Or, celle-ci tardait à venir, les cris continuant et gagnant d'ampleur. Un frisson glacé hérissa la peau du soldat, lorsqu'il comprit que cela tournait au vilain. Son œil se pressa avidement à la fente, mais Raimunda, debout à quelques pas, l'empêchait de voir. Soudain, il n'y tint plus et poussa le vantail de l'épaule — en vain, car la sage-femme avait tiré le verrou. Il appela, secoua la poignée, fit tout le bruit possible, sans que Raimunda daignât seulement lever la tête.

Rymar dut attendre, dans des transes extrêmes, que l'affaire connût son dénouement. Alors seulement, la matrone se dirigea vers la porte et tira la targette. Rymar fit irruption à l'intérieur. Une scène terrible s'offrit à ses yeux : Rosalia, blême et défaite, gisait en travers du lit, donnant toutes les apparences de la mort ; entre ses jambes, un bouillon de linges sanglants s'amalgamait au froissement rouge du jupon. Le sang avait coulé si abondant qu'il en gouttait un peu, depuis un coin de drap, sur le plancher poudré de sciure. Des souvenirs affleurèrent à la conscience du soldat : ceux de batailles à outrance où des armées de force égale luttaient jusqu'à leur mutuelle décimation, tapissant le sol boueux de couches superposées de cadavres. Il déglutit, plusieurs fois, refoulant l'âcre salive qui emplissait sa bouche.

« Ça n'a pas été tout seul, commenta sobrement Raimunda. J'ai appliqué le forceps. Enfin, la mère et l'enfant sont en vie... C'est l'important.

— Je vous paierai votre dû ! » fit l'officier reconnaissant.

Du berceau près du lit montait le vagissement très doux d'un nouveau-né. Rymar parut s'éveiller à ce bruit. Il s'approcha, écarta les rideaux de cotonnade eux-mêmes mouchetés de sang et découvrit l'enfant qui venait de naître, petit être chiffonné à l'odeur fétide, de trois palmes de long environ. Ses yeux interrogèrent sans pudeur l'entrejambe du bébé... qui lui parut convenablement équipé.

« Mon fils..., constata Rymar, ému.

— Je vais le langer ! » s'empressa Raimunda.

Le nourrisson fut emmailloté, tourné dans des bandages auxquels s'accrochaient de mystérieux talismans, « demi-lunes » et autres « signes de Salomon » offerts par la famille de Rosalia.

« À propos, quel nom pour ce joli garçon ? »

L'artilleur réfléchit. Il n'avait pas consulté le calendrier, et n'osait prendre l'avis de Raimunda sur les saints de la semaine. Sa femme, lavée et pansée, vêtue de linge propre, s'était assoupie sur l'oreiller. Il médita un moment et déclara :

« Horácio… Je l'appelle Horácio. C'est le titre d'un drame français que j'ai lu enfant et le nom du héros, un guerrier de valeur. Voici mon fils, Horácio Danilo Rymar ! »

C'était fini. La matrone souffla les cierges brûlant en l'honneur de Notre-Dame, puis retira le scapulaire au cou de l'accouchée et le ruban ceint à sa taille. Ayant reçu son argent, elle allait quitter la maison quand Rymar lui barra le chemin :

« Cherchez-vous une place, Raimunda ? Je vous ai vue à l'œuvre, j'ai pu juger de vos talents.

— J'ai un métier, monsieur.

— Chez nous, vous seriez mieux payée, sans l'inconvénient de courir la ville après vos clientes. Nous cherchons une gouvernante pour s'occuper de nos enfants. Alors, qu'en dites-vous ?

— Votre offre mérite considération. »

Le cinq février 1812, Raimunda emménageait rua do Ouvidor. On lui attribua une chambre encore en travaux, qu'il fallut déblayer car elle servait de dépôt — sinon de dépotoir — à toutes les autres. La nouvelle venue s'en accommoda volontiers et, gage supplémentaire de son esprit chrétien, refusa les meubles qu'on lui prêta. En guise de lit, elle déroula une natte de paille tressée ; en guise de table, jeta un plaid sur sa malle de voyage. Avec deux robes simples, une lampe, quelques instruments utiles à sa profession, c'était là tout son bien. La chambre de Raimunda offrait moins de confort qu'un dortoir d'esclaves.

« À quoi bon s'encombrer ? Dans mon métier, j'étais toujours sur les chemins… »

Raimunda avait pourtant une coquetterie, qui ne tarda pas à s'afficher sur les murs de son logis. Elle possédait deux oratoires portatifs en pierre à savon, images miniatures de retables célèbres auxquels elle attachait beaucoup de prix. D'autres objets sortirent de la malle, jusqu'à transformer la cellule en véritable *chambre des saints*, du nom qu'avaient alors les pièces à dévotion des vieilles demeures. Un crucifix, une statuette de saint Michel Archange, un bénitier mural en faïence, de nombreuses icônes et plusieurs missels : telle était la pieuse collection — ou, d'après le mot de Querubim, le « divin bric-à-brac » — réunie par la sage-femme au fil de ses consultations. On y trouvait aussi une crèche en carton peuplée de tout son petit monde, qu'elle avait façonnée elle-même avec des ciseaux de couturière, pendant ses longues attentes chez les accouchées.

« C'est très joli, Raimunda ! » applaudit Rymar devant la minuscule étable de Bethléem.

L'officier se félicitait de cette embauche, dont l'idée l'eût révolté un jour plus tôt. Voilà, songeait-il, une gouvernante économe qui ménagerait l'huile de lampe et repriserait le linge. Sa bondieuserie ne le gênait plus. Il la jugeait inoffensive et même fructueuse, à certains égards : elle assiérait la réputation du ménage et compléterait l'éducation morale d'Horácio et d'Ângelo, qu'il voulait élever dans la discipline militaire — discipline dont le respect de Dieu, estimait-il, jetait le fondement.

Cependant, après le mariage de Rosalia, l'installation de Querubim, de Lisandra, l'adoption d'Ângelo, la naissance de deux enfants légitimes et l'engagement de Raimunda (toutes personnes, n'est-ce pas, vivant à ses dépens, bénéficiaires gratuits du gîte et du couvert), le commandant Rymar voyait ses finances très amincies. Il n'avait pas de fortune personnelle et vivait sur sa solde d'officier, grossie heureusement d'une rente modeste accordée aux titulaires de l'ordre du Christ. C'était d'ailleurs l'un des rares avantages de cette distinction, avec celui d'être inhumé dans un simulacre d'armure.

Un soir, Rymar dressa l'état des comptes avec son aide de camp. Le résultat fut inquiétant. Toutes charges déduites, il ne restait pas à la famille de quoi payer son riz, et les dépenses allaient croissant. Qu'en serait-il quand les enfants auraient grandi, et qu'il faudrait les mettre à l'étude ?

« Ah, la grimace de ces chiffres ! Querubim, comment les faire sourire ?

— Monsieur, je ne sais point.

— Tu as bien une idée ?

— Il semble qu'en commerçant des tables à musique venues d'Europe, ainsi que l'ont tenté plusieurs de nos compatriotes, on dégage d'assez beaux bénéfices !

— T'ai-je parlé de musique ?

— Sinon, je ne vois pas... »

Pour comble de souci, Rosalia connaissait des relevailles paresseuses. L'accouchement au forceps l'avait meurtrie et vidée d'une partie de son sang. Deux semaines après la naissance d'Horácio, son état nécessitait encore la visite quotidienne du docteur et des préparations d'apothicaire hors de prix. Elle buvait beaucoup de champagne, selon la croyance alors répandue qu'il hâtait la convalescence — or le mousseux français comptait bien sûr, avec la saucisse italienne et le pain espagnol, parmi les denrées d'importation les plus chères. Des herbes aromatiques brûlaient sans cesse à son chevet.

« Qu'importe ce qu'il en coûtera ! insistait l'artilleur. Ma femme doit guérir !

— Elle se rétablira vite, promit le médecin. Mais des séquelles sont à craindre…

— Lesquelles ?

— La matrice est atteinte. Je doute que votre épouse puisse porter un autre enfant.

— Oh ! De cela, nous nous arrangerons ! Notre famille est déjà bien assez large pour l'état de nos finances ! »

De jour en jour, cette question pécuniaire prenait plus d'ampleur dans l'esprit de Rymar. Habitué à tendre une gamelle que remplissait la cantinière, et pareillement à dépendre des services de l'armée pour son logement ou ses habits, l'officier avait les plus grandes peines à gérer sa cassette. L'argent lui restait étranger : insouciant de celui qu'il dépensait, il ignorait aussi celui qu'il gagnait, et semblait toujours étonné d'en avoir dans sa poche. C'était pire depuis que les réis brésiliens avaient remplacé les pataques portugais et qu'une monnaie hybride, différente côté pile et côté face, entrait en circulation. On ne s'y retrouvait plus.

Mais s'il régnait une certaine confusion dans les pièces de cuivre, frappées les unes du profil adipeux de Dom João, les autres d'une sphère armillaire ou de lauriers tressés, la comptabilité des Rymar, elle, parlait un langage clair. L'officier comprit qu'il devait accroître les ressources du ménage, sous peine d'entrer dans la gêne. Un soir, il réunit toute la maisonnée et sollicita de chacun, même du jeune Ângelo, même de Rosalia encore alitée, une contribution suffisante aux recettes. Il en allait, expliqua-t-il, du bien-être commun.

« La famille s'est agrandie et ma solde, hélas ! ne peut suffire à son entretien. Il n'est qu'une solution : vous devez prendre un travail selon vos aptitudes. »

Personne, d'abord, ne comprit de quoi il s'agissait. Chacun s'estimait assez occupé et Rymar lui-même, qui lançait cet appel, croyait avoir beaucoup à faire avec l'atelier. Mais après quelque temps, le déficit familial s'était tellement creusé qu'il fallut prendre de front cette difficulté. Un vent de banqueroute soufflait sur le ménage, menaçant de tout emporter. L'officier revint à la charge, adressant à ses proches une vraie sommation. S'il continuait de pourvoir seul aux besoins du foyer, expliqua-t-il, il faudrait revendre la maison dans l'année et peut-être donner congé à ceux qu'on employait — en langage simple, que tous entendirent, Raimunda à peine embauchée serait cassée aux gages, Lisandra revendue, Querubim affecté peut-être au service d'un officier de moindre rang.

« Dom João ne laissera pas un chevalier de l'ordre du Christ tomber en déchéance ! essaya Querubim. Vos pairs sûrement vous porteront secours !

— Crois-tu ? Ils se soucient de moi comme du petit orteil !

— Je peux solliciter mon frère..., intervint faiblement Rosalia, qui avait quitté son lit pour un fauteuil.

— Nous avons déjà profité des largesses d'Umbelino. Nous devons apprendre à nous soutenir par nous-mêmes », répliqua fermement l'artilleur.

Si le premier discours avait causé leur étonnement, le second paniqua les parents d'Eduardo Rymar, et obtint la mobilisation qu'espérait l'officier. En peu de jours, sous l'aiguillon de la nécessité, tous trouvèrent à s'occuper utilement, c'est-à-dire lucrativement.

Raimunda reprit l'activité de sage-femme qu'elle avait délaissée, visitant chaque dimanche les accouchées d'un jour où peu de ses consœurs exerçaient leur métier ; elle donnait la préférence aux cas sérieux, voire extrêmes, qui lui valaient d'importants pourboires.

Bien qu'employé à l'atelier, Querubim consentit à devenir, un soir sur deux, accordeur de piano à domicile. Il se rendait chez les propriétaires qui payaient cher le réglage de leur instrument. Ce métier honnête et peu salissant attirait un nombre croissant de jeunes Cariocas, en majorité des filles dont les tarifs bon marché lui créaient une solide concurrence. Mais sa qualité d'accordeur du palais lui réservait la clientèle des aristocrates — la *gente del rey* — et des bourgeois éduqués.

Lisandra aussi dévoua ses loisirs, pourtant peu étendus, au renflouement des affaires domestiques. Habile cuisinière, elle concocta pour les familles du voisinage le *carimã,* gâteau de farine de manioc, la cassave à la mélasse, la friture de crabes, le pouding au maïs, les conserves d'oranges confites et telles spécialités indigènes auxquelles Ângelo s'initiait en sauçant les fonds de plats. L'enfant rendait service selon ses moyens. Il rapportait du marché les épices odorantes, triait les graines et les fruits mûrs. Parfois, Lisandra l'envoyait quérir des ingrédients chez un sorcier de sa connaissance, vieux métis édenté qui louait une paillote dans le quartier de la Mangue, au milieu du marais.

Nul doute que Rymar, s'il les avait connues, eût désapprouvé ces courses nocturnes. Mais Ângelo bénéficiait de la complicité de l'esclave qui disposait des clefs de la maison et procurait à son commissionnaire des baies de mandragore aux vertus d'invisibilité.

« Prends-en deux maintenant, deux sur le chemin du retour… Mais attention, pas une de plus ! Tu serais effacé à jamais du monde ! Maintenant file, Ângelo ! Que Notre-Dame du Rosaire te protège ! »

Il semblait donc qu'à part la cuisine, Lisandra cultivât des talents moins ébruités. De fait, restée quelque temps dans la maison d'un trafiquant — d'un « brocanteur de nègres », selon l'expression en usage —, l'Africaine avait acquis auprès des esclaves une réputation de *donneuse de chance.* C'est grâce à elle, prétendait-on, qu'un vieux nègre rhumatisant avait échappé à l'encan et qu'un bébé infesté de gale avait connu la guérison. Ses fumigations, ses breuvages, ses oraisons à réciter par cœur opéraient des miracles.

Elle avait cessé ses activités après avoir été vendue mais trouva dans la consigne de l'artilleur, s'enrichir à tout prix, une occasion de les reprendre. Lisandra commença donc à trafiquer d'amulettes et de talismans qu'elle fabriquait dans la cuisine des Rymar et écoulait dans la rue, recevant aussi sa clientèle à l'ombre des porches pour des consultations divinatoires. Ses affaires prirent rapidement de l'ampleur. Il s'avéra que, de toutes les personnes vivant sous le toit d'Eduardo, c'est elle qui rapportait le plus d'argent. À ce train, sa contribution dépasserait bientôt la solde du commandant.

« Méfiez-vous d'une esclave cousue d'or ! l'avertit Querubim. Ce sera demain une esclave affranchie… »

Le risque était grand, en effet, que Lisandra rachetât sa liberté. Rymar prit alors des dispositions. Il laissa l'Africaine cuisiner pour les voisins et confectionner ses grigris mais prohiba, au nom de la religion et de la « simple décence », les philtres et les augures dont elle tirait son plus gros bénéfice.

« Tu as compris ? Plus de potions, Lisandra ! Plus de runes ni d'horoscopes ! »

Ayant donné cet ordre, il chargea Raimunda d'en surveiller l'exécution. C'était habile, car la gouvernante réprouvait naturellement les « sottes superstitions » de l'esclave et sa magie « aux relents démoniaques ». Cela n'empêcha pas l'officier d'interroger discrètement Lisandra sur l'étendue de ses pouvoirs :

« Est-ce que tes recettes peuvent quelque chose pour ma femme ? s'enquit Rymar un jour qu'ils étaient seuls.

— Elles peuvent ! assura l'Africaine.

— Alors, prépare ce qu'il faut. Je te paierai bien. »

La prière du soldat reflétait son souci de Rosalia, de sa santé toujours précaire. Si la vie de la jeune femme n'était plus exposée, elle semblait n'en jouir qu'à moitié ou par intermittence, telle une plante qui verdoie ou se dessèche, selon qu'elle reçoit ou non l'ondée. Tantôt on la voyait debout, vaquant à son ouvrage d'un pas vaillant ; tantôt elle prenait le lit, sans force, presque sans teint, si fluette sous le drap qu'on devinait à peine le tracé de son corps. Cet état lui défendait toute activité un peu suivie. Même les travaux de couture qu'elle faisait pour se rendre utile exigeaient trop d'elle ; elle les abandonna.

Quelques jours après leur entretien, Lisandra vint trouver l'officier. Le remède était prêt. Elle l'essaya sous la surveillance du maître de maison, administrant à Rosalia un breuvage d'aspect abominable, d'odeur plus vile encore, qu'elle but d'un trait en se pinçant le nez. Rymar n'en espérait pas grand-chose. Voyant son épouse prise de hoquets, il le fut lui-même de frissons inquiets : n'avait-il pas joué avec le feu en engageant cette sorcière ? Pourtant, le traitement donna des résultats. Rosalia connut un échauffement salutaire et d'abondantes suées où parut découler tout son mal. En peu de temps, elle fut tirée d'affaire.

Le dix-sept mars, « jour de saint Patrick, le chasseur de serpents », précisa Raimunda, Rosalia accompagnée de son mari et de l'Africaine se rendit à l'église Santa Cruz dos Militares avec trois fagots de gros cierges liés par des rubans roses, témoignage de reconnaissance pour la guérison obtenue. Ces sorties obligatoires n'en réservaient pas moins des distractions. Ce jour-là, par exemple, un nègre Congo menait grand tapage dans le sanctuaire : il venait de suspendre un ex-voto pour la pépite de belle taille qu'il avait déterrée dans les montagnes, et qui lui permettait d'acheter sa liberté.

« Le voilà libre de s'établir bottier ou couseur de bas ! ironisa le commandant. Quelle duperie ! Ces gens finissent où l'on commence… »

Les cierges furent déposés au pied de l'autel, dans la fumée étouffante du benjoin. Rymar donna quelques piécettes à l'enfant de chœur, en train d'éteindre des chandelles haut placées à l'aide d'une longue perche.

« Paye-toi un jus de canne, lança-t-il au garçon. Ça t'évitera de boire le vin des burettes ! »

Le hasard voulut qu'en quittant l'église, les époux Rymar croisent Eusébio Casinda qui y pénétrait. Le mulâtre n'était pas seul : une jeune femme, d'un teint plus clair que lui, s'accrochait à son bras ; il portait aussi, avec la maladresse des jeunes pères, un nourrisson ennuagé de dentelles. Cela déjà fut source d'étonnement pour l'artilleur, qui n'avait pas rencontré l'ancien lieutenant du *Voador* depuis plus d'un an et lui prêtait alors une vie de célibataire. Mais ce qui stupéfia Rymar et lui ravit passagèrement l'usage de la parole fut qu'Eusébio endossât non l'uniforme de la marine mais celui, familier pour lui, des *caçadores* ou chasseurs de l'armée portugaise. Il s'enquit aussitôt de ce fait :

« Te voici fantassin, à présent ?

— Je me suis engagé dans la division portugaise de Rio.

— Avec les chevrons de caporal ? N'étais-tu pas enseigne de vaisseau dans la marine ?

— Qu'importe le grade, il n'était plus question pour moi de reprendre la mer ! J'ai épousé Marisa cet automne, et Felício est né… »

Rymar eut pour Marisa le regard du fermier pour la génisse qu'il achète. Il apprécia sommairement la robe à manches bouffantes, le veston de lin blanc, le châle en mousseline et en déduisit le train du ménage. Les cierges qu'il venait d'offrir, supposa-t-il avec orgueil, valaient deux fois le prix de ces vêtements.

« Fort bien, conclut l'artilleur. Tu es donc fantassin. Quelle idée de quitter la marine, une arme si noble ! C'est dommage, je comptais te prendre à mon service... Il me manque un secrétaire. »

Eusébio réagit avec sa docilité coutumière mais l'épouse du mulâtre darda sur Rymar un regard enflammé. L'officier s'efforça d'arroser l'incendie :

« Il y a beau temps que nous n'avons joué. Je regrette nos parties de lansquenet. Voudrais-tu nous rendre visite, un soir prochain ?

— C'est-à-dire..., hésita le mulâtre. Felício est bien jeune, il réclame encore mes soins !

— Il y a des nourrices pour cela ou, si l'on n'a pas les moyens, des épouses ! »

Les yeux d'Eusébio affrontèrent candidement ceux de l'officier. D'un bleu dilué de porcelaine, au milieu de paupières presque à l'arrêt, ils jetaient souvent le trouble. C'était dû, peut-être, à l'insuffisance du regard, noyé dans l'épaisseur laiteuse de la cornée, sinon à leur surface miroitante reflétant le décor. Rymar ne put soutenir cet examen. Il retint exprès sa respiration pour, l'instant d'après, tousser et détourner la tête.

À ce moment, l'enfant passé des bras d'Eusébio à ceux de Marisa, et qui peut-être avait chaud sous l'entassement des dentelles, se mit à geindre. Sa mère tâcha de le consoler, aidée de Rosalia qui s'y connaissait mieux. Pour finir, les deux femmes s'abritèrent dans l'ombre de l'église.

Comme Rymar consultait sa montre de poche, Eusébio inclina le buste, avança sa main droite à demi repliée vers l'officier et pria d'une voix douce :

« *A benção, meu senhor!* — la bénédiction, mon seigneur !

— *Deus te faça branco!* — Dieu te fasse blanc ! » fit Rymar en grattant négligemment le front brun.

C'était l'usage : un homme de couleur se rendant au baptême d'un de ses enfants devait recevoir l'onction d'un Blanc. Mais la réponse était d'habitude : « Dieu te fasse saint. » Celle de l'artilleur ne circulait guère qu'entre nègres, et par dérision.

Eduardo Rymar salua toute la famille Casinda d'un trait de chapeau et souleva son bras replié, lequel accourut prendre son épouse. Ils rentrèrent paisiblement, Lisandra muette trottant quelques pas en arrière.

Au début d'avril, un second état des comptes attesta l'assainissement des finances du ménage. Le commandant Rymar en remercia Dieu, au premier chef, car il voyait là l'effet de sa Providence, ensuite ses parents et employés dont l'utile dévouement avait rétabli l'équilibre perdu de la recette. Il voulut donner quelque éclat à cette heureuse nouvelle : une sortie fut improvisée, occasion pour la famille d'afficher sa prospérité reconquise. L'itinéraire choisi empruntait les rues les plus passantes et longeait les propriétés les plus cossues, afin qu'également le peuple, vivant dehors, et la bonne société, plutôt casanière, pussent jouir du spectacle. Les stations aussi avaient été choisies par le maître de maison. On s'arrêta d'abord rua da Alfândega où se trouvait l'un des rares oratoires en pierre de la ville. Rymar, quelque peu encombré de son grand sabre, alluma la lampe dans la niche du saint et s'agenouilla pour prier, imité aussitôt par ses parents. Guère plus loin, le soldat fit l'emplette d'un billet de loterie pour la construction du futur théâtre royal et tendit au marchand, bien en vue de tout le monde, dix pièces de quarante réis — une assez forte somme. Ce fut d'ailleurs un investissement car le tirage, auquel on procéda dans le mois, lui remboursa deux fois sa mise. Il y eut d'autres haltes encore, d'autres gestes imposants avant que Rosalia, qui souffrait le martyre dans ses mules légères, n'exigeât de retourner à la maison. L'officier la traita d'ingrate :

« Me suis-je plaint, moi, qui traîne un pilon de bois ? Je veux bien pourtant l'user jusqu'au chicot, s'il nous fait un nom ! »

Le lendemain de cette excursion, Rymar de belle humeur décréta un jour chômé pour tous, Lisandra incluse, qui procura aux siens l'amusement de se laver, de se vêtir et de cuisiner sans l'aide de personne.

« Allons, amusez-vous ! Le Brésil jusqu'ici nous a trop peu égayés ! »

Et certes, il y eut de bonnes parties de rire quand Ângelo s'avisa d'éplucher seul son orange — il n'avait pas seulement idée de l'ustensile à employer — ou que Rosalia prétendit lacer son corset par ses propres moyens. L'officier démontra, à cette occasion, que sa nouvelle existence bourgeoise n'avait pas éteint tout souvenir de la rude vie de soldat qu'il avait menée autrefois dans les plaines d'Europe :

« J'étais fantassin de ligne, raconta-t-il. Les campagnes étaient longues et l'intendance nous oubliait. Il m'est arrivé, le croirez-vous ? de camper l'hiver en plein champ, enroulé dans le manteau d'un mort. Nous soupions parfois de fèves et de hérissons.

— Pouah ! s'écria Ângelo.

— Tu en auras ta part, quand tu prendras l'uniforme ! Je ne sache pas que l'armée ait corrigé sa table ! »

Mis au défi de servir un repas avec le peu de vivres au cellier, Eduardo Rymar se rappela d'anciennes recettes et les prépara sous l'œil amoureux de sa femme. Lisandra raconterait, des années plus tard, qu'elle avait vu son maître humblement ceindre un tablier et, par jeu sans doute, choisir le tabouret au lieu du fauteuil.

Ce congé inaugura, à n'en pas douter, la période la plus heureuse dans la vie du ménage. Que le couple Rymar ait pris si vite l'envergure d'une famille, que le commandant lui-même, célibataire résolu, soit entré si bien dans ses rôles d'époux et de père supposait, d'après Raimunda, l'« intercession favorable de la Sainte Vierge ». De fait, l'harmonie qui régnait dans la maison de la rua do Ouvidor et qu'on goûtait dès le seuil, tel un fumet respiré à l'entrée d'une cuisine, pouvait bien être son œuvre — ou celle d'un saint quelconque dont la gouvernante exposait l'effigie. Les âmes vivant ici semblaient en communion, les êtres en connivence. Sauf les coups de feu que Rymar, de temps à autre, tirait par les fenêtres, un silence serein planait sur la maison. Même les petits enfants l'observaient ; au témoignage des visiteurs, ils pleuraient beaucoup moins que tous ceux de leur âge.

L'atelier de réfection musicale aussi se portait à merveille. On ne craignait pas la pénurie de clientèle, puisque l'établissement jouissait du monopole royal et qu'hors du palais même, sa réputation bridait les ateliers comparables. L'afflux continu de pianos et l'habitude, entrée dans les mœurs, d'en demander la révision assuraient de garnir le carnet de commandes. D'ailleurs, si l'activité faiblissait, il n'y avait qu'à attendre la saison chaude pour détraquer les tables à musique et nourrir la recette.

Entre Querubim et son maître, les tâches enfin étaient mieux réparties : l'aide de camp se chargeait des travaux manuels, aidé d'artisans et d'esclaves dont l'effectif ne cessait d'augmenter ; Eduardo Rymar, lui, siégeait dans le bureau contigu, devisant avec les clients et sirotant des liqueurs. Si l'opinion du soldat sur la musique n'avait pas varié, il pratiquait davantage l'atelier, content de montrer à ses hôtes ce décor luxueux qu'il étoffait sans cesse. Enrichie chaque automne de nouveaux bibelots et de nouvelles peintures, rafraîchie chaque été d'une tapisserie neuve, cette opulente mise en scène était à son image. Il avait insisté pour que fût monté entre les deux pièces, jusqu'alors divisées par un simple voilage, un mur épais percé d'une porte. Ainsi, le principal inconvénient de ce voisinage — la rumeur de musique qui l'assaillait continûment — s'était atténué, et le bureau de l'atelier devenait son bureau tout court, la pièce d'apparat d'un grand du royaume.

Depuis trois ans qu'il connaissait le régent et deux ans qu'il logeait au palais, Eduardo Rymar n'éprouvait plus l'embarras du début, quand il entrait en simple visiteur. Figure familière des salons princiers, il allait partout sans dire son nom ni montrer ses papiers, mais en saluant beaucoup de secrétaires, huissiers et autres garde-portes qu'il traitait en camarades. C'était l'un des rares passagers accrédités des litières officielles. Il les empruntait sans besoin, d'une aile à l'autre du palais, pour affirmer son droit d'en user à sa guise. D'autres prérogatives étaient siennes : celle de s'asseoir à la table de Dom João, celle d'accompagner ses chasses ; celle, plus curieuse, de rester couvert et debout quand passait le carrosse de la princesse-régente, Dona Carlota Joaquina, contre l'usage ancien de s'agenouiller tête nue.

Il serait faux d'écrire qu'Eduardo Rymar n'en tirait aucune vanité. En vérité, les faveurs dont il jouissait à la cour, l'amitié publique que lui vouait le régent l'emplissaient d'un légitime orgueil. Il appréciait, lui simple commandant, d'entrer dans l'intimité d'officiers supérieurs et de pouvoir, avec ces aînés venus comme lui du Portugal, rappeler des souvenirs de sièges et d'embuscades. Certains des plus âgés, découvrit-il, avaient combattu aux côtés de son père. Un tel hasard favorisait bien sûr le rapprochement ; y concouraient aussi l'éclat persistant de son nom et la mâle impression que faisait sur tous le récit de sa mutilation. Rymar n'avait que trente-six ans et, cependant, il préférait la compagnie de ces vieux briscards à celle des gradés de sa génération, lieutenants ou capitaines dans l'armée brésilienne.

Voilà pourquoi ses promenades dans le palais aboutissaient toujours à certaine pièce près de l'entrée que le peuple surnommait patio des croquemitaines. D'un plan rectangulaire, séparée du déambulatoire par une grille ouvragée qui laissait tout voir de l'intérieur, elle accueillait des militaires à la retraite venus trouver là un peu de fraîcheur et de conversation. La plupart, nostalgiques des guerres d'hier, gardaient l'arme et l'uniforme. Hélas ! Ces tenues clinquantes, qui auraient flatté un jeune homme, faisaient sur eux l'effet d'oripeaux désuets. Leur teint poussiéreux éteignait l'or des épaulettes, et l'on croyait voir des spectres endimanchés.

Au patio, les officiers s'occupaient comme des gentilshommes au cercle : ils fumaient le cigare, glosaient les journaux et, à l'invite probable d'un médecin, remplissaient leur verre onze fois par jour au bec cuivré d'une fontaine. Vers midi, un certain nombre s'assoupissaient, tribut payé à l'âge, ce qui inspirait aux badauds la plaisanterie peu charitable que voici… Quelqu'un s'approchait d'un trois-étoiles assoupi et, d'une voix brusque, lançait :

« Mon général, Son Altesse le prince vous appelle !

— À vos ordres, sire ! » réagissait l'officier, éveillé en sursaut.

Alors, bien sûr, c'était drôle de le voir coiffer de travers son bicorne, ceindre son baudrier n'importe comment — l'épée au flanc droit, et courir à Dom João qui le renvoyait avec humeur. Bien des gloires du temps passé, d'anciens chéris de Victoire avaient connu cette humiliation.

« C'est une honte ! protestait Rymar. Fichez-moi le camp d'ici ! »

Témoin de ce mauvais tour, le commandant se fâchait rouge. Il expulsait les farceurs à coups de botte (or, celle garnie de bois faisait mal) en promettant la pendaison si l'on recommençait. Son ire n'était pas feinte. Sans doute voyait-il dans la déchéance des vieux officiers, jadis héros et maintenant risée, un reflet de son propre destin. Est-ce qu'un jour, il hanterait lui aussi le patio des croquemitaines en serinant d'endormantes histoires sur la gloire fanée du Portugal ? Est-ce qu'on lui ferait aussi des niches, houspillant sa barbe grise, fauchant son épée comme une canne d'aveugle ? À cette pensée, sa salive se teignait d'amertume. Il se sentait blessé, humilié, avili et, trouvant refuge dans une litière dont il tirait le rideau, laissait parfois couler des larmes.

Heureusement, ces crises étaient brèves. Dans le confort de sa maison et l'affection des siens, Eduardo Rymar reprenait vite confiance. Son sort, observait-il, restait mouvant et indécis mais il n'avait plus de lui-même l'image d'un cerf-volant lâché qui danse aux bourrasques ; une main avait saisi le fil le liant à la terre et, patiemment, tirait sa frêle voilure hors de la tourmente.

Une brise dense et régulière portait alors la famille Rymar — non de celles qui font virer la girouette, mais de celles qui courbent les voiles et meuvent les moulins. Le printemps 1812 avait amené une embellie dans divers aspects de leurs affaires, dont l'apaisant climat se maintenait. Ils partageaient une intuition : tant que l'air soufflerait aussi égal et doux, rien de fâcheux ne pourrait advenir.

De fait, les onze années suivantes, si agitées pour le Brésil et la patrie portugaise, furent au contraire des plus tranquilles pour le ménage. C'est alors que Rymar et son épouse atteignirent l'idéal bourgeois qui s'élaborait alors, et dont le siècle nouveau brandirait le flambeau. Des revenus substantiels, des amis influents, une maison cossue sans être prétentieuse : rien ne manquait au portrait du notable qu'un plus grand nombre d'enfants car la norme à Rio, en ce temps-là, était de huit ou neuf. Or, de récents examens avaient établi, avec certitude, que Rosalia n'en pourrait plus mettre au monde. La jeune femme s'y résigna sans trop de chagrin. Quant à l'artilleur, il s'en trouva plutôt exaucé : l'exemple d'officiers de son entourage qui régnaient en patriarches sur une large descendance lui prouvait qu'à trop faire d'enfants, on n'était plus son maître.

Pendant ces onze années d'une agréable routine, c'est à l'éducation de ses deux fils qu'Eduardo Rymar consacra tout le temps que lui laissaient ses visites au palais. Il n'avait pas jugé bon d'informer sa famille portugaise de son union ou de sa paternité. Ces nouvelles portées à la connaissance de ses frères et sœurs, croyait-il, l'auraient exposé à leurs sarcasmes : pensez donc, le cadet marié au Brésil avec une mulâtresse ! L'artilleur, du reste, évoquait peu sa parentèle. C'étaient pour lui des « gens perdus », sombrés jadis dans les abîmes d'un vieux ressentiment. Mais de ces dissensions anciennes et jamais avouées, Rymar avait tiré une leçon utile : il serait meilleur père qu'avait été le sien et apporterait à ses enfants l'instruction, le guide et le soutien qu'il n'avait pas reçus lui-même.

« Nous élèverons ces petits en dignes sujets du roi du Portugal ! promettait l'artilleur.

— Ils sont nés en terre de Brésil, objectait Rosalia, malicieuse.

— Ce n'est pas le sol mais le sang qui fait la lignée. »

Tout à l'honneur d'Eduardo Rymar, il faut signaler que la naissance d'un fils, Horácio, ne l'avait pas distrait d'Ângelo, son fils adoptif. Bien des pères auraient favorisé l'héritier né de leur chair, porteur légitime de leur nom. L'artilleur s'intéressa aux deux, il leur fit une place égale dans son cœur et dans son enseignement. L'habitude de lire le journal avec Ângelo s'était maintenue. Dès qu'Horácio fut en âge de comprendre, vers quatre ou cinq ans, il bénéficia aussi de cette tradition. Les trois Rymar consacraient une heure, chaque soir, au dépouillement des nouvelles — seul écho qu'ils reçurent du monde extérieur.

En vérité, la calme aisance dont jouissait la famille donnait aux tribulations du royaume, aux guerres et aux révolutions qui secouaient l'histoire une contexture légère et presque impondérable. Tantôt, les événements rapportés leur semblaient sans substance, voire sans réalité, des contes à dormir debout ; tantôt, c'est leur valeur qu'ils mésestimaient, jugeant d'égale importance un simple fait divers et un désastre universel.

Chacun ensuite s'intéressait aux sujets de son choix. Le commandant Rymar était curieux d'actualité militaire : l'ouverture d'une académie dédiée à Rio et la création, la même année, de six bataillons de chasseurs dans l'armée portugaise prirent à ses yeux un grand relief. Il fut ému par la mort du comte de Linhares, secrétaire d'État à la Guerre, l'un des habitués du patio des croquemitaines. En revanche, l'élévation du Brésil à la dignité de royaume et la conversion des anciennes capitaineries en provinces lui furent à peu près indifférentes. Elles l'agacèrent plutôt, comme tout ce qui semblait promouvoir la colonie vis-à-vis de la métropole :

« Voyez, mes enfants, dans quel étrange pays vous avez vu le jour ! Certains se nomment France, Italie ou Suède. Le vôtre a été baptisé : "Royaume-Uni du Portugal, du Brésil et des Algarves." On s'interroge si le prince, à force d'épaissir, n'a pas souffert d'un épanchement de graisse dans le cerveau. Ça expliquerait tant d'idées farfelues ! »

La mort de la reine folle, Maria la Pieuse, passa presque inaperçue du commandant. Il se plaignit quand même de l'« inutile dépense de dentelles noires, qu'il faudrait ensuite reteindre à grands frais », du raffut des crécelles qu'on maniait sous ses fenêtres et du fracas, à rendre fou, des boulets que tirèrent pendant huit jours, à trois sabliers d'intervalle, tous les canons des forteresses.

« Pour une reine qu'apeurait le bruit des fusils, voilà un bel hommage ! s'esclaffait l'artilleur.

— Le régent veut faire peindre tous les claviers en noir ! On l'a fait, paraît-il, à la mort de Louis XVI.

— Eh bien, Querubim ? Que disais-je tantôt ? Est-ce qu'un homme sain d'esprit peut avoir ces idées ? Je crois moi qu'un fou s'est assis sur le trône ! »

Petit garçon batailleur, Horácio partageait l'inclination de son père pour les faits d'armes et l'action militaire. Il suivit passionnément la polémique qu'avait allumée, à Bahia, l'arraisonnement de navires portugais par la flotte anglaise. Mais parfois, comme beaucoup de son âge, il rêvait trésors et écumeurs de mer. Ainsi se montra-t-il fort curieux de la taillerie de diamants qui venait d'ouvrir dans la capitale.

Ângelo, hélas ! ne convergeait ni aux goûts de son frère, ni à ceux de son père. Une nature sensible, une complexion un peu frêle l'avaient très tôt détourné de ce qui, aux yeux du commandant, fondait l'esprit masculin, en l'orientant au contraire vers des « futilités de femmes ». Plus il gagnait en âge, plus s'accusait cette différence, éveillant l'inquiétude du soldat et même de Rosalia. Ângelo mettait un soin exagéré à se vêtir, dissipait son temps en babillages avec Lisandra, enfin toutes choses dont on blâme ordinairement les jeunes filles. Toutefois, c'était dans la lecture des journaux que s'illustraient le plus nettement les sympathies du garçonnet.

Ângelo déchiffrait assez bien, maintenant, pour feuilleter les gazettes sans l'aide de personne. Or, quand leur choix n'obéissait qu'à son caprice, il préférait certains articles imprimés en petits caractères, présents souvent en dernière page : ceux traitant de musique. Ângelo était friand des rares échos que la presse carioque donnait de cet art. Il ne manquait ni les comptes rendus de soirées musicales, ni les annonces d'artistes cherchant à s'employer, ni non plus les publicités de concerts, insérées parmi des réclames d'ordre plus général à la gloire des « corsets taille Régence de la maison Escoffon » ou des « pilules paulistanes contre la fièvre jaune ». La seule chose qu'il retint du voyage de l'archiduchesse d'Autriche, Marie Léopoldine, venue épouser le prince Dom Pedro fut que l'accompagnaient seize musiciens ; ils n'avaient cessé, durant toute la traversée, de lui donner la sérénade.

« Moi aussi, j'aimerais qu'un orchestre joue pour moi ! » soupira l'enfant.

Ângelo avait appris, avec excitation, l'ouverture à deux pas de chez eux (au n° 154 de la rua do Ouvidor) d'une imprimerie musicale, la première du genre au Brésil. Son fondateur était un hautboïste français de Perpignan, Pierre Laforge. La notice précisait le genre d'ouvrages qui seraient mis sous presse : des réductions d'opéras pour piano, des arrangements d'arias pour voix, des partitions de danses européennes... L'enfant, peu instruit de musique, d'autant moins que son père l'en avait sciemment écarté, n'y comprenait goutte. Un jour que Lisandra l'avait envoyé en course, il descendit la rue jusqu'au numéro 154 et s'attarda devant la vitrine encore peu fournie de l'*estamparia de música*. Ce qu'il découvrit lui parut étrange : des cahiers aux couvertures jaune ou bleu pâle, du format des journaux illustrés, dont les pages intérieures s'habillaient de lignes et d'interlignes à l'espacement régulier. Sur ce fin ratissage d'encre s'accrochaient des signes d'aspect mystérieux (points, pâtés, ondes et chevrons) accompagnés parfois de chiffres ou de mots italiens, qui semblaient composer un langage énigmatique. Ângelo n'avait jamais rien vu de tel. Pourtant, la première fois qu'il posa les yeux sur cette drôle d'écriture, ignorant qu'il s'agissait de musique, il goûta une volupté inconnue. Quelque chose dans l'agencement des signes, dans leur gracieuse distribution éveillait son plaisir. Ainsi s'éprend-on parfois, sans rien pouvoir en déchiffrer, des lignes sinueuses de la graphie arabe.

« Ça te plaît ? »

Ces paroles enjouées, auxquelles l'accent français imprimait un genre d'ondulation, firent dresser la tête d'Ângelo. Debout sur le pas de la porte, un homme vêtu d'un tablier de cuir l'observait avec bienveillance.

« Es-tu musicien, que tu t'intéresses à cette vitrine ? »

Le garçon fit non de la tête.

« Quel âge as-tu ?

— Treize ans.

— Te plairait-il d'apprendre ?

— Apprendre la musique ?

— Et l'imprimerie. Je cherche un correcteur pour relire les épreuves. Dans notre discipline, cela suppose bien sûr la maîtrise du solfège. »

Comme l'enfant restait muet, Pierre Laforge entra dans la boutique et reparut avec une feuille pliée par le milieu, couverte des mêmes signes que les cahiers en devanture.

« Ça s'appelle une "partition". Celle-ci est un accompagnement pour piano-forte de la cavatine *Una voce poco fa. Le Barbier de Séville*, tu connais ?

— Non.

— C'est un opéra de Rossini. Voici... je te l'offre ! »

Ângelo prit la feuille que lui tendait l'imprimeur et la tint à l'envers ; il ignorait comment lire les notes. Un sourire hésitant flottait sur son visage.

« Es-tu content ?

— Merci, patron ! »

L'enfant caressait timidement le papier encore chaud de la presse, humant l'odeur veloutée de l'encre fraîche. Son émotion n'eût pas été plus vive de recevoir, détachée d'un grimoire de magie, la recette d'un puissant sortilège.

« Réfléchis à ma proposition... Si elle t'intéresse, je t'enseignerai moi-même le métier. Le prote sera là demain. Reviens, je te présenterai !

— C'est d'accord ! »

L'enfant logea sa petite main dans celle, large et mouchetée d'encre, de Pierre Laforge. Puis il s'en fut à toutes jambes chez lui, oubliant d'ailleurs la commission de Lisandra. Son tort fut de montrer la partition au commandant. Rymar réagit à la vue du papier à musique telle une vigie au dessin d'un rivage : il lâcha un juron et l'enleva brusquement des mains de son fils. L'enfant reçut alors un solennel avertissement :

« Ne t'avise plus d'approcher cette boutique, Ângelo ! J'irai dire demain à ce monsieur Laforge ce que je pense de ses façons ! Ah, ça ! Les Français n'ont pas eu assez de piller notre pays, il faut maintenant qu'ils débauchent nos enfants ? Mais par Dieu, non ! Je ne laisserai pas faire !

— Ma partition, papa ! »

Les yeux d'Ângelo suivaient la feuille de papier qui voltigeait aux doigts de l'officier, accomplissant pirouettes et cabrioles au gré de son humeur.

« Je la confisque, pardi ! N'ai-je pas assez répété que la musique serait bannie de cette maison ? »

Joignant le geste à la parole, Rymar roula la partition sur elle-même et chercha une cachette sûre où la dissimuler. Ce qu'il trouva de mieux fut le fourreau de son sabre d'exercice, qui ne servait plus guère. L'artilleur plia et replia la feuille jusqu'à lui donner la forme d'un long bâtonnet qu'il enfonça profondément dans la gaine. Puis il rendit l'arme à son juchoir ordinaire : un clou au mur de la chambre conjugale.

Ângelo fut puni, c'est-à-dire astreint à la corvée de cirage. Un après-midi durant, il mania brosse et chiffon sur les longues bottes de son père, et aussi sur son pilon dont le bois émoussé par les ans, hôte régulier de petits vers rongeurs, demandait une fréquente onction d'huile.

« Remplacez-le ! conseillait Querubim. Venez à l'atelier, nous en taillerons un neuf !

— Dans un bois d'ici ? Sûrement, non ! Je préférerais aller sur une seule jambe que de savoir l'autre poussée au Brésil ! »

L'affaire de la partition eut un retentissement sévère sur la vie du ménage. Les doutes qu'avait conçus Rymar au sujet de son fils et de son destin militaire s'en trouvèrent épaissis, mais surtout étendus. Il se demanda qui lui avait mis en tête ces idées de musique, qui l'encourageait dans cette voie erronée ? Bien sûr, Querubim figurait au premier rang des suspects. Cependant, l'artilleur ne lui connaissait pas d'affinités avec Ângelo, ni n'avait vu les garçons lier aucune conversation. Alors, qui d'autre : Lisandra, Raimunda ?

La vérité était qu'Ângelo, avant la rencontre de

l'imprimeur, n'avait pas eu la moindre notion de musique, ni peut-être n'avait senti pour elle la moindre inclination. Mais en vérité aussi, du jour où son regard trouva la partition d'*Una voce poco fa* dans la vitrine de Pierre Laforge, une convoitise nouvelle s'alluma en lui. Soudain, elle lui rendit follement désirable tout ce qui, de près ou de loin, se rapportait à l'art des sons. Cela ressemblait à l'éveil de l'amour chez le garçon pubère. Peut-être, du reste, Ângelo dans sa quatorzième année éprouva-t-il les deux ensemble — l'envie de musique et l'appétit de chair —, ce qui causa l'embrasement de tout son être.

Le garçon ne sut d'abord comment servir sa passion naissante. Il n'osait retourner à l'imprimerie, dont son père lui défendait l'accès, et consentait de longs détours pour ne pas longer la tentante vitrine de l'établissement, garnie chaque semaine de plus de partitions. Il savait que Querubim s'occupait de claviers. Mais comment aborder l'aide de camp, toujours de service à l'atelier, sinon sous l'œil vigilant du maître ?

L'occasion se présenta bientôt : Umbelino Costa, le frère de Rosalia, avait convié le couple Rymar à une partie de campagne — prétexte à leur faire connaître et, espérait-il, mieux aimer leur maison de Petrópolis, achevée depuis deux ans, où les époux séjournaient rarement. L'officier avait décliné plusieurs fois l'invitation de son beau-frère, mais il dut céder aux instances de Rosalia. Un dimanche, tôt le matin, Rymar et sa femme s'assirent sous la capote de cuir clouté d'une monumentale litière à brancards, seul véhicule possible dans les forêts de l'intérieur. Petrópolis se situait à dix lieues environ de Rio. Toutefois, la route n'étant qu'une espérance, et les rivières ruisselant partout en travers du chemin, il faudrait deux jours au moins pour arriver.

« Le temps de l'aller et du retour, comptez sur nous dans une semaine..., annonça l'officier en dépliant son éventail chinois, car la chaleur sous le dais était suffocante. Querubim, tu seras maître en mon absence. Je te prie de veiller mes enfants comme s'ils étaient les tiens. »

Sous le fouet brutal du muletier, un Indien taiseux coiffé d'un chapeau à large bord, le couple d'animaux s'ébranla. Rosalia tira aussitôt la courtine, ni contre la poussière ni contre le soleil mais contre les regards : ce véhicule rustique lui faisait honte, elle autrefois passagère d'une des rares calèches de Rio — et même, en une seule occasion, du splendide coupé à lanternes d'argent du marquis d'Herval. À peine le convoi avait-il tourné le coin de la rue qu'Ângelo chercha l'attention de Querubim, tirant sans façon sur sa manche.

« Plaît-il ?

— J'aimerais vous parler...

— Quittons d'abord le trottoir, avant qu'on cuise debout ! »

Ils s'esseulèrent dans la cuisine, déserte à cette heure, sauf le singe-lion qu'on débusqua d'un sac d'oranges et qu'on chassa à coups de fouet. En l'absence du maître, Querubim s'accorda deux tranches de melon espagnol et un verre de porto. Il manquait d'une chaise pour asseoir Ângelo. L'enfant s'adossa au buffet, la joue appuyée à la fraîcheur du gros filtre Chamberland en faïence colorée, sur lequel il déchiffra sans comprendre : « système

Pasteur, Paris ». Le robinet formait une goutte qu'il porta à ses lèvres.

« J'écoute ! » fit Querubim qui entamait son melon de grand appétit.

L'enfant narra son aventure musicale — rien qu'une phrase. Il demanda la permission d'entrer dans l'atelier de réfection et d'assister à l'ouvrage qu'on y faisait.

« Pourquoi ?

— Je veux apprendre.

— C'est risqué. Si ton père…

— Il n'en saura rien. »

Le jus d'une grosse bouchée gicla hors de sa bouche. Patiemment, Querubim déploya un grand mouchoir qu'il étala sur la table mouillée.

« Tu garderas ta chaise, tu ne dérangeras pas ?

— Promis ! »

Sans doute le fruit bien mûr, le vin bien frais servirent-ils la cause d'Ângelo. En tout cas, l'aide de camp donna son consentement en curant la dernière côte du melon.

L'après-midi même, Querubim organisait une visite de l'atelier. C'était l'heure de la sieste — celle où, selon le mot populaire, ne se rencontraient dehors que des chiens, des nègres et des Français. Beaucoup d'artisans prenaient du repos chez eux. Ceux qui restaient, des tâcherons et des esclaves, cherchaient le sommeil dans leurs hamacs pendus très haut, à l'aplomb des tables à musique, qu'on atteignait au moyen de cordes pendues le long du mur.

Pénétrant dans l'atelier, l'enfant connut le même embarras que tantôt, devant la partition marquée de signes ésotériques. Le tableau sous ses yeux n'était pas moins confus que la page d'écriture musicale. Ângelo s'était figuré un sage alignement de pianos sous les lampes à huile, comme on en voyait nouvellement rua da Cadeia ou rua do Hospício, à la devanture des magasins spécialisés. Or, ce qui s'offrait à son regard ne rappelait rien de connu, rien que sa mémoire pût simplement étiqueter.

Beaucoup d'instruments étaient soustraits à la vue par la bâche qui les couvrait en n'exposant qu'un détail — pieds terminés de sabots, tringlerie des pédales. Quant à ceux encore apparents, ils subissaient l'entassement de matériaux (planches, coupons d'étoffes, bobines cuivrées) ou l'épanchement de leurs propres entrailles : claviers sortis de la caisse, cordiers à nu, couvercles déposés. L'impression dominante était chaotique. Il régnait dans l'atelier torride, au sol négligemment balayé, aux murs salis d'écoulements jaunes, non le désordre fécond d'un studio d'artiste mais celui obscène d'une chambre de torture. Il semblait qu'on infligeât ici des violences, que les pianos ouverts fussent plutôt mis en pièces et que les outils à percer, à serrer ou à tordre servissent au supplice. S'ajoutaient des odeurs de métal bouilli, de peau mal tannée, de feutre rance que la chaleur avantageait sur celles, meilleures mais donc enfouies, des bois d'œuvre.

Sans doute la déception d'Ângelo s'afficha-t-elle sur son visage car l'aide de camp s'informa gentiment :

« Eh bien, garçon, tu ne dis rien ? Qu'est-ce qui t'effraie autant ? »

Un moment s'écoula avant que l'enfant dominât

son malaise. Cependant, à la tombée du jour, il était presque dissipé et, le lendemain, rien n'en paraissait plus.

Ângelo tira tout le profit possible de l'absence du commandant. Il n'hésita pas à manquer l'école pour suivre les leçons de l'atelier, dispensées tantôt par Querubim lui-même, tantôt par l'un des artisans. L'enseignement qu'il recevait, bien sûr, n'avait rien de scolaire. C'était une pratique que les hommes de l'art lui dévoilaient par bribes. Appliquaient-ils un vernis gras, par exemple, ils confiaient le pinceau au garçon pour qu'il s'y essayât. Installaient-ils des cordes, ils lui laissaient tendre les dernières puis l'initiaient au maniement de la clef d'accordage.

Cet apprentissage possédait d'autres vertus que l'acquisition de gestes et de vocabulaire. Ângelo entrait par lui dans l'intimité des tables à musique. Sans avoir encore pressé une touche, il apprivoisait les matières, les touchers, les volumes dont le piano se composait. Son œil s'était formé plus vite que son oreille et, après quelques jours, distinguait déjà par la trame et le coloris diverses essences de bois. Il ne confondait plus les flammes chocolatées de l'acajou, les anneaux mielleux du palissandre, les moires soyeuses du *bubinga* ni, dans leur dégradé clair, l'aulne, l'érable ou le hêtre.

Ses parents rentrèrent de voyage un jour plus tôt qu'annoncé. Peu s'en fallut qu'Eduardo Rymar, faisant étape au palais pour charger Querubim d'une commission urgente, ne surprît l'enfant une tenaille à la main, en train d'extraire une cheville faussée d'une vieille épinette. Par chance, Ângelo trouva refuge derrière un paravent. À la première occasion, l'enfant se déguisa en courant d'air.

Cette aventure l'incita à plus de prudence, sans lui ôter le goût d'apprendre. Ses visites, moins régulières, n'en furent que plus intenses. Pas une semaine ne s'écoulait sans qu'Ângelo, coiffé d'un large chapeau ombrageant sa figure, ne se glissât dans les pas de Querubim. L'aide de camp, bientôt, le compta secrètement parmi ses employés. Il lui confiait de menues tâches, payées à proportion. Mais le garçon ne se plaignait pas, heureux d'être en compagnie de pianos et d'assouvir, par la fréquentation encore muette des instruments, son envie de musique.

Il est commun qu'un fait d'une certaine nature appelle la réalisation d'un autre, analogue, puis d'un troisième de même substance — ainsi de suite, jusqu'à produire une chaîne d'événements convergents. Cette loi du monde, souvent vérifiée, s'appliqua aussi aux études musicales d'Ângelo. Depuis deux mois qu'il s'était ouvert les portes de l'atelier, le garçon n'avait connu des instruments que leur facture ; plutôt leur origine, donc, que leur destination. Il n'avait pas entendu de musique, ni levé le mystère entêtant des signes inscrits sur la partition. Ces deux révélations lui furent données en même temps, par les deux êtres les moins susceptibles de les lui apporter.

Ce fut d'abord Raimunda, la pieuse gouvernante, qu'il surprit un jour à chanter sa prière. L'heure était matinale. Dans les plis du hamac, dans les nervures des dalles fondait un reste de fraîcheur. Déjà pourtant la lumière insolente, blanche et crue, la lumière batailleuse qu'entaillaient les persiennes dressait son siège autour de la maison. Ângelo s'était levé pour boire puis s'était recouché. Cependant, sa soif assouvie, le sommeil l'avait boudé. Alors, le garçon avait emprunté la pipe du commandant, oubliée sur une table, et l'avait ranimée à l'aide d'un charbon pris au fourneau. Il fumait dans l'entrebâillement de la porte, surveillant les chambres du coin de l'œil, prêtant l'oreille aux remuements des corps qui s'éveillaient.

Soudain, quelques notes aiguës percèrent le silence. La pipe fumait ; Ângelo l'enfouit prestement sous sa chemise, sans l'éteindre encore car il doutait d'avoir bien entendu. Mais les notes reparurent, se lièrent en un chant continu. Avec un juron, l'adolescent cracha dans le fourneau. Il regagnait déjà son lit quand une porte s'ouvrit dans le couloir, la prochaine devant lui. Il eut envie de courir mais se raisonna : après tout, rien n'indiquait qu'il avait fumé, sa fuite seule le trahirait.

« Eh bien, Ângelo, tu écoutes aux portes, à présent ? »

Raimunda s'avançait sur le seuil de sa chambre, habillée et coiffée à la *couvre-messe*. D'ordinaire, elle était debout la première ; il lui fallait moins de sommeil, se vantait-elle, que d'air à un poisson.

« Nullement, mademoiselle. J'étais allé boire. »

Elle l'étudia d'un œil profond. Le garçon aurait juré, à cet instant, qu'elle reniflait dans son haleine les brumes du tabac.

« Quelle prière dit-on le matin ?

— J'ai oublié, mademoiselle. »

Elle récita en se signant, Ângelo joignant docilement sa voix à la sienne :

« Pelo sinal da Santa Çruz
Livrai-nos Deus, nosso Senhor, dos nossos inimigos.
Em nome do Pai, do Filho e do Espírito Santo.
Amém ! »

« C'est un maître de prières qu'il faut à cette maison ! J'en parlerai à ton père. Je connais un vieillard qui fait bien ce métier et ne prend pas trop cher… Bien qu'aveugle de naissance, c'est l'un des plus savants sur la place de Rio. Il connaît douze variantes de *Pai Eterno*, et quinze au moins de *Salve Rainha*.

— Mademoiselle, que chantiez-vous dans votre chambre ?

— Nous y voilà ! »

Il était une croyance répandue parmi les enfants Rymar : celle que Raimunda, douée de clairvoyance, feuilletait à volonté leurs pensées, lisait en eux comme dans un livre. Cette fois encore, Ângelo se sentit mis à nu.

« Eh bien, entre ! Si tu veux voir… »

C'étaient un temps et un pays qui n'attachaient pas à l'intimité le prix d'aujourd'hui. D'ailleurs, la chambre de la gouvernante était la moins personnelle qu'on pût se figurer. Plutôt chapelle que lieu où dormir, elle semblait destinée à recevoir des catéchumènes et leurs offices privés. Aussi l'adolescent n'éprouva-t-il aucune gêne d'y pénétrer, pas plus que Raimunda n'en eut de l'accueillir. Une planche en bois supportait quelques livres. Elle lut les titres à haute voix : un manuel de bonnes manières, deux missels, des *directórios* ou livres de spiritualité. Celui qu'elle ouvrit avait une couverture rouge, des signets de soie jaune largement effilés.

« C'est un psaume, Ângelo, un poème de la Bible… »

Vis-à-vis du texte, sinon alternant avec lui, se trouvaient des portées musicales. Elles n'étaient pas exactement conformes aux premières, admirées dans la vitrine de l'imprimeur. Les notes n'étaient pas arrondies mais revêtaient des formes de carrés ou de losanges, avec entre elles d'étranges liaisons. Qu'importe : l'énigme restait la même, et la magie continuait d'opérer.

« Mademoiselle, je veux apprendre à chanter.

— Sais-tu lire le solfège ?

— Je veux apprendre aussi.

— Qu'en pense ton père ?

— Il n'y consentira jamais. Vous savez son mépris de la musique !

— Je ne peux pourtant t'instruire s'il est contre ?

— Mademoiselle, je vous en supplie ! Sur les Cinq Plaies, sur la Très Sainte Vierge ! »

Ângelo était tombé à genoux, les mains jointes avec ferveur. Ce geste n'aurait pas conquis Raimunda, hostile aux effusions, si elle n'y avait décelé quelque élan plus noble. L'haleine brisée du garçon, ses yeux larmoyants lui rappelaient que la jeunesse, dans ses excès, soit descend au futile soit s'élève au sublime.

« Allons, relève-toi ! Il ne s'agit que de chants, après tout ! Je ne vois pas le mal qu'il y aurait à t'enseigner ces rudiments.

— Oh, merci, mademoiselle ! »

C'est ainsi qu'après Querubim, son maître dans la facture d'instruments, Ângelo prit un professeur de solfège. Les leçons consistaient en dictées musicales et lectures à haute voix. Leur mise en place fut commode, la gouvernante assistant déjà les enfants Rymar dans leurs compositions scolaires. Le maître et l'élève n'avaient qu'à feindre d'étudier une autre matière, par exemple les mathématiques dont les symboles n'étaient pas moins abscons : leurs véritables travaux passaient inaperçus.

Ângelo fit une troisième rencontre, la plus décisive. Elle permit à des idées nouvelles d'accéder à la conscience du garçon : celles du talent musical et d'une possible vocation dans cet art. Toutefois, elle n'eut pas la fluidité des précédentes. Il fallut pour la réaliser un hasard mieux nourri, des aléas plus précis — en somme, une amplitude de chance comme n'en montre guère le libre jeu du monde, mais en bénéficient parfois des êtres portés par leur destin.

Lorsque Eduardo Rymar, rencontrant Eusébio sur les marches d'une église, avait convié le caporal à une partie de cartes, il n'avait pas pensé le recevoir dès le lendemain ; d'autant moins que le mulâtre avait marqué sa réticence. Ce fut pourtant ce qui advint : à peine achevée la cérémonie de baptême, ce dix-sept mars 1812, Eusébio rédigea un billet qu'il fit porter à l'artilleur. Ce courrier annonçait sa visite, le dix-huit mars à vingt heures, et s'enquérait banalement de qui devait fournir le jeu de cartes.

Les retrouvailles furent cordiales, néanmoins un peu fraîches, comme si l'objet paisible de la soirée en avait caché un autre, moins souriant, sur quoi chacun conjecturait. Eusébio était venu accompagné de son épouse, laquelle, entrée en sympathie avec Rosalia, ne prit qu'une part distraite aux conversations du repas. Puisque aussi les enfants quittèrent la table avant le dessert et que personne d'autre n'y fut admis, il sembla aux soldats qu'ils causaient seuls et que leur dîner se déroulait en tête à tête.

Ce fut une manière d'escrime, si le mot peut s'appliquer au combat d'idées vives et de langues mouchetées que se livrèrent les deux hommes. Pendant tout le dîner et les jeux à suivre, ils s'évertuèrent à comparer leurs vies dans leurs moindres aspects, chacun sans doute pour s'imposer à l'autre. En sa qualité d'hôte et de mieux gradé, ce fut Rymar qui ouvrit les hostilités :

« Quel âge as-tu, mon cher Eusébio ?

— J'ai cinquante et un ans.

— Il n'y paraît guère...

— Merci. Je crois que le métier des armes, soit vous cueille en pleine jeunesse, soit vous conserve de longues années.

— ... et ta part de sang nègre ? Ne joue-t-elle pas aussi ? Les rides, à ce qu'il paraît, épargnent les peaux noires ?

— Je ne peux donner crédit à ces sottises ! Et puis, mon père est blanc !

— Allons, allons... Tu sais qu'une goutte d'encre, tombée dans le lait, grise tout un litre ! Dit-on la même chose d'une goutte de lait, tombée dans l'encre ?

— Je ne vous suis pas, Rymar...

— Ça n'a pas d'importance. Cinquante et un

ans, tu en conviendras, est un âge un peu mûr pour les galons de caporal !

— Quand avez-vous pris les vôtres ?

— J'avais dans la vingtaine ! »

Toute la conversation fut dans ce style et sur ce ton. Engagée pendant le souper, poursuivie à la table de jeu, prolongée dans le patio jusqu'aux pâleurs de l'aube, elle était rien moins qu'amicale et manqua plusieurs fois d'éclater en dispute. L'oreille la plus neutre aurait trouvé dans cet échange maints motifs de querelle — quelques-uns peut-être d'un duel à mort.

Sans doute une catastrophe fut-elle évitée quand Rosalia dissuada les deux hommes de comparer leur adresse au pistolet en tirant par la fenêtre ouverte : Rymar avait mis Eusébio au défi d'étêter la girouette, en forme de sirène, de l'Académie de marine ; le mulâtre avait enchéri en s'offrant de mettre en branle trois fois, avec trois balles, la cloche de Santa Cruz dos Militares.

« Vous ne ferez feu nulle part ! protesta Rosalia. Je confisque la poudre ! »

Ainsi fit la maîtresse de maison, arrachant la poire des mains d'Eduardo. Stupéfaits, les officiers s'entre-regardèrent comme des enfants pris en faute puis, penaudement, rabattirent les persiennes et rengainèrent leurs armes.

En prenant congé de ses invités, le commandant Rymar insista pour revoir bientôt « ce cher Eusébio ». De son côté, le caporal témoigna beaucoup d'amitié à son hôte et promit de renouer sous peu cette « charmante causerie militaire ».

Ce n'était pas qu'assaut de politesse. Malgré leurs perpétuelles chamailleries, les deux soldats s'appréciaient, du moins trouvaient un mutuel avantage à se fréquenter. Leurs épouses disaient d'eux qu'ils étaient « comme l'huile et le vinaigre » : difficilement miscibles et néanmoins bien assortis.

Douze jours ne s'étaient pas écoulés que l'artilleur, sans nouvelles du mulâtre, et le croisant par hasard dans la rua da Quitanda, l'aborda d'un air furieux : il jugeait maintenant, tonna-t-il, du crédit qu'on pouvait faire à ses paroles. Le caporal répliqua que son fils était malade, raison pour laquelle il avait suspendu ses sorties. Mais peut-être le commandant était-il moins soucieux de ses enfants et pouvait-il, lui, trinquer à la patrie quand Horácio suait la fièvre ? Ils eurent une algarade publique qui continua chez Eusébio, autour d'un flacon de liqueur de *caju*, puis chez Eduardo, dans la nuée des cigares. C'était la plus curieuse amitié qu'on pût voir.

Âgé de six ans la première fois qu'Eusébio Casinda était venu souper rua do Ouvidor, Ângelo ne gardait qu'un souvenir estompé de leur rencontre. Le mulâtre, croyait-il se rappeler, avait apporté un cadeau pour chacun des enfants Rymar. Son frère Horácio et sa sœur Zulmira, encore des bébés, avaient reçu un hochet quelconque. Quant à lui, il se souvenait d'un tambour miniature, en laiton cerclé de rouge, fidèle réplique de ceux qui claquaient sur les champs de bataille. Rymar n'approuvait qu'à demi : le jouet lui plaisait pour son évocation militaire mais lui déplaisait comme fauteur de musique. D'ailleurs, sitôt Eusébio en allé, il confisqua le tambour en annonçant « une mesure utile à la paix du ménage ». Ângelo n'eut droit à son jouet qu'une fois la semaine, lors des visites d'Eusébio pendant lesquelles on ne pouvait bien sûr le cacher.

Voilà comment, dès ses premières années, le garçon ressentit une joie sans mélange à l'apparition du mulâtre ; voilà aussi comment le nom d'Eusébio, sa figure hâlée aux traits forts furent associés dans son esprit à la musique, porteurs du fracas bienheureux qu'obtenait le choc rythmé des baguettes sur la peau d'agneau.

Hélas, le tambour creva l'année suivante, victime d'un malencontreux coup de pied de Zulmira. Ângelo et le soldat n'en restèrent pas moins bons camarades : de tous les Rymar, c'était l'enfant qu'Eusébio saluait le premier, lorsqu'il rendait visite à son père, l'enfant aussi dont il prenait congé en dernier, après s'être gentiment enquis de ses petites affaires — du bras cassé de sa peluche ou des batailles livrées par ses soldats de plomb.

Le caporal Eusébio devint une figure familière de la maison Rymar, quelqu'un d'assez intime pour franchir la porte sans s'annoncer et donner le bras à Rosalia sans que l'époux, d'une jalousie féroce, ne lui jetât son gant à la face. L'habitude vint d'ailleurs de sortir ensemble. Eusébio et Rymar, accompagnés de leurs épouses, se rendaient régulièrement aux processions, aux carrousels, aux cavalcades, aux courses de taureaux, aux soupers de clair de lune, aux fêtes de bienfaisance, aux banquets politiques, aux régates, aux dédicaces d'églises, aux pendaisons de Judas (...) — bref à ces réjouissances que les Brésiliens, volontiers noceurs, et leur prince, volontiers mécène, déployaient en toute occasion, presque à chaque jour de l'année.

Le six février 1818, par exemple, les deux soldats

et leurs familles furent les spectateurs éblouis du sacre de Dom João — ou plutôt, selon la tradition portugaise, de la longue acclamation qui fit du prince-régent un roi, souverain « d'en deçà et d'au-delà de la Mer, en Afrique seigneur de la Guinée, et de la Conquête, de la Navigation et du Commerce de l'Éthiopie, de l'Arabie, de la Perse et de l'Inde ». Pour l'occasion, les enfants avaient été conviés au spectacle. Sous la galerie flanquant le palais royal, ils admirèrent le prince vêtu d'une robe rouge qui recevait les serments de la noblesse et formulait, d'une voix un peu frêle, jugea Eusébio, ses propres engagements envers la religion, la loi et le peuple.

Horácio n'avait d'yeux que pour les chasseurs de l'infanterie, alignés sur une double rangée aux abords du bâtiment ; Zulmira, pour les robes des Altesses royales en dentelles blanches de Bruxelles. Du côté des soldats les boutons, les épaulettes, les canons des mousquets ; du côté des princesses les brillants, les diadèmes, les broches de pierreries jetaient des feux rivaux qui semblaient concourir à l'incendie du ciel. Mais l'attention d'Ângelo était ailleurs. Il étudiait la galerie aux dix-huit arcades, avec sa tenture de velours cramoisi, ses statues et ses peintures d'un style jamais vu à Rio.

« Quelle jolie galerie, papa ! Sais-tu qui l'a montée ?

— Et comment le saurais-je ? ronchonna l'artilleur. En voilà un phénomène, qu'on invite à l'acclamation d'un prince et qui fait l'éloge du couturier !

— Ângelo a une âme d'artiste », plaida tendrement Rosalia.

La jeune femme était abonnée à l'*Estrela brasi-*

leira et au *Spectador brasileiro*; elle résuma pour son fils ce qu'elle savait de l'événement :

« La galerie est l'œuvre d'un peintre français, Jean-Baptiste Debret. Il est venu exprès de Paris pour aider le prince...

— Le roi ! corrigea Rymar.

— Pour aider le roi à embellir notre pays. Il va dessiner notre drapeau, les décors de nos cérémonies, les uniformes de nos soldats.

— L'arc de triomphe sur la place, c'est aussi de lui ?

— Je crois. Et les obélisques égyptiens, les colonnes antiques ! Ce monsieur a beaucoup d'idées pour notre Brésil ! »

Rymar haussa les épaules, ce qui releva d'un bon pouce les manches de son paletot. Il n'aimait pas voir son fils tomber dans des causeries de femmes, à propos surtout d'un Français. Grattant sa jambe de bois, il méditait quelque leçon morale quand une détonation soudaine, faite des crépitements conjoints de dizaines de fusils, fit tressaillir toute la famille.

« Mon Dieu ! glapit Marisa, la femme d'Eusébio.

— Enfin, du spectacle ! » jubila l'officier.

Les chasseurs à pied, dont les fins mousquets pointaient vers le ciel telle une rangée de cils, déposèrent leur arme pour recharger. Une salve d'artillerie partit alors de l'île des Cobras, puis des forteresses de São João, de Santa Cruz et de la Dalle. C'était chaque fois, derrière le bref éclair de l'explosion, des échappements de fumées blanches ou noires. Un piaillement d'oiseaux affolés suivait le bruit plein des canons, son déploiement d'échos dans l'atmosphère. L'air vibrait comme un gong, saturé de gaz et de grondements. Pendant ce temps, les tirs continuaient à bonne cadence, venus maintenant de toutes les directions, de dix batteries à la fois.

« Ah, c'est beau ! C'est beau ! s'enthousiasmait le commandant, saisi à ce vacarme d'un regain de jeunesse. Vive le roi ! Vive le Portugal !

— Vive le Brésil ! » s'écrièrent à leur tour les enfants.

Rymar blâma toutefois l'irrégularité des coups, preuve selon lui d'un mauvais service des pièces, et désigna sur le fortin voisin deux canons qui n'avaient pas tiré, faute sans doute d'une préparation suffisante :

« Erreur impardonnable ! Si j'avais eu le commandement, la salve aurait été complète ! Voilà ce qu'on gagne, à mettre des Indiens Tapuya derrière les bouches à feu ! »

Les tirs continuaient quand un grand cortège, parti de l'autre extrémité de la ville, déboucha dans l'avenue qui menait à la place du palais. Ângelo se jucha sur les épaules de son père, Horácio sur celles d'Eusébio pour mieux voir. La clameur enflait d'instant en instant. Aux vivats de la foule se mêlaient les hennissements des chevaux et le raclement des roues des carrosses dont les façades se renvoyaient l'écho. Pareillement, dans les carreaux des premières maisons se projetait l'image multipliée d'uniformes bleu et rouge et d'armes étincelantes. Toutefois, on ne savait quel éparpillement dans les bravos, quelle langueur dans les applaudissements donnait un ton recueilli, et presque funèbre, au spectacle. Les balcons étaient vides, les portes verrouillées. Suivant semblait-il le commandement des autorités, on avait joint les volets et roulé les drapeaux sur les hampes.

« Rien à faire, le Brésil n'est pas le Portugal..., maugréa Eduardo. Leurs fêtes sont si pauvres auprès des nôtres ! »

Rosalia sentit poindre la nostalgie de son époux. Elle lui prit le bras et l'entraîna sous l'arche des Teles, vers les ruelles étroites où s'éteignait un peu le fracas des batteries. Toute la famille lui emboîta le pas.

« Quelle soif ! soupira madame Rymar. Eusébio, Marisa... que diriez-vous d'aller chez nous prendre des rafraîchissements ? »

Ce fut l'intelligente diversion de Rosalia aux peines de l'artilleur.

Le rapprochement des familles Rymar et Casinda n'était qu'à son début. Dans les années qui suivirent, il s'opéra de façon plus visible, jusqu'à tisser entre elles un genre de parenté. En 1819, Eduardo devint parrain du second enfant du mulâtre — « ah, si l'on m'avait dit qu'un jour je bénirais une tête crépue ! » —, tandis qu'en 1820 et en 1821, Eusébio dut à l'intercession du commandant sa promotion aux grades de sergent puis de sergent-chef — « c'est le moins qu'on puisse faire pour un homme de ton âge... ». En 1822, après la vive dispute que l'on sait au sujet du prince Dom Pedro, les deux hommes se brouillèrent pour quelques heures. Mais le soir même, Rymar et Eusébio fraternisaient parmi leurs cigares, leurs liqueurs et les collections d'armes que chacun avait réunies (les pistolets du commandant, les sabres du sergent-chef) pour les faire admirer de l'autre. L'orage était passé, ils se chauffaient ensemble au doux soleil de l'amitié.

Ce fut peut-être sur le conseil d'Eusébio que Rymar prit la décision d'inscrire d'abord Ângelo, l'aîné, puis Horácio trois ans plus tard à l'Académie militaire royale de Rio. Eusébio devait à sa carrière dans la marine et à son enrôlement dans l'infanterie, bref à sa maîtrise des deux armes, de dispenser des cours dans l'établissement : on l'avait chargé de leçons sur la fortification portuaire.

« Quoi ? Mais tu n'y connais rien ! s'emporta Eduardo.

— Le prince m'a jugé compétent...

— Ah, ça ! Tu enseignerais à l'Académie et pas moi ? Quelle décision abjecte ! Ce jeune Pedro entame son règne d'une drôle de façon ! Je m'en vais le trouver de ce pas, nous verrons quel accueil il fera à l'ami de son père ! »

Plus jeune, Rymar aurait sans doute mis sa menace à exécution. Mais l'usure de l'âge fit qu'il se résigna plus vite, cette fois, au mépris de la cour. Il ravala sa colère avec une gorgée de cognac et bredouilla des félicitations au sergent-chef.

« Vous devriez inscrire vos fils à l'Académie, puisque vous les destinez à la carrière militaire ! suggéra Eusébio. Quel âge ont-ils ?

— Ângelo a seize ans, Horácio dix.

— Ângelo peut être admis dès à présent. Pour Horácio, il faudra attendre trois ou quatre ans.

— J'avais plutôt en tête de les envoyer dans notre Académie de Lisbonne. C'est là que j'ai étudié, ainsi que tous mes ancêtres depuis sa fondation. »

Eusébio n'eut pas beaucoup à faire pour délivrer son ami de ce projet malencontreux. L'époque s'achevait, en effet, où le Brésil ne pouvait offrir à ses natifs qu'une instruction médiocre, et où les jeunes Cariocques ne pouvaient situer qu'en Europe leurs espoirs d'étudier. Désormais, l'ancienne colonie bénéficiait d'universités aussi cotées que celles de métropole. Il n'était plus nécessaire d'aller à Coimbra passer sa licence.

Mais ce que l'artilleur devait surtout prendre en considération, c'était le climat politique régnant alors au Portugal. Deux ans auparavant, une révolution libérale y avait éclaté. L'issue de ces violences restait très incertaine et pourrait produire un changement de dynastie, une union avec l'Espagne, en toute hypothèse un règlement nouveau des échanges entre Lisbonne et Rio — entre la capitale prestigieuse mais ruinée du vieux continent, et celle impubère mais florissante du Nouveau Monde.

De cette situation embrouillée, il ressortait au moins qu'une Académie portugaise, de surcroît militaire, n'était pas l'endroit à fréquenter pour de jeunes Brésiliens. Ils y risquaient au mieux des empoignades avec leurs camarades lisboètes, au pis de devenir les victimes opportunes d'un exercice de tir. Ce fut à cette conclusion réaliste que parvint aussi Eduardo Rymar. Il en tira les conséquences et annonça solennellement :

« Tu as raison, Eusébio. J'inscrirai Ângelo à l'Académie à Rio. »

Ainsi fut fait. Le commandant présenta lui-même la candidature de son fils, pesant de tout son nom et des relations altières qu'il entretenait à l'état-major pour faciliter l'admission du jeune homme.

Ângelo Ernesto Rymar fut le premier élève à intégrer l'école, le premier dont le couturier royal prit les mesures pour tailler des uniformes d'été et d'hiver. Le directeur de l'établissement — un colonel à la retraite que Rymar avait vu quelquefois déambuler dans le patio des croquemitaines — adressa ses compliments au fils et au père, heureux que se perpétuât une « mâle lignée de guerriers » en la personne du jeune Ângelo. Il s'offrit même d'aider à son incorporation dans les rangs, et signala qu'un bataillon de fusiliers de la garnison royale manquerait bientôt d'un lieutenant.

« N'hésitez pas à faire appel à moi ! insista le colonel. Votre aîné, j'en suis sûr, fera honneur à son nom. Et puis, avec sa belle tournure… Les fusiliers lui confieront sans doute leur étendard !

— Sa belle tournure… que voulez-vous dire ?

— Mais voyons, quel éphèbe ! »

Jamais, avant son entrée à l'Académie, la svelte allure du jeune homme, la grâce déliée de ses gestes, le joli contour de son menton bleui d'une barbe naissante n'avaient éveillé la moindre attention. Peut-être manquait-il une comparaison pour révéler ces atouts naturels ; peut-être aussi, dans son jeune âge, n'avaient-ils pas atteint leur plein épanouissement ? Cependant, quand Ângelo s'aligna pour la première fois sur ses condisciples dans la cour sans ombrage de l'Académie militaire, sa beauté sauta aux yeux. Il les dépassait tous d'une bonne tête et semblait, dans l'uniforme neuf qu'il étrennait, une gravure détachée d'un manuel des armées. Le colonel lui-même fut ébloui par la prestance du jeune soldat. Passant en revue les cadets, il s'arrêta devant Ângelo, lui tiraille le lobe d'oreille

— la mode en venait de France et de Napoléon —, puis s'éloigna, l'air satisfait.

Cette exposition flatteuse valut bien des soucis au fils Rymar. Elle suscita la jalousie unanime de ses camarades et, non moins tracassant, l'intérêt général des quelques femmes qui fréquentaient l'Académie. Entre autres, la cantinière, la lingère, l'infirmière, la préposée aux bains se déclarèrent amoureuses du garçon, et dès lors rivalisèrent de bontés pour s'en faire remarquer. Les cadets n'étaient pas rentrés depuis dix jours qu'Ângelo jouissait déjà de faveurs anonymes, telles qu'une meilleure ration de viande dans sa gamelle ou un repassage plus soigneux de son manteau. Cela, on s'en doute, ne fit qu'aggraver son cas. Sa réputation de *mignon* s'enracina, et l'on entendit partout que le fils Rymar bénéficiait de protections haut placées, grâce auxquelles il pouvait s'extraire du lot. Ângelo avait beau se défendre que son père n'avait fait qu'une courte carrière pour culminer au grade somme toute discret de commandant, personne ne l'entendit. L'accusation de népotisme soulageait trop de ses condisciples et les vengeait, eux quelconques ou mal bâtis, du charme radieux d'Ângelo.

Ces difficultés immédiates gâchèrent un peu son entrée à l'école militaire. Ajoutons que l'idée n'était pas la sienne et qu'il l'eût rejetée, sans doute, si l'on avait pris son avis. Mais l'artilleur, prudemment, s'était abstenu de consulter son fils.

« Depuis des siècles, tous les nôtres embrassent la carrière des armes ! Ângelo ne fera pas exception.

— Mais il n'est pas vraiment ton fils ! protesta Rosalia.

— Et si même ? s'insurgea l'officier, blessé de ce rappel. Ai-je rien négligé pour son éducation ? Aussi, que vaut-il mieux pour lui ? Conquérir une brillante position dans l'armée, ou gouverner une bande de nègres planteurs dans quelque fazenda loin de Rio ? »

Rosalia n'osa dire sa pensée, qui sûrement eût contrarié son mari. D'ailleurs, à quoi bon ? Ângelo, d'une nature docile et presque veule, s'était résigné à prendre la spécialité qu'on lui dictait. Tout bien réfléchi, il jugeait qu'aller contre la décision de son père lui coûterait plus d'effort que de l'exécuter. Il n'avait pas d'idée non plus de la voie qu'il pût suivre, en dehors de celle tracée par l'artilleur. Certes, il aimait la musique, mais cela faisait-il un métier ? Au contraire, l'offre de l'Académie semblait riche et variée. Ses travaux d'étudiant l'ouvriraient à d'autres disciplines, et, qui sait ? à des emplois moins barbares que celui de guerrier.

Avant d'intégrer l'école, l'adolescent n'avait eu qu'une notion lacunaire de ce qu'on y faisait, et même des occupations précises d'un soldat. Certes, il ne manquait pas d'uniformes dans son entourage — cependant Eusébio comme Rymar formaient des cas à part, un genre de dilettantes que leur long séjour dans la capitale et l'abstention durable des champs de bataille avaient en quelque sorte *civilisés*. Quelle ne fut donc pas sa surprise de découvrir au programme de l'institution des matières aussi peu belliqueuses que la chimie, la physique, les mathématiques, la métallurgie ou l'histoire naturelle ! Au concours de sortie, elles étaient même affectées d'un plus gros coefficient que l'artillerie et la tactique. Ângelo ne perdit pas son temps à chercher l'explication de cette bizarrerie. Mais il puisa dans leur étude une stimulation nouvelle, et le moyen d'oublier l'hostilité des autres cadets.

Il serait faux d'écrire qu'Ângelo ne bénéficia d'aucun soutien durant les trois années passées à l'Académie. Le directeur l'estimait, le maître des études vantait ses progrès, enfin il recevait des femmes une protection toute maternelle, quelle que fût d'ailleurs sa réponse — souvent vague et timorée — à leurs avances. Cependant, c'était auprès d'un enseignant qu'Ângelo trouvait l'appui le plus utile et le réconfort le plus tendre : Eusébio, professeur de fortification, l'avait pris sous son aile.

La première fois qu'Ângelo vit le mulâtre entrer dans la salle de classe, pendre son manteau au crochet et dérouler au tableau des plans agrandis de bastions, il crut qu'un jumeau du sergent-chef dispensait des leçons à l'Académie. Personne ne l'avait averti qu'Eusébio était chargé de cours. À l'issue d'un exposé, d'ailleurs brillant, sur l'importance des demi-lunes et des contre-gardes dans la défense des places, Ângelo se présenta au maître en cadet anonyme qui veut des éclaircissements. Il désirait moins que tout donner soupçon à ses condisciples des liens qui l'unissaient au maître. Eusébio comprit de quoi il retournait à l'air emprunté du garçon, et joua bien son rôle :

« Que puis-je pour vous, jeune homme ? Avez-vous rencontré quelque difficulté dans ma leçon ?

— C'est au sujet des tirs à ricochets préconisés

par Vauban. Je n'ai pas compris tous les calculs pour en déterminer l'impact…

— Oui, c'est assez ardu. Disposez-vous d'un peu de temps après la classe, que nous puissions les repasser ensemble ?

— Notre cours d'artillerie s'achève à dix-sept heures. Ensuite, nous n'avons plus d'obligations avant la nuit.

— Fort bien. Dans ce cas, je vous attends en salle des professeurs !

— Merci », termina le cadet avec un bref hochement de tête.

Quand Ângelo se présenta au rendez-vous, il trouva Eusébio devant la porte, qui l'entraîna sans un mot dans un colimaçon grinçant, vers un bureau sous les combles.

« Nous serons plus tranquilles ! » fit le sergent en tournant une grosse clef de fer dans une serrure numérotée.

La porte s'ouvrit sur une mansarde qui offrait d'un seul côté — celui d'une table et d'une chaise — l'espace de se tenir debout, l'autre abritant un lit et la malle glissée dessous.

« Je ne dors pas ici…, précisa aussitôt le mulâtre. Mais la sieste est instituée dans ce pays, chez les militaires aussi. Si nos ennemis l'apprenaient, ils n'auraient qu'à donner l'assaut à l'heure la plus chaude pour cueillir au lit tous les nôtres ! »

Le mobilier était intégralement en fer ou de quelque métal approchant. Eusébio indiqua, l'air de plaisanter, qu'il provenait de vieux canons fondus. Il satisfit aussi la curiosité d'Ângelo pour un genre de secrétaire dont une housse en cotonnade accusait le galbe. Pinçant le voile aux deux coins et l'ôtant d'un geste vif (celui du serveur soulevant la cloche d'argent, du torero dérobant sa cape), le mulâtre livra au regard une table de musique de petites dimensions, peu ouvragée, mais dont la sobriété même, les pieds trapus et les jointures à gros rivets semblaient un gage de robustesse.

« Je n'ai jamais vu ce modèle ! remarqua le cadet en prenant d'un geste habitué — sa main pliée et dépliée progressant telle une chenille sur la barre de serrure — les dimensions horizontales de la caisse.

— Pardi ! J'en suis le facteur ! Quand j'étais lieutenant à bord du *Voador*, il nous arrivait de convoyer des tables à musique. Les traversées étaient longues, et je cherchais à m'occuper. Un jour, l'idée m'est venue de fabriquer un clavier sur le modèle de ceux que nous transportions. J'y ai consacré plusieurs nuits. Le charpentier du bord m'a fourni les outils. Quant aux matériaux, je me suis débrouillé : en guise de cordes, les ralingues des voiles ; pour vêtir les marteaux, de la laine de couvertures…

— Mais le bois ?

— Il n'en manque pas sur un bateau ! J'ai utilisé celui que j'avais sous la main. »

Ângelo considéra le clavier d'un nouvel œil. Il repéra en effet, assombris plutôt qu'unis par plusieurs couches d'un vernis grossier, des bois d'origines variées, certains empruntés à d'autres meubles, à des coffres ou à des barriques. C'était un bric-à-brac insolite où l'on reconnaissait un chambranle de porte, une coulisse de tiroir, un pied de brasero, un socle de lampe, toutes pièces gardées ensemble avec des clous, de la ficelle ou du goudron à calfater.

« Jamais rien vu de tel ! Un cauchemar d'ébéniste ! s'étonna le jeune homme, qui demanda ensuite d'un air gêné :

— Mais… est-ce qu'on en joue ?

— Écoute plutôt ! »

La poignée d'une vieille écoutille faisait office de pupitre. Eusébio déploya une double page où le cadet, maintenant lecteur, reconnut la ponctuation musicale. Le sergent-chef commença l'exécution et s'arrêta presque aussitôt, butant sur un dièse qui n'était pas à la clef. Il reprit du début, achoppa au même endroit et enfin, au troisième essai, franchit l'obstacle avec un « han ! » d'effort. Guère plus loin, un groupe de bécarres fit hésiter ses doigts. C'était une vraie difficulté : on eût dit que des tiges de ronces s'entrelaçaient aux lignes de la portée, les courbant presque sous leur poids.

« Saleté ! » jura le mulâtre qui grimaçait, le nez contre la partition.

Son jeu déréglé ne put s'en remettre : dans les mesures suivantes, Eusébio parut courir après la battue, laissa filer des doubles croches et fuir des triolets, de sorte qu'en arrivant au bout, la main gauche s'attardait sur la main droite de plus d'un temps.

« C'est fini », annonça Eusébio en tamponnant son front emperlé de sueur.

Il fallait un peu d'indulgence pour reconnaître, dans cette salve aheurtée de sons, une bagatelle pour piano de Beethoven. Toutefois, la musique était si rare dans ce gris bâtiment dédié à la guerre, c'était une telle volupté pour Ângelo d'en ouïr que le cadet, transporté, battit violemment des mains.

Eusébio comprit que ces bravos s'adressaient plus au clavier, d'une sonorité suffisante, qu'au mauvais interprète, mais il leur fit bon accueil. D'ailleurs, n'avait-il pas aussi créé l'instrument ?

« Vous ne voudriez pas l'avoir chez vous ? demanda le cadet.

— Ma femme n'en veut plus, et je n'avais pas le cœur d'en faire du menu bois. Alors, je l'ai apporté ici.

— C'est curieux que le directeur tolère un clavier dans la chambre d'un professeur…

— Pourquoi ? J'en joue très peu, ça ne dérange personne ! Et puis, le colonel est amateur de musique. Grâce à lui, nous avons la seule Académie du continent, peut-être du monde à posséder une fanfare.

— Un orchestre d'étudiants ?

— À peine une clique… Il y a cinq tambours et sept clairons. Ils cherchent d'ailleurs à s'étoffer. Je crois qu'ils recrutent un trompette. »

Quand Ângelo prit congé d'Eusébio, à la nuit tombée, sa tête bourdonnait de musique. La rencontre du mulâtre l'exauçait de tant de façons, traçait tant de chemins nouveaux qu'il croyait y voir un signe distinct de la Providence, l'encouragement de quelque force supérieure à cultiver son art. Il ne put trouver le sommeil cette nuit-là et se montra, au cours d'escrime du lendemain, un adversaire bien peu farouche. Il disputa huit combats et les perdit tous — laissant maintes fois échapper le fleuret qu'il tenait d'un bras mou.

« Alors, monsieur Rymar, vous dormez ? tonna le maître d'armes.

— Je regrette, maître. Je n'ai pas la tête à ferrailler, aujourd'hui…

— Vous l'avez si peu que vous avez boutonné votre plastron à l'envers ! »

Dès la sortie du cours, Ângelo se précipita au second rendez-vous du sergent, convenu par prudence en un lieu différent, et sous un prétexte renouvelé : il s'agissait cette fois d'examiner les conditions du siège de Maastricht en 1673, et le rôle des tranchées parallèles creusées par l'assaillant.

D'autres rencontres eurent lieu dans le mois, qui bientôt ne se donnèrent plus l'apparence de réunions studieuses et se fixèrent au bureau du mulâtre, parce que s'y trouvait aussi l'instrument. Là, une heure ou deux durant, Eusébio interprétait pour le cadet toute la musique à sa disposition, qui n'était pas grand-chose. Il ne détenait guère qu'une dizaine de partitions, les dernières copiées au crayon devant la vitrine de l'imprimeur français — donc incomplètes, car Pierre Laforge l'avait empêché d'achever son travail. Le fils Rymar lui en procura une autre le jour où Lisandra, lors d'un grand ménage de printemps (à moins que ce ne fût le singe-lion de Querubim, mettant tout en désordre ?), retrouva celle d'*Una voce poco fa* dans le fourreau d'un sabre ornemental. Il arrivait enfin qu'à l'atelier du palais, on sortît de la caisse d'un piano où elles avaient été enfermées par mégarde, sinon de sous l'abattant qu'elles servaient à caler, des feuilles à musique éparses et chiffonnées : l'aide de camp, mis dans la confidence, les réservait pour Ângelo.

Cependant, même enrichi de ce butin providentiel, le répertoire du mulâtre restait court et fut vite épuisé. Si passionné qu'il fût de musique, le cadet s'ennuyait à entendre toujours les mêmes airs, qu'Eusébio, de son côté, s'ennuyait à jouer. Pour se distraire de cette répétition, ils inventèrent un jour d'échanger leurs rôles, ou plutôt de les varier : Ângelo se mit au clavier, Eusébio devint son professeur. Leurs rendez-vous musicaux prirent tournure de leçons que le mulâtre, content d'avoir un partenaire de jeu, dispensait gratis au cadet. Il lui remit aussi un double de sa clef afin qu'Ângelo, dans ses moments de liberté, pratiquât l'instrument à sa convenance. L'étudiant renonçait volontiers à sa sieste, ou du moins l'abrégeait pour filer à toutes jambes chez le sergent et dérouler, encore essoufflé, quelques gammes et arpèges.

Dans la salle de classe, Ângelo occupait de préférence une table à l'arrière, non loin du portemanteau, que ses condisciples boudaient parce qu'elle était bancale. Il en avait illustré le pourtour, reproduisant à la mine noire les six octaves d'un clavier de piano. Ainsi pouvait-il travailler longuement son doigté et sa vélocité, rien qu'en tapotant le bois de la table. Ce n'était qu'une astuce parmi celles, nombreuses, auxquelles recourait l'adolescent pour détourner à son profit l'austère instruction militaire. En vérité, il saisissait toute occasion de pratiquer les exercices musicaux. Ses manuels d'armement, de balistique et de discipline avaient leurs marges griffonnées de portées sur lesquelles, inlassablement, il approfondissait sa science du contrepoint par l'écriture de canons et de fugues. Lors des entraînements au tir, il exécutait sur la crosse de son fusil des rythmes réguliers, et faisait de même en classe de tactique, avec les pions personnifiant les troupes adverses qu'il choquait en cadence sur le bord du plateau.

« En aurez-vous bientôt fini, de ce tambourinage ? le reprenait souvent le maître.

— Je vous présente mes excuses, j'étais distrait », répondait Ângelo en se figeant au garde-à-vous.

Il attendait un moment que l'incident fût oublié puis, l'air de rien, reprenait discrètement ses études. Elles passaient alors inaperçues.

Pareilles incartades auraient pu nuire à la scolarité du cadet s'il n'avait obtenu, d'autre part, de bons résultats dans toutes les matières. Ângelo était conscient qu'une moyenne honorable assurait sa tranquillité. Meilleures seraient ses notes, plus grande aussi l'indulgence des professeurs envers ce qu'ils nommaient « ses écarts musicaux ». Aussi déployait-il beaucoup d'efforts pour s'élever dans le classement trimestriel des élèves de l'Académie et, du vingt et unième rang qu'il occupait à son arrivée, se hisser jusqu'au troisième, voire au deuxième. Il ne tarda pas à goûter les fruits de son assiduité : lecteur vigilant du bulletin scolaire, Eduardo Rymar le complimenta pour sa bonne tenue générale, dédaignant même les « rappels de discipline » qui concluaient nombre d'appréciations.

« Les élèves turbulents font des chefs militaires. L'histoire l'a maintes fois prouvé ! »

Informé plus précisément des écarts du cadet, le directeur non seulement les lui pardonna mais, en quelque sorte, favorisa leur expression. Ângelo savait par Eusébio que la fanfare de l'école cherchait un trompette. Bien sûr, il n'avait pas imaginé que le colonel lui proposerait la place.

« C'est que… je ne sais pas jouer !

— Vous apprendrez. Cet instrument n'a pas de pistons, c'est son avantage ; les doigts sont soulagés de tout travail. Il suffit d'avoir du souffle et de pouvoir le moduler.

— Si même j'en étais capable… où acheter une trompette ?

— L'Académie vous l'offre. Allons, réfléchissez bien ! Les étudiants admis dans l'orchestre peuvent consacrer une heure, chaque jour, à l'étude de leur instrument. Ils prennent part aux répétitions en fin de semaine. »

Ce dernier argument fut le meilleur. Ângelo se réjouissait de disposer de plus de temps pour la musique mais, surtout, de pratiquer publiquement son art, cultivé jusqu'ici dans la discrétion, voire en clandestin. Il fut présenté au tambour-major, dont les insignes propres (en particulier, une volumineuse clef de sol brodée sur le shako de feutre rouge) lui firent plus d'impression que toutes les médailles jamais épinglées sur la veste de son père. Son uniforme de trompette, qu'il étrenna bientôt, lui parut splendide. Il regretta seulement les gants blancs à crispin, trop épais, dont ses mains ressortaient rougies et gonflées après chaque essayage. Comme le directeur l'avait promis, une trompette lui fut prêtée. C'était un superbe clairon en *mi* bémol dont le pavillon, largement ouvert, portait gravées les armes de l'école. Il n'avait, pour ainsi dire, jamais servi, son premier et seul usager ayant péri d'une chute de cheval quelques semaines après son admission.

« Il l'a bien cherché ! commenta sévèrement le directeur. Le cheval était taché de blanc au pied postérieur droit. Tout le monde sait qu'à cette place un défaut porte malheur ! »

Ângelo se fit expliquer le fonctionnement de la coulisse d'accord, celui des clefs d'eau pour vider le tuyau de la bave enfermée. On ne put, hélas ! le renseigner davantage, personne dans l'orchestre ne maîtrisant l'instrument. Faute de mieux, le cadet dénicha une méthode prussienne et commença l'étude du clairon avec ce professeur de papier. Ses progrès en furent ralentis mais enfin, après six mois, il était assez à l'aise pour interpréter la plupart des morceaux au répertoire de l'orchestre et sonner sans fausse note le réveil de ses condisciples.

1823

Le concert qu'il donna, le dix-sept avril 1823, dans la cour de l'Académie militaire devait habiter longtemps la mémoire du jeune Ângelo.

C'était sa première apparition au sein de la fanfare mais, surtout, le premier spectacle auquel seraient conviés les parents d'élèves, que le règlement tenait habituellement à l'écart des solennités de l'école. Les Rymar ignoraient encore l'entrée d'Ângelo dans l'orchestre — nouvelle dont il avait voulu, à cette occasion, leur apporter la surprise. Il savait que les siens répondraient tous présents : le commandant Rymar, son épouse, son aide de camp, Horácio, Zulmira, la gouvernante Raimunda et même Lisandra, depuis si longtemps au service de la famille qu'elle commençait de s'y fondre. Mais l'on pouvait compter aussi sur bien des notabilités de Rio, l'état-major au complet, peut-être deux ou trois ministres que des fauteuils écussonnés attendaient au premier rang des cent vingt chaises, sous la tente officielle.

Ce jour en effet n'était pas ordinaire. Il marquait la réunion, à l'invitation du prince-régent, de l'Assemblée constituante du nouvel Empire brésilien.

L'Académie contribuait martialement à cet événement politique : elle organisait un défilé, un concert, un éloge allégorique, un banquet et des démonstrations de tirs sur des cibles flottantes. Les abords du bâtiment ressemblaient à ceux du théâtre, les jours d'opéra : des litières par centaines reposaient, brancards au sol, parmi les mules dételées qui broutaient l'herbe poudreuse alentour.

Voulant paraître à son avantage, Ângelo s'était chargé lui-même de repasser son uniforme et de peigner, brin à brin, les longs poils de son shako. Ses bottes avaient reçu le cirage en telle abondance qu'elles craquaient à chaque pas, empêchant presque ses chevilles de plier. Mais c'était sa trompette qui avait bénéficié des soins les plus diligents et, pourrait-on dire, d'une attention presque maternelle. Il avait si fort astiqué l'argent que le métal s'usait par endroits, là surtout où coudait le tuyau. Cependant, l'effet au soleil était splendide. L'instrument brillait à éblouir, tel un pain de verre incandescent dans le four d'un verrier. Et Ângelo, qui le portait aux lèvres, semblait emboucher la canne du souffleur pour lui donner forme.

Pendant le discours du colonel, les musiciens de la fanfare patientaient sous la galerie sableuse qui desservait les écuries. Le règlement défendait en théorie les visites de parents ou d'amis. Mais Rosalia et Zulmira avaient profité d'une surveillance un peu relâchée, en ce jour de fête, pour s'insinuer dans l'orchestre. Elles trouvèrent Ângelo assis sur la margelle d'un puits. Dès qu'il les aperçut, l'étudiant les emmena à l'écart.

« Il ne fallait pas, maman ! C'est interdit !

— Tu es superbe ! » s'exclama Rosalia, pâmée devant son fils en uniforme.

Elle appuya deux gros baisers sur les joues du soldat et Zulmira, sous le charme de ce beau garçon qui n'était qu'à moitié son frère, en frotta un seul, à lèvres molles.

« Papa est venu ? s'enquit aussitôt le cadet.

— Bien sûr, il est assis au deuxième rang, près du général Solares da Andreia ! Je crois qu'il est impatient de te voir… D'ailleurs, il a convié toutes les familles du voisinage. De quoi s'agit-il, à propos ? D'une parade militaire ? »

Ângelo éluda la question en tournant un compliment rapide sur la toilette de Zulmira. Il prit ensuite de ses nouvelles, décochant à dessein le sourire élégant qui enjôlait toutes les filles.

« Comment vont les études, ma chère sœur ?

— Je n'étudie pas, mon cher frère. Tu sais qu'en ce doux pays de Brésil, les filles n'ont pas le même traitement que les garçons ! À vous les livres et les chevaux, à nous les pâles travaux d'aiguille ! Encore une chance si je ne meurs pas à vingt-cinq ans, gavée de sucreries, mère d'un neuvième enfant !

— Voilà des paroles bien libres, Zulmira…, protesta Madame Rymar. Ne va pas gâcher la fête de ton frère avec ces inepties ! D'ailleurs, tu n'as que douze ans ! Nous avons bien le temps d'étudier ton avenir !

— Horácio est le cadet ! Pourtant, il est déjà convenu qu'il fera l'école militaire !

— Tu répliques, à présent ? Mais quelle éducation t'a-t-on donnée ? »

Ângelo posait sur cette inoffensive querelle de famille un regard attendri. Puis ses yeux glissèrent vers la trompette, encore dans son étui. Par bonheur, ni sa mère ni sa sœur n'avait encore fait de question sur cette drôle de valise en cuir brun dont les contours suivaient ceux de l'instrument. Étalant exprès la causerie, Ângelo retarda comme il put l'instant d'en soulever les fermoirs. Mais soudain une seule note, impérieuse, retentit à l'autre bout de la galerie ; c'était la sonnerie du rassemblement. D'autres musiciens, leur tambour en écharpe, traversèrent la pièce où les Rymar s'étaient isolés. Leurs pas brassaient des fanes de maïs et l'odeur âcre du crottin. Alors, du geste vif dont on arrache un pansement, Ângelo ouvrit l'étui, prit la trompette et vissa l'embouchure. Saisie, Rosalia serra la mantille sur sa gorge.

« Ângelo ? Qu'est-ce que c'est ?

— Une trompette de cavalerie.

— Tu sais en jouer ?

— J'ai appris.

— As-tu songé à ton père… à son coup de sang, quand il te verra souffler dans ce clairon ?

— Le moment vient toujours où un père voit son fils tel qu'il est, non tel qu'il le rêve. »

Là où s'évasait le pavillon de la trompette pointaient deux cornes, des pinces pour accrocher la partition. Ângelo y glissa une feuille minuscule, étayée d'un dos en carton. Rosalia suivait ces préparatifs avec épouvante. Elle croyait voir le meurtrier aiguiser son poignard. Le cadet sentit des ongles féminins s'enfoncer dans son bras.

« Laisse-moi un instant, je parlerai à ton père…

— Il est trop tard.

— Rien qu'un instant !

— Hâte-toi alors, le tambour-major nous a appelés ! »

Rosalia et sa fille sortirent de l'ombre des arcades pour aller droit au commandant. Bien sûr, le mouvement rapide de ces deux robes souleva beaucoup d'intérêt, et non moins de poussière. Un murmure se ranima dans l'auditoire, à qui le colonel venait péniblement d'imposer silence. Cela contraria fort l'artilleur, qui détestait tout genre de publicité :

« Rosalia ! Tu te donnes en spectacle, à présent ? »

Madame Rymar ne ferma pas l'ombrelle à frange déployée au-dessus de sa tête mais l'inclina sur son épaule. Puis elle mit les lèvres à l'oreille d'Eduardo, derrière une main en paravent, et fit son urgente commission.

« Il n'en est pas question », prononça durement l'artilleur.

Ses mains se crispèrent sur l'accoudoir dans l'intention manifeste de quitter la chaise. Rosalia lui saisit le coude, que ce fût pour l'aider ou pour le retenir. Rymar souffrait depuis la veille d'une douloureuse inflammation de la jambe, qu'il attribuait à la contagion d'une certaine partie du bois, humide et vermoulue, à son moignon de chair. Cette infirmité compliquait ses gestes et les ralentissait. Elle affectait surtout son pas d'un boitillement auquel il avait autrefois remédié et lui restituait ainsi, étonnamment, la démarche traînante de ses vingt ans.

Le colonel occupait un fauteuil, à trois chaises de distance. Voyant le commandant dans ce pitoyable effort, il l'interpella d'un ton bourru :

« Que faites-vous, Eduardo ? Vous nous quittez déjà ?

— Je dois parler à un jeune homme qui nous manque de respect, avant que l'honneur des Rymar soit bafoué aux yeux de toute la ville.

— De quoi s'agit-il ? Allons ! Expliquez-vous ! »

Le commandant songea qu'au point où ils étaient rendus, taire la vérité ne servait à rien. Il poussa donc un peu la voix, de façon que tous l'entendent, et annonça son intention de donner au cadet Rymar la correction publique qu'il méritait. Sur les raisons de cette punition, il ne s'étendit pas. Il établit en deux phrases qu'il ne tenait pas la musique pour une activité digne d'un soldat et qu'au temps de sa jeunesse, si l'on mettait à part quelques tambours militaires, les régiments ne connaissaient d'autre bruit que celui de la poudre explosive. L'officier eût volontiers ajouté qu'une école était mal gérée, qui laissait ses élèves souffler dans des trompettes au lieu de les préparer aux tâches sérieuses de… — mais sa femme, alertée par certain pli belliqueux sur ses lèvres, lui pinça l'omoplate.

« Rasseyez-vous, commandant ! dit fermement le directeur. Vous ne ferez rien du tout.

— Plaît-il ?

— J'ignore si votre honneur est atteint mais le mien, celui de toute l'Académie le seraient, à coup sûr, si vous mettiez votre projet à exécution… Cette histoire ne regarde que votre famille. Libre à vous de châtier ce garçon dans votre chambre, quoique le motif m'en paraisse fort léger, mais dans l'enceinte de cette école, j'interdirai pareille démonstration !

— Colonel, vos paroles m'offensent gravement.

Je suis fâché de devoir vous en demander compte sur-le-champ. »

Le commandant tira son gant, dans l'intention probable de l'envoyer à la face du directeur. Derechef, Rosalia s'interposa. Un bras tiré en arrière par son épouse, l'autre roulant pour se dégager, Rymar perdit l'équilibre. Plus exactement sa jambe le trahit comme il en cherchait l'appui, ce qui manqua le faire choir sur le général da Andreia.

« Allons, Rymar, reprenez vos esprits ! s'apitoya le colonel. Il y a longtemps qu'on ne se bat plus en duel ! Le Brésil n'est plus cette colonie turbulente où tout se réglait à coups de fouet et de couteau ! Regardez, nous élaborons aujourd'hui une Constitution, nous couronnerons demain un empereur !

— Ne mêlez pas la politique à une affaire privée ! riposta l'infirme. Je suis d'un pays et d'une éducation où les enfants payent leurs erreurs, et les payent comptant ! Ângelo sera puni !

— À votre place, c'est un ordre ! »

D'une rare intensité, le cri du colonel jeta le trouble dans l'esprit de Rymar. Il n'eut pas besoin d'examiner les conséquences, nombreuses, qu'aurait sur sa famille un refus d'obéir. Quelque chose d'animal et de puissant, telle une main pesant soudain sur son épaule, le fit rasseoir. Il resta hébété un long moment, portant sur sa figure le même désordre qu'y avait mis autrefois son accident de guerre. Puis un roulement de tambour le secoua. Il vit l'entrée de la fanfare, l'apparition de son fils dans cet uniforme chamarré de belluaire et, pris de nausée, ferma résolument les yeux.

Le commandant Rymar resta ainsi, aveugle, tout le temps que dura le concert. La réception achevée, il ne se mêla pas aux invités, ne salua personne mais entraîna tous les siens hors du bâtiment.

« Quittons cette maison de malheur ! » vocoféra l'artilleur en franchissant la grille.

Sur le chemin du retour, sa jambe affaiblie glissa sur le pavé. Le pilon se brisa net, à moitié de sa longueur, et une écharde entra profondément sous la peau. Par chance, on put l'extraire sans complication. Querubim renouvela son offre d'une jambe toute neuve en acajou, qu'il fallut bien accepter. Avec le bois perdu, l'aide de camp tailla pour un piano européen un pied assorti aux deux autres, dont nulle essence tropicale n'imitait bien la nuance. Rymar se plaignait amèrement d'avoir reçu ce nouveau membre à l'allure exotique, comme d'avoir cédé l'ancien à une table à musique.

« Que de malheurs, Rosalia ! se lamentait l'officier. Combien m'en serais-je épargné, si j'avais refusé ce voyage au Brésil !

— Tu ne m'aurais pas connue.

— C'est vrai, soupirait Rymar en baisant les doigts de sa femme. Je n'ai qu'un réconfort en ce pays, et c'est toi. »

Au lendemain du concert, chacun s'attendait à voir tomber la foudre. Or, bien que l'air fût soûlé d'électricité, l'orage n'éclata point. Il épargna le commandant Rymar, dont cet esclandre pouvait noircir la réputation. L'officier ne s'attira qu'un peu de médisance — « le pauvre… quarante-huit ans, il n'a déjà plus sa tête ! » — et l'hostilité muette du colonel qui désormais, dans le peu d'occasions où ils furent en présence, s'abstint de saluer son subalterne au pied de bois. L'orage ménagea aussi Ângelo, dont son père arrêta le sort en proférant : « Bah ! qu'il souffle dans sa trompette, si ça lui chante ! Après tout, ce n'est mon fils qu'au papier. »

Du jour au suivant, l'officier n'apporta plus aucune attention aux études militaires d'Ângelo, refusa même d'ouvrir le bulletin de notes qu'il inspectait naguère avec tant de soin. Il se croyait bien bon, encore, de régler chaque mois les frais de sa scolarité mais c'était, précisait-il, « par égard pour sa mère, non pour l'ingrat né de son sang ». Il devint bientôt apparent que ses sentiments, ses espoirs, ses projets, enfin tout l'édifice bâti sur Ângelo s'étaient reportés sur Horácio. Le commandant s'accusa d'avoir négligé son fils légitime et entama sans tarder, lors d'une longue conversation qu'ils eurent à porte fermée, l'examen de cet enfant dont il savait trop peu. Horácio avait poussé dans l'ombre de son frère comme Zulmira, plus oubliée encore, avait germé dans celle d'Horácio. Dix ans durant, Rymar leur avait offert le gîte sans leur donner la moindre considération. Il n'avait guère partagé avec eux que la lecture du journal et, de temps à autre, un jeu de cartes nommé *aluette* qui réclamait quatre joueurs.

C'est pourquoi l'artilleur dut s'informer de son fils comme d'un étranger : que sentait-il de ses goûts, de ses aspirations ? Quelle carrière voulait-il embrasser ? Désirait-il habiter plutôt le Brésil, ou plutôt le Portugal ? Tout en l'écoutant parler, Rymar scrutait le visage de l'enfant, suivait le jeu rapide de sa physionomie. On devait à la vérité d'admettre qu'Horácio n'avait pas la beauté d'Ângelo. Il lui manquait cette finesse de mot et de posture qui attirait à l'aîné, tel le fer à l'aimant, toute femme de son entourage. Sa tête un peu lourde, sous la tignasse pleine d'épis, avait le modelé grossier d'une ébauche en glaise, quand celle d'Ângelo évoquait un marbre poli. Il était, pour ses onze ans, anormalement velu, ce qui ajoutait à la tournure un peu simple, presque rustaude du garçonnet. En contrepartie, le tempérament d'Horácio dessinait moins de méandres, était moins tortueux que celui de son frère. Au terme de leur entretien, Rymar lui décerna des qualités d'énergie et de droiture qu'il jugea très militaires. Il demanda au cadet :

« Voudrais-tu suivre des études à l'Académie, comme ton frère ?

— Oh, oui, père ! Si cela se pouvait !

— C'est entendu. Je t'inscrirai dès que possible. »

Il fallut attendre trois années pleines avant qu'Horácio eût l'âge requis. Entre-temps, le colonel mélomane avait été démis de ses fonctions et la fanfare dissoute, décisions du nouvel empereur qui ne devaient rien à Eduardo Rymar mais que l'artilleur n'accueillit pas moins avec satisfaction. Elles changèrent notablement le climat de l'école et l'état d'esprit des cadets à qui, selon l'expression, un sérieux tour de vis fut appliqué. Ângelo passait son diplôme. C'était pour lui un soulagement car, de son propre aveu, il n'eût pas soutenu longtemps le nouveau régime de l'Académie qu'il jugeait « inhospitalier ». Eusébio avait reçu son congé, comme d'autres professeurs modérés, et l'on avait recruté en nombre égal des surveillants, anciens grenadiers du major Vidigal, dont la silhouette nerveuse, prolongée toujours d'une badine à mèche de cuir, devint l'emblème sinistre de l'établissement.

Le deux octobre 1825, les élèves diplômés de l'Académie militaire, dont Ângelo Rymar, firent une ovation à ceux qui les remplaçaient, dont son frère Horácio. Ce dernier avait passé un concours : pour la première fois, l'école s'ouvrait aux soldats issus du peuple, sur le critère du seul mérite — innovation fort déplaisante à l'officier. Cependant, les caprices de l'artilleur n'avaient rien changé à l'affection que se portaient les deux frères. Ils s'étreignirent longuement devant les grilles de l'école et échangèrent les plaisanteries d'usage sur leur manière plus ou moins réussie de vêtir l'uniforme. L'entretien prit un tour plus grave avec la question d'Horácio :

« Et que vas-tu faire, à présent ?

— Je l'ignore. Père m'a refusé son toit et je ne comptais pas, de toute façon, rentrer à la maison. J'irai sans doute chez Eusébio, s'il peut m'héberger quelque temps.

— Mais ensuite ?

— Ensuite..., reprit l'aîné avec le geste évasif mais confiant des très jeunes gens. Nous verrons bien ! »

Ângelo bénéficia d'une chambre restée libre chez les Casinda, qui remettaient à plus tard leur projet d'un troisième enfant. Ce logement plus modeste, dans un quartier moins cossu, où une vieille négresse, bonne à tout faire, résumait à elle seule la domesticité — ce ménage tout simple, donc, éveilla chez l'aîné une gêne inconnue. Il s'aperçut que le dénuement, autant que l'aisance, sécrétait des usages et des convenances. Alors que chez lui, on laissait volontiers desservir une assiette encore garnie, pour montrer qu'on n'était pas à ces reliefs près, il fallait ici la vider, jusqu'au dernier trait de purée, jusqu'à la dernière goutte de sauce, sans quoi l'on gâchait. Et puis, certains détails l'embarrassaient : la poussière entassée sur les cordons de persiennes, les boîtes de verre fixées aux murs avec leurs compositions naïves de coquillages colorés, la palme bénite des Rameaux qui séchait dans un coin. Il jugeait l'ensemble d'assez mauvais goût. Cette découverte lui fut pénible. Mais enfin, tout lui semblait préférable à l'absurde discipline de l'Académie militaire ; il rendait grâce chaque jour d'en être affranchi.

Au regard de l'administration, l'aspirant Rymar, jeune officier frais émoulu de l'école, s'apprêtait à rejoindre l'un des nouveaux corps dont le royaume du Portugal, devenu l'empire du Brésil, s'était récemment doté. L'union du pays n'était pas faite et l'insurrection couvait partout ; on trouverait sûrement de quoi occuper un soldat formé aux dernières techniques de siège et de bombardement. Mais en vérité, Ângelo n'essayait rien pour se faire enrôler et tâchait au contraire, par tous les moyens, de retarder son incorporation. S'il avait des formalités à remplir, il s'en acquittait le dernier jour, assuré de la sorte que son nom entrerait au bas de la liste, voire serait oublié.

Ce n'était pas — comme l'aurait dit son père — aveu de couardise. Ângelo voulait seulement se ménager du temps avant d'épouser la rude vie du soldat. La musique avait alors une grande part dans ses activités. L'aspirant Rymar, bien qu'il gardât l'uniforme par habitude, dédiait ses journées à l'étude du solfège et du piano, de la trompette et du contrepoint, enfin de tout ce qui, pendant son instruction militaire, avait formé une tentation constante mais empêchée. La passion n'était pas le seul moteur de cette activité ; s'y mêlait aussi un peu d'impatience. Plus Ângelo avançait dans l'apprentissage de la musique, en effet, plus semblait reculer l'horizon d'excellence qui fixait ses espoirs. Plus s'éveillait la conscience de ses aptitudes, plus s'affirmait aussi le sentiment de son ignorance, et de n'avoir marché qu'un pas sur un sentier abrupt et caillouteux qui s'éloignait hors de vue.

Jusqu'alors, il n'avait mesuré son talent qu'à ceux d'autres amateurs, pratiquant la musique dans leurs moments perdus : il s'agissait d'Eusébio, pianiste médiocre ; de ses condisciples de l'orchestre militaire, aux dons très inégaux. Mais le mulâtre comptait parmi ses amis des musiciens de métier. À quelques pas de chez lui, au numéro 14 de la rua das Marrecas, un prêtre métis, de sept ans son cadet, dispensait des leçons dans une vaste maison au coloris naïf et aux balcons croûteux. L'une des façades, la moins ornée, plongeait sur la rue ; l'autre, aux allures de palais décrépit, flanquée d'un escalier à double révolution infesté de fourmis, dominait un parc où sinuait une allée sableuse. Il y avait beau temps qu'on n'avait pas émondé les cinnamomes et les acajous, ni récolté les fruits du *brejaúba* dont les grappes rousses s'amoncelaient au sol dans une odeur de pissotière. Quelques lettres tracées à la craie bleue sur le muret d'enceinte tenaient lieu d'enseigne à l'établissement :

escola, école. Le maître des lieux n'avait pas jugé utile d'indiquer les matières qu'on y étudiait, tant l'air ici bourdonnait de musique — celle qui s'échappait en bouffées des fenêtres ouvertes, celle qui hantait couloirs et escaliers les jours d'audition. Un lourd cadenas fermait la grille. Eusébio expliqua au fils Rymar que les élèves inscrits à l'école bénéficiaient d'une pension complète, mangeaient et dormaient chez le professeur. Reconnaissables au nœud bleu et rouge de leur chapeau, ils se destinaient pour la plupart à la Chapelle royale, la *Capela Real*, dont les cérémonies s'accompagnaient toujours de musique. C'est pourquoi, outre l'étude du chant ou d'un instrument, leur programme incluait des cours de latin. Ângelo s'étonna d'en voir plusieurs en âge d'être conscrits. Se pouvait-il qu'au tirage au sort, ils aient tous gagné un numéro de dispense ?

« Ils sont exemptés du service militaire, lui apprit le mulâtre. Sans quoi, ils ne pourraient participer aux nombreux offices musicaux de la cathédrale. »

L'aîné sentit une pointe d'envie. Étaient-ils comblés, ceux-là, qui non seulement se grisaient de musique mais en outre coupaient à l'armée ! Il chercha une consolation dans le coût des études, qu'il supposa exorbitant :

« Non, les cours sont gratuits ! fit Eusébio avec l'air de s'excuser. L'école bénéficiait d'un large soutien du prince-régent. Mais depuis que Dom Pedro a succédé à Dom João, son avenir s'est assombri. La Couronne n'a plus les moyens de l'entretenir. Le bruit court qu'elle pourrait bientôt fermer.

— Mais alors, qui instruira les chanteurs de la *Capela Real*?

— Hélas ! soupira le sergent. La *Capela* aussi est menacée ! La vérité est qu'en rappelant le roi, le Portugal a rapatrié aussi son Trésor. Nous ne verrons plus de sitôt ces grandes messes de la Saint-Sébastien, à la cathédrale, quand l'orchestre était aussi nombreux que le public ! Une ère nouvelle a commencé — une ère où la musique, j'en ai peur, n'occupera plus que l'arrière-plan... »

C'étaient un métissage ressemblant et des origines également modestes qui avaient rapproché Eusébio et le directeur de l'école, le prêtre José Maurício Nunes Garcia. En construisant son drôle de piano marin, l'ancien lieutenant du *Voador* s'était fait connaître des musiciens du voisinage. José Maurício l'avait convié au récital d'un ancien élève et s'était pris de sympathie pour ce soldat d'âge mûr qui avait essuyé, comme lui, le mépris des Portugais blancs établis à Rio.

Eusébio imputait à sa couleur de peau le frein mis à son ascension dans la hiérarchie militaire et le grade humiliant qu'il avait reçu en quittant la marine pour l'infanterie. C'est aussi au mélange de son sang que José Maurício affectait sa destitution de la *Capela Real* au profit d'un métropolitain de bonne famille, Marcos Portugal. Dès son arrivée à Rio, le Portugais avait dressé ses batteries contre lui, alléguant que l'orchestre royal ne pouvait être dirigé par un sang-mêlé, de surcroît père d'une famille nombreuse. Et Dom João, hélas, avait arbitré en sa faveur... Depuis, le métis vivait de la maigre pension allouée par la Couronne, le *Real Bolsinho*, et des faveurs d'un riche marchand, propriétaire de la maison qui abritait aujourd'hui l'école. Il donnait des cours, jouait dans les églises, animait les fêtes des gens fortunés, publiait des compendiums de musique et de piano-forte. Les deux hommes s'étaient longuement racontés ce jour-là et, fraternisant sur des malheurs comparables, s'étaient juré leur amitié.

Voilà pourquoi le nom du prêtre métis fut le premier à l'esprit d'Eusébio lorsque Ângelo s'intéressa aux musiciens qu'il fréquentait :

« Mais c'est lui qu'il faut rencontrer ! Tu vas voir un homme admirable, l'une des grandes figures musicales de Rio ! »

Quand les deux hommes se présentèrent à l'école, un peu avant l'heure convenue, ils trouvèrent José Maurício finissant une leçon. Sans la soutane et la calotte, on n'aurait pas donné cet homme solidement constitué pour un prêtre ; ni pour un musicien celui dont les doigts en spatule, larges et carrés au bout, écrasaient deux cordes à la fois sur le manche de l'instrument. José Maurício s'asseyant au clavier faisait grincer la banquette ; saisissant la *viola de arame*, une guitare miniature, on craignait qu'il ne la broyât. Et cependant, de ce colosse brésilien sortait la musique la plus sucrée qui soit, pleine de grâces et d'ornements qui éveillaient l'image d'une confiserie napolitaine.

Le cours terminé, Eusébio fit les présentations du prêtre à Ângelo, et d'Ângelo au prêtre. La franche poignée de main démentait la tristesse résignée du visage.

« Ainsi, vous êtes diplômé de l'Académie ? demanda José Maurício en s'accordant une rasade d'eau fraîche. J'apprécie la musique militaire. Nous en jouons souvent. J'encourage mes élèves à étudier la trompette bien qu'une majorité lui préfère l'orgue ou le violon. Quel est votre instrument ? »

L'officier ayant bredouillé qu'il pratiquait le clairon et un peu le clavier, Maurício jucha une partition sur le pupitre de son piano carré.

« Entendons cela. »

Ângelo n'avait pas pensé que les choses iraient si vite. Ça ne lui était pas naturel de s'asseoir simplement au piano pour subir l'examen des six personnes dans la pièce — dont quatre élèves à qui, peut-être, il donnait la moitié de son âge. Il aurait voulu une audition privée, dans une pièce sourde et sans fenêtre, après qu'il eut longuement exposé son cas et invoqué ses difficultés personnelles pour mériter l'indulgence du maître. Un coup d'œil à la partition mit un comble à sa gêne : c'était la plus copieuse qu'il eût jamais vue. À distance du bras, rien ne se voyait qu'une mitraille de notes, cent au moins sur la page, embrouillées comme à plaisir de crochets, liaisons, nuances et tels signes barbares.

Ângelo se lança quand même. Mais après trois mesures, pendant lesquelles il lui parut forcer à mains nues une épaisse forêt vierge, José Maurício lui enleva soudain la partition des yeux.

« Nous trouverons sûrement un clairon ! » affirma le prêtre, dont un sourire courtois déguisait la grimace.

Le clairon arriva, et l'on mit sous les yeux d'Ângelo une nouvelle page de musique, non moins ardue que l'autre. L'officier avait la gorge si serrée qu'il ne put émettre aucun son. Piteusement, il tourna la clef d'eau d'où s'écoula un long filet de bave.

« Je crois... Enfin... C'est très au-dessus de mes moyens ! protesta Ângelo d'une voix essoufflée.

— Vraiment ? Monsieur Ribeiro, voulez-vous interpréter cet air ? »

Le fils Rymar dut céder son clairon à un garçonnet d'à peine six ans qui se posta tranquillement devant la partition, après avoir réglé le pupitre articulé à sa modeste hauteur.

« Allez ! » commanda José Maurício.

L'enfant emboucha la trompette et, avec une force inexplicable pour une poitrine aussi menue, libéra un son clair, brillant, qu'il semblait moduler à son gré. La page de musique fut avalée en un moment.

« Un talent très prometteur ! s'exclama Eusébio.

— Il est dans la moyenne..., tempéra le prêtre. Nos enfants travaillent beaucoup, il est bien naturel qu'ils développent quelque facilité ! Certaines gens tiennent la musique pour un divertissement futile. Seuls ceux qui l'étudient savent combien d'efforts requiert une exécution seulement correcte ! »

Ângelo approuva, l'air hébété. La prestation de l'enfant l'avait ensemble humilié, car elle semblait hors de sa portée, et délecté, car la musique était splendide. Il gardait l'espoir que cet élève fût le meilleur de l'école, un petit prodige qu'on exhibât devant les visiteurs. Or il fut vite détrompé. On leur présenta d'autres garçons, entre cinq et quinze ans, qui rivalisaient d'aisance. Il se trouvait parmi eux des chanteurs, des organistes, des violonistes, des violoncellistes, des hautboïstes, des joueurs d'instruments dont le soldat ignorait jusqu'au nom.

C'était pour lui une grande volupté, mais une vive douleur de voir leurs doigts voleter légers sur les claviers d'ivoire ou les manches de palissandre. Certains feuilletaient les partitions comme des livres d'images, lisant familièrement un langage dont il possédait à peine les rudiments.

Au moins cette rencontre l'éclaira-t-elle sur ses possibilités musicales. Il conclut qu'il avait commencé trop tard et trop mal l'apprentissage de cet art pour égaler jamais ces jeunes virtuoses. Alors, à quoi bon persévérer ? S'il avait songé tantôt s'inscrire à l'école pour recevoir les leçons du maître, cette idée l'avait quitté.

En prenant congé du père Maurício, il ne lui tendit pas la main mais l'éleva à la visière de son shako, dans un bref salut militaire. Le fils Rymar n'aurait su expliquer ce geste, fait par automatisme ; sans doute exprimait-il qu'à défaut d'être un bon musicien, Ângelo restait un soldat diplômé. Sa dignité blessée se réfugiait dans ce statut. Peut-être s'y mêlait-il aussi des pensées moins nobles. Lorsqu'ils laissèrent José Maurício au seuil de la grande maison, le bras du prêtre entourait les épaules d'un jeune élève vêtu de blanc. Ângelo constata, non sans plaisir, que la peau du maître avait une nuance plus sombre que la sienne.

Retour de l'école, Ângelo prit le hamac et s'y balança, songeur, jusqu'à l'heure du repas. Ce jour-là, et les deux suivants, il se dispensa des exercices de doigté qu'il pratiquait habituellement chaque soir et, même, bouda tout à fait le piano. Le quatrième jour, il se mit au clavier et déroula quelques gammes. Mais au premier trébuchement de ses doigts, dont résulta une fausse note, il referma violemment l'abattant. Alors, se tournant vers le mulâtre, l'air résigné :

« Eusébio, je dois rencontrer le colonel. Peux-tu nous ménager un entretien ? »

L'ancien professeur gardait des attaches avec l'ancien directeur de l'école, qui lui-même gardait de l'estime pour son ancien élève. Le lien fut donc aisé à renouer. Les deux hommes se rencontrèrent dans la propriété du colonel, sur les hauteurs boisées de Rio. La discussion fut d'emblée sur le sujet qui préoccupait Ângelo :

« Mon colonel, quand je suis entré à l'Académie, vous avez proposé à mon père de me recommander pour une place. Il s'agissait, je crois, d'une charge de lieutenant dans le bataillon de fusiliers de la garnison royale. Vous en souvenez-vous ?

— Je m'en souviens.

— Le poste a-t-il été pourvu ?

— C'est autre chose. Le bataillon a été dissous depuis l'Indépendance.

— Tiens !

— Quand l'armée brésilienne s'est émancipée des forces portugaises, toute l'organisation a été revue. Mais n'ayez crainte, j'ai toujours des amis au secrétariat à la Guerre… Si vous cherchez une affectation, je peux vous aider ! Peut-être dans le bataillon de l'empereur, ou dans la garde d'honneur ? Le casernement est à Rio. C'est un poste tranquille. »

Ângelo refusa le cigare que le colonel lui tendait mais goûta le jus de maracujá qu'un esclave, pieds nus et gants blancs, venait de poser sur le large accotoir de son fauteuil.

« Cela vous étonnera peut-être, confia le jeune

homme, mais je cherche une mission… plus exposée. »

Un cigare fumant à la main, le colonel couvrit Ângelo d'un œil bienveillant où perçait même, sembla-t-il au visiteur, une pointe d'admiration.

« Je reconnais bien là le sang bouillant des Rymar ! Votre père aurait parlé ainsi ! Avant l'Indépendance, il s'était fait à Rio une réputation de va-t-en-guerre ou, comme nous disions, de *chevaucheur de boulet.* Rien ne l'ennuyait davantage que la paix. Elle ne profitait guère, affirmait-il, qu'"aux vendeurs de hamacs".

— Mes raisons sont différentes, nuança le garçon. Cependant, il me tarde comme lui d'être au combat.

— J'en fais mon affaire ! promit le colonel en soufflant un trait de fumée bleue. Ah, quelle joie de vous écouter ! Il me semble rajeunir de trente ans ! »

Ângelo remua une cuillère au fond de son verre pour mélanger la pulpe qui s'y déposait.

« Colonel, puis-je vous poser une autre question ?

— Posez, voyons ! Pas de façons entre nous !

— Pourquoi n'a-t-on jamais satisfait aux vœux du commandant Rymar de reprendre du service ? »

Ayant mouché le cigare sur le cuir de sa botte, le colonel héla son esclave pour lui offrir le mégot. Un sourire gêné monta sur les lèvres du serviteur. Ce dernier en allé avec son présent, le maître de maison confia à mi-voix :

« Il faut les cajoler, maintenant, pour qu'ils consentent à nous servir ! Sept ans déjà que l'Angleterre a prohibé la traite des nègres… Figurez-vous le désordre, si cette nouveauté parvenait chez nous ? »

Ângelo crut que son hôte esquivait la question. Mais le colonel, se carrant au fond du fauteuil, ses doigts maigres croisés sur son genou, lança :

« Et qu'aurions-nous fait, sur un champ de bataille, d'un officier au pied de bois ? Hum ?

— Le vice-amiral Nelson a perdu l'œil et le bras droits. Il n'en a pas moins défait la flotte française à Trafalgar !

— Votre père est bon officier, il a remporté des victoires. Je crains toutefois qu'il ne puisse soutenir la comparaison avec ce héros anglais.

— Colonel, me cachez-vous quelque chose ? »

Depuis le début de leur conversation, l'ombre des citronniers avait tourné avec le soleil, laissant maintenant les deux fauteuils à découvert. L'officier saisit ce prétexte de déplacer son siège et chicota l'esclave qui n'avait pas renouvelé assez vite les rafraîchissements. Il prit encore le temps d'inspecter ses ongles avant de répondre :

« Oh, et puis... qu'importe, après tout ! Quel âge a maintenant votre père ? Quarante-neuf ans, peut-être cinquante ? Sa carrière dans l'armée s'achève, et le nouvel empereur le connaît mal. Je ne risque rien à vous dire ce que je sais.

— Je vous écoute, colonel.

— Ce n'est pas un talent musical qui a favorisé votre père au poste de conservateur. De cela, je pense, vous vous doutiez...

— En effet.

— Les raisons sont politiques. Connaissez-vous vos ancêtres ? »

Cette question inopinée troubla Ângelo. Le colonel soupçonnait-il qu'Eduardo Rymar l'avait adopté ? Pour trouver une contenance, il leva son verre plus haut que son visage, comme pour porter une santé, mais l'appuya seulement contre son front où il le fit rouler, regardant l'officier au travers du cristal embué.

« Non ? supposa le colonel. Eh bien, sachez que votre arrière-grand-père, qui s'était illustré au service de Jean le Magnanime, bénéficia grâce à lui d'un riche mariage : il épousa une proche parente de la reine, Marie-Anne d'Autriche. Le premier enfant mâle né de cette union préférait le climat de Vienne à celui de Lisbonne et partit s'installer dans la patrie de sa mère, où se fixa aussi toute sa descendance. Ainsi...

— Colonel, où voulez-vous en venir ?

— Vous avez raison, ces développements sont fastidieux. Qu'il vous suffise de savoir que votre père, Eduardo Alfonso Rymar, se trouve par un jeu compliqué d'alliances et de successions apparenté au roi Dom João. Si ce dernier était démis, il pourrait prétendre au trône.

— Je n'en crois pas mes oreilles ! Mon père n'en a jamais parlé !

— Bien sûr, il l'ignore. La vérité lui a été cachée, comme à ses frères et sœurs, pour ne pas créer d'autre rival au roi. Il pense que son oncle a péri en Autriche, victime d'une fluxion de poitrine, et qu'ainsi la lignée s'est éteinte... Rien n'est plus faux !

— Pardon, colonel, mais je ne vois pas le lien avec cette charge de conservateur...

— Il importait au prince-régent que votre père contracte mariage et qu'un fils lui naisse au Brésil ;

du moins, que votre famille prenne souche ici, loin de la métropole. La paisible charge de conservateur a été inventée dans ce but. Il semble que les desseins de Dom João se soient pleinement réalisés. »

Ces révélations ne concernaient Ângelo qu'au second chef. Il feignit pourtant la stupeur. Le verre du colonel s'avança à la rencontre du sien, le heurta gentiment.

« Allons, remettez-vous ! Ce sont de vieilles histoires ! L'avenir vous appartient, et cet avenir est radieux ! Je bois à vos succès militaires ! »

Soucieux peut-être de racheter une confession trop brutale, le colonel s'entremit pour Ângelo le soir même. Une semaine ne s'était pas écoulée qu'une estafette portait au jeune homme son ordre de mobilisation : il était appelé à rejoindre sur-le-champ le corps expéditionnaire que l'état-major envoyait à Bahia, dans le Nord, pour mater une insurrection de Noirs. Contre toute règle, le fils Rymar enlevait d'emblée le grade de lieutenant, commandant une trentaine d'hommes.

Bien qu'Ângelo voulût cette convocation et qu'il eût travaillé à l'obtenir, ce départ imminent le brusquait. Il sollicita l'état-major d'un délai, quelques jours, pour prendre congé des siens. On lui répondit que c'était impossible, que l'un des trois navires de l'expédition mettait déjà à la voile. L'Académie, par chance, se trouvait sur le chemin du port. Ângelo put embrasser son frère avant d'embarquer.

« Alors, bien vrai, tu t'en vas ? s'enflamma Horácio. En voilà une nouvelle ! Quand père l'apprendra…

— Ne dis rien, il le prendrait en mauvaise part. Je lui écrirai sur le bateau.

— Sois prudent ! La vraie guerre, c'est autre chose que la guerre de papier !

— Je te le promets. »

Les deux frères se donnèrent l'accolade puis l'aîné s'éloigna à toutes jambes, un baluchon sautant sur son épaule.

L'enseignement dispensé à l'Académie préparait non des guerriers, mais des savants en arts militaires. Quoiqu'il inclût des exercices physiques, surtout la nage et l'équitation, il s'agissait non d'endurcir le corps mais de le cultiver — peut-être aussi de prévenir cet embonpoint dont beaucoup de Brésiliens, amateurs de sucreries, étaient précocement affligés. Sans conteste, les cadets de l'école portaient beau : leur parade annuelle figurait, avec la procession de la Fête-Dieu et celle de Saint-Sébastien, patron de la ville, parmi les spectacles les plus appréciés des Cariocques. Les bourgeois venaient y constater l'éclat et la santé des jeunes garçons, relève florissante de l'empire, et l'utile conversion de leurs impôts en boutons timbrés et plumets naturels. Quant aux femmes, on devine quel agrément elles trouvaient à ce défilé : les plus jeunes le suivaient avec envie, les autres avec nostalgie — mais toutes, le cœur battant.

Il n'empêchait que ces beaux disciples de Mars n'avaient qu'une idée vague et plutôt littéraire des batailles qu'ils livreraient un jour. Certes, ils étaient instruits de la façon d'armer un port ou de conduire un siège, ils maîtrisaient mieux que personne la construction des ponts flottants... En revanche, rien du bruit de la guerre, de ses tableaux furieux, de ses odeurs fétides — bref, de sa réalité physique n'éveillait leur conscience. La guerre, supposaient-ils, était un déploiement de force sous le contrôle de la raison. Ils se figuraient des rencontres réglées, presque courtoises, avec échange de lettres et sommations légales. Ce pouvait l'être, en de rares occasions, quand précisément d'anciens élèves menaient le combat. Mais quand prenaient les armes, non des soldats de métier mais des esclaves au désespoir, la guerre alors montrait son vrai visage : celui d'une barbarie sanglante, d'un chaos dévorant.

Pas plus que ses camarades, Ângelo débarquant à Bahia n'était préparé à ce qui l'attendait. Il savait que la Révolution française avait semé dans la région des idées dangereuses, qu'une première fois des paysans sans terre, des soldats sans emploi, des artisans sans travail avaient pris les armes au nom de la liberté. L'insurrection avait été matée, mais le feu couvait sous la cendre. Vingt ans plus tard, l'agitation reprenait. Elle était le fait surtout d'esclaves nègres qui exigeaient d'être affranchis, voulaient pêle-mêle la république, la liberté, l'égalité et la fluidité du commerce. Des combats avaient lieu dans la rue, parfois à l'arme blanche, les insurgés palliant le manque de munitions par des déferlements de haine. Malheur au soldat tombé dans l'embuscade, à celui dont le fusil s'enrayait : il finissait pendu à une poutre d'écurie, sinon traîné derrière un cheval à la crinière en feu. Alors, face à ces désespérés que le capitaine de l'expédition nommait des « féroces », on tirait sans sommation, on tuait sans quartier. C'était la consigne que l'officier avait passée au fils Rymar :

« Inutile de parlementer, ce sont des brutes ! Vous perdriez votre temps. N'espérez pas non plus, si vous en blessez un, faire fuir les autres : ils fouleront son cadavre, plutôt que de battre en retraite ! La seule chose à faire, c'est de tuer les meneurs.

— Compris, mon capitaine. »

Ângelo commandait un peloton de vingt-huit voltigeurs, qu'il avait divisé en quatre groupes pour faciliter leur progression dans les ruelles du port. Cependant, dès la descente du navire, le lieutenant Rymar rencontra des difficultés que n'avait pas prévues son manuel militaire : l'un des hommes était à demi sourd, qui n'entendait pas ses ordres ; tel autre grelottait de fièvre ; un troisième traînait la jambe en grimaçant à chaque pas. Ângelo s'interrogea s'il n'écopait pas des plus mauvais éléments, dont les officiers aguerris se déchargeaient sur les plus jeunes. Mais bien sûr, il n'était pas question de s'en plaindre à quiconque ; il fallait s'accommoder de cette mauvaise troupe.

Pour comble de malheur, le choix que fit Ângelo de contourner par l'ouest les entrepôts de cannes, dans l'espoir de prendre à revers une levée de barricades, conduisit au désastre : passant le coin du dernier hangar, le peloton tomba nez à nez avec une bande de nègres armés de pierres et de bâtons, mais aussi de grenades volées on ne savait où. Les soldats et les émeutiers se découvrirent au même instant mais ce furent les seconds, lancés déjà dans la bagarre — sous l'emprise aussi de plusieurs litres de *cachaça* —, qui ouvrirent les hostilités. Aussitôt de gros cailloux s'abattirent sur les hommes du peloton, lesquels, couchés, accroupis, adossés peureusement aux murs de l'entrepôt, essayaient en vain d'allumer leurs fusils. Une grenade jetée sur le sourd lui explosa au visage ; il tomba, face fumante contre terre, tandis qu'une volée de négrillons s'emparaient de son arme et de son chapeau. Deux autres soldats furent assaillis à coups de planche cloutée. Il s'en trouva six, encore, un petit groupe hérissé de baïonnettes comme un oursin de ses piquants, qu'une déferlante de nègres torses nus provoquait d'injures hurlantes et de gourdins. La confusion était totale. Il incombait au chef de crier le repli, de reformer les rangs quelques mètres en arrière pour lancer la riposte.

Ângelo le savait. Il avait étudié à l'école maints cas semblables, et d'habitude excellait dans leur résolution. Mais c'était bien différent, de bûcher un problème crayon à la main dans le confort d'une salle d'études et d'affronter une vraie mêlée, avec l'uniforme sale qui vous tient chaud, la sueur grasse qui roule dans vos yeux, tous ces regards haineux dardés sur vous et l'horrible gâchis d'hommes qu'on ne peut arrêter.

« Mon lieutenant ! Fichons le camp d'ici ! »

C'était le sergent qui l'agrippait, le tirait à l'abri car Ângelo, hébété, se tenait debout au milieu de la rue. Le fils Rymar parut enfin s'ébrouer. Quelques pensées se lièrent dans son esprit, assez pour faire une décision. Il tira son sabre, ouvrit la bouche mais… aucun son ne sortit. C'était le même empêchement que tantôt, chez le père Maurício, pour souffler dans le clairon : l'air lui manquait. Le sergent, plus haut gradé après Ângelo, l'aurait peut-être relevé si un projectile, au même instant, n'avait explosé tout près d'eux. Les éclats volèrent alentour sans qu'aucun heureusement n'atteignît les soldats. Mais le fracas avait été terrible... Le sergent tomba sur les genoux, hurlant, les mains sur ses oreilles ensanglantées ; quant à Ângelo, il perdit l'usage des siennes pendant trois ou quatre secondes et ne recouvra son ouïe qu'à moitié. Une stridence lointaine hantait son organe, dont tous les bruits semblaient comme engoncés.

Je suis sourd ! Je ne jouerai jamais de musique ! pensa Ângelo en détresse.

Hagard, il s'avança, les bras battant la poussière que la déflagration avait soulevée et qui ne retombait plus. Le nuage creva enfin ; un tableau de mort gifla ses yeux. Une vingtaine de soldats gisaient à terre au pied de leurs meurtriers. La plupart n'avaient plus les couleurs de la vie et, pantins abandonnés à toutes les violences, subissaient le pillage brutal de leurs armes, munitions, ceintures et uniformes. D'autres gémissaient encore, sur lesquels les nègres s'acharnaient au couteau ou au bâton, pour épargner les balles. Il vit des scènes atroces : un géant édenté, le torse musculeux barré d'une cartouchière, pissait dans la bouche d'un moribond ; une négresse aux longs doigts effilés les plongeait dans des plaies ouvertes et en sortait les plombs. Quelques oiseaux urubus d'une couleur indécise prélevaient déjà, sur les cadavres abandonnés, leur abjecte pitance.

Il eut un haut-le-cœur. Se détournant sans hâte, le lieutenant Rymar rebroussa chemin vers le navire qui l'avait débarqué. On ne sait par quel prodige il échappa à l'attention des émeutiers et parvint indemne, bien qu'encore assourdi, à la plage où les siens avaient dressé leur camp. Il retrouva là cinq ou six soldats de son peloton qui l'accueillirent avec des insultes, le poing levé. Quelqu'un, d'une rapide calotte, fit tomber son chapeau. Un autre courut au capitaine lui désigner le lâche. Le chef d'expédition s'avança à pas lents vers Ângelo et, d'un élan humain mais peu réglementaire, lui arracha ses pattes d'épaules. Ensuite, la mâchoire serrée, le regard dur, il signifia au jeune homme sa mise aux arrêts.

Cet incident marginal d'une opération d'arrière-plan obtint pourtant les faveurs de la presse. Peut-être parce qu'il était connu et brillait d'un certain éclat dans les milieux portugais de la capitale, le nom de Rymar apparut dix-huit jours plus tard en première page du *Rio Herald*, du *Macaco brasileiro*, du *Papagaio*, du *Volantim* et d'autres revues cariOques. S'y accolaient des épithètes peu flatteuses : traître, fuyard, pied-plat, déserteur, capon, etc. Maniant l'injure dans des styles divers, avec plus ou moins d'aigreur selon qu'ils appartenaient ou non au camp de l'empereur, les journaux relataient les mêmes faits. Accusé d'avoir livré vingt-deux hommes à une mort certaine, le lieutenant Rymar avait été destitué de son commandement et mis aux fers, en attendant une probable comparution devant la cour martiale. Deux jours avant l'impression des articles, le navire transportant le prisonnier avait accosté à Rio. Selon toute probabilité, Ângelo séjournait maintenant à la prison militaire du Castel.

Le commandant Rymar eut vent de l'affaire par Querubim, qui avait recueilli les confidences d'un membre de l'état-major, mais c'est en lisant l'édition du *Reclamação do Brasil* datée du onze décembre 1825 qu'il en apprit les détails. Il lut douze fois son patronyme, et reçut douze coups de poignard. Avec la minutie des vraies colères, il nota sur une déchirure de papier le nom du signataire de l'article, Evarista da Veiga, et prit des renseignements sur lui. L'homme, apprit-il, se piquait de musique, ce qui accrut la haine de l'artilleur. Tant il était nerveux, il finit le dîner avec une fourchette inutilisable, qu'il avait tordue à en briser les dents.

« Qu'allons-nous faire au sujet d'Ângelo ? » demanda bravement Rosalia.

Sur la table nappée de lin, le plat du capitaine avait refroidi sans qu'il y touchât ; le verre était plein, le pain entier, un fruit nu séchait près de l'assiette. Lui-même s'était figé dans une posture inconfortable, juché d'une fesse sur le fauteuil — ce qui l'obligeait, pour garder l'équilibre, à planter sa jambe morte telle une béquille. Mais tout valait mieux que d'endurer la moiteur râpeuse du tissu d'uniforme dans la chaleur de décembre.

« Eduardo ? » insista son épouse.

Rymar libéra un profond soupir, où s'écoula tout l'air de ses poumons. Les muscles de son cou connurent un genre de relâchement qui fit s'incliner la tête : un tourbillon de boucles noires roula sur son front. Puis l'officier parut se ressaisir. Sa main s'empara d'une salière en argent qu'il secoua violemment au-dessus de l'assiette, jusqu'à blanchir toute la viande.

« Je pourrais intervenir... Ce garçon le mérite-t-il ?

— Tu n'exposerais que ton orgueil, or sa vie est en jeu !

— Vingt-deux ont été perdues par sa faute.

— Ce sont des phrases, Rymar, ton fils va mourir ! »

La voix de Rosalia s'était fêlée sur ce sinistre augure. À trois reprises, elle but son verre d'un trait et le tendit à Lisandra pour le remplir. Rymar avait entamé la découpe du poulet immangeable et portait chaque morceau à sa bouche, le mâchant, l'avalant calmement malgré l'excès de sel. Ces deux manies se complétaient bizarrement : on eût dit que l'épouse comblait la soif de l'époux.

« Est-ce vraiment mon fils, Rosalia ? Il serait temps que la chose soit tranchée ! Car tantôt tu me l'accordes, tantôt me le reprends, selon ce qui sert le mieux tes affaires ! Alors, posons une fois pour toutes qu'Ângelo n'est pas de ma lignée ! J'admets volontiers mes torts : je l'ai poussé dans une carrière qu'il n'avait pas voulue, je l'ai chargé d'ambitions qui n'étaient pas les siennes. Cela fait-il de moi, pour jamais, son débiteur ? Est-ce mon devoir perpétuel de racheter ses erreurs, de payer ses bévues, enfin de régler tous les égarements d'un mauvais sujet ?

— Tu ne veux donc pas l'aider ? » gémit Rosalia dont les bras s'affaiblissaient d'émotion et qui, soudain, n'était plus assez forte pour soulever son verre.

Rymar n'eut pas le cœur de piétiner son dernier espoir. Il quitta sa chaise pour gratifier son épouse d'un baiser au front qu'elle esquiva avec humeur.

« Alors, iras-tu ? s'obstina Rosalia.

— Pas avant ma sieste… Ce garçon ne m'a déjà coûté que trop de sommeil ! »

Rymar attendit le lendemain pour se rendre à la prison militaire, au risque qu'Ângelo fût déjà jugé. Par chance, le manque de témoins, ou plutôt leur grand éloignement avait retardé l'instruction du procès. Il s'ouvrit donc sous l'influence du commandant qui, reconnaissons-le, ne ménagea pas ses efforts auprès des jurés. Aux plus réticents, il rappela doctement qu'un héros de l'envergure de Napoléon s'était attiré à Jaffa le sobriquet de « général à dix mille hommes par jour » — en comparaison, le forfait de son fils semblait dérisoire —, et qu'on ne fait pas de guerre sans consommer beaucoup de vies.

Il est difficile d'estimer ce qui, dans le jugement de la cour, rappelait l'œuvre du père ou l'éloquence du fils. Toujours est-il que le lieutenant Rymar échappa à l'exécution capitale et ne connut, en fait d'emprisonnement, que les cinq semaines séparant son arrestation de la séance du tribunal. Une sanction toutefois lui fut appliquée : la dégradation militaire. Ângelo perdit ses galons d'officier et devint fantassin de deuxième classe, inapte à commander, tout juste bon à faire la volonté des autres soldats, innombrables, qui avaient autorité sur lui. Son diplôme de l'Académie fut déclaré nul.

« Avez-vous le désir sincère de vous amender ? l'interrogea pour finir le juge.

— Je ferai de mon mieux, votre Honneur », répondit courtoisement le jeune homme.

De ce succès, Rosalia paya son époux au comptant, en cédant le soir même à des fantaisies érotiques qu'elle avait refusées obstinément depuis leur mariage, parce qu'elle les jugeait avilissantes et contre nature.

Horácio avait suivi les événements avec inquiétude et, jouant du nom qu'ils partageaient, s'était rendu plusieurs fois à la prison pour visiter son frère. Ce fut lui qui accueillit Ângelo quand l'ancien lieutenant, hâve et très amaigri, sortit enfin de son cachot le jour de Noël 1825. Il était venu accompagné d'une jeune femme, Isaura dos Santos, qu'il présenta comme sa fiancée.

« Tu ne m'en avais rien dit..., observa l'aîné.

— C'est tout neuf ! Isaura est la secrétaire du colonel directeur. »

Ângelo considéra Isaura avec plus d'attention, et se rappela l'avoir croisée dans les bureaux de l'Académie. Mais sa silhouette assez commune et le parti médiocre qu'elle tirait de sa chevelure — il y traînait toujours, ainsi qu'une croûte dans le potage, un gros peigne haut de deux palmes — ne lui avaient attaché qu'un faible souvenir. Sous l'examen du soldat au beau regard, Isaura sentit ses joues se colorer.

« Qu'est-ce que l'armée veut faire de toi ? »

Ângelo fit répéter la question car son oreille blessée — c'était la gauche, celle du côté de l'explosion — restait hantée d'acouphènes. Il expliqua qu'il bénéficiait d'une courte permission, de quoi prendre du repos. On l'affecterait ensuite à des missions de combats, sûrement les plus ingrates.

« Triste affaire... », se désola Horácio.

L'ancien lieutenant haussa les épaules et quêta un peu de tabac auprès des deux jeunes gens. La prison lui avait donné ce vice. Une liasse de papiers sous son coude intriguait le cadet : Ângelo l'étonna fort en répondant qu'il s'agissait de partitions.

« Pour passer le temps..., commenta l'aîné. On m'a fourni de quoi écrire. J'ai commencé par rédiger des lettres, mais ça m'ennuyait. Alors, l'idée m'est venue de reprendre ces exercices musicaux. Le cachot, au moins, aura permis cela. »

Pendant les trois semaines qui suivirent, Ângelo déménagea autant de fois, en informant toujours l'état-major de ses changements d'adresse. Eusébio, le colonel, enfin Horácio lui donnèrent l'hospitalité. Chez tous, il se montra un hôte discret, pliant chaque matin ses affaires qu'il rangeait sous un meuble, soucieux de ne pas prendre de place, de ne pas déranger d'habitudes. Si peu il remuait d'air et de mots, c'est à peine si l'on constatait sa présence. Il avait la démarche légère des convalescents, un appétit fluet qu'une assiettée de riz suffisait à combler.

Sa conversation, plutôt rare, n'abordait jamais l'incident de Bahia. En revanche, il parlait souvent de musique et persévérait dans ses tâches d'écriture. Il garnissait des pages entières d'exercices au bas desquelles apparaissait, frileuse encore, l'ébauche de compositions personnelles. Eusébio possédait un piano, le colonel une guitare : grâce à ces instruments, et malgré sa parfaite ignorance du second, il put entendre ce qu'il élaborait. Un jour, Marisa, l'épouse d'Eusébio, le complimenta sur une *modinha* — une romance — dont il était l'auteur. Cet éloge le mit en confiance. Il songea à recopier sa partition pour la soumettre au père Maurício. Puis il y renonça, estimant qu'il y avait loin encore de ce brouillon à une œuvre présentable, fût-elle dans le registre anodin des chansons pour dames.

Les six jours qu'il passa chez Horácio freinèrent un peu cet élan musical car son frère, amateur de tableaux équins et animant déjà une riche collection, ne possédait en revanche aucun instrument. C'était d'ailleurs une maison que le double voisinage du cimetière anglais et d'un monastère trappiste vouait au silence. La rue était peu passante, boudée même des grandes processions qui comblaient toutes les autres. Une règle tacite s'y appliquait : préférer le murmure à la parole et le geste au murmure, comme si pousser la voix dans cet air au repos eût trahi les convenances. Isaura par exemple aimait chanter mais s'en abstenait lors des visites à son fiancé. À la place, elle formait quelques sourires muets, saisissait la main d'Horácio qu'elle serrait de diverses façons pour lui dire ses sentiments. On croyait voir un couple de sourds. Ils usaient des mots avec économie, tel le Bédouin de son eau.

Ce silence d'abord déplut à Ângelo. Il regretta d'avoir quitté la maison d'Eusébio, si vivante, alors même que l'officier lui proposait d'y demeurer. Son départ reflétait un louable scrupule : celui de n'être point une charge. Mais enfin, il le privait d'un piano et du soutien complice de Marisa.

Après deux jours chez Horácio, toutefois, son opinion changea. Il venait d'observer un phénomène intéressant : en l'absence d'autres bruits, ceux qui infestaient son oreille prenaient un relief nouveau. Quoique fruits du hasard, les acouphènes se combinaient parfois en phrases cohérentes, en brins de mélodies. Ângelo les transcrivait sur le papier, note à note, comme dans un exercice d'écoute ; il lui semblait écrire sous la dictée d'une muse intérieure. À cette occasion, l'ancien lieutenant se découvrit un don : celui de nommer n'importe quel degré de la gamme, rien qu'en l'entendant jouer. Cette *oreille absolue* s'appliquait à tout genre de production sonore, réelle ou fictive, musicale ou non. Ângelo pouvait situer dans l'échelle des sons aussi bien la voix des instruments que les bruits de la rue — aboiement d'un chien, gargouillis d'une fontaine, grincement d'une roue de calèche, affilage des rasoirs sur la meule du barbier — avec une précision bien supérieure au demi-ton des musiciens. Même, il se vantait de distinguer la cuillère tournant dans une tasse de café de celle tournant dans un bol de thé, ou encore d'isoler un grincement de porte d'un grincement de tiroir.

« Ta botte couine en *la* dièse ! » lançait-il, goguenard, à son frère qui passait en tenue militaire.

Il n'est pas sûr qu'Horácio partageât le goût de l'aîné pour ces jeux d'écoute. Sous prétexte de ménager l'oreille blessée d'Ângelo, il l'incitait à délaisser la musique pour la lecture, celle particulièrement des journaux politiques où l'on trouvait, estimait-il, « une plus utile récréation ». Malgré l'affection qu'il portait à son frère, Horácio ne comprenait pas l'intérêt de suer tout le jour sur une partition grossière quand tant de musiciens habiles, des milliers dans le monde, avaient déjà produit plus de musique qu'on n'en pourrait entendre jusqu'au jour du Jugement.

Peut-être s'agissait-il ici d'une connivence méconnue avec son père et, pourquoi pas ? d'un message du sang ? Tandis en effet qu'Horácio défendait le silence du cloître domestique, Eduardo Rymar soumettait sa propre maison à un régime très sévère, excluant tout genre de musique et jusqu'aux innocents fredons de Lisandra pendant sa lessive.

Le commandant traversait, il est vrai, de douloureuses épreuves. Depuis le jour funeste où son pilon de bois s'était brisé sur le pavé, la santé de l'artilleur avait connu une lente mais régulière dégradation, qu'il attribuait à sa nouvelle jambe et aux « huiles malsaines » que d'après lui elle exsudait. S'il digérait mal, s'il avait des coliques, s'il était pris de toux ou de démangeaisons, c'était à cause du pied de bois. S'il souffrait parfois de vertiges et d'éblouissements — jusqu'à chuter dans l'escalier, c'était encore sa faute, et celle de Querubim qui n'avait pas taillé la prothèse aux bonnes dimensions. L'aide de camp sculpta d'ailleurs trois nouveaux pieds dans des bois différents, le dernier en noyer sur l'ordre de Rymar qui n'en voulait plus d'exotique : il n'y eut pas d'amélioration.

Le symptôme le plus sévère de sa « peste », comme il s'habituait à l'appeler, était la migraine. Rymar connaissait plusieurs fois par jour, et davantage la nuit, un resserrement des tempes qui lui donnait l'impression de subir l'écrasement de mâchoires de métal. Pendant ces crises, le moindre son se propageait dans son crâne en ondes douloureuses, d'autant plus vives qu'il était plus aigu. Même le frottement de ses cils sur les lunettes — il les coupa ras — ou le jeu enfoui des os dans ses épaules, ou le va-et-vient de l'air dans ses narines formaient des bruits insoutenables auxquels le malade échappait en bourrant ses oreilles de coton mouillé. Rosalia le soulageait comme elle pouvait, tisanes et compresses humides, mais veillait surtout au parfait silence de la maison. C'était une règle domestique : quand certaine chandelle devant leur chambre était allumée, des devoirs s'imposaient à chacun. Interdiction à Raimunda de chanter ses psaumes, à Querubim de lancer ses osselets, à Lisandra de chauffer une friture, à Zulmira de nourrir les perruches qui saluaient leur dîner d'un concert de cui-cui.

Les animaux surtout faisaient problème, qu'on ne pouvait bien sûr discipliner comme les humains. On avait beau couvrir les cages d'épaisses tentures pour imiter la nuit, et mettre le turbulent singe-lion à la chaîne, quelque part à l'autre bout de la maison, ça s'agitait quand même. À chaque cri, il semblait à Rymar qu'on lui perçait le pavillon au moyen d'épingles rougeoyantes. Peut-être eût-il fallu séparer les bêtes, car la cohabitation d'un primate et d'oiseaux peureux ajoutait au désordre, mais on n'essaya pas. Leur sort fut joué un matin de novembre 1825, quand coïncidèrent malheureusement une céphalée aiguë du commandant, le rut saisonnier du singe et la panique des perruches à l'approche d'un orage. Écumant, à demi fou, Rymar tomba du hamac et marmotta qu'il allait régler cette affaire une bonne fois. Personne ne put le raisonner. L'artilleur fit décrocher les cages et, saisissant les oiseaux un à un, leur tordit sèchement le cou dans un scandale de plumes colorées. Quant au singe dont il craignait la morsure, il l'abattit à bout portant d'une balle de gros calibre. La détonation, d'ailleurs, manqua le faire évanouir, arrachant à l'officier un cri non moins strident que ceux de l'animal exécuté.

Ce fut le début de destructions rageuses qui, toutes, furent perpétrées pendant les crises du commandant, quand la douleur brouillait son jugement et l'entraînait aux violences. Elles visaient au premier chef les objets musicaux, qu'il ne pouvait pardonner de produire exprès des sons. Les instruments étaient rares dans cette maison qui les avait bannis. Pourtant, une enquête approfondie mit au jour un pipeau, propriété insolite de Raimunda, et un petit modèle de *serinette*, avec laquelle Zulmira tentait d'enseigner des airs aux perruches :

« Tu n'en auras plus besoin, je la confisque ! » annonça crûment l'officier.

Il l'enferma sous clef. Mais quelques jours plus tard, rentré trop tôt d'une promenade à cause d'un gant oublié, il entendit la mélodie grêle et heurtée de la serinette à travers la porte d'une chambre. Sa fille avait trouvé, Dieu savait comment, le moyen d'ouvrir le placard qui renfermait l'instrument. Encore en tenue de ville, le commandant fit irruption chez la jeune femme et lui arracha l'objet des mains. Il projeta la délicate machine contre le mur et recommença, deux, trois fois jusqu'à la briser. Zulmira, alors dans l'âge troublé de l'adolescence, éructait des injures. Quand la serinette fut mise en pièces, le commandant tria du bout de sa botte les morceaux en bois, qu'il jeta dans le fourneau domestique, et la manivelle, le cylindre, les lames en métal qu'il confia à Lisandra pour les porter au ferrailleur. Alors seulement, il parut entendre les cris de Zulmira. Attrapant sa fille par la nuque comme il eût fait d'une bête rétive, il proféra entre ses dents serrées :

« Comment oses-tu manier ces mots contre ton père ? Ne sais-tu pas, ingrate, que tu me dois le jour ? Maintenant, c'est assez. Nous allons te marier et te faire une situation ! Tu n'as que trop langui dans les jupes de Rosalia ! »

D'un agile roulement d'épaules, la jeune femme échappa à la prise du commandant. Rymar vit alors son visage défait, son cou rougi où se lisait l'empreinte des doigts et sentit enfler son cœur. Il eut un mouvement vers Zulmira, les bras ouverts, l'épaule invitante qu'il eût sans doute réprimé naguère. Le père et la fille s'enlacèrent ; Zulmira pleurait à chaudes larmes, Eduardo retenait difficilement les siennes.

« Sois tranquille, ma chérie, je ne t'infligerai pas un mufle ! Nous choisirons un mari à ta convenance… Mais, par pitié, qu'il n'y ait pas de musique à l'église et qu'on fasse taire les cloches tant que j'y serai ! »

Avec le temps, les migraines d'Eduardo Rymar perdirent en intensité. Cependant, tel l'océan qui reflue et dépose son écume sur la grève, elles laissèrent dans l'esprit du commandant une sensibilité exagérée aux sons, surtout aux sons musicaux. C'était une réelle infirmité, non moins gênante que son pilon de bois. Il devenait éprouvant pour l'artilleur d'affronter les bruits de la rue où l'on rencontrait à toute heure du jour, même pendant la sieste, des vendeuses criant leur marchandise et des orchestres ambulants. Lui qui fréquentait volontiers les cercles de jeu et comptait parmi les fidèles de la vénérable Société militaire ou de l'*Assemblée portugaise*, un club mondain, cessa soudain d'y paraître : la musique qu'on y faisait jouer en toute occasion lui vrillait les nerfs. Il s'absenta aussi de l'atelier, ne pouvant plus soutenir le voisinage tapageur des pianos et ce qu'il appelait leur « incessant babillage ». Au demeurant, le nouvel empereur venait de démettre Rymar de ses fonctions de conservateur de l'instrumentarium, sur le constat lucide qu'il n'y avait rien à conserver. Un bref écrit de Pedro Ier, établi le vingt et un décembre 1825, lui signifia sa révocation, avançant pour seul motif une restriction des finances et le caractère honorifique de cette charge créée par l'ancien prince-régent. Rymar n'en prit pas ombrage, d'autant que sa solde lui restait acquise. Il apprécia, au contraire, la clairvoyance de Dom Pedro et se félicita d'avoir enlevé, de vive lutte il est vrai, une décision qu'il espérait depuis près de vingt ans.

Cette nouvelle soulagea beaucoup l'artilleur mais ne fit rien, hélas, contre la maladie de ses oreilles qui semblait empirer. Il lui était chaque jour plus difficile de mener une vie normale, tant les bruits les plus ténus le tourmentaient. C'était au point qu'il songea à déménager une troisième fois :

« Crois-tu que nous nous plairions dans cette maison de Petrópolis ? s'interrogeait l'officier. Maintenant que je n'ai plus de charge au palais, rien ne me retient dans la capitale ! La rua do Ouvidor, tu l'admettras, est bien bruyante. Je ne supporte plus ces réunions d'artistes dans les maisons de sorbets ! Tandis qu'à la campagne… Et puis, ton frère se réjouirait de notre voisinage.

— Si tu veux le silence, il n'est pas à Petrópolis ! Les deux rivières qui sillonnent notre propriété ont chacune leurs cascades, celle de l'Itamaraty jaillit tout près de la maison. Et que fais-tu du bétail qui meugle à longueur de journée, des moulins à sucre qui pilonnent dans un vacarme infernal ?

— Ma foi, tu as raison. Nous ne gagnerions pas au change. »

Querubim suggéra de consulter un médecin, et avança le nom d'un homme qui traitait les cas de surdité chez les clients de l'atelier. Rymar se présenta et fut examiné. Rapidement, le docteur identifia les symptômes d'une *hyperesthésie de l'ouïe* chez son patient. Il conseilla le port d'oreillettes de feutre :

« Elles protégeront vos pavillons des bruits trop forts. Vous les préserverez ainsi d'irrémédiables dommages.

— Allons, docteur ! Cet accessoire est-il indispensable ? Il ferait de moi la risée de l'état-major ! Pensez donc, un artilleur à oreillettes ! On dira que j'ai trop entendu le canon !

— Sinon, vous souffrirez ! La reine Maria était affligée du même mal, et on l'a vue se tordre de douleur. Savez-vous qu'en débarquant à Rio, le prince-régent avait interdit les salves d'artillerie pour ne pas l'apeurer ? Il n'a pas été obéi, hélas ! et la reine a fait une crise.

— Je connais cette histoire... Il me plaît de savoir qu'une figure si éminente de notre royaume craignait la musique. Voilà qui nuance les prétendues affinités de notre peuple avec l'art des sons ! Ah, pauvre Maria, nous la regrettons bien ! »

L'officier soutint l'épreuve quelques jours puis, à bout de nerfs, se résigna à coiffer ces grandes oreilles de cocker, taillées dans un feutre épais, qu'une bride de cuir liait à son menton. Elles étaient de même couleur que son bicorne et semblaient le prolonger. Quelques-uns s'y trompèrent : ils crurent à une parure hivernale, venue de la lointaine Europe, que l'artilleur portait par nostalgie. Il n'empêche. Rymar dut affronter longtemps, jusque dans sa propre maison, les rires et les brocards qu'inspirait cette coiffure. Il les supportait d'autant moins que le remède était peu efficace. Certes, les oreillettes atténuaient les bruits mais en laissaient filtrer certains, à la façon d'un parapluie troué qui laisse passer les gouttes. Une deuxième, une troisième couche de feutre n'apportèrent pas d'amélioration. En dernière ressource, Rymar retourna chez le docteur :

« La cause de vos maux n'est pas dans le corps, conclut l'homme de l'art, et ne peut donc être traitée par la médecine. C'est votre âme qu'il faut sonder ! »

L'officier ne croyait pas aux vertus de l'introspection. Il observa néanmoins que les maux de tête avaient commencé le jour où Ângelo s'était produit avec la fanfare de l'Académie militaire, le jour aussi où son pilon s'était brisé. Cette piste, à tout le moins, méritait d'être suivie. Il s'enquit donc de son fils, apprit qu'Horácio l'hébergeait et, résolu d'avoir une discussion avec l'aîné, se présenta chez le cadet. Hélas, il arriva trop tard : le matin même, Ângelo avait reçu son ordre de mobilisation. À l'heure où l'on parlait, le jeune soldat avait dû embarquer sur le navire qui l'emportait vers le sud, vers la province Cisplatine où de nouveaux troubles avaient éclaté.

Ângelo Rymar ne tarda pas à connaître — et davantage, à ressentir — ce qui dans l'armée brésilienne distinguait un officier du simple fantassin qu'il était devenu. Il avait soupçonné que l'uniforme serait plus grossier, les rations plus maigres, la considération moindre. Il avait deviné qu'il perdrait sa cabine ou sa chambre pour un hamac malodorant pendu dans un dortoir — hamac dont le déploiement, si limité fût-il, se faisait aux dépens du voisin et donc contre son gré. Tout le fourniment du soldat, depuis les galoches en mauvais cuir jusqu'au fusil toussoteux, illustrait le mépris de l'armée. Pour les hommes du rang d'Ângelo, aucune dépense n'était consentie qu'étroitement nécessaire : pas de gants, pas de sabre, pas d'épaulettes, rien d'ailleurs qui brillât, comme si du tailleur au bottier avait couru une consigne d'indigence.

Mais ce dont Ângelo ne s'était pas douté avant de perdre son grade, c'était l'ignorance dans laquelle, par calcul ou négligence, on tenait le troupier. Le soldat du rang exposait sa vie sans souvent connaître le lieu où il combattait ni l'ennemi qu'il devait affronter. Des circonstances qui avaient amené le conflit, il n'avait pas la moindre notion ; de l'état respectif des forces en présence, non plus. Parfois, la victoire était obtenue ou la défaite subie sans qu'il en sût rien ; le pauvre homme recevait avec une égale candeur la médaille honorable ou la balle mortelle, devenait innocemment héros ou martyr.

Voilà pourquoi les questions d'Ângelo, curieux d'apprendre la destination du navire, rencontrèrent un mépris général. On le toisait avec hauteur, on le congédiait avec rudesse, si même on daignait l'écouter, car nombre d'officiers s'esquivaient avant qu'il eût ouvert la bouche. Il fallut quelques jours à l'ancien lieutenant pour s'en accommoder car, d'abord, un reste de fierté lui inspira des paroles de rébellion. Maintes fois, il fut tenté d'en remontrer à des caporaux ou à des sergents, d'un rang inférieur à celui qu'il avait eu. Heureusement, il s'en abstint.

Sa position des plus modestes n'était pas sans avantages. Elle l'allégeait du poids des décisions, si lourd dans une vie d'officier. Son existence suivait désormais un vecteur des plus simples : il n'avait qu'à épauler son fusil ou pointer sa baïonnette quand il en recevait l'ordre. C'était lui qui donnait la mort, mais à l'instant que choisissait l'officier — le geste n'était donc, croyait-il, qu'à moitié le sien.

Au demeurant, le fils Rymar découvrit que *tuer*, cet acte pathétique dont juristes et prophètes, depuis des millénaires, rabâchaient l'interdiction, n'était pas une si grande affaire dans la réalité. Comme en toute chose, seule coûtait la première fois — et certes, Ângelo n'oublierait pas de sitôt la première de ses balles qui fit mouche ni le sang, curieusement fluide, qui jaillit de cette première blessure. Les désagréments étaient certains : les plaintes, les râles, l'aspect hideux de la viande ouverte et des organes déchiquetés. Toutefois, le soldat ne doutait pas qu'ils perdraient dans la répétition beaucoup de leur intensité et qu'ayant tué trente ou quarante hommes il y deviendrait indifférent, comme le paysan s'assourdit aux cris des porcs qu'il saigne chaque hiver. Déjà, le meurtre lui procurait un genre d'excitation. C'était la fierté de loger son tir en pleine cible, le plaisir de sentir sa puissance quand un seul de ses plombs faisait chuter l'ennemi de cheval, enfin la joie de la facilité, puisqu'il fallait si peu (quelques grammes de métal) pour ôter la vie d'un robuste adversaire. L'ancien lieutenant y prenait goût. Si les munitions n'avaient pas été comptées, il aurait peut-être suivi l'exemple des soldats du guet et fait feu sur les lièvres et les moineaux pour passer le temps.

Du point de vue d'Ângelo, cette seconde campagne fut donc meilleure que la première. Elle échoua pourtant et, après quelques échauffourées, les Brésiliens rembarquèrent leurs hommes et leurs canons en laissant provisoirement les rives du Fleuve d'Argent, futur Uruguay, entre les mains des séparatistes. Mais du moins le jeune fantassin y joua-t-il son rôle, tuant onze hommes, montant six fois au feu et agissant toujours de la façon qu'on attendait de lui. Il avait renoncé à comprendre pourquoi il se battait. Sa mission, cette fois, fut surtout défensive : il devait s'assurer que l'ennemi — l'« envahisseur », comme disait le chef d'expédition — ne franchirait pas tel pont, ne forcerait pas tel mur ; et, bien qu'il lui déplût de risquer sa vie pour si peu, il s'exécuta quand même, se voulant irréprochable aux yeux des officiers.

De fait, la prestation d'Ângelo dans l'uniforme de fantassin fut excellente, et d'ailleurs remarquée. Sans doute le fils Rymar eût-il pris du galon s'il n'avait été encore sous l'effet de sa condamnation. Mais le chef d'expédition, semblait-il, avait des ordres ; il s'opposa à toute promotion du jeune soldat.

Ângelo s'embarquant pour cette campagne Cisplatine comptait sur un retour rapide dans la capitale où son nouveau régiment, le troisième d'infanterie, casernait d'ordinaire. Il ne s'était d'ailleurs chargé que d'un faible bagage. Hélas, l'état-major en décida autrement. Les forces brésiliennes avaient été redistribuées sur le territoire et plutôt qu'à Rio, où l'effectif était déjà important, on décida d'envoyer l'ancien lieutenant loin au nord : dans le Pernambouc, foyer d'insurrections régulières. Le régiment y fut cantonné pour deux ans, durée aussi du séjour entier d'Ângelo.

Or, ces vingt-quatre mois furent les plus paisibles qu'eût connus la région depuis longtemps. Les malheureux qui tenaient garnison dans ce fort vétuste et battu par les vagues n'avaient positivement rien à faire, sauf à mener la chasse aux pétrels qui, obstinément, venaient nicher dans les murailles du côté de la mer et causaient beaucoup d'embêtements, soit par leurs cris perçants, soit par leurs fientes qu'ils épandaient de préférence sur la bannière nationale. Pour se désennuyer, les soldats constituèrent une fanfare. La direction en revint à Ângelo, malgré la réticence des officiers à confier cette charge à un simple troupier — mais il était, sans conteste, le plus qualifié pour tenir la baguette. Le fils Rymar raccrocha ainsi à la musique et put même introduire dans le répertoire banal du petit orchestre (marches, hymnes, chansons patriotiques) quelques airs de son cru, assez bien troussés pour se fondre à l'ensemble. La fanfare se produisit souvent à Recife où sa popularité commençait de s'établir quand de nouveaux événements suspendirent son destin.

Un soir d'avril 1828, le colonel fit une déclaration devant tous les soldats réunis et plusieurs familles de pétrels noirs qui semblaient se rendre à la même convocation : le régiment, annonça-t-il, ferait mouvement vers Rio dès la fin de semaine, répondant à l'appel pressant de l'empereur qui redoutait des troubles imminents dans la capitale. Ângelo fut le seul à ne pas s'en réjouir. Il savait que la fanfare serait dissoute et que les instruments — dont la trompette ternie et cabossée mais d'un son très chaud qu'il venait d'acquérir — s'enfermeraient pour longtemps dans leurs étuis. Ce fut en effet ce qui advint.

Le régiment embarqua le deux mai, parvint à Rio le dix-neuf et, dès le début du mois de juin 1828, la révolte des mercenaires éclata, vérifiant ainsi la funeste intuition de l'empereur. À ce qu'Ângelo comprit, trois bataillons du Corps Étranger s'étaient soulevés contre la Couronne, accusée de ne plus verser les soldes. Des Irlandais se retranchaient dans leur caserne du Campo de Sant'-Anna, en menant grand désordre alentour ; des Allemands s'agitaient dans leurs propres quartiers, près du château Saint-Christophe. L'ancien lieutenant participa à la répression avec la violence coutumière, et prit sa part des nombreux morts qu'on ramassa sur le pavé. C'était une nouveauté pour lui de travailler dans le décor familier de la capitale, et aussi une gageure : il fallait veiller, en effet, à ce que les balles adressées aux insurgés n'atteignent ni les nombreux civils qui prêtaient main-forte à l'armée régulière, ni les beaux monuments dressés à l'arrière-plan. Là encore, Ângelo fit merveille. Il semblait que l'art du tir, où maintenant il excellait, se liât mystérieusement à l'art musical, peut-être parce que les deux réclamaient l'attention sur de minuscules grains noirs — les notes, les balles — et leur trajectoire furtive dans l'espace ou le temps.

Ces événements marquèrent aussi les retrouvailles d'Ângelo avec son frère Horácio, gratifié quelques semaines auparavant d'un diplôme de l'Académie militaire. Le hasard amena le premier à servir sous les ordres du second, lors d'une intervention difficile consistant à déloger cinq Irlandais furieux d'un genre de barricade dressée avec des pipes d'eau-de-vie. L'aîné ne portait plus l'uniforme de lieutenant mais celui, terne, du fantassin ; le cadet avait troqué la tenue de l'école contre celle d'un officier des chasseurs — aussi furent-ils un moment sans se reconnaître. Puis, soudain, ils tombèrent dans les bras l'un de l'autre, s'étreignant et riant aux éclats :

« Ma parole, Horácio, c'est toi ?

— Ângelo ! Quelle bonne mine ! »

Impatients de se raconter, ils expédièrent les Irlandais d'un obus bien placé et s'accordèrent une pause, partageant un cigare sous un porche d'église.

« Raimunda a donné son congé…, commença Horácio. Sa tâche avait pris fin avec les noces de Zulmira.

— Quoi ? Notre sœur s'est mariée ?

— Ma parole, tu ne lis pas ton courrier ! Oui, elle a épousé le neveu de Joaquim Antônio Ferreira, le marchand d'esclaves… Lui aussi arme des bateaux pour l'Angola, où il entasse les nègres comme du charbon. C'est pourtant un jeune homme assez tranquille, dont le seul vice connu est l'élevage des abeilles, qu'il pratique en passionné. En tout cas, Zulmira l'adore. Elle habite avec lui une vaste fazenda auréolée de ruches, du côté de Catumbi.

— Comment se porte le commandant ? »

Horácio tapota l'épaule de son frère, raillant encore son ignorance. Car entre-temps, au seul motif de son avancée en âge, sinon par l'effet persistant des amitiés qu'il avait nouées dans le patio des croquemitaines, Eduardo Rymar avait été promu lieutenant-colonel. C'était donc, parmi les nombreux Rymar ayant fait carrière dans l'armée, tout à la fois le moins actif et le plus gradé, celui qui avait livré le moins de combats et remporté le plus de médailles. Il en éprouvait une légitime fierté et, pour prendre rang dans la cohorte de ses ancêtres casqués, commanda un portrait de lui-même à l'artiste français Jean-Baptiste Debret.

« Je connais ce nom..., commenta l'aîné.

— C'est le même qui a dressé les décors pour l'acclamation de Dom João.

— Oui, je m'en souviens ! Notre peintre officiel ! Papa a dû le payer cher ! »

L'atelier de Debret était une maison de belles dimensions, l'une des plus vitrées et lumineuses du quartier de Catumbi. Rymar y avait enduré quelques séances de pose, quittant pour l'occasion ses oreillettes de feutre qu'il n'était pas question, bien sûr, d'admettre dans la composition. Afin de garantir l'immobilité du modèle, on engonça son cou dans un genre de licol assez incommodant. C'était l'explication, paraît-il, de la grimace qu'on voyait à

Rymar sur le tableau, et que le talent de Debret n'avait pu tout à fait détendre. Des bruits divers — le frottement du pinceau sur la toile et, surtout, l'insoutenable ramage d'un bem-te-vi dans le figuier voisin — l'avaient entretenue. Néanmoins, le portrait parut très réussi au lieutenant-colonel, qui acquitta sans barguigner le prix élevé convenu avec l'artiste.

« Pouvez-vous tracer quelques lettres sur le drapeau du fond ? demanda l'officier. Je vois qu'il reste assez de place, entre l'obusier et l'aiguière.

— Bien sûr, que faut-il écrire ?

— *Terror belli, decus pacis.*

— Terreur dans la guerre, honneur dans la paix. Mais… c'est l'inscription sur nos bâtons de maréchaux ?

— C'est aussi ma devise. Sous le pinceau d'un artiste français, elle n'aura que plus d'éclat. »

Deux esclaves, un mulet et une charrette ne furent pas de trop pour transporter la toile, enrichie donc de la maxime latine, jusqu'à la nouvelle maison des Rymar à plusieurs lieues de Rio. Affligé toujours d'une sensibilité morbide aux sons, l'officier avait trouvé refuge loin de la ville, en altitude, dans une vallée rocheuse que n'assaillait aucun bruit. On n'y entendait guère que la brise océanique dans les feuillages étoilés de rares araucarias. Lisandra restait au service du ménage mais Querubim, toujours employé à l'atelier de réfection musicale, s'était installé au palais, dans une belle chambre prêtée par l'empereur.

« C'est à ne pas croire ! s'exclama Ângelo. J'ai voyagé deux ans, et il me semble que le monde a fait sa révolution ! Qu'ai-je accompli, dans le même temps ? J'ai dirigé une fanfare et composé huit chansons !

— Ton oreille va mieux ?

— Que dis-tu ? »

Les deux frères partirent d'un bon rire et rallumèrent un cigare. Il fut convenu qu'Ângelo s'installerait chez Horácio dont la maison s'était agrandie d'un étage. Le cadet proposa même d'y installer un piano à l'usage de son frère, sans crainte d'être gêné : le nouvel appartement, expliqua-t-il, était bien séparé des anciens, et les murs suffisants pour contenir sa musique.

« Je te recommande seulement de garder les fenêtres closes quand tu joueras. Il ne serait pas du goût des visiteurs du cimetière d'entendre pianoter.

— Mais... as-tu un clavier ?

— Querubim m'en prêtera un. Certains instruments n'ont pas été réclamés par leurs propriétaires. Gageons d'ailleurs qu'après les événements d'aujourd'hui, l'empereur fera expulser des Allemands. Il se pourrait bien que l'atelier hérite de nouveaux pianos ! »

Ainsi fut fait. Ângelo devait à sa qualité de soldat de dormir à la caserne au moins trois nuits par semaine. Le reste du temps, il occupait la chambre aménagée pour lui dans la maison de son frère, garnie selon ses vœux d'un piano droit Broadwood que sa maîtresse, l'épouse du consul général de Russie, avait abandonné pour un meilleur. C'était un instrument assez élégant, couvert d'un tapis d'indienne, avec deux chandeliers en bronze et un clavier tatoué de points de cigarettes car la diplomate, autant que son mari buvait, s'adonnait furieusement au tabac. L'aîné appréciait son timbre voilé, aussi prévenant dans les aigus qu'amoureux dans les graves. D'après lui, l'instrument se ressentait d'avoir logé quelques années chez Georg Heinrich von Langsdorff. Il avait pris là-bas « de bonnes manières » et « une certaine tournure slave ».

La musique d'Ângelo en reçut l'influence à son tour. Il délaissa le registre léger des *vulgares modinhas* et des airs à danser pour des œuvres plus mûres, qu'il signait aussi d'une main plus assurée. Sur leur exploitation, en revanche, le jeune homme n'avait pas la moindre idée. Pas plus que naguère, il n'osait les présenter au père Maurício, le seul musicien de valeur qu'il eût rencontré ; d'ailleurs l'école du maître avait fermé, victime annoncée des aléas budgétaires. Les institutions musicales, la *Capela Imperial* et l'*Imperial Câmara*, lui semblaient mieux défendues encore.

Faute de mieux, Ângelo organisa des récitals privés qui réunissaient Isaura Rymar, le sergent-chef Eusébio et sa femme, plus rarement Horácio — lequel, s'il favorisait maintenant le talent de son frère, restait peu mélomane. Les concerts se tenaient toujours dans l'appartement de l'aîné, à la lueur modeste des deux bougies du piano, dans une espèce de recueillement qu'on pouvait attribuer au voisinage du cimetière ou à la tournure grave, presque mélancolique de certaines pièces. Rosalia y fit un jour une apparition et leur apprit que son mari, sur qui les honneurs pleuvaient depuis qu'il avait quitté Rio, venait d'être nommé ensemble à l'ordre du Dragon et à celui de la Croix du Sud par le Registre des récompenses et des honneurs. Il avait aussi intégré, comme quêteur en chef, la prestigieuse confrérie dos Passos qui réunissait les nobles et les parents de l'empereur.

« On dirait que son éloignement convient à tout le monde… », nota perfidement Ângelo.

Il apparut vite que l'installation provisoire allait durer. Ângelo insista alors pour devenir locataire payant de son frère. Il acquittait chaque mois son bail et payait son écot pour la cuisine d'Isaura, dont il n'eût trouvé l'équivalent dans aucun restaurant alentour. C'était un quotidien paisible. L'armée ne sollicitait guère le fantassin Rymar qui de son côté, pour se livrer entier à sa passion musicale, se montrait fort discret. On n'avait pas non plus grand besoin d'Horácio, sorti de l'Académie avec d'assez bonnes notes pour échapper aux postes corvéables, néanmoins trop faibles pour éveiller l'attention sur ses talents. Les deux frères restaient des soldats dans la moyenne, ce qui décevait Eduardo Rymar, tenu informé par Rosalia de leur avancement, mais le flattait aussi : sa propre carrière semblait d'autant plus réussie que les leurs s'annonçaient quelconques.

« Je n'aurai pas été un grand soldat…, analysait, lucide, le lieutenant-colonel. Mais au vu de mes trophées, le soupçon n'en viendra à personne. »

1836

> « Le piano était pour la femme ce que le cigare était pour l'homme : un ami de tous les instants, et un alerte confident. »
>
> José de Alencar, romancier (1829-1877)

Une sorte d'équilibre étant réalisé par le rapprochement des deux frères, le mariage de la sœur et la prestigieuse retraite du père, la famille Rymar aborda des années fort paisibles, pendant lesquelles elle parut échapper aux tribulations de l'empire naissant. La mort du roi Dom João, son protecteur d'autrefois, fut presque indifférente au lieutenant-colonel alors qu'il savoura l'abdication de son fils Pedro Ier, à laquelle il avait secrètement apporté son concours — c'est-à-dire qu'il avait médit de l'empereur avec ses camarades du patio des croque-mitaines. Le Brésil serait gouverné par un conseil de régence en attendant la majorité de Pedro II, l'héritier alors enfant de l'empereur en exil. Ce qu'il restait d'influence à l'artilleur servit à soustraire Horácio et Ângelo (ou, selon ses propres mots, « mon fils et l'autre ») aux opérations militaires menées hors de la capitale. Tandis qu'on se battait dans les provinces du Mato Grosso ou du Rio Grande do Sul, les deux frères tenaient tranquillement garnison à Rio, attentifs à demeurer ensemble quelles que fussent les missions qu'on leur confiât.

Ils ne purent échapper toutefois à une campagne d'importance dans la province du Grão-Pará, à l'extrême nord du Brésil, où depuis dix ans déjà une rébellion de pauvres, en majorité nègres ou indiens, semait la terreur et la confusion. On les appelait *cabanos*, du nom des cahutes misérables qui les abritaient. Observant que l'indépendance du pays n'avait rien changé à leur état, que la terre et le pouvoir restaient aux mains des mêmes, ils avaient pris les armes. Récemment, la ville de Belém était tombée, conquise maison après maison par les insurgés. Ceux des Blancs qui avaient échappé au massacre avaient trouvé refuge en mer, sur des bateaux anglais ou portugais depuis lesquels ils contemplaient, muets d'horreur, l'incendie des fazendas et des greniers à sucre. Mais ce fut une proclamation hardie, celle de l'indépendance du Grão-Pará, qui fit réagir l'empereur. Le général Solares da Andreia fut nommé à la tête de la province et autorisé à mater les cabanos par tous les moyens. La loi martiale fut décrétée en Amazonie. Une forte escadre fut armée, qui appareilla pour Belém. Ângelo et Horácio étaient du voyage avec trois mille autres soldats.

Les deux frères n'avaient qu'une connaissance abrégée de leur pays dont les frontières, il est vrai, dessinaient un territoire immense aux contours indécis. Ângelo devait à l'expédition Cisplatine d'avoir visité un climat plus frais où la neige, disaient les anciens, pouvait tomber l'hiver. Mais Horácio, en dehors de Rio et de Petrópolis, n'était allé nulle part. Malgré son objet militaire, cette navigation donnait au cadet beaucoup d'excitation :

« Belém ! Te rends-tu compte, Ângelo ? Belém ! Combien de nos compatriotes savent que le Brésil s'étend si loin vers le nord ?

— Bien peu, je crois.

— Que sais-tu de Belém ?

— Rien, sauf que le roi Joseph Ier y a naguère envoyé ses bottes pour les faire enduire de caoutchouc.

— Nous pensons habiter une nation comme celles d'Europe parce que nous avons bâti des palais et pavé nos rues. Mais en vérité, nous campons toujours en forêt… une immense forêt trouée ici et là de quelques friches où les Brésiliens sont regroupés. Rio, Salvador, Manaus, São Paulo sont des ponctuations de pierre dans cette longue phrase végétale qui court de l'Atlantique au Pacifique, et d'une extrémité à l'autre du continent ! Notre pays appartient aux arbres plus qu'aux hommes. »

Quand l'escadre arriva en vue de Belém, le dix mai 1836, une bonne brise soufflait de terre, incommode aux marins mais plaisante aux passagers qui connurent de la sorte, longtemps avant d'y mettre pied, l'odeur du continent. À bord de l'*Estrela do pastor*, le brick sur lequel naviguaient les deux frères, des soldats avaient grimpé dans les haubans, délogeant même la vigie du nid-de-pie pour jouir d'un point de vue élargi sur la ville.

Or, Belém en ce temps-là se réduisait à trois plans : au premier, un alignement d'entrepôts, rangée de gueules béantes où patientaient avant l'expédition des monceaux de cannes, de café et de cacao ; au deuxième, les maisons particulières, que les lourdes pluies d'équateur salissaient de noir puis écorchaient jusqu'aux moellons ; au dernier enfin, l'enfilade des églises, dont la modeste élévation sur l'horizon bas des toits formait le seul relief d'une ville horizontale. Au-delà et plus loin, de tous côtés, l'Amazonie déployait sa végétation luxuriante. C'était un déferlement d'arbres qui rencontrant l'eau s'avançaient obstinément de quelques pas, hissés sur de hautes racines, puis cédaient enfin la place aux remous brutaux du fleuve. Les faubourgs de la ville étaient pareillement assiégés. Il semblait qu'au moindre relâchement, au premier défaut de vigilance, le piège vert se refermerait sur la colonie humaine, d'un isolement absurde au milieu de la forêt — anomalie précaire et combattue.

Dans l'attente du débarquement, Ângelo avait rejoint les autres soldats près des chaloupes, tandis qu'Horácio se mêlait aux officiers sur le gaillard. Une forte pluie balayait le pont, dont le fantassin sentait s'imbiber sa capote. Il fallait tenir le fusil à l'oblique pour éviter que l'eau ne pénètre le canon et ne mouille le bassinet. Pourtant, les places les plus cotées n'étaient pas à l'abri, sous le couvert des voiles, mais sur la lisse bâbord, exposée au vent et donc à la fraîcheur.

« Nous n'allons pas à terre aujourd'hui ! » annonça un sergent.

Les fantassins dégoulinants s'amassèrent autour de l'officier, puis s'espacèrent, en sueur, car la chaleur de l'attroupement était insoutenable.

« Pourquoi ? gémit le fils Rymar, impatient lui aussi d'échapper au bateau.

— Belém va être bombardée. C'est un moyen plus sûr d'effrayer les rebelles. »

De fait, plusieurs navires de l'escadre engagèrent des manœuvres pour présenter leur flanc armé à la ville. Quelques heures plus tard, dès l'interruption de la pluie, un feu nourri partait des sabords. Les canons étaient relevés pour étendre au maximum la portée des tirs. On voyait distinctement les boulets s'élever, culminer, infléchir leur courbe vers les vagues, puis retomber certains en pleine eau, d'autres mieux ajustés sur un toit ou sur une façade. Tant l'averse avait rincé la ville, les incendies tardèrent à s'allumer. Le feu gagna lentement des entrepôts d'où s'éleva une fumée noire aux relents de vesou. Méthodique, le bombardement dura jusqu'à minuit. Chargées toutes les minutes, sans un instant de repos, les bouches de bronze rougeoyaient dans l'obscurité. Quelques voix s'élevèrent contre ce traitement cruel infligé à une population déjà ravagée par la faim et la variole. Le général répondit que les cabanos n'auraient pu occuper Belém sans complicités et que la ville n'abritait plus, d'ailleurs, que des hommes à la peau diversement foncée. Jamais, en tout cas, les guetteurs munis de longues-vues ne virent silhouette humaine sur le fond clair des brasiers. Le bruit courait qu'une grande partie des cabanos avaient déjà fui à bord de pirogues ou s'étaient enfoncés en forêt. Leur chef aussi, le jeune Eduardo Angelim, saigneur de caoutchouc dont le nom rappelait celui d'un bois très dur, avait disparu on ne savait où.

« Il ne perd rien pour attendre…, menaça Solares da Andreia. Demain, nous lui donnerons la chasse, à lui et à ses comparses ! »

Dès que la clarté du jour le permit, les bateaux se mirent en mouvement et remontèrent le fleuve aussi loin qu'il était possible à des embarcations de ce tirant. Les fantassins furent déposés en divers points du rivage, partout où s'ouvrait une clairière dans le front serré de la jungle. Le navire des Rymar accosta sur une pointe de sable qui s'avançait isolée au milieu du courant. Les frères Rymar bondirent à terre et se groupèrent autour du capitaine qui commandait leur détachement. L'officier leur transmit ses ordres à l'ombre des muscadiers car le soleil, perçant par intervalles les nuages à pluie, dardait ses rayons comme des flèches. Cela ne dura qu'un moment, pourtant la moitié des soldats sortirent du couvert en hurlant et en arrachant leurs chemises : chaque pli des uniformes était infesté de fourmis rousses, probablement chues des feuillages.

« Nous voilà beaux ! soupira Ângelo en secouant violemment son shako.

— Ne gaspille pas la nourriture ! plaisanta son frère. Ici, on mange les fourmis en ragoût. »

Plusieurs patrouilles avaient été formées, qui s'enfoncèrent résolument dans l'épaisseur végétale. Jamais, avant ce jour, l'ancien lieutenant n'avait songé que l'enchevêtrement des arbres et des plantes pût former un mur aussi compact. Il vit des frondaisons tellement serrées qu'on n'y pouvait glisser le bras — personne ne s'y fût risqué, du reste, car les vermines de toutes espèces y pullulaient. La machette devait travailler longtemps avant de faire son trou et même lorsqu'il était fait, c'était une caverne de feuillages obscure où l'on pénétrait le dos voûté, les mains tâtonnantes, inquiet à chaque pas du serpent *surucucú* ou du scolopendre qu'on pouvait déranger. Un sentiment d'oppression vous gagnait, à mesure qu'on s'engageait plus loin sous le couvert. Par moments, l'on croyait suffoquer. L'étage supérieur de la jungle, en croissance perpétuelle, disputait l'air et la lumière à l'étage inférieur, fétide et pourrissant. Le marcheur s'avançait entre les deux, menacé eût-on dit d'écrasement.

« Cette forêt n'en finit pas ! se plaignit Ângelo. Comment rattraper des hommes qui sans doute ont marché toute la nuit, sans supporter le poids de nos fusils ni l'inconfort de nos bottines réglementaires ?

— Soldat Rymar, ne sapez pas le moral de vos compagnons ! Et puis, réjouissez-vous que les cabanos ne soient pas tous armés, car ils connaissent cette jungle mieux que nous ! Dans un échange de tirs, nous aurions certainement le dessous... »

La patrouille franchissait souvent des cours d'eau sillonnant la forêt tels des serpents boueux ou parfois, plus larges, y frayant des veines ensoleillées. Elle rencontra par hasard un campement de pêcheurs abandonné. Une carcasse d'agouti gisait dans les cendres encore tièdes du foyer. Sous les filets mis à sécher, trois pirogues intactes reposaient sur le flanc : deux d'un modèle léger, formées d'un rouleau d'écorce ligaturé aux extrémités ; une plus lourde, où l'on reconnaissait un tronc façonné à la hache et creusé au feu. Le capitaine les réquisitionna au nom de l'empereur. L'aîné des fils Rymar embarqua sur une pirogue d'écorce, le cadet dans la *ubá* en bois qu'il fallut, avant d'y prendre place, vider de sa cargaison de cacao sauvage. Ensuite les pirogues furent mises à l'eau et l'équipage distribué comme l'un des fantassins, métis de Bahia, l'avait vu faire aux Indiens Pataxó : un soldat à l'avant inspectait les fonds, un autre à l'arrière faisait office de timonier, au milieu se tenaient les fantassins agenouillés, leurs fusils entre les jambes.

Pourvu qu'elles coulent dans la bonne direction, les rivières étaient préférables aux sentiers. Cependant, la moindre pente y formait des rapides, le moindre ressaut des cascades. Quand le convoi les rencontrait, plusieurs fois par jour, ou pareillement quand il butait sur un tronc couché en travers du courant, il fallait débarquer pour contourner l'obstacle — une corvée pénible. La patrouille des Rymar ne fit rien, de toute la journée, que pousser la pagaie dans une eau lourde et opaque pareille à de l'huile. À la nuit tombante, elle n'avait couvert que trois ou quatre lieues sans avoir encore aperçu le moindre cabano, ni même décelé de présence humaine.

Toutefois, pendant qu'ils dressaient le camp, les soldats reçurent la visite de cinq Indiens Munducuru armés d'arcs et de sarbacanes, dont le corps disparaissait presque entier sous d'imposants tatouages noirs au jus de génipayer. Le plus jeune ânonnait le portugais, ce qui facilita les présentations. Ils apprirent ainsi que les fuyards remontaient la même rivière et qu'ils avaient d'ailleurs, la veille, fait halte au même endroit. L'interprète s'offrait de guider la patrouille jusqu'à eux, pour le prix de deux bouteilles d'eau-de-vie. C'était un marché honnête. Le capitaine l'agréa et servit, à titre d'acompte, un verre du même alcool à chacun des Indiens.

Dans les jours qui suivirent, l'expédition bénéficia des services efficaces du jeune chasseur, surnommé « nez rouge » à cause de la plume écarlate, d'une paume de long, artistement fichée dans ses narines. Il n'avait pas exagéré ses talents, ni sa connaissance intime de la forêt. Ce qui ne semblait aux fils Rymar qu'une répétition sans fin d'eau et de verdure devenait, sous son regard, un paysage cartographié où l'on pouvait cheminer en confiance. Grâce à « nez rouge », bien des détours furent évités, bien des obstacles franchis sans recours au portage.

Le voyage n'en était pas moins long, qui instillait aux fantassins, assis tout le jour dans leur canot humide, le poison de l'ennui. Il n'y avait guère pour s'occuper à bord que l'écopage du bateau, la mastication des feuilles de *jaborandi* ou la lecture intermittente — car suspendue lors des averses — des bibles portatives dont certains s'étaient munis. Un sergent possédait une guitare miniature, un *cavaquinho*, qu'il partageait avec la troupe. La longue navigation se déroulait sur ce fond musical. Les soldats fredonnaient des airs en les accompagnant du bourdonnement monotone de l'instrument. Cependant, l'équilibre douteux des pirogues interdisait les gestes de trop d'ampleur. Impossible, par exemple, d'utiliser son fusil pour chasser, malgré les tentations nombreuses que formaient les jaguars, les tatous ou les pécaris entrevus sur les berges : à coup sûr, le recul de l'arme eût provoqué un chavirage.

Ângelo, lui, passait le temps en griffonnant de la musique. Il n'avait pas espéré beaucoup dans cette activité, difficile à tenir sous la chaleur qui faisait les mains moites et les yeux larmoyants. À chaque instant, des fourmis chutaient dans l'encrier, des moucherons forçaient ses narines, qu'il fallait chasser d'une grande expiration. Pourtant, des idées lui venaient qu'il n'avait pas eues à Rio, qu'il n'avait jamais connues, peut-être, aussi libres et déliées. Il lui semblait que ses oreilles, dégourdies par l'air chaud, entendaient mieux ; que l'enchaînement des notes était plus fluide lorsqu'il les déposait, gouttelettes noires, sur le papier ramolli.

Et cependant, il en avait l'intuition, le solfège n'était d'aucune utilité ici. Le soldat s'interrogeait s'il pouvait servir ailleurs qu'en ville, si sa construction rigoureuse, image des maisons de pierre aux angles aigus, pouvait témoigner du foisonnement naturel. Impossible de traduire en notes d'une certaine valeur et d'une certaine durée le ramage profus de la jungle. La forêt lui évoquait une partition sans mesure : c'était un orchestre aux mille instruments, exécutant une symphonie riche et foisonnante — mais une symphonie au rythme insaisissable, qu'aucun métronome n'eût pu discipliner. Ângelo écoutait le chant des oiseaux, le cri des singes, la stridulation des criquets ; il prêtait l'oreille au crissement des bambous, à la chute étouffée des mangues. Rien à faire : son pied ne pouvait battre en cadence ! Il semblait aussi vain d'enserrer l'Amazonie dans le cadre étroit d'un tableau que d'enfermer son chant dans une musique à trois ou quatre temps.

« Tu composes ? s'étonna Horácio qui balançait d'une main à l'autre le canon brûlant de son arme.

— J'ai commencé un concerto pour piano…, avoua son frère. Il s'intitulera : *Uirapuru.* C'est le nom d'un oiseau d'ici. Le guide m'a expliqué qu'on n'entendait son chant qu'une ou deux fois par an, pendant qu'il construisait son nid. Sa musique est si pure que les autres oiseaux, paraît-il, font silence pour l'écouter !

— Tu n'écrivais pas des chansons ?

— Maintenant, j'ai d'autres ambitions. »

Ângelo agita sa feuille pour la sécher puis l'enroula avec d'autres, déjà plusieurs. Il commenta, l'air rêveur :

« Je croirai vraiment posséder mon art le jour où mes œuvres rivaliseront d'ampleur et de beauté avec la forêt elle-même, où chaque note sera dans le concert luxuriant de l'orchestre comme la fleur colorée au sein du fouillis végétal. Vois-tu cela ? Il faudrait que de longs *glissandi* de violons, du grave à l'aigu, figurent les lianes qui montent à l'assaut des arbres gigantesques. Avec des *gruppetti,* trois ou quatre notes liées ensemble, on donnerait l'image des fruits en grappes sur les branches ! Et si… »

À cet instant retentit une sèche détonation, suivie d'une autre. L'homme qui maniait la rame sur la première pirogue tomba à l'eau. Un autre, dans l'enfilade des soldats, crispa ses mains sur sa poitrine. Aussitôt, tous les passagers se couchèrent dans le canot, tâchèrent d'armer leurs fusils dans cette posture malcommode. Horácio s'était vautré de même, dont le regard scrutait, farouche, les rives envahies d'arbres. Il crut distinguer un trait de fumée dans l'ombre d'un gros rocher, des formes faufilées entre les troncs.

« À terre ! » hurla le capitaine.

Comme reprenaient les tirs, les pirogues infléchirent leur course vers les berges. Elles n'avaient pas encore abordé qu'une dizaine de soldats sautaient à l'eau. Certains avaient leurs fusils allumés, qui ripostèrent à l'ennemi entrevu. L'un de ces coups au moins dut porter, puisqu'on entendit gémir. Ângelo put ajuster un nègre sur une branche élevée d'un ficus. On en repéra d'autres perchés au même endroit. Ceux-là se rendirent à la menace des canons. Des soldats entrés sous les arbres en capturèrent deux autres, et en abattirent encore trois. Mais l'un des fantassins trouva la mort dans cette équipée tandis qu'un autre, traversant par inadvertance la toile d'une mygale, se plaignait d'avoir été piqué au cou. Au total, le nombre des prisonniers se montait à cinq.

« J'ai quelque chose à faire ! » annonça, sinistre, le capitaine en pointant son arme sur les cabanos.

Il fit signe à l'un des fantassins, dont la mine patibulaire reflétait sa réputation de cruauté au sein du régiment. Les deux soldats s'isolèrent avec les captifs dans un bosquet de papayers. Des cris ne tardèrent pas à s'élever de cette cachette, puis l'on entendit quatre coups de feu à peu d'intervalle. Le capitaine reparut avec son acolyte dont la main ensanglantée portait, chaudes encore et palpitantes, une paire d'oreilles humaines.

« Nous avons laissé courir le dernier, mais sans ses *portugaises* ! ironisa l'officier. Ses complices verront ce qu'il en coûte de braver l'empereur. »

Puis, comme une gêne s'élevait parmi les fantassins, il toisa la troupe d'un air crâne en resserrant sa boucle de ceinture :

« J'ai des ordres stricts, messieurs. C'est une guerre à outrance, une répression sans merci… Si mes façons déplaisent à l'un d'entre vous, libre à lui de retourner à Belém, mais ce sera à la nage, comme déserteur ! »

En poussant plus loin l'exploration de la rivière, la patrouille rencontra une fazenda isolée dont même « nez rouge » ignorait l'existence. C'était d'ici, probablement, que les cabanos avaient lancé leur attaque.

La propriété obéissait à un plan rustique comme on n'en voyait plus qu'aux fermes de l'intérieur. Il offrait l'image d'un temps révolu, celui du défrichage et des premiers colons. Un ruisseau, affluent du cours d'eau qu'empruntaient les pirogues, sinuait parmi les cannes à sucre qui croissaient sur ses berges tels des roseaux sauvages. Elles voisinaient avec d'autres cultures (maïs, haricots, quelques plants de café) aussi peu étendues, et non moins dépendantes de la fraîcheur de l'eau. Un verger tropical composé surtout de manguiers et de goyaviers délimitait les champs. Un peu en amont, deux chenaux étroits avaient été ouverts à la houe pour alimenter des moulins : celui à blé, celui à sucre et celui à broyer.

L'ensemble des bâtiments habillait une surface carrée d'assez faibles dimensions. Au centre se trouvait une grande étendue de terre battue, le *terreiro*, vouée le jour aux travaux agricoles — depuis le séchage du café jusqu'à l'abattage du cochon —, le soir aux fêtes tambourinées des nègres. À la périphérie s'alignaient la *senzala* ou quartier des esclaves, la porcherie, l'écurie à mules et les entrepôts. Quant à la maison des propriétaires, la seule décorative, elle occupait la base d'une colline herbeuse plus qu'à moitié couverte de forêt, l'autre défrichée accueillant son premier peuplement : quelques cacaoyers d'un port chétif, dont le pied s'entourait d'une terre encore fraîche.

Tel était du moins le décor que la fazenda devait offrir aux regards, peu de jours auparavant, et dont la restitution ne pouvait plus se faire qu'en imagination. Ce que les soldats rencontrèrent en descendant de pirogue était un paysage de désolation. L'ensemble de la propriété avait été mis à sac, non seulement les constructions dont ne restait plus un mur debout mais aussi les cultures, ravagées du même élan. Les outils employés naguère à l'entretien des plantations avaient servi cette fois à les détruire : les cannes avaient été fauchées, les bananiers foulés aux pieds; plusieurs grands arbres gisaient au sol, leurs fruits mûrs pourrissant alentour. C'était pour beaucoup de fantassins, fils ou petits-fils de paysans, un tableau révoltant.

« Voyez à qui nous avons affaire ! clama le capitaine, dont ce désastre confortait les théories. Qu'ils n'attendent de nous aucune pitié !

— Nous les ferons payer ! enchérit un soldat, celui qui tantôt avait essorillé un cabano.

— Mais... pourquoi ont-ils fait ça ? s'interrogea Horácio.

— Les insurgés s'attaquent aux fazendas pour

effrayer les propriétaires. Mais si des esclaves grossissent leurs rangs, ils saisissent l'occasion de régler de vieux comptes... »

Le capitaine voulut s'assurer qu'aucun cabano n'avait trouvé refuge dans la maison des maîtres. Il envoya un détachement inspecter les ruines. Ângelo fut désigné avec trois autres. L'oreille aux aguets, leurs fusils pointés, les soldats escaladèrent les marches en pierre, auxquelles tenait encore une rampe noircie par le feu. Dans le vestibule, le plafond en plâtre s'était effondré. Des briques et des moellons jonchaient partout le sol, couvrant l'ancien plancher d'une poudre blanche où s'imprimèrent distinctement les pas des visiteurs — on y lisait aussi, un peu estompés, les pieds nus des cabanos. La même poudre s'était déposée, plus épaisse, sur les premiers cadavres qu'ils découvrirent au seuil de la chapelle domestique. Ainsi fardés, ils offraient l'image paisible de dormeurs sous la neige.

« Laissons-les rêver, nous les enterrerons plus tard ! » suggéra l'un des fantassins.

Ils enjambèrent d'autres corps, une dizaine, dans les pièces attenantes. Au premier examen, il semblait que les cabanos avaient saccagé le bâtiment sans s'emparer d'aucun objet précieux. Dans une chambre, la garde-robe était complète. Des instruments du culte, dont un chandelier en argent et la statuette en ivoire du *saint de confiance*, parsemaient l'autel du petit oratoire. Ângelo dénicha même, par miracle intact, un vieux service à chocolat gravé des initiales du maître. En revanche, les pilleurs avaient fait le même sort aux meubles de famille qu'aux arbres du verger : sous les coups d'un outil pesant, le sofa, la marquise, les bancs, les chaises cannées et surtout l'immense table à dîner — qualifiée d'*élastique* parce qu'un jeu sans fin de rallonges permettait d'y asseoir jusqu'à trente convives — s'étaient agenouillés dans les débris. Il n'était pas jusqu'aux cuvettes à bains et aux urinoirs que les cabanos n'eussent mis en pièces, comme s'acharnant à rendre l'endroit inhabitable.

Les quatre hommes hantèrent longtemps les ruines de la maison, toussant par l'effet conjugué des cadavres en putréfaction et de fumées rousses qui flottaient partout sans s'attacher nulle part. On accédait à l'intérieur des pièces en franchissant des tas de débris, sinon par la fenêtre quand la porte était obstruée. Toutefois, les soldats n'avaient pu s'introduire dans une grande pièce contiguë à la chapelle, peut-être une salle de réception, dont de gros blocs de plâtre faisaient le siège. Ângelo insista pour déblayer l'entrée.

« À quoi bon ? grommela l'un des fantassins. On sait ce qu'on trouvera derrière ! Des morts et des parpaings ! Si tu veux frayer un passage, libre à toi ! Mais moi, j'en ai fini ! »

Les deux autres furent de l'avis de leur camarade et, jugeant leur tâche accomplie, se dirigèrent vers la sortie en époussetant leurs uniformes. Ângelo fut tenté de les suivre mais, piqué de curiosité, revint à sa première idée. Il quitta sa veste qu'il pendit à une tige de fer, y accrocha aussi son fusil par la bandoulière et entreprit seul, au prix de grands efforts, de dégager l'accès au salon. Quand une brèche assez large pour faufiler un corps fut ouverte dans les gravats, l'ancien lieutenant s'y introduisit tête la première et, donnant une poussée des jambes, alla rouler à l'intérieur de la pièce. Ce qu'il vit en se relevant tenait du prodige.

« Sainte mère de Dieu ! » s'écria le fantassin, qui n'avait pourtant pas une grande dévotion.

L'incendie dont avait souffert toute la maison avait dévasté aussi cet endroit. En témoignaient les murs brûlés jusqu'à mi-hauteur et les boiseries largement calcinées. Cependant, par la grâce sans doute d'une averse qui avait réduit l'ardeur des flammes, une moitié environ du salon avait été épargnée. C'était là, sur un tapis Aubusson à motifs orientaux, dans l'ombre d'un lustre aux pampilles de cristal, que s'éployait à la façon d'un grand oiseau, son aile brune dépliée à hauteur d'homme, un immense piano à queue.

Ângelo debout, à distance respectueuse, n'osa d'abord l'approcher. La percée qu'il avait faite au travers des débris créait un courant d'air qui amenait dans la pièce cette fumée blonde dont les autres étaient envahies. Quelques rayons tombés du ciel, ou plutôt des crevures du plafond lui donnaient des reflets d'or pailleté, de bronze en suspension. On eût dit qu'un collier de médailles flottait autour de l'instrument.

Surmontant son trouble, le fantassin s'avança jusqu'au piano et l'effleura des doigts. Un frisson le parcourut au contact de ce bois chaud, un chêne finement marqueté d'acajou et de citronnier, à filets d'ébène, qui paraissait brûler d'un feu intérieur. Il déchiffra le nom sur la barre d'adresse : Robert Stodart. Fabrique anglaise. Puis il remit d'aplomb la banquette renversée, s'assit dessus et, non moins ému qu'en troussant le jupon d'une fille, souleva l'abattant du clavier.

Ângelo eut une hésitation. L'entendrait-on s'il jouait ? Il retourna à la brèche, tendit l'oreille, mais ne perçut aucun bruit. Sans doute le capitaine avait-il choisi d'installer le campement à l'abri des moulins, encore en bon état, plutôt qu'au milieu des ruines. Il reprit sa place et, le pied appuyé fortement sur la pédale de sourdine, pressa quelques touches. Le son était clair et velouté mais le timbre bizarre, presque dérangeant. Ângelo s'interrogea si les cordes n'avaient pas joué dans la chaleur de l'incendie, ou si même la suie n'y avait pas fait dépôt, altérant le son du piano comme la cendre volcanique, disait-on, affectait le chant des violons Stradivarius. En outre, l'accord était chancelant ; bien sûr, il ne devait pas venir beaucoup d'accordeurs dans la région. Le soldat replia le pupitre et inspecta le cordier, qui lui parut sans défaut. Seul détail curieux : une dizaine de cordes manquaient, particulièrement dans les graves où elles s'épaississaient. Quelqu'un, pour une raison inconnue, avait défait les nœuds qui les liaient aux chevilles et les avait emportées.

Ângelo joua un long moment, courant le risque d'être surpris. Mais soudain, l'effroi le saisit. Il s'écarta brusquement du piano comme le meurtrier d'une preuve accablante et jaillit hors de la brèche. Il la referma en toute hâte, bouchant le trou comme il pouvait avec des chutes de plâtre. Le temps de passer sa veste, d'ébrouer son shako, il dévalait déjà les marches du perron.

« Tu en as mis du temps ! protesta Horácio en le voyant paraître. J'allais partir à ta recherche ! Qu'est-ce que tu fichais ?

— J'étais dans la maison. Des gravats bloquaient

l'entrée du salon. Il a fallu remuer tout ce plâtre...

— Tu as trouvé quelque chose d'intéressant ?

— Rien. Rien du tout. »

Le capitaine annonça sa décision d'établir un camp durable dans l'enceinte de la fazenda. Elle offrait un abri, de la nourriture, de l'ombrage, de l'eau potable en abondance — toutes choses qu'on trouvait difficilement en forêt. Ce serait leur base pour explorer la jungle alentour où, devinait-il, se terraient de nombreux cabanos. L'officier demanda ensuite qui des fantassins se chargerait d'évacuer les cadavres de la maison du maître et de les inhumer, avant qu'affluent les bêtes sauvages. Le cadet Rymar se porta volontaire.

« Un geste courageux, jeune homme ! Il ne sera pas oublié. »

Ângelo se mit à la tâche dès le lendemain. Elle consistait à dégager les corps des amoncellements qui les recouvraient, à les traîner dehors, puis à creuser une fosse dans une partie éloignée du domaine, à l'orée de la forêt, où le soldat ensuite les précipitait. Les devoirs religieux ne lui incombaient pas. C'est un sergent du peloton, prêtre défroqué, autrefois sacristain de l'église Santa Luzia à Rio, qui bénissait la terre remuée. Ce travail de fossoyeur était physique et peu ragoûtant. Il arrivait parfois qu'un corps dont il avait mal jugé l'état de décomposition perdît un pied ou la mâchoire, sinon déroulât sur son dernier chemin des mètres de viscères. Alors Ângelo, au bord de vomir, rassemblait toutes les chutes dans une caisse qu'il vidait dans la tombe sur leur propriétaire. Pourtant, l'ancien lieutenant refusa l'assistance de quiconque, même celle de son frère qui ne devait pas, insista-t-il, négliger sa charge d'officier.

« Tu es plus utile à commander tes hommes ! Laisse-moi faire, j'en aurai vite fini... »

Au contraire, Ângelo faisait durer, traînait l'affaire autant que possible. Et pour cause : chaque fois qu'il entrait dans la maison sous prétexte d'emporter un nouveau cadavre, il s'asseyait au piano. La manœuvre était bien rodée. L'aîné rouvrait la brèche du salon, la fermait sommairement derrière lui avec un pan de cloison, essuyait au tapis ses mains souillées de sang, enfin jouait une heure ou deux, sans peur d'être dérangé car sûrement ses camarades craignaient eux d'être enrôlés dans son infâme besogne.

Les premiers jours, il s'était contenté d'essayer le piano. Utilisant sa boucle de ceinture comme clef d'accordage et un éperon comme diapason, il avait réussi, tant bien que mal, à tempérer les intervalles du clavier. Certaines cordes étaient inutilement triplées dans les graves : il les déplaça vers d'autres notes où elles manquaient.

Puis un matin, la pensée l'avait traversé de son concerto inachevé, *Uirapuru.* Il avait commencé d'y travailler sur le bateau qui le transportait à Belém, avait continué sur la pirogue mais, faute d'instrument, n'avait pu jusqu'ici entendre jouer la moindre note. Le soir même, Ângelo enroula la partition dans sa manche et l'introduisit discrètement dans le salon au piano. Les séances suivantes furent consacrées tout entières à son œuvre, qu'il élaborait patiemment dans la solitude de la maison en ruine. Il s'y appliquait chaque jour, longues retraites studieuses entremêlées des corvées puantes du fossoyeur, plus éprouvantes à mesure que les cadavres étaient plus corrompus.

La chaleur aidant, et l'humidité nourrie par les pluies quotidiennes, les corps viraient tous à la charogne. Ce n'était plus dans une brouette qu'il les déplaçait, jambes et bras pendant au-dehors, mais dans un sac de jute dégoulinant d'un liquide noir, membres et organes pêle-mêle. Le supplice était abominable. Tous les vingt mètres, soûlé d'odeurs putrides, étouffant dans le tourbillon des mouches et des taons, Ângelo lâchait son fardeau et rendait gorge ; il le reprenait pourtant, se remettait en marche, conscient que sa musique en dépendait — s'il avait renoncé, ou expédié sa tâche horrible pour en être plus tôt libéré, alors c'en eût été fini du piano. Il savait que le dernier cadavre l'éloignerait pour jamais de l'instrument et remerciait Dieu d'avoir voulu une telle hécatombe.

Personne, bien sûr, n'avait soupçon du stratagème. Les soldats qui le voyaient disparaître longuement à l'intérieur du bâtiment croyaient qu'il peinait à dégager les corps et le plaignaient. Sans aller jusqu'à offrir leur aide, ils tentaient d'adoucir comme ils pouvaient — par l'offre d'une cigarette ou d'une gorgée de vin — l'épreuve de leur camarade. Et si le capitaine, homme d'un grand pratique, jugeait d'une lenteur exagérée le travail du fantassin, il ne pipait mot non plus ; son bon sens le persuadait qu'un jeune homme aussi dévoué ne serait pas facile à remplacer. Ce fut exprès, d'ailleurs, qu'il envoya Horácio en expédition dans la jungle : pour ne pas que, cédant à quelque élan du cœur, il ne tentât d'affranchir son frère d'un labeur inhumain.

Chacun donc y trouvait son compte. La situation aurait sans doute perduré quelques jours ou quelques semaines si, un matin de juin 1836, Ângelo se rapprochant de sa cachette n'avait trouvé l'entrée dégagée. Il se figea sur place, son cœur battant à tout rompre. Il était sûr d'avoir comblé la brèche, la veille au soir, et ne connaissait pas d'animal qui eût assez de force ou d'agilité pour déplacer ce lourd morceau de cloison. Le soldat fixa donc la baïonnette au bout de son fusil et, plutôt que de pénétrer lui-même dans le trou, y introduisit le canon de l'arme.

« Halte-là, qui vive ? » s'écria Ângelo d'une voix forte.

Il n'espérait pas de réponse, il n'en voulait pas. Mais de l'intérieur de la pièce lui parvinrent distinctement un bruit de pas, celui d'une respiration craintive. Ângelo bondit en arrière, se jeta de côté pour éviter la balle qu'on aurait tirée, le couteau qu'on aurait lancé à travers la brèche. Puis il attendit, la crosse du fusil solidement appuyée à sa cuisse, l'autre main empoignant déjà sa dague.

Alors, dans la percée du mur monta une apparition. C'était une jeune métisse d'une vingtaine d'années, vêtue sobrement d'une jupe blanche cintrée à la taille et d'une chemise fine aux manches de dentelle. La coiffure était emprisonnée dans un turban qui laissait échapper sur le front des boucles de cheveux noirs. À son cou pendait un collier de corail, dont on ne pouvait dire si c'était un sautoir ou un genre de rosaire d'une longueur extravagante. Elle n'avait pas d'autre bijou.

Naturellement, l'inconnue prit peur en voyant le fusil braqué sur elle. Ângelo l'abaissa, força au sourire ses traits encore tendus. Il offrit sa main à la jeune femme qui peinait au milieu des gravats, chaussée qu'elle était de mules à talon découvert.

« Merci », fit l'inconnue descendue près du soldat.

Il la détailla mieux. Son visage avait la même simplicité que ses habits et ne possédait rien d'attrayant, à la réserve toutefois des dents que leur petitesse, leur rondeur, leur pureté idéale sur la gencive très rouge apparentaient à de menus coquillages — des cauris tout juste pêchés, frais encore du bain de mer. Il émanait d'elle, sinon de son linge, le parfum délicat de la rose des quatre saisons.

« Mademoiselle, vous courez des risques en pénétrant ici ! l'avertit le soldat. La maison n'est pas sûre, hier encore un mur s'est écroulé... Et puis, de dangereux cabanos rôdent alentour. J'appartiens à un régiment de Rio qui les traque. Nous campons sur la propriété. »

Il mesura trop tard l'absurdité de ses paroles. Elles pouvaient s'adresser à une fillette de la capitale qu'il aurait surprise sautant à cloche-pied sur le parapet du port ; mais ici, en pleine forêt, au milieu de ces ruines fumantes, elles n'avaient simplement pas de sens. La métisse d'ailleurs lui répliqua :

« Monsieur le soldat, vous êtes un étranger chez moi ! J'ai vu le jour dans cette maison, où j'habitais encore avant l'incendie.

— Pardonnez-moi, j'ai franchi la porte sans heurter. »

Ce trait d'humour (car la porte, fendue en deux, gisait dans la poussière du seuil) creusa de jolies fossettes sur les joues de la mulâtre. Le sourire l'embellissait.

« Mon prénom est Florinda.

— Je suis Ângelo. »

Comme il eût avancé un fauteuil, le fantassin proposa galamment un bloc plâtreux roulé près de là. Florinda déploya dessus un mouchoir et s'assit ; le soldat, lui, s'adossa au mur du vestibule. Malgré la maison délabrée, les traces de sang séché sur le carrelage et la poussière sur leurs habits, ils cultivaient les apparences d'un thé mondain. Le jeune homme essuya deux coupes de cristal qu'il avait ramassées tantôt dans les décombres et, s'attribuant celle ébréchée, servit à Florinda l'eau de sa gourde. Une chaleur intense régnait dans le couloir ; elle but d'un trait, trois fois de suite.

Ce fut Ângelo qui se raconta le premier. Pour mieux dire, il se livra, offrant à cette inconnue du matin des aperçus très intimes sur sa vie. Sans qu'il pût l'expliquer, il accordait toute sa confiance à Florinda. La seule chose qu'il passa sous silence fut sa passion de musique, qu'il jugeait trop neuve pour être publiée. Or la métisse avait entendu le piano ; elle confessa qu'elle jouait aussi.

« J'aimerais vous entendre ! » s'intéressa le soldat. Il n'avait jamais vu de femme assise au clavier.

Les deux jeunes gens se rapprochèrent de l'instrument, emportant leurs verres comme les invités d'une réception qui sortent sur la terrasse. On hésita devant la banquette : qui l'occuperait d'abord ? Ângelo observa qu'elle était de taille à les accueillir ensemble, s'ils se serraient un peu. Alors, ils la partagèrent.

L'instant où ils se joignirent, épaule contre épaule,

sur le siège de tissu noir donna beaucoup d'émotion au soldat. Il faisait bien chaud pour se serrer ainsi, et le mouvement naturel eût été de s'écarter, de laisser l'air couler entre eux — quitte à hasarder un peu son équilibre en reposant d'une seule fesse sur la banquette. Mais lui ne voulait pas. Au contraire, il pressa son flanc contre le flanc de la jeune femme, jusqu'à sentir tout du long la forme de son bras, l'enfoncement de son coude et, dans une volupté inouïe, le renflement nerveux de sa cuisse.

« Je ne pourrai pas jouer, si vous m'accolez ainsi ! » protesta Florinda, souriante.

Ângelo desserra à regret ce qui pouvait bien s'appeler une étreinte. Il lui semblait, pourtant, que l'inconnue était venue à sa rencontre aussi décidément qu'il était allé à la sienne. Il douta soudain d'avoir exaucé la jeune femme en obéissant. Une légère déception fanait d'ailleurs son visage. Quelle énigme, les femmes ! songea le fantassin en vidant sa coupe qu'il reposa sur le bord du piano.

« Je connais quelques airs…, signala Florinda.

— Oh, oui ! Je veux les écouter ! »

La métisse plaça d'abord ses doigts sur les touches, à la façon des débutants. Elle s'échauffa avec un genre de comptine à une seule main, puis attaqua la pièce maîtresse, un *Capriccio* de Joseph Haydn écrit exprès pour remuer tous les doigts et leur faire courir de longues distances, d'un bout à l'autre du clavier. L'exécution, jugea Ângelo, était passable. Florinda se révélait meilleure pianiste qu'Eusébio, peut-être que lui-même.

« Qui vous a appris ?

— Ma maîtresse, Dona Fabia Rodrigues. »

Florinda se présenta à son tour. Ângelo apprit qu'elle avait servi comme femme de chambre dans la fazenda où sa mère, mariée au contremaître blanc, prenait soin du linge. L'épouse du fermier, une Portugaise de Coimbra, lui portait beaucoup d'affection et la traitait à l'égal de ses deux filles. Elle lui avait attribué une chambre dans l'habitation des maîtres. À table, elle voulait que Florinda fût servie en même temps que les Blancs, et des mêmes plats. Il existait un témoignage plus rare de sa bienveillance : les leçons de lecture et de musique qu'elle lui avait dispensées. Dona Fabia, ajouta la métisse, jouait remarquablement du piano. C'est à sa maîtresse, et à elle seule, qu'elle devait sa connaissance de l'instrument.

Un rayon de soleil tombait d'aplomb par une trouée du toit. Suivant la course de l'astre, il s'était logé d'abord dans les plis du turban rouge, puis avait coulé des tempes jusqu'au creux de l'épaule avant de s'éteindre, obscurci par un nuage. Il reparut longtemps après, visiteur errant des manches de dentelle. Ângelo déduisit que beaucoup de temps avait passé, et qu'il faudrait bientôt suspendre leur conversation.

« Qu'est devenue votre maîtresse ?

— Elle est morte dans l'attaque de la fazenda. J'ai seule survécu. »

Ângelo fit des condoléances. Il s'excusa de demander des détails sur le saccage de la propriété, mais ils pouvaient aider à cerner les coupables. Or, cette fois, Florinda se montra réticente. Les événements, expliqua-t-elle, restaient très vifs dans sa mémoire ; de temps à autre, ils lui revenaient à l'esprit comme revient aux lèvres un goût nauséeux. Aussi la métisse se borna-t-elle aux généralités : l'assaut donné de nuit par un fort parti d'hommes où elle avait reconnu l'un des esclaves marrons du *senhor* Rodrigues ; l'exécution brutale des maîtres et de leurs enfants ; la fuite éperdue des employés de la maison ou leur ralliement honteux aux pillards ; le refuge qu'elle avait trouvé dans un four à poterie pour échapper au massacre.

« Mais où dormez-vous, depuis ? Et comment vous nourrissez-vous ?

— J'ai construit une paillote en forêt... », prétendit la métisse. Elle n'en dit pas davantage.

L'impression restait au fantassin d'un secret ou d'une arrière-pensée. Il sentit toutefois qu'il eût indisposé Florinda en poussant son enquête et, respectueusement, mit fin à l'entretien. Les jeunes gens se donnèrent la main avec chaleur, convenant de se revoir le lendemain. Crainte d'être vue, Florinda n'emprunta pas la porte mais gagna une sortie dérobée sur l'arrière de la façade. À l'instant d'échapper à la vue du soldat, elle se tourna vers lui, silencieuse, et fit à son adresse un petit signe des doigts.

Le rendez-vous du jour suivant fut tenu, et celui du jour d'après, et maints autres encore. Venu à bout des cadavres, Ângelo s'était donné une nouvelle tâche : il triait les gravats et recueillait les objets de valeur enfouis sous les amoncellements ; sans quoi, expliqua-t-il au capitaine, ils tomberaient sûrement aux mains des pillards ou des maraudeurs. Il pouvait terminer ce travail en cinq ou six jours. Mais il l'entreprit si lentement, cherchant tous les prétextes de le suspendre ou de le retarder, qu'après deux semaines presque rien n'était fait.

Ce temps perdu pour l'expédition ne le fut pas, bien sûr, pour les jeunes gens. Ângelo et Florinda se réunirent quotidiennement, l'un des deux assis au piano, l'autre accoudé à l'instrument. Ils parlaient entre eux du « salon au piano » et, pour désigner la maison dont ce meuble doré formait le cœur battant, de la « casa piano ». Le programme de leurs rencontres était simple : de longues conversations entrecoupées, sinon suivies de musique, comme celles des amoureux le sont d'étreintes. C'était tantôt Ângelo, tantôt Florinda qui occupait la banquette. Ils s'étaient découvert, outre le goût commun de jouer, celui d'être écouté de l'autre.

Le fantassin révéla bientôt son projet de concerto. « J'ai écrit quelque chose ! » annonça-t-il un matin en ouvrant la partition, si chargée de ratures que l'encre trouait par endroits le papier. Il fit entendre une vingtaine de mesures et s'arrêta net, inquiet de l'accueil que Florinda ferait à sa musique. Mais elle l'encouragea, offrit même son aide pour jouer dans les graves un riche accompagnement de violoncelle. Ils déroulèrent ainsi, à quatre mains, près d'une heure de la pièce.

« Je ne croyais pas que ça ferait autant ! observa ingénument le jeune compositeur. Il faudrait que j'abrège...

— Au contraire, ne changez rien ! C'est très bon !

— Vous êtes sincère ?

— En doutez-vous ? »

Mis en confiance, Ângelo reparut le lendemain

avec de quoi écrire, et s'essaya à composer devant la métisse. Elle lui dispensait des conseils, commentait librement ses trouvailles ; lui prêtait l'oreille, et corrigeait parfois. Ângelo s'aperçut qu'en sa présence tout avançait mieux. Florinda exerçait sur son œuvre une heureuse influence, autant que la lune aide la croissance des graines enfouies.

« Vous êtes ma muse ! Regardez quelle besogne j'ai abattue dans l'après-midi quand auparavant, il me fallait toute une semaine ! Oh ! Ne partez pas, je vous en prie, restez à mes côtés ! Sans vous, je n'en pourrai venir à bout ! »

Ces séances n'avaient pas de témoins. Autrement, il n'eût échappé à personne qu'Ângelo était pris aux charmes de la métisse. Ses gestes, maintenant ses paroles en donnaient les preuves : c'étaient son léger tressaillement en la voyant entrer ; la prévenance presque risible qu'il avait de ses besoins, remplissant son verre à peine elle le vidait ; ou encore, l'émotion qu'il trahissait en ôtant ses mains du clavier, dans le silence fébrile suivant l'exécution d'une nouveauté. Il paraissait très amoureux.

Dès le premier jour, il avait vu l'alliance au doigt de Florinda, mais ce fut seulement le onzième qu'il osa s'enquérir du bijou.

« Je suis engagée, lui apprit sobrement la jeune femme.

— Vous l'êtes toujours ? Votre époux a donc réchappé au massacre ? »

Il tassait ses partitions d'un geste nerveux. Les yeux ailleurs, elle tira de sa chevelure un grand peigne pour l'enfoncer du côté opposé.

« Nous venons de faire connaissance, et déjà

vous m'assaillez de questions ! » le gronda gentiment la métisse.

C'était dit sans méchanceté, pour réfréner l'impatience du fantassin. Or Ângelo fut vexé — tellement que ce garçon paisible, d'ordinaire si respectueux des pianos, eut un geste emporté : il referma sèchement l'abattant du clavier, choc de bois contre bois qui parut ébranler tout l'instrument et diffuser dans ses moindres parties, jusqu'au pupitre tremblant, une onde dangereuse. Les cordes entrées en vibration n'en finissaient plus de jouer, vagues de sons se brisant aux limites de l'audible pour s'étaler très loin sur des plages de silence. Ângelo, horrifié, porta la main à son oreille : elle s'était mise à siffler.

« Je me suis livré tout à vous ! éclata l'ancien lieutenant. Je vous ai ouvert mon cœur et dévoilé mon âme ! Que m'avez-vous cédé en retour ? »

Il frottait nerveusement son oreille, comme naguère Eduardo grattant son pied de bois.

« Ai-je jamais manqué à nos rendez-vous, Ângelo ?

— Je parle d'autre chose !

— N'ai-je pas aidé vos travaux ?

— Ce n'est pas la question ! Vous ignorez combien je m'expose en venant ici ! Si le capitaine…

— Je cours aussi des risques, Ângelo ! En vérité, j'engage ma vie. »

Cet aveu frappa le soldat de stupeur. Il eut alors un mouvement curieux, celui des élèves de musique à qui leur professeur fait une remontrance : vidant les partitions du pupitre, il les pressa contre sa poitrine et les garda ainsi, les bras croisés dessus. Son buste se balançait d'avant en arrière.

Florinda s'apitoya. Elle l'obligea à desserrer ce

verrou et lui prit une main qu'elle caressa longuement en l'enfouissant dans les plis de sa robe. C'était la caresse distraite, constante, inlassable des mères à l'enfant fiévreux. Dehors, où l'averse venait de passer, un bem-te-vi chanta.

« Ângelo, je pense que vous donnez beaucoup à votre musique. Ce concerto vous obsède. Ne pourriez-vous le délaisser un peu, et prendre du repos ?

— J'ai achevé mon concerto. Cette nuit même ! »

La métisse, à son tour, vacilla de surprise.

« Mais... c'est inespéré ! Quelle nouvelle !

— Florinda, j'ai bien réfléchi. Cette œuvre n'est qu'à moitié la mienne. Vous avez inspiré sa plus grande part. Il me semble, bien qu'ayant noirci chaque note, l'avoir écrite sous la dictée. Vous me feriez beaucoup d'honneur en acceptant de l'interpréter...

— Sur ce piano ?

— Sur tous les pianos ! Aujourd'hui, je suis soldat. Ça ne durera pas toujours. Mon régiment bientôt sera rappelé à Rio. Avez-vous jamais pensé vous établir dans la capitale ? Je loue à mon frère un étage de sa maison, il est bien grand pour moi. Vous pourriez vous y installer ! Nous travaillerions cette œuvre tout à loisir et, quand vous la posséderiez bien, nous la proposerions au directeur du théâtre São Pedro ; ils font parfois des intermèdes musicaux. Sinon, la fanfare du *Passeio Público* acceptera sans doute de l'inscrire à son répertoire ! Je songe aussi à ces soirées privées où l'on joue de la musique, il y en a tant à Rio ! Les jeudis de Diogo Velho, les bals de la vicomtesse de Cavalcanti, le salon de Maurice Haritoff... Ce ne sont pas les lieux qui manquent ! Une seule chose m'importe : que vous soyez au clavier ! Oh ! Qu'en dites-vous, Florinda ? N'est-ce pas une idée merveilleuse ? »

Aux crispations de sa main qu'elle serrait toujours, Florinda pouvait sentir et presque mesurer l'état d'exaltation du soldat. Pourtant, aussi vite qu'il s'échauffait, elle se refroidissait. Une peur venait d'entrer en elle, longue et sinueuse telle une vipère. Elle écarta fermement la main du garçon et lui débita, d'un air troublé mais résolu :

« Ângelo, vous ne savez pas ce que vous dites ! J'ai autour de moi des hommes qui, s'ils vous entendaient, vous trancheraient la langue tout vif et la cloueraient sur la selle de leur mule ! Cette jungle est pleine de pièges. Suivez mon conseil : vous et vos compagnons, remontez aujourd'hui dans vos pirogues et filez à toute rame vers Belém…

— Comment cela ?

— J'ai eu tort de venir. Vous ne savez pas qui je suis, vous ne savez pas qui m'entoure. Tout ceci est une erreur, une erreur dangereuse ! Nous ne devons plus nous voir ! Sinon, il arrivera malheur…

— Voyons, expliquez-vous !

— C'est égal, vous ne pouvez pas comprendre. Ne m'en tenez pas rigueur, Ângelo, je dois partir. Cela me peine affreusement. Je voudrais jouer votre musique, je voudrais vous suivre à Rio. Mais les choses, hélas ! sont allées autrement. Adieu ! »

Ângelo n'avait pas entendu le dernier mot, prononcé bas, d'ailleurs couvert par le sifflement qui hantait son oreille. Mais il vit Florinda appuyée au piano s'en écarter, Florinda troussant le bas de sa robe pour escalader le tas de gravats. Elle empruntait déjà la brèche quand le soldat se leva, ou plutôt bondit de son siège, comme mû par un ressort.

« Florinda ! Où vas-tu ? »

D'une main rapide, il faucha la partition laissée sur le pupitre et se hâta vers la sortie, trébuchant au passage sur la banquette renversée. Il jaillit hors de la pièce : la métisse avait disparu. À l'écho de son pas éloigné se mêlait un bruit ressemblant, celui de la pluie qui reprenait. Elle s'abattait rudement sur les tuiles du toit, s'infiltrait partout, tendait jusqu'au sol des cordes frémissantes. Il reconnut l'empreinte des mules en peau de veau et celle moins appuyée des pieds nus ; Florinda, sans doute, s'était déchaussée pour courir. Mais la robe avait balayé de grandes longueurs du sillage que l'eau achevait maintenant de brouiller. Le soldat remonta la trace poudreuse d'un pas vif, la perdit au milieu des débris, la retrouva plus loin. Soudain, franchissant tête baissée un crevé du mur, il se trouva dehors.

Une haleine chaude et noyée l'enveloppait. La forêt de ce côté bordait l'habitation. Face à lui se dressait la muraille échevelée des plantes, dans l'abondance desquelles toute clarté s'éteignait, liées par l'ombre comme des pierres par le mortier. Le front végétal avait avancé depuis l'abandon de la propriété. De la terre s'amassait déjà au creux des tuiles, dans les rides de la maçonnerie. Une liane, soulevée on ne sait comment, ficelait une gouttière. L'assaut était donné. Sous peu, la jungle envahirait la maison, l'aurait couverte, l'aurait cachée. Alors, non seulement les constructions de l'homme mais aussi ses cultures, les arbres dont il avait enterré les plants et suivi la croissance, s'effaceraient du paysage. Il n'y aurait plus soupçon de la déchirure ouverte un jour dans le velours amazonien.

Les bottes d'Ângelo s'enfonçaient dans la glaise rouge où se lisaient aussi, nettement dessinés jusqu'à la frondaison, perdus ensuite dans l'enchevêtrement des tiges, les pas glissants de Florinda. Il se maudit d'avoir oublié son fusil à l'intérieur. Mais chaque instant entamait plus ses chances de trouver la métisse. Tel le nageur qui fait provision d'air avant de plonger, il remplit ses poumons et pénétra sous le couvert des arbres.

Il s'avança longtemps contre le courant vert, brassant l'épaisseur chaude des plantes, repoussant des feuilles énormes où la pluie battait tambour, indifférent au frôlement rêche des serpents, au grouillement des scolopendres. Tous les dix mètres environ, il rompait une branche à hauteur d'homme pour marquer le chemin du retour. Il ne put garder la partition sous sa chemise, déjà rincée d'eau. Son pantalon étant d'une toile plus forte, il préféra l'enrouler autour de sa cuisse — mais là encore, elle s'imbibait par les coins. Ângelo pressa l'allure.

Dans le vert unanime de la végétation, déteignant sur le ciel en coulées pâles, les rares éclosions de couleurs (telle fleur spectaculaire, large comme un pavillon de trompette ; tel papillon azuré de grande taille) formaient des balises très apparentes. À un certain moment, le soldat en train d'enjamber le tronc poisseux d'un hévéa vit en avant de lui, à un jet de pierre environ, des taches bigarrées qui rompaient la monotonie du paysage. Il chassa de ses yeux une mèche ruisselante et mit sa main en visière.

C'étaient bien des formes humaines qui transparaissaient dans le lacis des plantes, sous les rideaux de l'averse : pas de silhouette entière mais des jambes, des bras, des faces brunes aux nez aplatis, des poings armés de machettes ou de gourdins. Ici, un pantalon effrangé tombait sur des pieds nus ; là, un bicorne épointé coiffait un crâne chauve. Ângelo sut aussitôt à qui il avait affaire. Ces hommes à l'air farouche étaient des cabanos. Errant au hasard dans la jungle, il avait découvert leur gîte. Sa tête se tourna vers l'arrière, où les plantes dérangées par son passage se replaçaient lentement, estompant déjà le chemin parcouru. Fuir ne servait à rien ; n'importe lequel de ces vauriens l'eût rattrapé en un instant, ou ce serait la balle d'un fusil — il avait vu un mousqueton dans la main d'un des hommes. Si son salut se trouvait quelque part, c'était dans la prière et dans l'adjuration. Il pensa à Florinda, s'interrogea si elle fréquentait les rebelles, mais ça n'avait plus d'importance. Bravement, Ângelo Rymar écarta les feuillages et s'avança à la rencontre des cabanos.

Il n'était plus qu'à dix pas quand, soudain, il sentit quelque chose lui happer la jambe. En un instant, son pied fut emporté, et tout son corps soulevé de terre. Dans ce mouvement rapide son chapeau s'envola, les poches de son pantalon se vidèrent, son sabre jaillit seul hors du fourreau pour tomber hors de vue. Ça n'avait duré qu'un clignement de paupière. La conscience vint lentement au soldat qu'il pendait tête en bas, à deux mètres du sol. Ouvrant les yeux sur un monde à l'envers, il vit ses partitions flotter à l'entour — certaines encore en l'air, d'autres atterrissant sur la végétation, quelques-unes déjà au sol, éparses dans la boue. Sa main se tendit vers une feuille qui lui semblait à portée : elle se referma sur du vide.

« Égorgez-moi ce *pied de plomb* ! »

Pied de plomb : Portugais. Voilà ce qu'il entendit distinctement, à trois pas de lui, dans la direction du soleil qui venait de percer les nuées et d'allumer, toutes à la fois, les longues lames aux mains des cabanos.

Le pendu fit un effort désespéré pour atteindre son talon qu'enserrait un collet douloureux. Deux de ses doigts accrochèrent la boucle ; alors, usant de cette seule prise, à la force des bras et d'un ventre noueux, il se redressa jusqu'à mettre le nœud à hauteur de ses yeux. Raccourcie par le poids qu'elle supportait, la corde avait déchiré ses bas et commençait d'entamer la chair. Hélas, découvrit-il, il n'y avait aucun espoir de la trancher ou d'en user les brins : cette corde était de cuivre filé, de celles qu'on noue aux chevilles d'un piano.

Pour soulager son ventre à la torture, Ângelo se laissa aller. Sa tête partit en arrière, décrivit une parabole rapide et vint heurter le tronc de l'arbre auquel la corde était nouée. Il perdit conscience. La dernière image venue à son esprit fut celle d'une lame de machette qu'empoignait une main noire.

Sur les hauteurs de Rio, le sept septembre 1836

« Eduardo, une visite pour toi ! »

Le visage souriant de Rosalia passa dans l'embrasure de la porte, tournée sans bruit sur ses gonds.

Elle s'était coiffée à l'indienne : deux grands bandeaux de cheveux lui enveloppaient les tempes et se joignaient en chignon au sommet de la tête. Dans leur noir de réglisse filaient quelques mèches blanches, témoins non de son âge mais du souci qu'elle prenait de ses fils, combattant là-bas dans la lointaine Amazonie et dont, depuis près de trois mois, on était sans nouvelles.

Rymar défit le nœud de ses oreillettes de feutre, qu'il rangea dans un tiroir de son bureau. Puis il joua du peigne pour effacer les deux larges cocardes que cet accessoire, porté jour et nuit, imprimait à sa chevelure. Entre-temps, un messager du palais s'était introduit dans la pièce, qui claqua stupidement des talons en trouvant l'officier. Les mâchoires du soldat se crispèrent de douleur.

« Je vous demande de parler bas ! prévint aussitôt Rymar, se faisant un bouclier de sa main. Le bruit m'incommode. »

Ses yeux étaient mi-clos. Puisqu'il ne pouvait rouler les oreilles — grave défaut, jugeait-il, de cet organe —, il abaissait les paupières, dans l'illusion curieuse qu'adoucir la lumière, c'était filtrer le son. Il étudia donc son visiteur à travers ses cils croisés et vit un nègre affublé d'un uniforme vert et or, aux nouvelles couleurs du Brésil. Un panache deux-couleurs montait de son chapeau tronconique, orné aussi d'une plaque en argent où l'on déchiffrait la devise latine du royaume. Mais le plus remarquable était la maladie de peau dont souffrait le soldat, laquelle dessinait sur ses mains et sur la face éclairée de son visage un damier brun et blanc d'une géométrie très pure. Rymar avait vu en ville des victimes de la même affection ; on appelait *onças*, panthères, les Noirs ainsi marquetés.

« Mon colonel, je regrette de vous causer du dérangement..., commença l'estafette à mi-voix. Je suis porteur d'une commission du régent-citoyen Pedro de Araújo Lima. »

L'artilleur s'arrêta un instant sur cette nouveauté dont glosaient les journaux. Il paraissait qu'en attendant la majorité du nouvel empereur, c'était un simple bourgeois qui avait pris les rênes du pays, devenu un genre de république avec élections et conseils de provinces. Cette pensée amusa Rymar. À son âge, la politique ne l'échauffait plus guère. Il fit signe au visiteur de poursuivre.

« Monsieur Lima a étudié votre cas, et il s'est étonné que ni l'empereur Pedro Ier ni son successeur le régent Feijó n'aient trouvé à employer vos talents.

— S'il s'agit de musique, l'interrompit crûment le soldat, n'allez pas plus loin ! La fragilité de mes oreilles m'interdit à jamais d'en entendre. Ou plutôt, elle m'en dispense.

— La musique ? Quelle idée ! »

Les lèvres du visiteur s'amincirent, livrant au jour une rangée de dents égales où les blanches alternaient avec les dorées, presque en même nombre. Rymar s'avisa que le nègre avait gardé son chapeau et qu'à présent il riait à ses dépens. Les temps décidément changeaient. Au moins deux ans qu'il n'avait chicoté Lisandra, encore sous des protestations.

« Mon colonel, c'est votre valeur militaire qu'estime le régent-citoyen. Il songe à vous confier une brigade d'artillerie.

— Je n'en ai pas le grade.

— Vous en avez l'aptitude.

— On m'a donné des commandements par le passé, mais aucun d'effectif.

— Celui-ci le sera. La guerre, hélas, couve encore dans le pays. De rudes batailles restent à livrer. Le régent-citoyen pense qu'il faut des officiers d'expérience à notre armée. Nous ne pouvons toujours recourir aux Anglais.

— Ah, jeune homme ! Que n'êtes-vous arrivé plus tôt ! »

Gagné d'une violente émotion, Rymar sentit ses yeux s'embuer de larmes. Une démangeaison s'éveilla aussi dans sa jambe, si vive et si soudaine qu'il crut à l'invasion de fourmis. Tout son corps, eût-on dit, menaçait d'éruption. Mais il se domina, serrant les poings jusqu'à faire entrer les ongles dans la peau.

« Le régent-citoyen voudrait s'entretenir avec vous. Pouvez-vous vous rendre demain à Rio ?

— Vous pouvez compter sur moi. »

Il raccompagna lui-même le messager à la porte, honneur qu'il n'avait jamais accordé à quiconque de couleur. Il insista encore pour remettre au visiteur un panier de mangues roses cueillies par Lisandra, de quoi rafraîchir sa longue chevauchée vers la ville.

« C'est aimable à vous », fit l'homme en se mettant en selle.

Déjà il donnait des talons et s'éloignait sur le chemin poudreux quand Rymar le vit tourner bride, revenir vers lui, un journal plié à la main.

« J'oubliais ! Voici pour vous, le *Diário fluminense* !

J'ai pensé qu'ici, dans la montagne, vous manquiez peut-être de lecture.

— Charmante attention, je vous en remercie. »

Rymar prit le journal des mains du cavalier et s'en fit une visière car le soleil, une heure avant son coucher, n'avait pas encore rendu les armes. Par courtoisie, il patienta debout sur le seuil jusqu'à ce que le messager fût hors de vue. Alors seulement, sa main releva la jambe du pantalon pour aérer son moignon, rouge et enflé, où néanmoins le prurit s'éteignait. L'inflammation rendait plus précis le dessin des veines, la circulation du sang. Il s'examina avec l'obscène curiosité des blessés pour leur plaie ouverte, puis rentra s'abriter dans la maison.

Rosalia, l'oreille à la porte, avait tout entendu. Elle sauta au cou de l'artilleur et l'embrassa à pleine bouche, en tel élan qu'il fut poussé contre le mur. Rymar, bougon exprès, la pria de ménager ses lombes. Il demanda ensuite ses oreillettes, un verre de madère, un cigare brun et le silence pour jouir sereinement de son journal, le premier qu'il eût ouvert depuis longtemps. Son fauteuil de lecture l'accueillit. Il n'avait rien de tropical avec ses joues pleines et son assise capitonnée ; tant le velours donnait chaud, on n'y pouvait rester un moment sans fondre en sueur. Mais c'était, à l'évidence, le plus confortable de la maison.

Rymar rompit la bague de papier jaune qui contenait le journal, le déplia entier, humant l'odeur un peu piquante de l'encre d'imprimerie. Ses yeux butinèrent les gros titres : l'épidémie de fièvre jaune régressait à Rio, un bateau médical patrouillait dans la baie, la révolte grondait à Bahia, la province de Rio Grande do Sul faisait sécession…

Dans le salon voisin, Rosalia s'était mise à un ouvrage de broderie, un grand chemin de table qui enrôlait six douzaines de fuseaux, rayonnant autour d'elle sur un gros coussin. Elle fredonnait une chanson, assez bas pour ne pas incommoder son mari. À un certain moment, un bruit de déchirure se fit entendre. Elle relâcha le fil que sa main étirait, tendit l'oreille. Il manquait soudain au silence les menus dérangements qui font la vie. Suivant un pressentiment, Rosalia quitta la pièce, toqua faiblement à la porte du salon de lecture, entra sans invitation.

Le lieutenant-colonel se tenait debout face à la fenêtre, les mains croisées sur les reins, dans celles-ci une boule de papier froissé qui était son journal. Par une fantaisie bizarre, il avait passé la bandoulière de son sabre, mais du mauvais côté : l'arme battait son flanc droit.

« Que se passe-t-il, Eduardo ? demanda son épouse d'une voix blanche.

— Rien. Rien du tout. »

Il se débarrassa du journal chiffonné dans le crachoir en faïence près du canapé, à l'usage des visiteurs tuberculeux. Puis il entraîna fermement Rosalia au-dehors, en boitant plus qu'à l'ordinaire.

Or la pelote de papier, animée eût-on dit d'une vie propre, s'ouvrait et fleurissait là où Rymar l'avait jetée. Des phrases embrouillées reprenaient sens, l'ordre des mots se rétablissait dans cette lente mais régulière dilatation. De nouveau, l'on pouvait lire l'annonce qui tantôt avait arrêté le cœur de l'officier :

De Belém, Grão-Pará

La sinistre guerre de la cabanagem, *si coûteuse en hommes, vient hélas de lever un nouveau tribut de mort. Depuis deux mois, l'on était sans nouvelles du peloton d'infanterie commandé par le capitaine de Sousa, lancé à la poursuite des rebelles sur l'un des affluents du rio* Tapajós, *entre Belém et Santarém. Mais récemment, une patrouille partie à sa recherche a fait une macabre découverte : dix-huit corps, soit l'effectif du peloton moins un, ont été ramassés à l'entour de la* fazenda *Rodrigues, dévastée elle-même par la furie des* cabanos. *La plupart des cadavres avaient été dépouillés de leurs uniformes et de leurs armes. Un seul avait reçu une balle de fusil, logée en plein cœur. Les autres portaient des traces de strangulation, suivie parfois d'égorgement à la machette.*

[...] *Le témoignage d'un Indien Mundurucu, guide de l'expédition, a permis d'établir les faits. C'est semble-t-il une ancienne employée métisse de la* fazenda, *fiancée au chef rebelle Eduardo Angelim, qui a révélé aux cabanos la présence de soldats sur la propriété. Il ne restait plus pour eux qu'à choisir l'heure et les moyens de leur action. Selon toute apparence, l'assaut a été donné de nuit, sous une forte averse, ne laissant aucune chance aux hommes du capitaine de Sousa. L'une des conclusions de l'enquête est qu'aucun coup de feu n'a été tiré par les fantassins de l'armée régulière.*

[...] *À l'heure présente, tous les morts n'ont pas été identifiés, car les rebelles ont eu soin d'arracher les bandeaux cousus des uniformes. On ignore aussi le destin du dix-neuvième soldat, qu'on n'a pu retrouver. Les rares objets glanés autour des corps — une pipe, une blague à tabac, un livre de piété... — seront remis aux familles sitôt qu'on pourra nommer chaque victime de l'odieux massacre.*

La forêt près d'Almeirim, le 20 juin 1836

Quand les sens lui revinrent, sous le fouet d'une pluie tiède qui cinglait son visage, la nuit était tombée ; du moins l'obscurité régnait-elle devant ses yeux ouverts, d'ailleurs enflés et douloureux — effet probable de la pendaison. Il porta la main à sa gorge, inquiet d'y toucher une plaie vive. Mais sous le col de l'uniforme, la peau semblait intacte, rien ne coulait que l'eau aux lignes serpentines.

Ângelo redressa la tête, ou plutôt cambra la nuque. D'abord, il ne vit que l'ombre partout épandue, l'ombre où s'étaient dissoutes la forme et la distance. Puis des touches de clarté, tels les rehauts du peintre, marquèrent ici et là la courbe d'une feuille, l'anse d'une racine, la bosse d'une termitière. Nulle part en revanche la blancheur du papier — s'était-elle éteinte sous l'amas de boue ? ou une main étrangère avait-elle glané les partitions semées à terre ?

Le soldat ne vit pas s'approcher l'homme ou la femme qui le délivra, de plusieurs traits de machette. La grosse corde à piano vibrait à chaque coup, creusant plus profond la plaie de sa cheville mais jouant aussi, lui sembla-t-il, sa note particulière : un *fa* naturel, dans le registre grave, la tonalité choisie pour son concerto. La corde rompit enfin ; Ângelo roula parmi les plantes.

Ce qui suivit semblait un rêve. Florinda le relevant, Florinda l'embrassant, Florinda soutenant ses premiers pas dans l'inconnu de la jungle — Florinda dont le bras replié portait, à l'abri d'une grande feuille de gunnéra, des pages de musique chiffonnées.

« Il en manque plusieurs, chuchota la métisse. Mais celles qui sont perdues, nous les récrirons ensemble. »

Ils se mirent en chemin vers le fleuve, silencieux, enlacés, au-devant d'une nouvelle vie. Quelque part dans la forêt ruisselante, un oiseau *uirapuru* lançait son chant :

tant plus profond le plaisir de l'oreille. [illegible] joue[illegible]
aussi, les sonnailles, [illegible] particulière [illegible]
nature, dans le registre [illegible] certaine chose
[illegible]. La corde [illegible]. Angelo
[illegible] parmi les plantes.

Ce qui [illegible] Florence le [illegible] Florence [illegible] de la jungle — Flo[illegible] d'une grande [illegible] des pages de musique [illegible].

Il en [illegible] qui sont [illegible] tous les [illegible].

Ils [illegible] le fleuve silencieux, [illegible] d'une nouvelle vie. Quelque part dans la forêt [illegible] un oiseau [illegible] chant :

L'auteur adresse ses plus vifs remerciements à :

M. Julien Leroy, directeur de l'agence d'éco-tourisme *Terra Nordeste* à São Luis do Maranhão (Brésil), pour son accueil sur place et le soutien indéfectible qu'il a apporté à son projet ;

Sa compagne Mlle Carmen Santos, son assistante Mlle Ana Carolina Guimarães, pour leur présence chaleureuse ;

M. Emmanuel Jaffelin, ancien conseiller culturel adjoint de l'ambassade de France à Brasília, pour lui avoir donné le goût et le sens du Brésil ;

M. Jérémie Desjardins, responsable du bureau du livre et des médiathèques françaises au Brésil, pour les liens tendus grâce à lui ;

Mme Sidonie Lacome, ancienne directrice de l'Alliance française de São Luis, pour son fidèle accompagnement ;

M. Olivier Poivre-d'Arvor, directeur de Cultures-France, pour sa présence amicale dans l'erg brésilien ;

Mme Mayra Pereira, de l'École de musique de l'université fédérale de Rio, pour sa thèse sur « la transition du clavecin au piano-forte à Rio de Janeiro » (2005), l'une de ses sources documentaires les plus fécondes ;

M. Lino de Almeida Cardoso de l'université de São Paulo, pour sa thèse intitulée « Le son et le souverain, une histoire de la dépression musicale carioque après l'Abdication (1841-1843) » (2006), également fort utile ;

M. Jean Soublin, pour sa passionnante *Histoire de l'Amazonie* où il a puisé un riche matériau ;

Mme Ana Cecília Tavares, claveciniste brésilienne, pour lui avoir ouvert son carnet d'adresses ;

M. Jean-Luc Bégné, ébéniste à Talence, dont il a fréquenté l'atelier ;

Mlle Céline Julien et M. Laurent Gaudart, pour l'ouvrage édifiant qu'ils lui ont rapporté de Lisbonne ;

M. José Felinto de Melo Vidigal, professeur de brésilien, pour l'avoir initié à cette langue voluptueuse ;

M. Fred Conesa, pour avoir satisfait sa curiosité du Grão Mogol ;

M. Antonio Noberto, pour l'avoir éclairé sur la présence française dans le Brésil d'avant l'Indépendance ;

MM., Mmes Yves Mabin, Agnès Benayer, Pascale de Schuytter Hualpa, Gilliane Joly, Catarian Laranjeira, Michèle Von Roth, Sylvie Bertin, Angelique Evangelista, Hélène Paz, Maristella Vasserot, Jean-Louis Desmeure, Julie Delfortrie, Juliette Vincent, Sandrine Maury, Sébastien Vittet pour le temps et l'attention qu'ils lui ont accordés ;

Mmes Anaïs Fléchet, Delphine de Bethmann, Céline Geoffroy, Emmanuelle Chevrière pour avoir accompagné le projet associé de feuilleton radiophonique, *Le vert paradis de Villa-Lobos,* diffusé sur France Culture du 31 décembre 2007 au 4 janvier 2008 ;

M. Franck Médioni, écrivain, journaliste musical, pour avoir programmé sur FIP une version par Wayne Shorter des *Bachianas Brasileiras* n° 5 très inspirée.

DU MÊME AUTEUR

Aux Éditions Gallimard

PASTEL, *roman*, 2000. Grand Prix littéraire Georges Rinck 2000 ; prix François Mauriac de l'Académie française 2001. (Folio nº 3607.)

LE FANTÔME DE LA TOUR EIFFEL, *roman*, 2002. Prix du Roman historique de Blois. (Folio nº 3985.)

L'ENFANCE DE CROIRE, *récit*, coll. Haute Enfance, 2004.

SEMPER AUGUSTUS, *roman*, 2007. (Folio nº 4795.)

LE COLONEL DÉSACCORDÉ, *roman*, 2009. (Folio nº 5087.)

Chez d'autres éditeurs (sélection)

L'ÎLE, *conte*, Éditions Jacques Grancher, 1993.

LE PRINCE DE LA FOURCHETTE, *roman*, Éditions Arléa, 1995.

MADAGASCAR, PREMIERS PAS AU PAYS D'ARGILE, *récit de voyage*, Éditions du Fer de Chances, 1999.

L'ÉPÎTRE À LOTI, Éditions L'Escampette, 2003.

À L'HEURE !, *essai*, Éditions Virgile, 2005.

LE JARDINIER D'ASSISE, *fiction historique*, Éditions Desclée de Brouwer, 2005.

JULES VERNE, *biographie*, Nouveau-Monde Éditions, 2005.

LE PLAFOND DE VERRE, *récit-témoignage*, Éditions Desclée de Brouwer, 2009.

VOYAGE EN FRANCOPHONIE, UNE LANGUE AUTOUR DU MONDE, *essai*, Éditions Autrement, 2010.

Composition Interligne
Impression Maury-Imprimeur
45330 Malesherbes
le 25 juin 2010.
Dépôt légal : juin 2010.
1er dépôt légal dans la collection : mai 2010.
Numéro d'imprimeur : 157052.

ISBN 978-2-07-042094-0. / Imprimé en France.

178630